Zum Buch:

Lena muss tief durchatmen, als sie erfährt, dass die Dienststellenleitung der Polizeistation Büsum nicht wie versprochen ihr übertragen wird, sondern einer Fremden, der es an Empathie mangelt. Von der neuen Chefin genervt, die ihr den Traumjob vor der Nase weggeschnappt hat, gestaltet sich die Zusammenarbeit schwierig, doch Lena reißt sich zusammen und bleibt professionell. Als zwei Morde in dem beliebten Küstenort geschehen, erkennt sie darin die Chance, sich zu beweisen, und setzt alles daran, den Fall zu lösen.

Zur Autorin:

Svea Jensen ist das Pseudonym einer erfolgreichen Krimiautorin. Sie ist in Hamburg aufgewachsen und dem Norden stets treu geblieben: Nach vielen Jahren beim Norddeutschen Rundfunk lebt sie heute in Schleswig-Holstein, wo sie sich mittlerweile ganz dem Schreiben widmet. Während sie Verbrechen für ihre nächsten Bücher plottet, lässt sie sich am liebsten eine Nordseebrise um die Nase wehen.

Svea Jensen

MÖRDERISCHES WATT

TATORT BÜSUM

Kriminalroman

HarperCollins

Dieses Buch ist ein Roman.
Die Handlung und alle handelnden Personen sind frei erfunden.
Jede Ähnlichkeit mit lebenden oder verstorbenen Personen
wäre rein zufällig und ist nicht beabsichtigt.

1. Auflage 2024
Originalausgabe

Umschlaggestaltung von Hauptmann & Kompanie Werbeagentur
Umschlagabbildung von Arne Bramsen / Alamy Stock Photo
Gesetzt aus der Stempel Garamond
von GGP Media GmbH, Pößneck
Druck und Bindung von GGP Media GmbH, Pößneck
Printed in Germany
ISBN 978-3-365-00587-3
www.harpercollins.de

Druckprodukt mit finanziellem
Klimabeitrag
ClimatePartner.com/15109-2009-1001

MIX
Papier
FSC FSC® C014496

1

Heiko und Elke Fedders betrieben wie andere ihrer Kollegen am Fischerkai einen Verkaufsstand, wo sie täglich fangfrischen Fisch, eine Auswahl unterschiedlichster Salate sowie Fischbrötchen und natürlich die bei Touristen so beliebten Krabben anboten. Ebenso bewarben sie hier die Möglichkeit, an einer Fangfahrt auf ihrem Kutter *Tina* teilzunehmen oder sich in speziellen Kursen in die Geheimnisse des Krabbenpulens einweihen zu lassen.

Elke Fedders war heute schon früh vor Ort, da sie einiges im Verkaufswagen umsortieren wollte. In den letzten Tagen hatte sie vier neue Fischsalate kreiert, die in der Auslage untergebracht werden mussten, außerdem gab es ihre beliebte Fischsuppe jetzt auch als Konserve, da hier eine große Nachfrage bestand und sich viele Kunden, in der Hauptsache Touristen, gewünscht hatten, diese Suppe mit nach Hause nehmen zu können. Das Regal, auf dem die Dosen stehen sollten, hatte sie gestern befestigt, jetzt galt es, die von zu Hause mitgebrachten Konserven ansprechend darauf zu arrangieren.

Öffnen würde sie erst gegen zehn, wenn ihr Kutter, den sie nach ihrer Tochter benannt hatten, mit einer hoffentlich reichen Beute von seiner Fangfahrt zurückgekehrt war. Sie hatte also noch Zeit.

Als von draußen lautes Fluchen zu vernehmen war, öffnete Elke die Tür und gewahrte Jonne Kersting, der mit grimmiger Miene und eiligen Schrittes auf den Verkaufswagen zusteuerte. Jonne und Elkes Mann Heiko wechselten sich mit dem Kommando auf dem Kutter ab.

»Was ist los?«, fragte sie beunruhigt, als Jonne vor ihr stehen blieb. Seine Kleidung war verdreckt, sein Atem ging schwer, sie konnte sich nicht erinnern, ihn jemals so aufgebracht gesehen zu haben. »Wieso seid ihr denn jetzt schon zurück?«

»Der Drah ist gerissen«, wetterte er.

»Ach, du Elend!«, sagte Elke erschrocken. Am Drah, auch Kurrleine genannt, hing das Netz. Und da Netze teuer waren, wurde natürlich alles darangesetzt, sie nach einem solchen Vorfall wieder aus dem Meer zu fischen. »Habt ihr das Netz rausholen können?«

»Jo. Hat 'n büschen gedauert, aber dann hatten wir es. Es sieht allerdings nicht gut aus. Wenn wir Pech haben, wird das diesmal nix mehr mit flicken. Ich hab schon versucht, Heiko zu erreichen, aber auf seinem Handy ging nur die Mailbox ran.« Jonne strich fahrig über seine Stirn. »Hast du 'ne Ahnung, warum? Der macht sein Handy doch normalerweise nie aus.«

Oh doch, das macht er in letzter Zeit öfter, dachte Elke und fühlte bittere Galle aufsteigen. Aber sie würde sich hüten, ihren Verdacht über den Hintergrund dieses Verhaltens vor irgendjemandem auszusprechen. »Nee, keinen Schimmer.«

»Ist Heiko zu Hause?«

»Er wollte früh los, um sich in Husum einen Verkaufswagen anzusehen.« Elke sandte ein Stoßgebet zum Himmel, dass jetzt nicht die Frage kam, ob sie ihren Mann denn heute Morgen gar nicht gesehen hätte. Dass sie ihre Nächte mittlerweile im Gästezimmer verbrachte und dort auch das Frühstück einnahm, ging niemanden etwas an. Nur Tina hatte es mitbekommen, ebenso wie die anhaltende Missstimmung zwischen ihren Eltern, sich bis jetzt aber nicht dazu geäußert.

Und auch Jonne ersparte Elke die Peinlichkeit einer Erklärung und brummte nur: »Hmm, dascha gediegen. Hat er mir gar nix von gesacht.« Er deutete auf den Wagen, neben dem sie standen. »Ist denn irgendwas mit dem, dass ihr 'nen neuen anschaffen wollt?«

Elke schüttelte den Kopf. »Heiko hat über die Anschaffung eines zweiten Wagens nachgedacht, weil wir dann auch auf die Wochenmärkte im Umkreis fahren könnten.« Wofür sie allerdings jemanden anstellen müssten, weil sie mit dem Verkauf in Büsum ausgelastet war und ihr Mann sich jetzt ja allem Anschein nach anderweitig beschäftigte.

Jonne nickte bedächtig und drückte eine Nummer auf seinem Smartphone. Elke ahnte, um wessen Anschluss es sich handelte, was Jonne einen Augenblick später mit den Worten: »Mann, das nervt langsam, dass ich Heiko nicht zu fassen krieg«, bestätigte.

»Habt ihr denn überhaupt was gefangen?«, fragte sie, in der Hoffnung, das Gespräch so in eine andere Richtung lenken zu können.

»Geht so. Malte bringt es dir gleich.« Malte Höhner gehörte ebenfalls zur Besatzung des Kutters und half außerdem häufiger am Verkaufsstand aus.

»Das war wirklich blöd, dass ihr euren Festnetzanschluss abgeschafft habt«, ärgerte sich Jonne. »Dann könnt ich es nämlich darüber versuchen.«

»Ich glaub nicht, dass Heiko noch zu Hause ist«, versuchte Elke ihn zu beschwichtigen.

»Dat is aber ock allens ’n Schietkraam!«, schimpfte Jonne und blickte sie genervt an. »Sag mir Bescheid, wenn er sich meldet.«

Elke versprach es und blickte Jonne hinterher, als er zum Kutter zurückstapfte.

War Heiko wirklich nach Husum gefahren? Die Sache mit dem zweiten Verkaufswagen war schon länger ein Thema bei ihnen, und es bestand ja wirklich die Möglichkeit, dass es in Husum einen Wagen gab, den ihr Mann sich ansehen wollte. Andererseits stand er mit der Wahrheit in der letzten Zeit allzu häufig auf Kriegsfuß.

Sie hatte Heiko bei ihrer Rückkehr am Vorabend das letzte Mal zu Gesicht bekommen. Das war gegen neunzehn Uhr gewesen, als sie und Tina vom Hafen zurückgekommen waren. Heiko hatte mal wieder über Rückenschmerzen geklagt und wie ein sterbender Schwan auf dem Bett gelegen, woraufhin der fällige Lebensmitteleinkauf an ihr und Tina hängen geblieben war. Wie fast immer in der letzten Zeit. Als sie voll bepackt nach Hause zurückgekommen waren, war Tina umgehend zu ihrem Treffen mit Freunden aufgebrochen, und Elke hatte nicht mehr nach Heiko gesehen, weil ihr sein Gejammer auf den Geist ging und sie das zunehmende Abschieben lästiger Tätigkeiten auf sie wieder mal so wütend gemacht hatte, dass sie einen mordsmäßigen Streit vom Zaun gebrochen hätte. Es war also gut möglich, dass er zu diesem Zeitpunkt bereits dort gewesen war, wo sie ihn auch jetzt vermutete.

Im Hochhaus, in dem ihnen eine Ferienwohnung gehörte, die ihr Mann für diesen Sommer aus der Vermietung genommen hatte, mit der Begründung, dass sie dringend renoviert werden müsse.

»Wieso das?«, hatte Elke verwundert gefragt. »Die Wohnung ist doch tipptopp.« Aber Heiko hatte abgewunken und etwas von Beschwerden erzählt, die ihm auf einigen Internetportalen aufgefallen wären. So etwas müsse man ernst nehmen und die Mängel umgehend beheben.

Ihre Internetsuche hingegen hatte nichts ergeben, und ein Besuch in der Wohnung hatte ihr keinerlei Hinweise auf Mängel gezeigt. Zuerst hatte sie Heiko darauf ansprechen wollen, es dann aber unterlassen, weil etwas anderes bereits vor Wochen ihr Misstrauen geweckt hatte und sie plötzlich einen Zusammenhang herzustellen begann.

War es möglich, dass Heiko eine Affäre hatte und die Wohnung als Liebesnest nutzte?

Als ihr Mann vor einiger Zeit damit begonnen hatte, plötzlich auf sein Erscheinungsbild zu achten, dem er in ihrer nun dreißig Jahre andauernden Ehe selten eine größere Bedeutung beigemessen hatte, hatten bei Elke die Alarmglocken geschrillt. Plötzlich waren neue Klamotten angesagt gewesen, und im Bad hatte sie irgendwann doch tatsächlich eine Gesichtspflegeserie für den reiferen Mann entdeckt. Darauf angesprochen, hatte Heiko erwidert, dass man gerade in ihrem Alter etwas für sich tun müsse, und die Tatsache, dass er sie dabei von oben bis unten mit einem geringschätzigen Blick gemustert hatte, hatte sie so wütend gemacht, dass sie ihm am liebsten eine gescheuert und *ich weiß, warum du jetzt plötzlich einen auf Gockel machst* geschrien hätte. Dabei waren es nur Vermutungen, die sie seitdem jeden Tag quälten, weil sie zu feige war, sich endlich Gewissheit zu verschaffen.

Plötzlich hielt es Elke nicht mehr im Verkaufswagen. Sie streifte ihre Jacke über, da es zu dieser frühen Stunde hier am Wasser noch ziemlich frisch war, schloss die Tür ab und lief zum Kutter, der nicht weit entfernt am Kai lag. »Ich muss noch was erledigen. Bin inner Stunde zurück«, rief sie Jonne und Malte zu, und da die beiden zum Typ »wortkarger Norddeutscher« gehörten, blieben ihr Nachfragen zum Glück erspart.

2

Wenn Hinnerk Petersen mal wieder ins Grübeln geriet, wurde ihm bewusst, dass die Nächte, in denen er sein müdes Haupt im Bestattungsinstitut Gerdes zur Ruhe bettete, in der letzten Zeit definitiv zugenommen hatten. Was nicht mit einem heimlich praktizierten Vampirismus zusammenhing, wie man im ersten Moment vermuten mochte. Hinnerk mied zwar die Sonne, das hatte aber eher etwas mit empfindlicher Haut und einer damit einhergehenden Sonnenbrandgefahr zu tun.

Nein, Hinnerk kam nur aus einem einzigen Grund an diesen Ort, an dem er schon seit vielen Jahren arbeitete. Er suchte Zuflucht. Vor Mina. Seiner Frau. Diesem einstmals liebevollen und anschmiegsamen Weibsbild, das sich im Laufe der Jahre zu einer Xanthippe allerersten Güte gewandelt hatte, um die jeder, der seiner Sinne auch nur halbwegs mächtig war, einen großen Bogen machte.

Mach mal! Zwei Worte, im Kasernenhofton hervorgestoßen, die ihn durch die Tage begleiteten und auch in den Nächten häufig nicht zur Ruhe kommen ließen. Er war zu Minas Hanswurst verkommen, zu ihrem Laufburschen, an dem sie tagtäglich ihre Launen ausließ. Oh, er hatte es so satt!

»Schiet di wat un klei mi ann Mors!« Oh, es tat so gut, wieder einmal herzhaft fluchen zu können. Hinnerk griente in sich hinein und betrat den kleinen, fensterlosen Nebenraum, in dem er Luftbett, Bettdecke und Kopfkissen in einem Schrank verstaut hatte. Der Raum diente als Abstellkammer, aber das störte Hinnerk nicht, solange er seine Ruhe hatte.

Ächzend hievte Hinnerk die große Tragetasche aus dem Schrank – Mann, war das Teil schon immer so schwer gewesen? – und zog das Luftbett heraus. Dann faltete er die zusammengeschrumpfte Hülle auseinander, um den Stecker einzustöpseln. Blasebalg und Aufpumpen mithilfe von Fußkraft lagen zum Glück Lichtjahre zurück, heutzutage bedurfte es nur einer Steckdose, und in vier Minuten war das Teil aufgepumpt. Praktischer ging's nun wirklich nicht.

Ja, Hinnerk hatte sein Luftbett lieben gelernt …

Er betätigte den Starter, woraufhin die Pumpe mit lautem Getöse loslegte. Das würde selbst Tote wieder zum Leben erwecken, dachte Hinnerk und griente ein weiteres Mal.

Tote gab es allerdings keine in der Sarghalle. Die befanden sich im Kühlraum, der aber seit Wochen keine Neuankömmlinge mehr zu Gesicht bekommen hatte. Die Dithmarscher waren robust, die starben nicht so schnell, und wenn, dann erst im hohen Alter. Und auch die Touris hatten sich in diesem Jahr bisher kaum als zusätzliche Einnahmequellen erwiesen, was ein bisschen frustrierend war. Beim Joggen hatte schon lange keiner mehr den Löffel abgegeben, die Wattwanderer kehrten alle pünktlich bei auflaufendem Wasser an Land zurück und vom Büsum-Finger, dem scheußlichen Hochhaus an der Perlebucht, dessen Architekt an die Wand genagelt gehörte, war auch schon lange niemand mehr gesprungen. Was ihnen eine Zeit lang jede Menge neuer Kunden beschert hatte.

Angesichts dieser Umstände war der Begriff Sarghalle auch

etwas zu hoch gegriffen, da es sich nur um einen mittelgroßen Raum handelte, in dem einige Modelle in Eiche, Buche und Kiefer herumstanden. Wo wenig gestorben wurde, musste man auch nicht viele Särge vorhalten. Seine Chefin Freya Gerdes, die mit ihrem definitiv nicht norddeutschen Vornamen erstaunlich gut zurechtkam, weil sie ebenso wie ihre verstorbenen Eltern eine große Wagner-Liebhaberin war, hatte im letzten Jahr die verwegene Idee gehabt, zwei extravagante Modelle aus Italien ins Sortiment aufzunehmen. Zur Probe sozusagen, um auszutesten, wie die Büsumer auf so etwas reagieren würden. Die Dinger waren echte Hingucker gewesen, der eine in glänzendem Dunkelblau, der andere in mattem Schwarz mit silbernen Einlegearbeiten. Allerdings arschteuer, weshalb sie sich dann auch als Ladenhüter erwiesen hatten, bis Freya sie schließlich an den Hersteller zurückgegeben hatte.

Hinnerk mochte sein Domizil im Institut, war sich aber vollkommen darüber im Klaren, dass seine Empfindung schon ein bisschen schräg war. Aber hier war nun mal der einzige Platz, an dem er seine Ruhe vor Mina hatte. Seine Frau würde nicht mal bei Tag hierherkommen, geschweige denn bei Nacht. Dass du da arbeiten kannst, war einer ihrer Standardsätze. Ich würde mich zu Tode fürchten. Was nun wirklich dumm Tüch war, denn wovor, bitte sehr, sollte man sich hier fürchten? War ja niemand da, der einem was tun konnte.

Das Luftbett war aufgepumpt, und Hinnerk warf einen nachdenklichen Blick auf das Bettzeug, das sich noch im Schrank befand. Reichte der Bettbezug oder sollte er auch die Bettdecke nehmen? Er entschied sich nach kurzer Überlegung für Letzteres. Die Tage waren für Ende Mai ein bisschen zu kühl, allerdings würde die leichte Sommerdecke ausreichen.

Im Winter war das ein anderer Schnack, da mussten es wärmende Daunen sein, denn wenn hier der Wind um die Ecken fegte, wurde Hinnerk zu einem richtigen Frostbüdel.

Manchmal fragte er sich, ob Freya in der Zwischenzeit mitbekommen hatte, dass er diesen Raum als Unterkunft nutzte. Sie kannte Mina nicht besonders gut, und deshalb wusste Hinnerk auch nicht, ob seine Frau seiner Chefin genauso auf den Wecker ging wie ihm. Aber selbst wenn nicht, hatte Freya bestimmt nichts dagegen, wenn er hier hin und wieder schlief.

Hinnerk löschte das Licht und kroch unter die Decke. Wenn Mina nicht neben ihm lag, schlief er meistens durch, da kam auch seine Blase zur Ruhe.

Er war gerade weggedämmert, als ihn ein Geräusch hochschrecken ließ. Hinnerk runzelte die Stirn und lauschte angestrengt in die Dunkelheit, aber da war nichts mehr. Kurz überlegte er, aufzustehen und nachzusehen, auch wenn er nicht wusste, woher das Geräusch gekommen war. Gut möglich, dass die Ursache dafür im Freien lag. Vielleicht ein später Spaziergänger, der zu tief ins Glas geschaut und mit den Blumenkübeln vorm Eingang des Instituts schmerzhafte Bekanntschaft gemacht hatte.

Hinnerk schüttelte den Kopf und ließ sich wieder zurücksinken. Nee, er hatte jetzt keinen Bock aufzustehen. Konnte ja auch sein, dass es nur ein Traum gewesen war, er träumte manches Mal nämlich sehr realistisch.

Irgendwann weckte ihn dann doch seine Blase, und bei einem Blick auf die Armbanduhr stellte er fest, dass es schon kurz vor acht war. Junge, da hatte er aber lange gepennt.

Schlaftrunken versuchte er hochzukommen. Was für ein Akt. So praktisch diese Luftbetten auch waren, einen Nachteil hatten sie doch. Für Menschen ab einem gewissen Alter waren die Biester einfach zu niedrig, was dazu führte, dass man sich beim Aufstehen und beim Niederlassen ziemlich abplagen musste. Bei ihm ging das nur noch mit dem Umweg über die Knie, was immer einen heftigen Protest seines Rückens zur Folge hatte. Und wenn man dann eilig pieseln musste, hatte man ganz schlechte Karten.

Als Hinnerk endlich in der Senkrechten angekommen war, pressierte es schon sehr. Eilends verließ er sein Refugium und durchquerte die Sarghalle, hinter der sich das Büro mit der Toilette befand. Erst auf dem Rückweg wurde ihm bewusst, dass irgendetwas anders war.

Er hielt inne und schnupperte.

Was war das?

Das Licht, das durch zwei Oberfenster fiel, reichte nicht, um mehr als die schemenhaften Umrisse der Särge zu erkennen, also stellte er die Deckenbeleuchtung an und blickte sich um. Von den fünf Eichen- und Kiefernsärgen, die zur Besichtigung im Raum ausgestellt waren, standen zwei auf Podesten hochkant an der Wand, die übrigen drei waren nebeneinander auf dem Fußboden aufgereiht. Hinnerk hatte sie gestern noch alle poliert, Ordnung musste schließlich sein, auch wenn es mit der Nachfrage im Moment haperte.

Komisch ... Hinnerk rieb sich den Schlaf aus den Augen, aber der erste Blick hatte ihn nicht getrogen. Einer der Särge war nicht vollständig geschlossen. Der Deckel lag zwar noch drauf, war aber ein kleines Stück zur Seite gerückt.

War ihm das gestern beim Putzen passiert?

Gut möglich. Wenn er seinen Gedanken freien Lauf ließ, konnte es schon mal passieren, dass er seine Arbeit etwas unkonzentriert erledigte.

Hinnerk trat näher, wobei ihm auffiel, dass der Geruch stärker wurde. Unwillkürlich schüttelte er sich und spürte einen Schauer über seinen Rücken laufen. Als Bestattungsfachkraft war er den Umgang mit Verstorbenen natürlich gewohnt, und etwaige mit dem Tod verbundene Gerüche nahm er kaum noch wahr. Aber dieser hier war anders. Irgendwie … metallisch.

Kurz entschlossen packte Hinnerk den Deckel und schob ihn beiseite. Er brauchte einen Augenblick, bis er begriff, was da vor seinen Augen lag …

3

»Also wirklich, Papa, das ist doch eine Schnapsidee!«

»Wieso das denn?« Erbost blickte Carsten Matthiessen seine Tochter Lena an, die gerade ihm gegenüber am Frühstückstisch Platz genommen hatte und sich die erste Tasse Kaffee des Tages zu Gemüte führte. »Das machen andere Ermittler schließlich auch, nachdem sie in den Ruhestand gegangen sind. Guck dir doch mal den Buchmarkt an. Da gibt es True-Crime-Bücher ohne Ende, und die scheinen richtig gut zu laufen.«

»Die wurden aber von Kripobeamten geschrieben, die viele Jahre in Mordkommissionen oder anderen interessanten Dezernaten gearbeitet haben.« Lena fischte eine Scheibe Schwarzbrot aus dem Brotkorb, die sie zuerst mit Butter und dann dick mit Honig bestrich. »Aber doch nicht von Schutzpolizisten aus der Kleinstadt.«

Das leichte Lächeln, das sich während des letzten Satzes in den Mundwinkeln seiner Tochter eingenistet hatte, brachte Carsten auf die Palme. »Ich war zwanzig Jahre lang der hiesige Dienststellenleiter«, ereiferte er sich. »Was glaubst du, was in dieser Zeit alles in Büsum los war?«

»Ich weiß zumindest, was in den letzten acht Jahren hier los war, in denen wir beide zusammengearbeitet haben«, erwiderte Lena seelenruhig und pickte einige Weintrauben vom

Obstteller. »Und das war jetzt nicht so wahnsinnig spannend. Verkehrsdelikte, ein paar Einbrüche und Schlägereien, Laden- und Taschendiebstähle. Wir hatten in der Zeit ja nicht mal ein Tötungsdelikt. Was beweist, dass das Verbrechen einen großen Bogen um Büsum macht.«

Carsten wollte zu einer Antwort ansetzen, sah dann aber davon ab. Er hatte bereits erste Schreibversuche unternommen, die seiner Meinung nach gar nicht mal so schlecht gelungen waren. Eine Geschichte war sogar schon fertig, na ja, viereinhalb Seiten bisher, das musste man jetzt nicht so eng sehen, neun weitere sollten folgen. Es wäre doch gelacht, wenn er das nicht hinbekäme. Außerdem war Schreiben eine äußerst befriedigende Beschäftigung für den Ruhestand. Ein Wort, das er übrigens so gar nicht mochte, Unruhestand gefiel ihm um Längen besser.

Dummerweise gab es zurzeit aber eine Baustelle, die er nicht so einfach ignorieren konnte, weil sie immer wieder versuchte, ihn vom Schreiben abzuhalten. Und diese Baustelle trug den Namen Fini, eine äußerst kapriziöse West-Highland-Terrier-Dame, die ihm Lena einige Monate nach seinem Eintritt in den bewussten Unruhestand aufgehalst hatte, weil sie das heißgeliebte Findelkind nicht länger mit in die Dienststelle nehmen wollte und konnte. Im Moment saß der Liebling gerade neben seiner Tochter auf der Küchenbank und verfolgte mit gierigen Blicken jeden Bissen, den Lena zu sich nahm.

Carsten mochte Hunde, gar keine Frage, allerdings begann ein richtiger Hund für ihn erst ab der Größe eines Schäferhundes. Alles darunter war irgendwie … Kleinvieh. Dass dieses Kleinvieh jedoch durchaus in der Lage war, sein Recht einzufordern und sich bei Ignoranz seiner Wünsche schon mal an Hosenbeinen und der Hauseinrichtung auszutoben begann, hatte Carsten erst lernen und schließlich zähneknirschend akzeptieren müssen. Seitdem blickte er mit einer Art Hassliebe auf den Neuzugang in seinem Haushalt und gestand sich nur in äußerst schwachen Momenten ein, dass die Kleine ja doch eine Süße war, wenn sie so vor einem saß und mit ihrem herzerwärmenden Blick aus dunklen Knopfaugen sämtliche Register zu ziehen verstand. Wenn sie sich dann allerdings im Freien in irgendwelchen Pfützen auszutoben begann und ihr Fell binnen Sekunden die Farbe von Schneeweiß zu Tiefschwarz wechselte, war es mit der kurz zuvor aufgeflackerten Liebe schon wieder vorbei.

Wollte man nämlich anschließend das Kunststück vollbringen, das Tier wieder in seine Ursprungsfarbe zurückzuverwandeln, musste man sich einer Duschaktion stellen, die nun wirklich nichts für schwache Nerven war. Fini hasste jegliches Wasser, das von oben kam, wie die Pest und nutzte jede Gelegenheit, um dieser Tortur zu entkommen – meistens mit Erfolg. Was eine Putzorgie zur Folge hatte, zumindest im Erdgeschoss des Hauses.

Und überhaupt … Fini … was hatte sich seine rationale, nicht zu überschüssigen Emotionen neigende Tochter eigentlich bei diesem lächerlichen Namen gedacht? Fini klang nach Heiteitei und was bist du für ein süßer, süßer Schnulli, aber doch nicht nach einem Namen für einen Hund! Was versuchte Lena damit zu kompensieren? War sie auf der Suche nach einem Ersatzbaby, weil ihr ein eigenes bisher versagt geblieben war? Was nun aber auch kein Wunder war, so wählerisch, wie sie sich dem männlichen Geschlecht gegenüber verhielt.

Womit hatte er das alles verdient? Er wollte sich mit keinem Haustier beschäftigen müssen, er wollte Bücher schreiben.

Eine äußerst sinnvolle Tätigkeit, die den Geist forderte und vor Demenz schützte und allemal besser war, als Hundesitting zu betreiben, rumzusitzen, spazieren zu gehen, Löcher in die Luft zu starren und den ehemaligen Kollegen bei Besuchen auf den Geist zu gehen. Denn das tat er, da machte er sich nichts vor. Er hatte zu allen einen guten Draht gehabt, aber jetzt war er seit einem halben Jahr im Ruhestand und eben nicht mehr einer der ihren. Auch wenn es immer hieß: einmal Polizist, immer Polizist. Jetzt waren andere am Zug, wie zum Beispiel Lena. Der Gedanke, dass sie nun doch nicht seine Nachfolge antreten würde, schmerzte noch immer.

»Musst du nicht langsam mal los?«, wechselte er nach einem Blick auf die Küchenuhr das Thema. Fini spitzte die Ohren, der Blick, mit dem sie ihn anschaute, hatte etwas Aufmüpfiges. Als wenn sie sagen wollte, hehe, mein Frauchen kann gehen, wann sie will, und nicht, wann es dir passt, du alter Zausel.

»Ich hab mich zur Spätschicht eingeteilt.«

Carsten schaute seine Tochter unverwandt an, bis sie schließlich den Kopf hob und seinen Blick erwiderte.

»Was?«

»Ich denke, eure neue Dienststellenleiterin fängt heute an.«

»Und?«

Carsten ließ sich von Lenas vermeintlicher Gelassenheit nicht täuschen. Es brodelte in ihr, wofür er volles Verständnis hatte. Für die Sache als solche, allerdings nicht für ihr momentanes Verhalten.

»Du kneifst, Tochter!« Er machte eine abwehrende Geste, als sie etwas erwidern wollte. »Ich kann deinen Ärger vollkommen nachvollziehen. Man hat dir meine Nachfolge zugesagt und diese Zusage nicht eingehalten. Aber daran ist die

Kollegin, die jetzt meinen Posten übernimmt, sicherlich nicht schuld. Unter Umständen weiß sie nicht einmal etwas davon. Also solltest du ihr vorurteilsfrei begegnen und jetzt umgehend aufbrechen, damit du bei ihrem Dienstantritt zur Stelle bist. Das werden die anderen Kollegen nämlich auch sein, und da macht es einen ziemlich blöden Eindruck, wenn du dich wie ein bockiges Kind benimmst und als Einzige nicht erscheinst. Immerhin bist du jetzt ihre Stellvertreterin und wirst hoffentlich eng und gut mit ihr zusammenarbeiten.«

Lena brummte etwas Unverständliches, machte aber keine Anstalten aufzustehen, sondern nahm ihr Tablet zur Hand, um sich vermutlich wieder in den Immobilienmarkt zu vertiefen. Das war jetzt seit zwei Monaten ihre morgendliche Beschäftigung beim Frühstück, seitdem ihr die Wohnung wegen Eigenbedarfs gekündigt worden war und sie nun wieder in ihrem Elternhaus wohnte. Übergangsweise, wie sie stets betonte, aber wenn es nach Carsten ging, konnte dieser Übergang gerne noch etwas länger dauern.

Seit seiner Scheidung vor zehn Jahren war ihm noch nie die Decke auf den Kopf gefallen, erst jetzt, nach seiner Pensionierung, überkam ihn immer wieder dieses scheußliche Gefühl der Einsamkeit. Dank Lenas Anwesenheit ließ es sich jedoch in Schach halten. Auf Fini könnte er zwar gut verzichten, aber wenn sie der Preis war, um seine Tochter bei sich behalten zu können, würde er auch dieses Untier in Kauf nehmen.

Carsten unterdrückte einen Seufzer, als er seine Tochter betrachtete. Sie und ihre Zwillingsschwester Sanne hatten die Schönheit ihrer Mutter geerbt, mit ihren blonden Haaren, die beide in einem flotten Kurzhaarschnitt trugen, den blauen Augen und der schlanken Figur. Obwohl sie zweieiige Zwillinge waren und im Abstand von achtundvierzig Minuten das Licht der Welt erblickt hatten, waren sie für Außenstehende manchmal nur schwer zu unterscheiden. Weiterhin einte sie Sabines Sturheit, die Carsten bereits bei seiner geschiedenen Frau so manches Mal zur Weißglut getrieben hatte.

Als Lenas Handy zu klingeln begann, warf sie einen Blick aufs Display und nahm den Anruf mit einem Stirnrunzeln entgegen. Während sie dem Teilnehmer am anderen Ende der Leitung lauschte, machte sich Anspannung auf ihrem Gesicht breit.

»Ich komme.« Sie beendete das Gespräch und stand auf. »Ich muss los.« An Fini gewandt, die ebenfalls aufgesprungen war und erwartungsvoll hechelte: »Du bleibst bei Papa!«

»War das die Dienststelle?«

Lena war schon im Flur, nur Sekunden später hörte Carsten die Haustür ins Schloss fallen. Vielleicht hatte sie seine Frage nicht gehört, für ihn hatte es aber eher den Anschein gehabt, dass sie sie nicht hatte hören wollen. Denn der kurze und besorgte Blick, den sie ihm während des Telefonats zugeworfen hatte, war ihm nicht entgangen.

Carsten runzelte die Stirn. Am liebsten wäre er seiner Tochter hinterhergelaufen, um zu erfahren, was passiert war. Aber er wusste, dass er auch bei einem weiteren Versuch keine Antwort erhalten hätte.

Lenas Verhalten war eine neue Erfahrung für ihn, mit der er erst einmal klarkommen musste. Als sie noch zusammengearbeitet hatten, war es natürlich gewesen, dass sie sich über ihre Fälle auch privat ausgetauscht hatten. Seitdem er allerdings im Ruhestand war, erzählte ihm seine Tochter nur noch selten etwas über dienstliche Angelegenheiten. Ich will dich nicht damit behelligen, war ihr Standardspruch, wenn er nachfragte, du bist jetzt im Ruhestand, genieß das Leben. Carsten vermutete allerdings, dass Lenas Zurückhaltung mit ihrer Befürchtung zu tun hatte, dass er versuchen könnte, sich einzumischen und ihr Ratschläge zu erteilen. Womit sie nicht so ganz falschlag.

Fini war Lena hinterhergesprintet und stand jetzt an der Haustür, wo sie leise vor sich hin fiepte. Ihr Problem. Mit Lenas Abwesenheit musste sie allein fertigwerden.

Carsten räumte die Frühstücksreste in den Kühlschrank und bestückte den Geschirrspüler, bevor er sich wieder an sein Notebook setzte, um die erste Story endlich voranzubringen. Er hatte mal irgendwo gelesen, dass das Schreiben der Rohfassung eines Romans eine einzige Quälerei sei. Ein Grund mehr, nur kurze Geschichten zu erzählen.

Fini kam zurückgetrottet und fiepte immer noch, wobei sie mit einem erbarmungswürdigen Blick zu ihm hochschaute. Carsten kratzte sich am Ohr, wie immer, wenn er nicht so recht weiterwusste. Was bedeutete dieses Fiepen? War jetzt Gassi gehen angesagt? Er bekam die unterschiedlichen Reaktionen des Hundes noch immer nicht auf die Reihe, also entließ er das Wollknäuel in den Garten hinter dem Haus und hoffte, dass die Angelegenheit damit erledigt war.

Nach fünf Minuten, die auch ein ausgiebiges Löcherbuddeln am Gartenzaun beinhaltet hatten, kam Fini zurück auf die Terrasse und folgte Carsten ins Haus. »Jetzt gib endlich Ruhe«, brummte er, »ich muss arbeiten.« Die von der Erde dunkelbraunen Pfoten ignorierte er.

Das Wollknäuel schien zu begreifen und rollte sich zu seinen Füßen zusammen, als Carsten wieder Platz an seinem Schreibtisch nahm. Schon nach kurzer Zeit war er so in seine

Arbeit vertieft, dass das Klingeln des Smartphones erst mit einiger Verzögerung zu ihm durchdrang. Nach einer längeren Suchaktion entdeckte er das Teil in der Küche, da hatte das Klingeln aber bereits aufgehört. Sekunden später begann es jedoch von Neuem.

Mensch, was war denn los, konnte man ihn nicht einmal in Ruhe arbeiten lassen? Erst der Hund und jetzt das Telefon. So würde er die Geschichte ja nie fertigkriegen, geschweige denn ein ganzes Buch.

»Carsten …?« Die Stimme seines Freundes Hinnerk Petersen klang irgendwie anders.

»Was ist los?«

Ein Augenblick angespannter Stille folgte, dann: »Hier liegt was in einem Sarg, das da nicht reingehört. Also … irgendwie gehört das natürlich schon da rein, aber … anders halt … nicht in der Form …«

Was war das denn für ein Gestotter? So hatte er Hinnerk ja noch nie erlebt.

»Was ist los?«, wiederholte Carsten seine Frage, wobei er zwischen Beunruhigung und genervt sein schwankte.

»Komm bitte her und guck es dir an.«

4

Nach einer halben Stunde war der Einstand von Hanna Berger schon wieder vorüber gewesen. Sie hatte belegte Brötchen und Getränke in die Büsumer Dienststelle mitgebracht, über die sich die noch unbekannten Kollegen mit Heißhunger hergemacht hatten, aber die geplante kurze Ansprache, mit der sie sich hatte vorstellen wollen, war aufgrund eines Einsatzes auf der Strecke geblieben.

Leichenfund im Hochhaus, das sich hinter dem Seedeich westlich des Ortskerns befand. Männliche und weibliche Leiche, hatte es aus der Leitstelle geheißen. Ein Nachbar hätte den Fund gemeldet. Auf dem Weg zum Fahrstuhl sei ihm die angelehnte Wohnungstür aufgefallen, also hatte er kurzerhand die Wohnung betreten und die beiden Toten gefunden.

Die Namen der Getöteten hatte der Nachbar ebenfalls parat gehabt. Henriette Jansen und Heiko Fedders. Als dann noch die Info folgte, dass der Mann quasi in letzter Minute durch eine Kollegin daran gehindert worden war, die Familien der Getöteten zu benachrichtigen, war Berger der Geduldsfaden gerissen und hatte die Panik, die sie bei dem Wort Hochhaus überkommen hatte, in den Hintergrund gedrängt.

»Ist es üblich, dass solche Dinge hier von Außenstehenden erledigt werden?«, raunzte sie jetzt Sönke Gellert an, dem sie das Steuer des Dienstwagens überlassen hatte, da sie sich in Büsum noch nicht auskannte. Berger war normalerweise ein ausgeglichener Mensch, angesichts ihrer familiären Probleme und der vermaledeiten Versetzung in dieses Kaff an der Nordsee war ihre Zündschnur in letzter Zeit allerdings recht kurz. Dass hier jetzt auch noch eine Privatperson offensichtlich Sheriff zu spielen versuchte, brachte das Fass zum Überlaufen.

»Nein, natürlich ist das nicht üblich«, gab Gellert zur Antwort. »Aber Otto Kuhnert, also der Nachbar, wollte immer zur Polizei. Er hat vor zwanzig Jahren mehrere Anläufe unternommen, ist aber regelmäßig an den sportlichen Anforderungen gescheitert. Deshalb betätigt er sich gerne als Hilfssheriff, wenn er Gelegenheit dazu bekommt. Das kennen wir schon. Er steigt aber auch schnell wieder aus, wenn es zu kompliziert wird.« Gellert machte eine begütigende Armbewegung in Bergers Richtung, wobei Teile eines Tattoos unter dem kurzen Ärmel seines Diensthemdes hervorblitzten. Berger schätzte den Kollegen auf um die vierzig. Er war ein leicht verwegen aussehender Typ mit Bürstenschnitt und interessiert dreinblickenden grünen Augen.

»Lena ist schon vor Ort und hat ihm die Meinung gegeigt und ihn von weiteren Aktionen abgehalten.«

»Lena …?« Berger ahnte, von wem die Rede war.

»Lena Matthiessen.«

Ihre Stellvertreterin war also bereits tätig geworden. Berger wusste noch nicht so ganz, was sie von dieser Tatsache halten sollte. »Wieso war Frau Matthiessen vor uns vor Ort?«

»Weil Otto Lena direkt angerufen hat. Sie hat die Meldung an die Leitstelle rausgegeben.«

Das wurde ja immer besser, aber Berger verkniff sich eine weitere Erwiderung. Sie hatte sich schon gewundert, dass sich die Kollegin bis zu ihrer Abfahrt noch nicht in der Dienststelle hatte blicken lassen. Lena sei für die Spätschicht eingeteilt, hatte sie bei der kurzen Zusammenkunft mit ihrem neuen Team als Antwort auf ihre Frage nach dem Verbleib der Kollegin erhalten. Dabei hatte Berger ihr am Vortag eine Mail geschickt, dass sie um acht Uhr in der Dienststelle eintreffen würde, und war natürlich davon ausgegangen, dass Lena Matthiessen das als Aufforderung verstehen würde, anwesend zu sein. Wie der Rest des Teams, das war nämlich vollzählig erschienen. Eine Antwort auf ihre Mail war allerdings ausgeblieben, genau wie heute früh das Erscheinen der Kollegin.

Jetzt wusste sie ja, warum. Berger kannte Lena Matthiessen ebenso wenig wie ihre neuen Kollegen, da sie erst am Vorabend aus Lübeck angereist war. Sie wusste nur, dass die Frau jetzt ihre Stellvertreterin sein würde. Oder auch nicht, denn nach dieser Eskapade würde Berger noch einmal ernsthaft darüber nachdenken, ob das eine gute Idee war. Es hatte den Anschein, dass die Matthiessen zu der Sorte zickige Kollegin gehörte, von denen Berger in Lübeck einige zu viel gehabt hatte. Aber vielleicht war die Frau auch scharf auf ihren Posten gewesen und hatte gehofft, ihren Vorgänger zu beerben. Was angesichts der Tatsache, dass es sich bei diesem um Matthiessens Vater handelte, ein klarer Fall von Vetternwirtschaft gewesen wäre. Allein schon die jahrelange Zusammenarbeit der beiden auf derselben Dienststelle war in Bergers Augen als grenzwertig zu betrachten.

Bei diesen Gedanken hätte sie fast ein bitteres Lachen ausgestoßen.

Glaubte sie wirklich, dass es ihr zustand, hier die Moralkeule zu schwingen? Ausgerechnet ihr?

Sie konzentrierte sich wieder auf Gellerts Ausführungen, der sie mit den Eckdaten des Gebäudes vertraut machte.

Erbaut im Jahr 1972, umfasste das Gebäude auf einer Höhe von 85 Metern 22 Etagen mit 196 Wohnungen sowie drei Fahrstühlen. Im Volksmund wurde es der Büsum-Finger genannt.

»Es gibt ab der zweiten bis zur zwanzigsten Etage auf jedem Flur neun Wohnungen unterschiedlicher Größen, also Zwei- und Dreizimmerwohnungen. Das Gebäude verfügt über drei Aufzüge, von denen die beiden linken auf die geraden Etagen führen und der rechte auf die ungeraden. Was auch noch besonders ist«, fuhr Gellert fort und parkte den Streifenwagen vor dem Eingang des Hochhauses, »die Aufzüge sind nur mit dem Schlüssel zu bedienen, mit dem man ins Haus kommt. Das ist also recht gut gesichert.« Er stieß ein kurzes Schnauben aus. »Oder besser gesagt, das war alles gut gesichert. Im Moment lässt sich die Eingangstür nämlich nicht mehr richtig schließen, und die Aufzüge kann man aufgrund eines Technikfehlers auch ohne Schlüssel, mit einem einfachen Knopfdruck holen. Mit anderen Worten, hier kann gerade jeder ein und aus gehen, wie es ihm beliebt.«

Berger stieg aus und legte den Kopf in den Nacken, um an der Außenfassade des Gebäudes emporzublicken. Ein Entschluss, den sie augenblicklich bereute und sofort wieder rückgängig machte.

Gellert hatte in der Zwischenzeit eine weitere Streifenwagenbesatzung angewiesen, die erforderlichen Absperrungen vorzunehmen und niemanden aus dem Gebäude heraus- oder hineinzulassen. Die restlichen Kollegen würden mit nach oben kommen, ein Kollege war in der Dienststelle verblieben.

Sönke Gellert trat zu Berger, als sie gerade die Stufen zum Eingang emporsteigen wollte. »Wir müssen in den zehnten Stock.«

Berger verharrte im Schritt.

Zehnter Stock …

Zwei lächerliche Worte, und ihr Körper wurde mit Überschallgeschwindigkeit in den Alarmmodus katapultiert. Sie hatte gehofft, ihr Trauma endlich überwunden zu haben, schließlich war sie mehr als ein Jahr in Therapie gewesen. Aber seit deren Ende vor einem halben Jahr hatte sie auch noch kein Hochhaus betreten müssen.

Berger registrierte Gellerts fragenden Blick, der bereits mit weiteren Kollegen vor der offenen Eingangstür stand und auf sie wartete. Los, feuerte ihre innere Stimme sie an, du schaffst das! Mach dich nicht gleich in den ersten Stunden vor deinen neuen Kollegen lächerlich.

Sie schaffte es tatsächlich, verließ den Fahrstuhl im zehnten Stock aber mit sehr wackligen Knien. Im Flur war keine Menschenseele zu sehen, was sie verwunderte, da sich Leichenfunde immer in Windeseile herumsprachen, erst recht, wenn sie in Wohnhäusern vorkamen und wie in diesem Fall auch noch von einem Nachbarn entdeckt worden waren, der damit unter Umständen schon hausieren gegangen war. Aber vielleicht hing der Umstand, dass es sich hier anders verhielt, mit der Besitzerin der energischen Stimme zusammen, die aus der letzten Wohnung auf der rechten Seite zu vernehmen war. Gut möglich, dass die Frau, bei der es sich vermutlich um Lena Matthiesen handelte, bei jedem, der sich hatte blicken lassen, dieselbe Ansage gemacht hatte wie in diesem Moment.

»Nein, Otto, du bleibst in deiner Wohnung, verdammt noch mal! Wie oft soll ich das denn noch sagen!«

Die in mauligem Tonfall vorgebrachte Antwort verstand Berger nicht, weil sie des Plattdeutschen nicht mächtig war.

»Also ehrlich, jetzt reicht's mir! Du tust, was ich sage, sonst kriegst du mal so richtig Ärger!« Als die Frau auf den Flur hinaustrat und kurz in ihre Richtung blickte, hatte Berger zu der Stimme auch ein Gesicht. Attraktiv. Sehr sogar. Sie verfolgte, wie die Kollegin die Kapuze ihres Schutzanzugs überstreifte und die Wohnungstür mit einem energischen Ruck hinter sich zuzog, bevor sie einen Schlüssel ins Schloss steckte und ihn herumdrehte. Aus dem Inneren der Wohnung war wütender Protest zu vernehmen.

Die Frau kam auf sie zu.

»Otto mal wieder.« Gellert stieß einen tiefen Seufzer aus. »Immer dasselbe mit ihm.«

»Kennst ihn ja«, lautete die lakonische Antwort.

»Allerdings.« Gellert deutete auf die Kollegen, die mit hochgekommen waren. »Sollen wir schon mal mit der Nachbarschaftsbefragung anfangen?«

»Macht das.« Die Frau wandte sich an Berger und nickte kurz. »Lena Matthiessen. Sie müssen unsere neue Dienststellenleiterin sein.«

Berger verzichtete ebenfalls auf einen Händedruck. »Das bin ich in der Tat.« Der spitze Unterton in ihrer eigenen Stimme entging ihr nicht. Warum war sie so angefasst, dass nicht sie, sondern ihre Stellvertreterin als Erste vor Ort gewesen war? Das war doch sonst nicht ihre Art. Aber im Moment war ja sowieso nichts mehr wie sonst. Berger beschloss, sich zu mäßigen, und deutete zu der Wohnung, aus der Lena Matthiessen gekommen war. »Wie ich hörte, gibt es hier einen übereifrigen Hilfssheriff, der die Toten aufgefunden hat und sie sogar kennt.«

Ihre Stellvertreterin zuckte mit den Schultern. »Ja, es ist manchmal ein Kreuz mit ihm. Ich kenne die beiden allerdings auch. So viele Einwohner hat Büsum ja nicht.«

»Klären Sie mich auf.«

»Henriette Jansen ist die Ehefrau von Thies Jansen. Thies war Oberstaatsanwalt in Itzehoe und ist seit einem knappen Jahr im Ruhestand. Keine Kinder.«

»Sie kennen den Mann näher?«

»Er ist ein Freund meines Vaters.«

Berger nickte. Hier kannte anscheinend wirklich jeder jeden.

»Bei dem männlichen Toten handelt es sich um Heiko Fedders, einen unserer Krabbenfischer. Ihm gehört die Wohnung, sie wird normalerweise als Ferienwohnung vermietet.«

»Ist der Mann ebenfalls verheiratet?«

»Ja.«

»Kinder?«

»Eine dreiundzwanzigjährige Tochter.« Lena Matthiessen deutete auf die angelehnte Tür der Tatwohnung. »Die Tür wurde nicht aufgebrochen. Also dürften der oder die Täter einen Schlüssel gehabt haben oder sie wurden freiwillig eingelassen. Sie wissen, wie das hier im Haus funktioniert? Die Aufzüge können nur mit dem passenden Schlüssel bedient werden. Wenn das System nicht, wie im Moment, ausfällt.«

»Das hat mir gerade der Kollege Gellert erklärt«, bestätigte Berger.

»Wollen wir reingehen?«

Berger nickte und streifte ebenfalls einen Schutzanzug und Latexhandschuhe über, die sie aus dem Streifenwagen mit nach oben genommen hatte. Das Gespräch hatte sie abgelenkt, aber als sie jetzt die Wohnung betraten, von deren Flur man einen Blick ins Wohnzimmer und auf den angrenzenden Balkon werfen konnte, griff wieder die Angst nach ihr. Sie bemühte sich, ihren Atem mit den erlernten Methoden unter Kontrolle zu bekommen.

Der Mann lag auf dem Boden des Wohnzimmers. Er trug Boxershorts, auf seiner nackten Brust waren drei Einschusslöcher zu sehen.

Lena Matthiessen kniete sich hin und betrachtete den Toten mit kritischem Blick. »Der Tod kann noch nicht allzu lange zurückliegen. Ich vermute, dass Heiko Fedders in den frühen Morgenstunden getötet wurde. Das dürfte dann wohl auch bei Henriette Jansen der Fall gewesen sein.«

»Hat der Nachbar die Schüsse gehört?«

»Nein. Das lässt auf den Einsatz eines Schalldämpfers schließen.«

Die Frau hatte auf dem Balkon den Tod gefunden. Berger war sich darüber im Klaren, dass sie sich auch deren Leichnam ansehen musste, aber alles in ihr sträubte sich dagegen, ihrer Kollegin zu folgen, die bereits hinausgetreten war. Ein verwunderter Blick streifte sie, als sie in der Balkontür stehen blieb und sich am Rahmen festkrallte.

Die Tote war mit einem knappen Seidentop bekleidet, das zwei Einschusslöcher aufwies, ebenfalls im Brustbereich. Die Auffindesituation deutete darauf hin, dass sie vor ihrem Mörder in Richtung Balkon geflohen war. Ein vollkommen irrationales Verhalten angesichts einer Wohnung im zehnten Stock, aber wer handelte in einer solchen Situation schon mit klarem Verstand.

Lena Matthiessen deutete auf die Frau. »Sie scheint etwas in der Hand zu haben. Sieht aus wie eine Armbanduhr.«

*

Was ist denn nur mit der Berger los?, wunderte sich Lena. Laut ihren Infos war ihre neue Vorgesetzte seit zwanzig Jahren bei der Polizei und dürfte in dieser Zeit einige Tote gesehen haben. Das war natürlich immer ein erschreckender Anblick, aber die meisten von ihnen gewöhnten sich daran und schafften es, so etwas nicht nah an sich herankommen zu lassen. Bei Berger hatte sie allerdings schon beim Betreten der Wohnung den Eindruck gehabt, dass sie am liebsten das Weite gesucht hätte.

Sie beobachtete, wie Berger zögernd auf den Balkon hinaustrat und sich zu dem Leichnam von Henriette Jansen hinunterbeugte. Was die Tote in der Hand hielt, sah tatsächlich nach einer Armbanduhr aus, da war sich Lena mittlerweile immer sicherer.

Nach wenigen Sekunden richtete Berger sich wieder auf, aber sie ging nicht ins Wohnzimmer zurück, sondern krallte ihre Hände um die Balkonbrüstung. Ihr Blick ging ins Leere, ihre Atmung war flach, das Gesicht unter den langen, roten Haaren, die zu einem Pferdeschwanz zusammengebunden waren, leichenblass. Und plötzlich wurde Lena klar, mit was sie es zu tun hatte. Wieso war sie nicht gleich darauf gekommen?

Ihre neue Vorgesetzte hatte Höhenangst.

Sie trat neben Berger, sprach beruhigende Worte und löste dabei vorsichtig ihre Hände von der Brüstung. Hanna Berger schien sie nicht wahrzunehmen und ließ sich widerstandslos ins Wohnzimmer zurückführen, wo Lena sie nötigte, auf einem Sessel Platz zu nehmen, und ihr ein Glas Wasser einschenkte. Sie mussten alles vermeiden, was diese Wohnung kontaminieren könnte, aber zum einen trugen sie Schutzanzüge, und zum anderen war dies ein Notfall.

Nach kurzer Zeit kam wieder Farbe in Bergers Gesicht. Sie wirkte noch immer ein wenig desorientiert, aber ihr Blick war jetzt wieder klar.

»Danke!« Berger schien nach einer Erklärung zu suchen, aber Lena kam ihr zuvor.

»Ein Freund von mir hat auch Höhenangst. Der wäre nicht mal hier hochgekommen.«

Berger stieß ein trockenes Lachen aus und strich mit beiden Händen über ihr Gesicht. »Ich dachte, dass ich es überwunden hätte. Aber da habe ich mich wohl geirrt.«

Lena musterte sie und entschied, das Gespräch auf die berufliche Ebene zurückzubringen. Sicher war Berger der Vorfall peinlich, da musste man jetzt nicht weiter darauf herumreiten.

»Ich habe die Mordkommission in Itzehoe und die zuständige Staatsanwaltschaft bereits verständigt.« Sie lächelte. »Außerdem habe ich unseren Hilfssheriff befragt.«

Berger erhob sich. Mit wackeligen Knien, wie es schien, aber einem entschlossenen Blick.

»Den würde ich auch gerne sprechen. Aber vorher möchte ich mir diese Wohnung ansehen.«

Das Appartement verfügte neben dem Wohnzimmer mit integrierter Kochnische über ein kleines Schlafzimmer und ein Mini-Duschbad. Um die vierzig Quadratmeter, schätzte Lena. Von den Wohnungen im Hochhaus wurden viele als Ferienwohnungen vermietet. Über die Tatsache, dass der Bau das Erscheinungsbild des Ortes verschandelte, waren sich die meisten Einwohner und Touristen einig. Aber das taten Hochhäuser immer, und von den Bewohnern des Büsum-Fingers hörte man häufig das Argument, dass sie sich daran nicht stören würden, weil der Blick selbst aus den unteren Stockwerken einmalig sei. Nun, wer in diesem Schandfleck saß, musste ihn sich zumindest nicht von außen ansehen.

Die Einrichtung des Appartements ähnelte der anderer Ferienwohnungen, die Lena kannte. Damit die Touristen auch merkten, dass sie sich an der Küste befanden, wurde Wert auf einen maritimen Stil gelegt. Dieser umfasste häufig nicht nur das maritime Gedöns, wie Lena es bei sich nannte, das man an Wänden und auf Ablageflächen fand, sondern auch Möbel, Teppiche und Gardinen in Weiß und Blau. Hier gab es alle Variationen von einfach bis luxuriös.

Das Appartement, in dem sie sich befanden, gehörte zur ersten Kategorie. Der Boden war mit billigem Laminat in Holzoptik ausgelegt, die Möbel konnte man nicht mal mit gutem Willen als optische Highlights bezeichnen, und das bewusste maritime Gedöns war für Lenas Geschmack eindeutig zu viel. Möwen und Seehunde in den offenen Fächern eines Schranks, blaue Schälchen mit Sand und Muscheln auf weiteren Ablageflächen, ein überdimensionales und nicht besonders gelungenes Aquarell des Büsumer Hafens an der Wand hinter dem Sofa. Bei diesem blau-weiß gestreiften Möbelstück schien es sich um ein Schlafsofa zu handeln, auch der Sessel daneben sah aus, als könnte man ihn zu einem Bett umfunktionieren. Darüber hinaus gab es noch einen hölzernen Couchtisch und ein weißes Sideboard an der gegenüberliegenden Wand, auf dem ein LED-Fernseher mittlerer Größe stand.

Sideboard und Schrank enthielten eine Reihe von Büchern, die Schränke in der Kochnische waren mit Geschirr, Gläsern und Kochtöpfen, die Schubladen mit Besteck und anderem Küchengerät bestückt.

Lena folgte Berger, die im Schlafzimmer verschwunden war. Der Raum wurde von einem Doppelbett dominiert, dessen zerwühlte Kissen und Decken darauf hindeuteten, dass es hier so richtig zur Sache gegangen war. Der Kleiderschrank, den Berger bei ihrem Eintreten geöffnet hatte, war leer. Berger drehte sich um und deutete auf das Bett.

»Das sieht so aus, als wenn die beiden hier ihr Liebesnest hatten.«

Ja, dachte Lena bedrückt. Wie soll ich das alles nur Thies beibringen? Sie hatte natürlich Erfahrung im Überbringen von Todesnachrichten, aber in einer solchen Situation brauchte der Empfänger die Unterstützung ihm nahestehender Personen. Und Familie hatte Thies Jansen nicht. Also beschloss Lena nach kurzem Überlegen, ihren Vater mitzunehmen, damit er seinem Freund beistehen konnte.

5

Natürlich wusste Carsten, dass es so etwas gab, er war ja nicht von gestern. Live und in Farbe hatte er ein solches Teil allerdings noch nicht gesehen und zum Glück bisher auch nicht nötig gehabt.

»Ich hab im ersten Moment gedacht, das wär 'ne echte Tote.« Hinnerk Petersen konnte so leicht nichts erschüttern, im Augenblick war er allerdings noch immer ziemlich blass um die Nase, wie er da zusammengesunken auf dem Nachbarsarg hockte und sich immer wieder über den kahlen Schädel strich. Was ein untrügliches Indiz für seinen aufgewühlten Gemütszustand war.

»Hast du Freya schon Bescheid gegeben?«, wollte Carsten wissen. Er blickte in Richtung des Büros. »Wo ist sie überhaupt?« Freya Gerdes leitete das Bestattungsinstitut Gerdes seit dem Tod ihrer Eltern.

»Freya ist seit gestern bei einer Freundin und kommt erst heute Abend zurück. Deshalb weiß sie auch noch nichts. Ich hab bei euch …«, er stockte und setzte dann neu an, »… also bei deinen ehemaligen Kollegen angerufen. Bei denen scheint allerdings ein größerer Einsatz zu laufen, da hatte im Moment niemand Zeit, sich das hier mal anzusehen.«

»Was für ein Einsatz?« Im nächsten Moment machte es klick.

Der Anruf, den Lena vorhin bekommen hatte, hatte bestimmt etwas damit zu tun gehabt. Oh, Mann, dachte Carsten wehmütig, da wäre er jetzt auch gerne dabei. Stattdessen musste er als Hundesitter herhalten. Hoffentlich zerlegte Fini im Moment nicht das Innere seines Wagens, denn sie schätzte es so gar nicht, wenn man sie irgendwo allein zurückließ. Wenigstens war heute kein heißer Tag, sodass ihr ein kurzer Aufenthalt im Wagen mit halb geöffneten Fenstern nicht schaden würde.

»Weet ik nich.« Hinnerk schien ungehalten über die Unterbrechung und sprach hastig weiter. »Als sie hörten, worum es ging, musste ich mir sogar noch den Spruch anhören, dass sie für alte weiße Männer mit abwegigen Neigungen im Moment nun wirklich keine Zeit hätten.«

Das war natürlich nicht korrekt, aber Carsten musste trotzdem ein Lachen unterdrücken.

»Wenn das die Runde macht, ist das Institut doch die Lachnummer in Büsum«, jammerte Hinnerk. »Aber was sollte ich denn machen? Ich musste denen doch sagen, was ich im Sarg gefunden habe. Da ist immerhin Blut dran. Vielleicht ist das ja von einem Menschen.«

»Hast du auch erwähnt, dass du hier übernachtet hast?«

»Bist du verrückt?« Hinnerk tippte sich an die Stirn. »Nie im Leben werde ich das zugeben.«

»Wenn die Ex-Kollegen den Vorfall aufnehmen, musst du das aber.«

»Da kann ich mir ja gleich ’nen Strick nehmen. Dann bin ich hier im Ort doch unten durch.«

Carsten überlegte und klopfte seinem Freund begütigend auf die Schulter. »Jetzt mach dich nicht verrückt. Das wird alles nicht so heiß gegessen …«

»Mann, jetzt komm mir nicht mit diesen Kalendersprüchen!«, unterbrach ihn Hinnerk erregt. »Wenn deine ehemaligen Kollegen davon erfahren, werden es einige mit Sicherheit rumerzählen. Allein schon, weil die Sache ja so wahnsinnig komisch ist. Den größten Spaß hat man doch immer, wenn er auf Kosten anderer geht.«

»Nun mach mal halblang! Das ist mein altes Team. Die nehmen jeden Fall ernst.« Dass Hinnerk allerdings nicht ganz ungeschoren davonkommen würde, wenn bekannt wurde, dass er im Institut geschlafen und nichts von der nächtlichen Aktion mitbekommen hatte, war auch Carstens Befürchtung. Ein wenig Spott würde sein Freund wohl einstecken müssen, und Carsten hatte nicht den leisesten Schimmer, wie das verhindert werden konnte. Zumal es noch ein weiteres Problem gab. »Aber Freya musst du es sagen.«

»Ja«, brummte Hinnerk in seinen nicht vorhandenen Bart, »bleibt mir ja wohl nichts anderes übrig.«

»Weiß sie, dass du öfter mal hier schläfst?«

»Angesprochen hat sie es nicht, aber ich denke schon, dass sie was mitbekommen hat.« Hinnerk erhob sich und begann eine Wanderung durch die Halle, bevor er neben Carsten und dem offenen Sarg stehen blieb. »Wenn ich ihr jetzt allerdings beichten muss, dass hier jemand nachts eine blutbeschmierte Sexpuppe in einem unserer Särge abgelegt hat und ich nichts davon mitbekommen habe, dürfte sie mir die Hölle heiß machen.«

»Hattest du einen intus, weil du nichts gehört hast?«

»Nee, hatte ich nicht!«, empörte sich Hinnerk. »Jetzt komm mir bloß nicht so!«

»Nun sag doch nicht gleich krummer Hund zu mir. Hätte ja

sein können.« So abwegig war der Gedanke nämlich nicht, da Hinnerk gerne mal einen über den Durst trank.

»Ich …«, jetzt sah Hinnerk ihn etwas bedröppelt an. »Also …«

»Spuck's aus, Hinnerk. Irgendwas ist doch noch.«

Hinnerk seufzte schwer. »Da war irgendwann ein Geräusch. Ich muss grade eingeschlafen sein und bin plötzlich hochgeschreckt. Als ich dann in die Dunkelheit gelauscht habe, war aber nichts mehr zu hören, und darum hab ich gedacht, dass ich das wohl nur geträumt hab. Oder dass das Geräusch von draußen kam.«

»Also hast du nicht nachgesehen?«

Hinnerk schüttelte den Kopf. »Nee, ich war müde und wollte weiterpennen.«

Carsten warf einen Blick auf die drei Türen, die von der Sarghalle abgingen. Eine führte in den kleinen Raum, in dem Hinnerk genächtigt hatte, eine weitere auf der gegenüberliegenden Seite in die Büroräume und die dritte an der Stirnseite der Halle ins Freie. Im Bereich der Büros gab es noch einen weiteren Eingang, nicht zu vergessen das Tor auf der Rückseite des Gebäudes, durch das die Verstorbenen in den gesonderten Bereich mit den Kühlfächern transportiert wurden und wo in einem Nebenraum die Balsamierung und das Präparieren für den Abschied erfolgten. »Waren alle Türen abgeschlossen?«

»Ja, die kontrolliere ich immer. Das Schloss an der Tür zur Sarghalle schließt allerdings im Moment nicht richtig. Ich hab das leider nicht selber hingekriegt und einen Handwerker bestellt. Der wollte eigentlich schon gestern kommen, nun wird es wohl erst morgen was werden.« Hinnerk winkte ab. »Handwerker halt. Go mi aff!«

Carsten überlegte. Dann dürfte die Puppe auf diesem Weg in die Sarghalle gebracht worden sein. Was nicht zwangsläufig bedeutete, dass jemand außer Hinnerk von dem defekten Schloss wusste. Der Transporteur konnte auch jemand gewesen sein, der keine Skrupel gehabt hätte, ein Schloss zu knacken oder ein Fenster einzuschlagen, und die unproblematischere Möglichkeit dankend angenommen hatte.

Noch einmal betrachtete Carsten den Inhalt des Sargs. Die Sexpuppe war nackt und verfügte über ausgeprägte weibliche Formen; Brüste und Scham waren mit etwas beschmiert, das nicht nur wie Blut aussah, sondern auch so roch. Ob es sich um menschliches Blut oder das eines Tieres handelte, würde eine DNA-Analyse ergeben. Schon deshalb musste der Vorgang offiziell aufgenommen werden.

Wer kam auf die Idee, etwas so Makaberes im Sarg eines Bestattungsinstituts abzulegen? War es ein Streich von Jugendlichen gewesen, eine Mutprobe? Oder hatte es einen anderen Hintergrund? Die Puppe musste in einem Behältnis transportiert worden sein, da auf dem Boden keinerlei Blutspuren zu sehen waren. Oder sie war mit dem Blut beschmiert worden, als der Täter sie bereits in den Sarg gelegt hatte. Das hätte aber eine etwas längere Aufenthaltszeit im Institut und dadurch ein höheres Risiko bedeutet – was sich mitten in der Nacht allerdings in Grenzen hielt. Der Täter hatte ja nicht gewusst, dass im Nebenraum jemand schlief.

»Da steckt diese neue Bestattungskette hinter«, murmelte Hinnerk in Carstens Überlegungen.

»Wer?«

Hinnerk musterte ihn mit gerunzelter Stirn. »Sag bloß, das hast du noch nicht mitbekommen?«

Carsten schüttelte den Kopf. »Wovon redest du?«

»Na, von dieser Kette, die ihren Sitz in Berlin hat. Henningsen. Die breiten sich wie die Heuschrecken aus und haben jetzt auch Schleswig-Holstein im Visier. In Kiel, Flensburg und Lübeck haben sie schon Filialen eröffnet, aber damit geben sie sich nicht zufrieden. Büsum und Travemünde müssen es jetzt auch noch sein. Die Filiale hier bei uns hat vor zwei Wochen eröffnet. Und jetzt rate mal wo.«

Carsten zuckte mit den Schultern.

»In unserer Straße! An der Mühle, fünf Häuser von uns entfernt! Da hat doch der olle Neubarth gewohnt, und nach seinem Tod wurde da jetzt dieser scheußliche Neubau hingesetzt, der überhaupt nicht in das Straßenbild passt.« Hinnerks Schnauben erinnerte an einen wütenden Stier.

»Das ist an mir vorbeigegangen«, sagte Carsten und empfand Verwunderung ob dieser Tatsache. Wäre er noch im Dienst gewesen, hätte er das sicher mitbekommen. Er konnte sich allerdings auch nicht daran erinnern, etwas darüber in der Zeitung gelesen oder eine Anzeige gesehen zu haben. »Was sagt denn Freya dazu?«

»Na, das kannste dir doch denken. Die ist auf hundertachtzig. Das Geschäft läuft im Moment nicht besonders, auch wenn es immer heißt, dass Bestatter ein krisensicherer Beruf ist. Und nachdem sich dieser Henningsen mit seinen Dumpingpreisen hier niedergelassen hat, können wir den Laden wohl bald dichtmachen. Da hätten die sich den Aufwand mit der Sexpuppe sparen können, um uns in Verruf zu bringen.«

»Wieso bist du dir so sicher, dass die dahinterstecken?«, fragte Carsten zweifelnd. Denn das kannte er schon. Wenn sich Hinnerk auf etwas oder jemanden eingeschossen hatte, stand er Gegenargumenten nicht besonders aufgeschlossen gegenüber. Da würde es auch nichts bringen, ihn darauf aufmerksam zu machen, dass er gerade ein Argument geliefert hatte, was gegen eine Person aus dieser Henningsen-Kette als Täter sprach. Die würden nämlich in jedem Fall niedrigere Preise als ein Familienunternehmen haben und Freyas Institut somit ohne die geringste Anstrengung den Todesstoß versetzen können. Und überhaupt – wieso sollte der Fund einer blutigen Sexpuppe dazu beitragen, einen alteingesessenen Betrieb zu ruinieren?

»Weil ich den hiesigen Filialleiter letzte Woche kennengelernt habe. Sebastian Grönert. Der hat Freya einen Besuch abgestattet, und sie hat mich gebeten, dabei zu sein.« Hinnerks Erregung steigerte sich. »Das ist vielleicht ein Großkotz. So'n Kerlchen um die dreißig im Maßanzug und mit Hipsterbart, der sich ungeheuer wichtig vorkommt. Er hat da was von einer neuen Bestattungsform gefaselt, die jetzt schwer im Kommen sei. Reerdigung.« Hinnerk blickte Carsten an. »Hast du davon schon mal gehört?«

Carsten schüttelte den Kopf. »Bis jetzt noch nicht. Was muss ich mir darunter vorstellen?«

Hinnerk tippte sich an die Stirn, um sein Missfallen auszudrücken. »Da wird der Leichnam nackt in ein Substrat aus Heu, Stroh, Blumen und Aktivkohle gelegt, das sich in einem Edelstahl-Behälter befindet. Natürlich alles ohne chemische Zusätze. Und dann soll es nur vierzig Tage dauern, bis die Mikroorganismen den Körper zersetzt haben und nur noch die Knochen übrig bleiben. Das Ganze soll eine ressourcenschonende Bestattungsform sein.« Die Stirn musste abermals herhalten. »Was für ein Tinnef! Und dann hat er noch erzählt, dass alle Filialen mit einem Kolumbarium ausgestattet seien, die Kapazität ihrer Büsumer Zweigstelle aber leider nicht dafür ausreichen würde, weil sie sich bei ihrem Neubau hätten einschränken müssen. Er wollte wissen, ob Freya sich vorstellen könne, so etwas in ihrem Institut einzurichten, und sie das dann gemeinsam nutzen würden.« Hinnerks rechte Hand flog vor sein Gesicht und machte die Scheibenwischerbewegung.

»Kolumbarium?«

Carstens Gesichtsausdruck veranlasste Hinnerk zu einer erneuten Erklärung. »Das ist ein Raum, in dem man Urnen aufbewahrt. Urnen, in denen jemand drin ist. Also, die Asche natürlich. Soll toll ausgestattet sein, damit sich die Besucher daran erfreuen können, wie schön es ihre verblichenen Liebsten jetzt haben. Da kannste auch Blumen oder was anderes vor den jeweiligen Kästen ablegen.«

»Das ist doch aber eine schöne Idee.«

Carstens Einspruch kam bei Hinnerk nicht so gut an. »Tinnef! Urnen gehören auf den Friedhof.«

Dass sein Freund mit Veränderungen, die die Zeit nun einmal mit sich brachte, häufig auf Kriegsfuß stand, wusste Carsten auch nicht erst seit gestern. Vor allem mit Veränderungen, die das Bestattungsinstitut Gerdes betrafen, in dem er jetzt seit zwanzig Jahren arbeitete. Freya hatte nach der Übernahme der Firma einige Modernisierungen vorgenommen, die von Hinnerk immer mit Argwohn betrachtet und dementsprechend kommentiert worden waren. Letztlich hatte er sich mit ihnen arrangieren müssen; vom Computer hatte Freya ihn allerdings mittlerweile verbannt, nachdem sie einige Male mitbekommen hatte, dass das Erstellen eines Briefes im Adlersuchsystem mindestens eine halbe Stunde in Anspruch nahm.

»Dann war dieses … wie heißt das?«

»Kolumbarium«, sagte Hinnerk gereizt.

»Dann war das also der Grund für den Besuch von diesem Grönert?«

»Ja, das, und außerdem wollte er sich vorstellen. Von wegen auf gute Nachbarschaft und so. Und wenn Freya sich das mit dem Kolumbarium vorstellen könne, ergäben sich ja vielleicht weitere Synergien.« Hinnerk griente. »Du hättest Freyas Gesicht sehen sollen, als sie ihm erklärte, dass die sich mit Sicherheit nicht ergeben würden. Wenn du mich fragst, wollte sich der Typ bloß mal die Konkurrenz ansehen, und er hat bestimmt auch schon überlegt, das alles hier zu übernehmen und zu modernisieren, wenn wir Konkurs angemeldet haben.«

»Mensch, Hinnerk, jetzt mal doch nicht den Teufel an die Wand! So weit ist es doch noch lange nicht.«

Hinnerk reagierte nicht auf Carstens Einwand, sondern setzte unbeirrt seine Tirade fort. »Freya hat den Typen ziemlich schnell vor die Tür gesetzt. Die Idee mit dem Kolumbarium hat ihr allerdings gut gefallen, und wenn sie die Kohle hätte, würde sie bestimmt selbst eins bauen lassen.« Hinnerk griff in seine Hosentasche und zog einen Priem aus einer kleinen Metalldose. Seit er mit dem Rauchen aufgehört hatte, bevorzugte er Kautabak.

»Ich würde dir ja gerne helfen, aber dazu fehlen mir jetzt die Befugnisse«, sagte Carsten, als nichts mehr kam. »Das ist nun die Aufgabe meiner ehemaligen Kollegen. Die müssen nämlich in dem Fall überprüfen, ob das Blut auf der Puppe von einem Menschen oder einem Tier stammt. Denn nach Kunstblut sieht mir das nicht aus.«

»Hab ich doch gesagt«, warf Hinnerk ein. »Das war ja der Hauptgrund für meinen Anruf bei euch. Schließlich hab ich einiges von dir gelernt.«

»Genau«, stimmte Carsten ihm zu. »Und wenn es menschliches Blut sein sollte, könnten wir es unter Umständen mit einem noch schwerwiegenderen Verbrechen zu tun haben als bloßem Einbruch.«

Hinnerk schnaufte. »Alles schön und gut, aber wer weiß denn, wann sich von den Herrschaften mal einer herbemüht. Deshalb habe ich ja dich angerufen. Da weiß ich wenigstens, dass etwas unternommen wird.«

»Ich bin aber nicht mehr im Dienst«, wiederholte Carsten.

»Tünkram«, sagte Hinnerk stur. »Einmal Polizist, immer Polizist. Das war dein Spruch, wenn ich dich erinnern darf.«

»Ja ... aber ...«

»Kein Aber! Es ist mir vollkommen wurscht, ob du Befugnisse hast oder nicht. Du ermittelst jetzt einfach undercover.« Hinnerk zwinkerte ihm zu. »Außerdem können die anderen dir doch sowieso nicht das Wasser reichen.«

Jetzt also auch noch Komplimente, um ihn weichzuklopfen, Mann, das war ja schon fast zu viel des Guten. Carsten blickte seinen Freund kopfschüttelnd an. »Das kann ich nicht, das würde riesengroßen Ärger geben.«

»Na und? Seit wann gehst du Ärger aus dem Weg?« In Hinnerks Augenwinkeln hatte sich ein listiger Zug eingenistet. »Du hast dich doch häufig darüber aufgeregt, dass ihr so viele Bestimmungen einhalten müsst. Im Ruhestand kannst du jetzt endlich mal fünfe gerade sein lassen und auf Teufel komm raus ermitteln, ohne dass dir jemand in die Quere kommt. Das muss doch verlockend für dich sein. Oder?«

Carsten musste lachen. Ja, das war es in der Tat. Da sollte er dann wohl doch mal in Ruhe drüber nachdenken. Aber die Angelegenheit musste natürlich auch offiziell angegangen werden. Da würde er Lena heute Abend drauf ansetzen, wenn sich bis dahin noch keiner ihrer Kollegen bei Hinnerk hatte blicken lassen.

6

»Wo ist denn eigentlich unsere Posing Woman? Die hat sich heute ja noch gar nicht blicken lassen.«

»Vielleicht lässt sie wieder Fotos für Social Media machen. Du weißt schon, so mit einem Beinchen vor und neckisch in die Kamera grinsen. Wie das so ihre Art ist.«

»Sag ich doch, Posing Woman.« Ein albernes, mehrstimmiges Gekicher folgte den Worten.

»Psst, nicht so laut. Nachher schleicht Posey hier noch rum.«

»Posey … ich lach mich scheckig.«

»Ich finde, dass Frau Evers ein bisschen zu alt für dieses ganze Getue ist. Allein schon, wie sie sich immer aufbrezelt, als wenn sie es noch einmal wissen will. In meinen Augen ist das oberpeinlich.«

Das war die Neue, Marie Evers erkannte sie an der für eine junge Frau ungewöhnlich dunklen Stimme.

»Ist es ja auch. Aber das rafft die Alte nicht.«

»Und was soll das Ganze? Für das neue Hotel hier auf dem Reiterhof kann sie doch ganz normal Werbung machen.«

»Sie liebt es aber nun mal, sich vor einer Kamera in Szene zu setzen. Am tollsten findet sie diese Videoclips, zu denen sie ein Bekannter überredet hat. Von denen würde sie am liebsten jeden Tag einen auf Social Media posten.«

»Videoclips?«

»Sag bloß, du hast noch keinen gesehen.«

»Nee, worum geht es da?«

»Posey will hier doch alle möglichen Events durchziehen. Ausstellungen, Musikevents und weiß der Geier was. Dafür interviewt sie jede Menge Leute, von denen sie hofft, dass sie ihr dabei nützlich sein können. Und natürlich versucht sie dabei auch, sich als die große Kennerin zu präsentieren, die von all diesen Dingen Ahnung hat. Das ist aber nicht der Fall, und das weiß sie auch.« Ein verächtliches Lachen ertönte.

Marie Evers hatte die rechte Hand zur Faust geballt und spürte, wie sich eine lodernde Wut in ihrem Körper ausbreitete.

Was bildeten diese Tussis sich eigentlich ein?

Sie legte eine Hand auf ihr wild klopfendes Herz und versuchte, ihren Atem zu regulieren, um nichts Unbedachtes zu tun, mit dem sie nur sich selbst schaden würde. Auch wenn sie am liebsten ihren Lauschposten hinter einem Heuballen verlassen und den drei jungen Frauen, die als Pferdewirtinnen auf dem Hof angestellt waren, den Marsch geblasen oder sie am besten gleich an die Luft gesetzt hätte. Aber sie konnte sich nicht einmal Ersteres erlauben, weil sie dann damit rechnen musste, dass zwei der Frauen ihre Drohung doch noch wahrmachen und kündigen würden. Sie hatten bereits vor einigen Tagen damit gedroht, für den Fall, dass Marie ihr Gehalt nicht endlich erhöhte. Sie hatte auf die Forderung eingehen müssen, weil sie andernfalls Gefahr gelaufen wäre, die beiden zu verlieren. Denn mit nur einer Kraft, die dazu erst seit einigen Wochen auf dem Hof war, und einer weiteren, die nur an drei Tagen in der Woche kam, konnte sie keinen Reitbetrieb aufrechterhalten.

Schon in den Corona-Jahren hatte der Hof einige Male kurz vor dem Aus gestanden, doch obwohl es jetzt so aussah, als ob die Pandemie überwunden war, waren die Sorgen nicht kleiner geworden. Die Futterkosten waren gestiegen, was natürlich auch eine Erhöhung der Pensionskosten für die Einsteller-Pferde erforderlich gemacht hatte. Hinzu kam, dass sich die Tierarztkosten erhöht hatten, womit Reiten langsam, aber sicher auch für die bessergestellten Kunden beinahe unerschwinglich wurde.

Der im vergangenen Jahr begonnene und jetzt fertiggestellte Bau des kleinen Hotels mit zehn Zimmern war notwendig gewesen, um den Hof in die Zukunft zu führen. Was ihr nun aber fehlte, waren die Fachkräfte. Ihr Hof lag am Ortsrand von Büsumer Deichhausen, also nicht weit entfernt von Büsum, sie hatte sich aber trotzdem entschlossen, neben dem Hotel auch ein Restaurant zu eröffnen und Vollpension anzubieten, damit die Gäste alles vor Ort hatten und ihr Geld nicht woanders ausgaben.

Als Koch hatte sie zum Glück einen langjährigen Bekannten verpflichten können, und sie selbst würde natürlich auch Hand anlegen, aber sie brauchte mindestens drei Leute für den Service und zwei für die Reinigungsarbeiten. Und bis jetzt hatte sich noch niemand auf die schon vor Monaten geschalteten Anzeigen gemeldet. Das hatte sie sich anders vorgestellt, und so langsam musste sie sich eingestehen, dass sie sich mangels Erfahrung ganz offensichtlich verkalkuliert hatte. Was aller Voraussicht nach zu einer Verschiebung des Eröffnungstermins führen würde, den sie ursprünglich in zwei Monaten geplant hatte.

Als sich das leise Gespräch mit Giggeln und Kichern fortsetzte, trat Marie vorsichtig den Rückzug an, um nur kurze

Zeit später in den Stall zurückzukehren, dieses Mal allerdings mit energischen Schritten, sodass ihr Kommen nicht zu überhören war. Trotzdem traf sie die drei jungen Frauen noch genau dort an, wo sie sie vor wenigen Minuten belauscht hatte. In einer Ecke des Stalls, wo sie auf einem Heuballen herumlümmelten, als hätten sie nicht das Geringste zu tun. Dabei stand um diese Zeit die Pflege der acht eigenen Pferde und der elf Einsteller an, außerdem sollten heute die Umzäunungen der Koppeln kontrolliert werden.

Marie blieb vor den jungen Frauen stehen. »Ist es nicht noch ein bisschen früh für die Mittagspause?«

Die drei erhoben sich mit aufreizender Langsamkeit und musterten sie mit höhnischen Blicken, bevor sie in den Boxen verschwanden.

Aufgebracht verließ Marie den Stall. Zurück im Haus, brach sie in Tränen aus. Ich schaffe das nicht, dachte sie voller Verzweiflung. Ich habe den wichtigsten Menschen in meinem Leben verloren, meinen einzigen Halt, wie soll es denn jetzt weitergehen?

7

Im Hochhaus war die Tatortsicherung mittlerweile in vollem Gang. Aus Itzehoe waren Mitarbeiter der Mordkommission eingetroffen, ebenso befanden sich Spurensicherung sowie der Rechtsmediziner vor Ort. Die Büsumer Beamten führten weiterhin die Nachbarschaftsbefragungen durch, außerdem galt es, nicht befugten Personen den Zutritt zum zehnten Stock zu verwehren.

Berger hatte den Hilfssheriff Otto Kuhnert aufgesucht, der immer noch ziemlich geladen war, weil Lena Matthiessen ihn in seiner Wohnung eingeschlossen hatte. Da Kuhnert am Leichenfundort gewesen war, hatte Berger ihm die Fingerabdrücke abgenommen und auch ein paar Haare für einen DNA-Abgleich erhalten, um Kuhnert bei der Vielzahl der Spuren, die in der Nachbarwohnung zu finden sein dürften, ausschließen zu können.

Im Moment saß Berger im Wohnzimmer des Hilfssheriffs, in dem die offenen Fächer einer ausladenden Schrankwand seine Leidenschaft für den Polizeiberuf eindrucksvoll zur Schau stellten. Neben Unmengen von Kriminalromanen und True-Crime-Storys wurde Berger auf etliche Lehrbücher aufmerksam, die von Kriminalistik über Viktimologie und Kriminologie bis hin zu Vernehmungstechniken reichten. In einem der Schrankfächer befand sich ein aufgeklappter Spurensicherungskoffer für Kinder, dessen Inhalt um den Koffer herum aufgereiht lag. Spurentafeln, Lupe, UV-Lampe, Absperrband, Kreide und dergleichen mehr.

Berger deutete auf die Pistole im Fach daneben, aber bevor sie eine Frage stellen konnte, kam Kuhnert ihr zuvor.

»Keine Sorge, das ist nur eine Schreckschusspistole.« Er stand auf und öffnete eine Schublade, aus der er ein Dokument herauszog, das er Berger reichte. »Und hier ist die Waffenbesitzkarte. Bei mir hat alles seine Ordnung.«

Berger studierte das Dokument und gab es Kuhnert dann zurück. Während der Mann es wieder in der Schublade verstaute, musterte Berger ihn.

Sie schätzte Kuhnert auf um die fünfzig. Ein bulliger Typ von bestimmt einem Meter neunzig mit schütterem Haar und wachen Augen. Er hätte einen hervorragenden Türsteher abgegeben, war laut Lena Matthiessen aber harmlos, wenn auch manchmal ziemlich aufdringlich, wenn es darum ging, ihnen *unter die Arme zu greifen*. Geschieden, keine Kinder, Briefzusteller von Beruf, was ihm einen großen Bekanntheitsgrad in Büsum verschaffte.

»Wozu brauchen Sie eine Schreckschusspistole?«, wollte Berger wissen.

Kuhnert nahm wieder im Sessel ihr gegenüber Platz. Die Einrichtung des Zimmers war ein bisschen aus der Mode gekommen, aber trotzdem noch gut in Schuss. Helle Schrankwand und eine dazu passende Kommode, schwarze Ledergarnitur.

»Ach, wissen Sie …«, begann Kuhnert und seufzte. »Das Leben ist mittlerweile so unsicher geworden. Wir hatten hier in letzter Zeit eine Einbruchsserie, da fühle ich mich mit Pistole einfach sicherer, allein wegen des abschreckenden Effekts. Sie werden ja bemerkt haben, dass die Eingangstür defekt ist. Seit Wochen kann jetzt jeder hier reinspazieren, weil die Hausverwaltung die Reparatur immer wieder verschleppt.«

Berger war wie die meisten ihrer Kollegen eine entschiedene Gegnerin von Schreckschusspistolen, weil sie echten Waffen täuschend ähnlich sahen und es für Polizisten in einer Gefahrenlage auf den ersten Blick nicht erkennbar war, um was für eine Waffe es sich bei dem Gegenüber handelte. Sie könnte Kuhnert jetzt einen Vortrag darüber halten, war sich aber ziemlich sicher, dass dies vergebene Liebesmüh gewesen wäre. Wahrscheinlich war der genannte Sicherheitsaspekt nicht der einzige Grund für die Anschaffung der Waffe gewesen, sondern hatte auch etwas mit Kuhnerts Affinität zum Polizeiberuf zu tun. Vielleicht stellte er sich damit häufiger vor den Spiegel und spielte den bösen Cop.

Berger kam auf den Zweck ihres Besuches zu sprechen. »Sie haben die Toten aufgefunden, sagte man mir.«

Kuhnert nickte eifrig. »Ja, das stimmt. Ich hatte meinen Müll weggebracht, und als ich zurückkam, ist mir aufgefallen, dass die Wohnungstür nebenan einen Spaltbreit offen stand. Als ich gestern Abend nach Hause kam, war das noch nicht der Fall gewesen. Das hätte ich bemerkt, auf solche Dinge achte ich nämlich.«

»Um wie viel Uhr war das gestern Abend?«

»Das war so gegen acht. Ich hatte noch einen Spaziergang zum Hafen gemacht. Das Wetter war so herrlich, und ein bisschen Bewegung ist immer eine wunderbare Entspannung nach der Arbeit, die doch ziemlich anstrengend ist. Es denken ja alle, dass wir Postboten uns einen schönen Lenz machen.« Er zwinkerte Berger zu. »So von wegen den ganzen Tag an der frischen Luft durch die Gegend radeln. Aber ich hab ziemliche Rückenprobleme, das kann ich Ihnen sagen.«

Na, da war sie ja an einen Schnacker geraten. Berger bemühte sich um Geduld. »Die beiden Toten sind Ihnen bekannt, hörte ich.«

»Ja, Heiko Fedders und Henriette Jansen. Die Wohnung gehört Heiko und seiner Frau Elke, die sie als Ferienwohnung vermieten. Heiko ist Krabbenfischer, sein Kutter liegt im Hafen. Er heißt Tina, sie haben ihn nach ihrer Tochter benannt.«

»Und nachdem Ihnen heute Morgen die offen stehende Tür aufgefallen ist, haben Sie die Wohnung betreten.«

Kuhnert nickte eifrig. »Genau. Ich dachte, dass Heiko da ist, weil er vor einiger Zeit erwähnt hat, dass er die Wohnung für den Sommer aus der Vermietung nimmt, um sie zu renovieren. Ich hab das nicht verstanden, weil es ja normal gewesen wäre, so etwas im Herbst oder Winter zu machen, wenn weniger Touris hier sind. Außerdem fand ich den Zeitraum ein bisschen lang, weil ihm da schließlich einiges an Einnahmen flöten geht.«

»Zu welcher Uhrzeit haben Sie die Wohnung betreten?«, versuchte Berger den Hilfssheriff wieder in die Spur zu bringen.

»Ach so, ja … wie gesagt, das war, nachdem ich meinen Müll entsorgt hatte. Hier gibt es auf jeder Etage einen Müllschlucker, das ist sehr praktisch, dann muss man nicht runter.« Er überlegte kurz. »Das war dann also auf dem Rückweg, so gegen halb neun. Mir kam das komisch vor, dass von drinnen nichts zu hören war und mir auch kein Farbgeruch auffiel.«

Kuhnert wischte über sein Gesicht, und während Berger zuvor den Eindruck gewonnen hatte, dass der Mann den Leichenfund mit einer Art professioneller Haltung wegzustecken versuchte, schien jetzt das Gegenteil der Fall zu sein. Kuhnerts Gesicht wies mittlerweile eine ungesunde Blässe auf, und seine Hände auf den Sessellehnen zitterten.

»Soll ich Ihnen ein Glas Wasser holen?«, fragte Berger.

Kuhnert blickte sie dankbar an. »Das wäre nett. Die Küche ist gegenüber.«

Berger ließ das Wasser einen Moment lang ablaufen und fand ein Glas im Küchenschrank. Als sie ins Wohnzimmer zurückkehrte und es Kuhnert reichte, trank dieser es mit hastigen Schlucken leer, woraufhin wieder etwas Farbe in sein Gesicht zurückkehrte.

»Sollen wir einen Augenblick Pause machen?«

Kuhnert schüttelte den Kopf. »Nein, nein, es geht schon wieder.« Seine Verlegenheit war unübersehbar. »Tut mir leid.«

»Sie haben zwei Tote aufgefunden, Herr Kuhnert. So etwas steckt man nicht so einfach weg.«

»Aber Ihnen gelingt das doch auch.«

»Ein Leichenfund setzt jedem von uns zu.«

»Aber Sie sind doch bestimmt schon viele Jahre bei der Truppe, da wird so etwas doch zur Routine.«

»Das ist richtig, aber deshalb geht es mir trotzdem nah.« Als Kuhnert nichts erwiderte, setzte Berger die Befragung fort. »Sie haben Heiko Berger also offensichtlich näher gekannt. Gilt das auch für Henriette Jansen?«

Kuhnert schüttelte den Kopf. »Nein. Ich weiß natürlich, dass sie die Frau von Thies Jansen, einem pensionierten Oberstaatsanwalt, ist. Frau Jansen und ich haben ab und an mal über den

Zaun geklönt, wenn ich die Post ausgetragen habe. Manchmal habe ich sie auch im Supermarkt gesehen, aber ansonsten gab es keinen Kontakt. Ihren Mann kenne ich nicht persönlich.«

»Was können Sie mir denn über Heiko Fedders erzählen?«

Ein wehmütiges Lächeln erschien auf Kuhnerts Gesicht. »Heiko ist in Büsum bekannt wie 'n bunter Hund. Das sind aber die meisten unserer Krabbenfischer. Ich kenne ihn, seit meine geschiedene Frau und ich hierhergezogen sind. Das liegt jetzt an die zwanzig Jahre zurück. Also ... damals waren wir noch nicht geschieden, das ist erst vor fünf Jahren passiert. Aber wir sind Freunde geblieben, wie das immer so schön heißt. Wobei ... schön ist es eigentlich nicht, wenn man den anderen immer noch liebt, aber nur noch als Freund wahrgenommen wird.«

»Sie wollten mir etwas über Heiko Fedders erzählen«, erinnerte Berger ihn. Warum war es für manche Menschen nur so schwer, beim Thema zu bleiben?

»Ach so, ja, klar. Heiko ist ...« Kuhnert stockte und wischte über seine Augen, in denen es jetzt verdächtig schimmerte. »Heiko war ein toller und zuverlässiger Kumpel, mit dem man über Gott und die Welt quatschen konnte. Wenn mal Not am Mann war, war er immer zur Stelle. Außerdem konnte er großartig organisieren. Er war Mitorganisator der Kutterregatta, die jedes Jahr im Juli stattfindet. Die gibt es seit über hundert Jahren, und das ist immer ein großes Volksfest mit einem spannenden Beiprogramm.« Kuhnert schluckte hart und räusperte sich. »Er wird uns allen wahnsinnig fehlen.«

Berger ließ Kuhnert einen Augenblick Zeit, um sich zu sammeln. »Sie sagten, dass Heiko Fedders die Wohnung renovieren wollte. Danach sieht es im Moment aber nicht aus.« Berger hatte zwar ebenso wie Lena Matthiessen eine Vermutung, wofür die Wohnung tatsächlich genutzt worden war, wollte sie aber nicht aussprechen, sondern abwarten, was Kuhnerts Eindruck gewesen war.

Kuhnert schien mit sich zu ringen. »Ich will ja niemand in Verruf bringen … aber … soll ich Ihnen sagen, was mein Eindruck war, als ich die beiden da liegen sah?«

Berger machte eine auffordernde Handbewegung. »Bitte.«

»Das ist ein Liebesnest, hab ich gedacht. Heiko hat das mit der Renovierung nur erfunden, weil er ein ungestörtes Plätzchen brauchte.«

Dann hatte also auch Kuhnert diesen Gedanken gehabt. »Ist Ihnen nach Ihrer Rückkehr gestern Abend irgendetwas aufgefallen? Oder auch schon vorher, als Sie von der Arbeit kamen? Vielleicht Personen, die Sie hier noch nie gesehen haben?«

Kuhnert schüttelte den Kopf. »Nein, mir ist niemand begegnet. Ich bin um achtzehn Uhr von der Arbeit gekommen, dann habe ich Abendbrot gegessen, und danach bin ich, wie erwähnt, noch mal an die frische Luft gegangen. Als ich hier in meiner Wohnung war, war es nebenan die ganze Zeit über ruhig. Ich hab auch keine Schüsse gehört, der Täter hat wohl einen Schalldämpfer benutzt.«

Berger überlegte, aber sie hatte für den Moment keine weiteren Fragen und reichte Kuhnert ihre Visitenkarte, bevor sie ging.

»Falls Ihnen noch etwas einfällt, zögern Sie nicht, uns anzurufen. Wir melden uns aber bestimmt noch einmal bei Ihnen.«

»Ich halte hier Wacht, das ist doch klar! Und wenn irgendwas ist, gebe ich sofort Bescheid.«

Zurück auf dem Flur, machte sich Berger auf die Suche nach

Lena Matthiessen, die sie in einer Wohnung am anderen Ende des Stockwerks fand. Sie wartete, bis die Kollegin ihre Befragung beendet hatte, und nahm sie dann beiseite. »Wer informiert die Angehörigen? Die Kollegen der Mordkommission oder wir?«

»Wir. Die Kollegen haben uns darum gebeten, weil sie hier noch beschäftigt sind.«

Berger nickte. »Dann los.«

Matthiessen ergriff ihren Arm. »Wir sollten uns aufteilen. Ich würde nämlich gerne meinen Vater mit zu Thies Jansen nehmen, und wir müssen ja nicht zu dritt bei ihm antanzen.«

Berger schaute sie irritiert an. »Ihr Vater ist nicht mehr im Dienst.«

»Sie wissen doch auch, was das Überbringen einer Todesnachricht für den Empfänger bedeutet. Mein Vater ist Thies Jansens bester Freund. Deshalb hätte ich ihn gerne dabei«, insistierte Matthiessen.

Berger überlegte einen Augenblick. »Na gut«, sagte sie schließlich. »Dann suche ich die Frau und die Tochter von Heiko Fedders auf. Haben Sie eine Adresse für mich?«

Matthiessen warf einen Blick auf ihre Armbanduhr. »Elke dürfte jetzt in ihrem Verkaufsstand am Hafen sein.« Sie winkte einen Kollegen heran, der gerade über den Flur kam. »Kannst du Frau Berger zum Stand der Fedders' fahren?«

Der Kollege nickte und Berger folgte ihm, froh darüber, das Hochhaus verlassen zu können. Sie hatte sich bei Kuhnert in den Sessel gesetzt, der am weitesten entfernt vom Balkon stand, und den Blick aus dem Fenster vermieden. Aber die heutige Erfahrung hatte ihr gezeigt, dass sie ihr Problem noch einmal angehen musste. Und zwar dringend.

8

Lena war nicht allzu erstaunt, als sie erfuhr, dass ihr Vater sich gerade im Bestattungsinstitut Gerdes aufhielt und sie umgehend am Hochhaus abholen würde. Sie hatte schon mitbekommen, dass er Gefühle für Freya hegte, sich aber nicht so richtig an die Chefin des Instituts rantraute. Vielleicht hatte er sich heute ja ein Herz gefasst. Sie drückte die Daumen, dass Carsten endlich mal zu Potte kam, denn sie mochte Freya und war überzeugt davon, dass sie ihrem Vater guttun würde.

Die Erschütterung über die beiden Tötungsdelikte stand Carsten ins Gesicht geschrieben, als sie in seinen Wagen stieg. »Mein Gott, was ist denn passiert?«, fragte er aufgewühlt. »Wieso waren Henny und Heiko in diesem Apartment?«

»Wir wissen es noch nicht.« Lena beugte sich zur Rückbank, auf der Fini gerade einen aufgeregten Tanz aufführte, mit dem sie ihre Wiedersehensfreude bekundete. »Jetzt gib endlich Ruhe, Fini!« Mit leichter Verwunderung beobachtete sie, wie ihr scharfer Ton eine sofortige Wirkung zeigte und Fini sich mit einem ergebenen Seufzer zusammenrollte, ohne einen weiteren Mucks von sich zu geben.

Carsten startete den Motor, und Lena überlegte, wie sie ihren nächsten Satz am taktvollsten formulieren konnte. »Ich will hier kein Gerücht in die Welt setzen, aber es hat den Anschein, als wenn Henny und Heiko dort ein Liebesnest hatten.« Sie riskierte einen kurzen Seitenblick und stellte fest, dass ihr Vater über ihre Worte weniger bestürzt schien, als sie vermutet hatte. »Weißt du etwas darüber?«

Carsten seufzte. »Thies hat vor längerer Zeit mal eine Andeutung gemacht, dass Henny eine Affäre hat.«

»Was heißt vor längerer Zeit?«, fragte Lena.

»Das war vor einem halben Jahr. Ich erinnere mich deshalb so genau daran, weil ich gerade in den Ruhestand gegangen war.«

»Und was hat Thies sonst noch gesagt? Wusste er, wer der Liebhaber seiner Frau war?«

Ihr Vater schaltete in den zweiten Gang herunter, weil es keine Möglichkeit gab, den trödelnden Radfahrer vor dem Wagen zu überholen. »Thies hat behauptet, dass er keine Ahnung hätte und es ihm auch egal wäre.«

»Und das hast du ihm geglaubt?«, fragte Lena zweifelnd.

»Nein, natürlich nicht, und das habe ich ihm auch gesagt. Da hat er sofort dichtgemacht.«

»Wieso dicht gemacht? Du bist sein bester Freund, da spricht man sich doch aus.«

Carsten lachte auf. »Ihr Fruunslüüd vielleicht, aber wir Männer …« Der Rest des Satzes gefror in einer wedelnden Handbewegung, die alles und nichts bedeuten konnte.

»Ja klar, wie konnte ich das nur vergessen. Männer sind harte Kerle, die reden natürlich nicht über Gefühle.« Es war immer dasselbe und betraf alle Altersgruppen. Auch sie hatte diesbezüglich bereits leidvolle Erfahrungen gemacht.

Worauf ihr Vater sie im nächsten Satz hinwies. »Ach, Deern,

ich weiß ja, dass du in der Beziehung ein gebranntes Kind bist.« Ein kurzer Seitenblick folgte. »Ist Kristian Gehrkens schon im Hochhaus aufgetaucht?«

»Nein, er hat seine Leute geschickt.« Lena schloss für einen kurzen Moment die Augen. Hätte sie ihrem Vater seinerzeit in einem Moment der Schwäche bloß nichts von ihren Gefühlen für Kristian erzählt. Carsten war taktvoll genug gewesen, diesen Namen in ihrer Gegenwart nicht mehr zu erwähnen, warum also ausgerechnet heute? Sie gab sich die Antwort selbst. Weil jetzt vielleicht wieder die Möglichkeit einer Zusammenarbeit zwischen Kristian und ihr bestand. Was sie in einen Zustand zwischen Vorfreude und Furcht versetzte.

»Außerdem ist Thies schon immer ein sehr verschlossener Mensch gewesen, an den auch Freunde nur schwer rankommen«, fuhr Carsten übergangslos fort, als hätte er ihre Stimmung gespürt. Was bestimmt der Fall war, so gut, wie sie einander kannten.

»Schade«, seufzte Lena, froh darüber, dass ihr Vater das Thema Kristian Gehrkens nicht weiter vertiefte. »Ich hatte gedacht, dass Thies wenigstens dir anvertraut hätte, was in seiner Ehe los ist.«

»Da hast du falsch gedacht, Tochter.«

Das eben Gehörte war nicht das, was Lena sich erhofft hatte. Ihr Vater war ein empathischer und kommunikativer Mensch, der sein Umfeld nicht nur im Beruf dazu gebracht hatte, sich ihm anzuvertrauen, sondern auch im Privaten. Aber bei Thies Jansen hatte das offenbar nicht funktioniert, was sie angesichts der langen Freundschaft der beiden Männer und trotz der eben vorgebrachten Erklärung, wie Männer tickten, schon ziemlich verwunderlich fand.

Die Jansens bewohnten ein rot verklinkertes frei stehendes Einfamilienhaus in der Pommernstraße, dessen Vorgarten deutlich zeigte, dass hier schon seit Längerem niemand mehr Hand angelegt hatte.

»Ach herrje«, sagte Carsten, als sie den Plattenweg zur Haustür entlanggingen. Fini war unter Protest im Wagen zurückgeblieben, hatte sich aber nach einer erneuten Mahnung in ihr Schicksal gefügt.

Carsten deutete mit bedrückter Miene auf die Beete zu beiden Seiten des Weges, die einmal eine Augenweide gewesen sein mussten, um die sich jetzt aber ganz offensichtlich schon seit längerer Zeit niemand mehr gekümmert hatte. »Wenn ich mir das hier so angucke, wirkt es fast, als wäre Henny schon vor Längerem ausgezogen. Der Garten war doch immer ihr ganzer Stolz, den hätte sie nie so verkommen lassen.«

»Bist du denn das letzte halbe Jahr überhaupt nicht mehr hier gewesen?«, fragte Lena. Sie erinnerte sich, dass Thies Jansen in der Zeit, die sie jetzt bei Carsten lebte, nie zu Besuch gekommen war. Komisch, dass ihr das erst in diesem Moment auffiel, ebenso wie die Tatsache, dass ihr Vater seinen Freund in letzter Zeit kaum noch erwähnt hatte.

Carsten war stehen geblieben und schüttelte den Kopf.

»Nein, Thies und ich haben nur miteinander telefoniert, und das wurde auch immer weniger. Wenn man ständig zurückgestoßen wird, streicht man irgendwann die Segel.« Ein trauriger Ausdruck lag auf seinem Gesicht, als er auf die trostlosen Beete deutete. »Aber wenn ich das jetzt so sehe … verdammt, ich hätte mich kümmern müssen.«

Lena legte ihre Hand auf seinen Arm. »Jetzt mach dir keine Vorwürfe, Papa. Wenn jemand nicht will, dann will er nicht.«

»Das ist keine Entschuldigung, Lena! Thies und ich sind seit der Schulzeit befreundet, da lässt man den anderen nicht im Stich!«

Lena schwieg, da ihr keine tröstende Antwort einfiel. Carsten war weitergegangen und klingelte jetzt an der Haustür. Erst nach dem vierten Mal öffnete sie sich.

Es lag ein knappes Jahr zurück, dass Lena Thies Jansen das letzte Mal gesehen hatte. Vor seinem Rückzug hatte sie ihn auf den Geburtstagsfeiern ihres Vaters getroffen, bei denen auch Hinnerk Petersen stets anwesend war, der das Dreiergespann vervollständigte. Lena hatte so manches Mal gedacht, dass es wirklich erstaunlich war, wie lange die Freundschaft der drei Männer jetzt schon anhielt, angesichts der Unterschiedlichkeit ihrer Charaktere.

Der Aufgeschlossenheit ihres Vaters stand mit Thies Jansen ein in sich gekehrter Mann gegenüber, der sich schwer mit dem Leben tat, während Hinnerk Petersen sich nicht allzu viele Gedanken über die Menschen im Allgemeinen und das Leben im Besonderen zu machen schien, was ihn in den Augen anderer häufig als oberflächlich oder ungebildet dastehen ließ. Was Hinnerk, den Lena wesentlich lieber mochte als Thies, beileibe nicht war. Aber das merkte man erst, wenn man ihn näher kennenlernte.

Auf Thies Jansens Gesicht erschien ein ablehnender Ausdruck, als er ihrer ansichtig wurde. Lena erschrak über sein Aussehen. Sie hatte ihn als einen kräftigen Mann in Erinnerung, mit aufrechtem Gang und energischem Auftreten, von dem sie sich gut vorstellen konnte, dass er vor Gericht schon so manchen Angeklagten eingeschüchtert hatte. Und jetzt musste sie mit einiger Bestürzung feststellen, dass nichts mehr von diesem Mann übrig geblieben war. Thies Jansen schien geschrumpft und hatte einiges an Gewicht verloren, was deutlich an der viel zu weiten grauen Stoffhose und dem ungebügelten weißen Hemd zu sehen war, das er nachlässig in den Hosenbund gestopft hatte. Das Erschreckendste war allerdings der Blick in sein Gesicht. Es zeigte eine kränkliche Blässe, der Ausdruck in seinen grauen Augen zeugte von vollkommener Hoffnungslosigkeit.

»Carsten?« Jansens Stimme klang kratzig, als hätte er schon seit längerer Zeit mit niemandem mehr gesprochen. Sein Blick flog zu Lena und wurde starr. »Was wollt ihr?«

»Dürfen wir reinkommen?«, fragte Lena und lächelte ihn trotz seiner barschen Frage an.

»Was wollt ihr?« Jansens Blick flog zwischen ihnen hin und her, er schien nicht gewillt, die Tür freizugeben.

»Jetzt lass uns rein, Thies!« Carsten stellte einen Fuß in die Tür. »Wir müssen mit dir sprechen!«

Es dauerte einen langen Augenblick, und Lena dachte schon, dass Jansen ihnen den Zutritt verwehren würde. Aber schließlich trat er doch zur Seite und signalisierte ihnen mit einer knappen Handbewegung, dass sie hereinkommen sollten. Jansen ging ihnen voraus ins Wohnzimmer, setzte sich aber nicht und bot auch ihnen keinen Platz an.

Lena war noch nie hier gewesen und blickte sich kurz um. Die Einrichtung war ein ansprechender Mix aus alten und neuen Möbeln, trotzdem drängte sich ihr beim Gesamteindruck des Zimmers der Ausdruck verwahrlost auf.

Fast überall lag etwas herum. Achtlos abgelegte Kleidungsstücke auf dem Sofa und einem Sessel sowie auf einer Chaiselongue, die mit ihrem hölzernen Rückenteil zwar hübsch anzusehen war, aber einen unbequemen Eindruck machte. Über weite Teile des Fußbodens waren Bücher und Zeitschriften verstreut. Den trostlosesten Anblick aber boten die vertrockneten Pflanzen auf der Fensterbank und die Ansammlung von Rotweinflaschen, die neben einem Glas mit eingetrockneten Weinresten auf dem gläsernen Couchtisch standen. Das alles ließ darauf schließen, dass hier ein Mensch lebte, dem sein wohnliches Umfeld egal war, weil er sich aufgegeben hatte. Zusammen mit dem vernachlässigten Garten war jetzt wirklich davon auszugehen, dass Henriette Jansen diesem Haus bereits vor längerer Zeit den Rücken gekehrt hatte. Worauf auch Jansens äußere Veränderung hindeutete.

»Dürfen wir uns setzen?«, fragte Carsten.

Jansen nickte widerwillig und nahm ebenfalls Platz, nachdem Lena einige Kleidungsstücke auf dem Sofa beiseite geräumt und sich mit Carsten dort niedergelassen hatte. Jansen saß in Habachtstellung auf der Sesselkante, offensichtlich entschlossen, sie so schnell wie möglich wieder loszuwerden.

Auf dem Herweg hatten sie besprochen, dass Carsten die Todesnachricht überbringen sollte. Was er jetzt mit stockender Stimme tat, während Lena Thies Jansen aufmerksam beobachtete. Falls seine Frau wirklich ein Verhältnis mit Heiko Fedders gehabt hatte, war es gut möglich, dass Jansen davon gewusst hatte, auch wenn er dies seinerzeit gegenüber ihrem Vater abgestritten hatte. Und falls dem so war, machte ihn das zu einem Tatverdächtigen.

Jansen hatte Carstens Eröffnung mit ausdruckslosem Gesicht verfolgt. Auch als Carsten erwähnte, dass Henriette zusammen mit Heiko Fedders in dem Appartement aufgefunden worden war, blieb seine Miene starr.

»Du hattest vor einiger Zeit angedeutet, dass Henny eine Affäre hätte, du aber nicht wüsstest mit wem«, sagte Carsten. »Da sie sich nun mit Heiko in diesem Apartment befand, muss davon ausgegangen werden, dass er ihr Liebhaber war. War dir das in der Zwischenzeit bekannt geworden oder hast du mich damals belogen?«

Jansen schüttelte den Kopf und strich mit beiden Händen über seine Oberschenkel. »Weder noch.« Als er Carstens zweifelnden Blick gewahrte, wurde er laut. »Nein, ich habe es nicht gewusst! Weder damals noch heute!«

»Wohnt Ihre Frau noch hier?«, fragte Lena.

Erneut schüttelte Jansen den Kopf.

»Wann ist sie ausgezogen?«, hakte Carsten nach.

»Das ist doch scheißegal!«, brauste Jansen auf.

Sieh an, dachte Lena, schon das zweite Mal ereifert er sich. Also war er doch nicht so emotionslos, wie er sich den Anschein zu geben versuchte.

»Thies, bitte! Wir wollen doch nur …«, Carsten kam nicht dazu, seinen Satz zu beenden, weil Jansen sich abrupt erhob und ihm ins Wort fiel.

»Ich wäre jetzt gerne allein!« Jansen deutete durch die offen stehende Wohnzimmertür in Richtung der Haustür.

Lena fixierte ihren Vater mit einem auffordernden Blick, weil sie jetzt gerne drangeblieben wäre, aber Carsten schüttelte unmerklich den Kopf und legte im Vorübergehen eine Hand auf die Schulter seines Freundes.

»Ich bin da, falls du mich brauchst.«

Jansen reagierte nicht, woraufhin Carsten zur Haustür ging. Lena folgte ihm widerstrebend.

»Warum hast du dich denn so abwimmeln lassen?«, fragte sie erbost, als sie wieder im Wagen saßen. »Jansen hat mit Sicherheit gewusst, mit wem seine Frau ein Verhältnis gehabt hat. So groß ist Büsum ja nicht, dass so etwas unbemerkt bleibt. Und damit ist Jansen ein Tatverdächtiger.«

»Das ist mir klar, Lena. Aber jetzt ist nicht der richtige Zeitpunkt, ihn in die Mangel zu nehmen. Wir haben ihm gerade mitgeteilt, dass seine Frau getötet wurde. Das muss er doch erst mal begreifen.«

»Vielleicht hat er es längst gewusst«, sagte Lena provozierend. »Weil er der Täter ist.«

»Das glaube ich nicht!«

»Warum nicht? Weil er einmal ein angesehener Oberstaatsanwalt war oder weil er dein Freund ist?«

Carsten seufzte. »Ich kenne Thies seit mehr als fünfzig Jahren und halte ihn nicht für fähig, einen Doppelmord zu begehen.«

»Du hast gesagt, dass er in letzter Zeit niemanden mehr an sich rangelassen hat. Du weißt doch überhaupt nicht, was zwischen ihm und seiner Frau vorgefallen ist und zu was das bei ihm schließlich geführt haben könnte.«

Carsten schloss die Augen und schwieg einen Moment, dann blickte er sie an.

»Ich glaube es einfach nicht, Lena.«

9

Auf dem Weg zum Hafen erhielt Berger eine WhatsApp-Nachricht ihres Mannes, der einen dringenden Rückruf einforderte. Sie ahnte, worum es ging, wollte seiner Aufforderung jetzt aber nicht nachkommen und sich auch nicht mit Gedanken an dieses Gespräch belasten.

Sie sah den Büsumer Hafen, der sich linkerhand erstreckte, heute zum zweiten Mal und war erstaunt, wie viele Menschen am Kai entlangschlenderten. Immerhin war es mitten in der Woche, aber der Parkplatz, der sich über die gesamte Länge des Fischerkais zwischen Fußweg und Straße erstreckte, war schon sehr gut belegt. Auf der rechten Seite der schmalen Straße begrenzten Bäume den Deich, hinter dem die Obergeschosse einer Vielzahl von Häusern aufragten, auf deren Fassaden vereinzelt die Namen von Hotels oder Ferienwohnungen zu sehen waren.

Der Hafen hatte etwas Pittoreskes, kein Vergleich mit den Häfen in größeren Städten. Krabbenkutter mit bunten Anstrichen lagen zu beiden Seiten des Kais, aber ebenso ein Schiff der Küstenwache sowie Ausflugsschiffe.

Der Kollege parkte den Wagen in einer gerade frei gewordenen Lücke und deutete auf einen Verkaufsstand in kurzer Entfernung. »Da müssen wir hin.«

Berger gab ihm ein Zeichen, sitzen zu bleiben. »Ich gehe allein.«

Am Verkaufsstand der Familie Fedders stand eine längere Menschenschlange, die sechs Stehtische davor waren gut besetzt. Über ihren Köpfen kreisten Möwen, und auch auf dem Weg spazierten einige herum, immer auf der Jagd nach etwas Essbarem.

Hinter dem Tresen bediente eine Frau mittleren Alters, die alle Hände voll damit zu tun hatte, die unterschiedlichen Kundenwünsche zu erfüllen. Berger fiel auf, dass nur eine geringe Anzahl vorbereiteter Fischbrötchen in der Auslage auf die unterschiedlichen Angebote hinwies und die georderten Brötchen stets frisch gefertigt wurden. Was immer für gute Qualität eines Anbieters sprach, weil so gewährleistet werden konnte, dass die Fischbrötchen stets frisch serviert wurden und man nicht mit einem Exemplar rechnen musste, das sich unter Umständen bereits seit den frühen Morgenstunden in der Auslage befand.

Lena Matthiessens Beschreibung zufolge handelte es sich bei der Verkäuferin um Elke Fedders. Berger musste sie irgendwie vom Stand loseisen, um sie allein sprechen zu können, was allerdings schwierig sein dürfte, wenn ihn niemand übernehmen konnte.

Das Überbringen einer Todesnachricht erforderte Feingefühl, so etwas konnte man nicht inmitten eines Pulks von Menschen vornehmen, wo die Frau von den Wünschen ihrer Kunden abgelenkt wurde. Berger wollte aber auch nicht warten, bis der Verkaufsstand offiziell schloss, was laut dem Schild, das sie seitlich neben dem Fenster entdeckte, um siebzehn Uhr der Fall war. Büsum war ein kleiner Ort, und eine aufsehenerregende Nachricht wie ein zweifaches Tötungsdelikt würde sich in Windeseile herumsprechen. Auch wenn die Namen der Opfer im Moment nur den im Hochhaus arbeitenden Kollegen und diesem Hilfssheriff bekannt waren – immerhin hatte der versichert, mit niemandem sonst über seinen Fund gesprochen zu haben und es auch weiterhin nicht zu tun. Aber über diese Brücke ging Berger nicht, dazu war der Mann viel zu redselig. Die Bewohner des zehnten Stocks waren mittlerweile alle befragt worden, hier hatte niemand etwas mitbekommen.

Aber man wusste ja nie. Nicht auszudenken, dass die Angehörigen die Todesnachricht von jemand anderem als der Polizei übermittelt bekamen. Das musste auf jeden Fall verhindert werden.

Berger überlegte, wie sie am besten vorgehen sollte, und stellte sich dann als Letzte in der Schlange an. Alles andere hätte Aufsehen erregt, was sie im Interesse von Elke Fedders um jeden Preis vermeiden wollte. Eine uniformierte Polizistin weckte nun mal die Neugierde vieler Menschen, wie Berger auch jetzt wieder feststellen musste, als ihr interessierte Blicke folgten.

Als sie an die Reihe kam, stellte sie sich kurz vor, wobei sie darauf achtete, ihre Stimme zu senken. »Sind Sie Elke Fedders?«

Die Frau nickte und sah sie mit einem schwer zu deutenden Ausdruck an.

»Ich müsste Sie sprechen, Frau Fedders. Haben Sie jemanden, der den Stand für eine Weile übernehmen kann?«

»Worum geht es denn?« Jetzt stand Ablehnung in ihrem Blick.

»Darüber würde ich gerne unter vier Augen mit Ihnen reden.«

»Ich kann hier im Moment nicht weg, Sie sehen ja, was gerade los ist.« Ihre Hände fuhren durch das aufgesteckte Haar, ihre Wangen hatten rote Flecken bekommen. »Meine Ablösung kommt erst in einer Stunde.«

Berger realisierte, dass sich Unruhe hinter ihr breitmachte, und als sie einen Blick zurückwarf, sah sie, dass sich schon wieder eine Schlange gebildet hatte. Sie beugte sich so weit wie möglich vor, weil sie nicht wollte, dass die Umstehenden etwas mitbekamen. »Es geht um Ihren Mann, Frau Fedders. Es ist wichtig!«

Elke Fedders' Blick wurde starr, nach einem kurzen Zögern zog sie ein Handy unter dem Tresen hervor. »Ich versuche, meine Ablösung jetzt schon herzukriegen.« Das Gespräch war nur kurz, und nach dessen Beendigung nickte sie Berger zu. »Sie ist in einer halben Stunde hier.«

»Gut.« Berger entfernte sich vom Verkaufsstand, blieb dann aber unentschlossen stehen. Sie hätte liebend gern ein Fischbrötchen gegessen, weil ihr knurrender Magen mittlerweile überdeutlich signalisierte, dass die Mittagszeit bereits weit überschritten war. Aber angesichts der Situation hätte sie das als unpassend empfunden. Deshalb beschloss sie die Wartezeit mit einem Besuch des Museumshafens zu überbrücken, den sie noch nicht kannte.

Der Museumshafen lag zwischen dem Leuchtturm und dem Lighthouse Hotel auf der einen sowie einer zurzeit nicht besonders attraktiven Bebauung auf der gegenüberliegenden Seite. Hier hatte ein Gebäude weichen müssen, Anwohnern und Gästen bot sich jetzt der trostlose Anblick einer Baugrube.

Das innere Becken des Museumshafens war leer, im äußeren lag eine Reihe gut erhaltener, aber sichtlich antiker Schiffe. Berger erblickte Namen wie Farewohl von Büsum und Margaretha und entdeckte sogar ein außer Betrieb genommenes Motorrettungsboot der Deutschen Gesellschaft zur Rettung Schiffbrüchiger, das den Namen Rickmer Bock trug. Da sie noch ein wenig Zeit hatte, überquerte sie die Brücke Richtung Deich und schaute sich die linkerhand gelegenen Exponate des Ankerfriedhofs an, von dem sie vor einiger Zeit gelesen hatte. Es war nur eine kleine Rasenfläche, auf der Anker von Segelschulschiffen aus mehreren Jahrhunderten ausgestellt waren. Eine Ausstellung, die von den meisten Menschen übersehen wurde, weil sie so unspektakulär war.

Nach einem erneuten Blick auf die Uhr ging Berger zum Verkaufsstand der Fedders' zurück. Als er in Sichtweite kam, bemerkte sie Elke Fedders, die den Stand gerade verließ und sich suchend umsah. Eilends ging Berger auf sie zu.

»Was ist denn jetzt mit meinem Mann?«, wollte Elke Fedders wissen. Sie sah derangiert aus, was angesichts der Hitze kein Wunder war. Ihre blauen Bermudas waren zerknittert, das weiße T-Shirt wies Schweißflecken auf, und aus ihren aufgesteckten Haaren hatten sich einige Strähnen gelöst, die ihr ins verschwitzte Gesicht hingen.

»Lassen Sie uns zum Streifenwagen gehen.« Berger wollte ihr die Nachricht nicht in aller Öffentlichkeit überbringen, doch wie es aussah, würde sie ihr Vorhaben nicht in die Tat umsetzen können. Elke Fedders hatte die Arme vor der Brust verschränkt und blickte sie trotzig an.

»Nein! Sie können mir auch hier sagen, was los ist.«

Trotz ihres Widerstands gelang es Berger, Elke Fedders wenigstens ein Stück zur Seite zu führen, was diese mit einem

Stirnrunzeln quittierte. »Es tut mir leid ...« Das war immer der schlimmste Teil ihres Jobs. Einem Menschen sagen zu müssen, dass eine ihm nahestehende Person durch ein Verbrechen aus dem Leben gerissen worden war. Berger hatte schon eine Reihe von Todesnachrichten überbracht und rang trotzdem jedes Mal wieder um die richtigen Worte. »Wir haben Ihren Mann tot aufgefunden.« Sie stockte kurz. »Wir gehen von einem Gewaltverbrechen aus.«

Das Gesicht von Elke Fedders war zu einer Maske erstarrt. Sie stand einen Augenblick lang vollkommen unbewegt und klammerte sich dann hilfesuchend an Bergers Arm. Ihr Blick flackerte, als er den ihren suchte.

»Nein!« Elke Fedders' Schrei hallte über das Wasser, Speichel tropfte aus ihrem Mund. »Nein! Das ist nicht wahr!«

Berger sprach beruhigend auf sie ein und versuchte gleichzeitig, einige neugierige Passanten wegzuscheuchen, die sich ihnen näherten. Vorsichtig führte sie die zitternde Frau zu einem Poller, auf den sie sich niedersinken ließ und von den Umstehenden begafft wurde, was Berger so wütend machte, dass sie sich nicht mehr beherrschen konnte.

»Verschwinden Sie! Hier gibt es nichts zu gaffen!« Als sie sich wieder zu Elke Fedders umwandte, sah sie, dass diese leichenblass geworden war. Eilends griff Berger zum Handy, um einen Rettungswagen zu rufen, und hoffte, dass Elke Fedders bis zu dessen Ankunft nicht zusammenklappte. Sie war zwar, wie all ihre Kollegen, in Erste-Hilfe-Maßnahmen geschult und auch für gewisse medizinische Notfälle ausgebildet, aber wie sie die Situation einschätzte, benötigte die Frau aufgrund des Schocks jetzt dringend ärztliche Hilfe und vielleicht ein Beruhigungsmittel.

Nachdem der RTW Elke Fedders ins Krankenhaus abtransportiert hatte, sprach Berger die junge Frau an, die ihre Ablösung übernommen hatte und jetzt mit erschrockenem Blick hinter dem Verkaufstresen stand.

»Können Sie mir sagen, wo ich die Tochter der Fedders' finde?«

»Vielleicht zu Hause, aber genau weiß ich das nicht. Tina wartet auf einen Studienplatz und hilft uns hier öfter aus. Heute ist sie allerdings nicht eingeteilt.« Sie holte tief Luft, dann brach es aus ihr heraus. »Was ist denn passiert, dass die Elke so ausgeflippt ist?«

Berger blieb ihr die Antwort schuldig. »Können Sie mir die Anschrift verraten?«

Die Frau blickte sie stirnrunzelnd an, offensichtlich verstimmt darüber, dass sie keine Auskunft auf ihre Frage erhalten hatte. »Tina wohnt noch bei ihren Eltern.« Nach kurzem Zögern nannte sie die Adresse. Mit einem Nicken bedankte sich Berger bei ihr und kehrte zum Dienstwagen zurück.

Der Kollege fuhr sie in die Dienststelle zurück und überließ ihr anschließend den Wagen. Allein machte sie sich auf den Weg zu der angegebenen Anschrift. Das Haus der Familie Fedders lag in der Wilhelm-Külper-Straße und war älteren Datums, aber noch gut in Schuss.

Berger hatte Glück, Tina Fedders hielt sich zu Hause auf. Sie war eine aparte junge Frau mit einem offenen Blick, die Berger auf Anfang zwanzig schätzte.

»Ist etwas passiert?«, fragte Tina mit ängstlichem Blick, nachdem Berger sich vorgestellt und ausgewiesen hatte.

»Darf ich reinkommen?« Berger schickte ein Stoßgebet zum

Himmel, dass ihre Nachricht keinen weiteren Zusammenbruch nach sich ziehen würde.

»Ja, natürlich.« Tina Fedders führte sie durch einen hellen und sparsam möblierten Flur in ein ansprechendes Wohnzimmer, in dem – genau wie in der Ferienwohnung im Hochhaus – die Farben Weiß und Blau dominierten.

Berger schluckte, bekam den Kloß in ihrem Hals aber nicht herunter. »Ich muss Ihnen leider mitteilen, dass Ihr Vater ums Leben gekommen ist, Frau Fedders. Wir gehen von einem Tötungsdelikt aus.« Es brachte nichts, das Ereignis zu beschönigen oder um den heißen Brei herumzureden. Die Angehörigen hatten ein Recht darauf, die Wahrheit zu erfahren, auch wenn diese noch so schmerzhaft war. Während Berger Tinas Mutter aufgrund ihres desolaten Zustands nur die erste Hälfte der Umstände mitgeteilt hatte – weitere Gespräche würden erst folgen können, wenn die Ärzte im Krankenhaus grünes Licht gaben –, konnte sie der Tochter dieses zweite Detail nicht vorenthalten. »Ihr Vater wurde allerdings nicht allein aufgefunden, es gibt ein weiteres Todesopfer.« Tina Fedders starrte sie mit weit aufgerissenen Augen an. Als die junge Frau zu schwanken begann, ergriff Berger ihren Arm und nötigte sie, auf dem Sofa Platz zu nehmen. »Es tut mir sehr leid.«

Tina Fedders brauchte einen Augenblick, bis sie ihre Fassung halbwegs wiedererlangt hatte. »Wer ist das zweite Opfer?«

»Henriette Jansen. Ist sie Ihnen bekannt?«

Tina Fedders schüttelte den Kopf. »Nein. Wo wurden die beiden gefunden?«

»In Ihrer Ferienwohnung im Hochhaus.« Berger nahm neben ihr Platz. »Ich habe auch Ihre Mutter bereits über den Tod

Ihres Vaters informiert. Allerdings noch nicht über den zweiten Leichenfund und den Fundort.«

Bevor sie weitersprechen konnte, sprang Tina Fedders auf. »Ist meine Mutter noch am Verkaufsstand? Mein Gott, ich muss zu ihr.«

»Nein, sie ist auf dem Weg ins Krankenhaus. Ihre Mutter hat die Nachricht nicht gut verkraftet. Sie hat sehr stark körperlich darauf reagiert, deshalb habe ich einen Rettungswagen gerufen. Sie steht unter Schock.«

»Ich muss zu ihr«, wiederholte die junge Frau wie in Trance. »Sie hat ein schwaches Herz.«

Berger fasste einen Entschluss. »Sie sollten jetzt nicht Auto fahren, Frau Fedders. Ich schlage vor, Sie trinken jetzt einen Schluck Wasser, damit Sie mir nicht auch noch umkippen, und dann bringe ich Sie ins Krankenhaus zu Ihrer Mutter.«

Auf der Fahrt zum Westküstenklinikum in Heide erfuhr Berger durch einen Anruf, dass Elke Fedders bereits eingetroffen war und nach einem ersten Durchchecken kein Grund zur Sorge bestand. Als sie es Tina mitteilte, entfuhr der jungen Frau ein erleichtertes Aufatmen.

»Was ist mit Ihnen?«, fragte Berger. »Kommen Sie klar? Ich kann Ihnen psychologische Hilfe durch ein Kriseninterventionsteam anbieten. Sie müssen diese Situation nicht allein durchstehen.«

»Ich bin okay«, sagte Tina, wobei ihre anfangs so zittrige Stimme auf einmal hart und entschlossen klang. »Das war Ortwin Krepper.«

»Was meinen Sie?«

»Ortwin Krepper hat meinen Vater umgebracht.«

Bei einem kurzen Seitenblick gewahrte Berger, dass sich Tinas Gesicht verfinstert und sie die Hände zu Fäusten geballt hatte. »Wer ist das?«

»Ein Typ, der sich angeblich für den Schutz der Meere einsetzt. Er läuft hier immer mit einigen Gefolgsleuten im Schlepptau herum. Die sind erst seit Kurzem in Büsum aktiv und gehen ziemlich radikal gegen die Krabbenfischer vor. Außerdem befürworten sie das Verbot von Grundschleppnetzen im Nationalpark Wattenmeer.«

Dass dieses Thema zurzeit entlang der Nordseeküste für Aufregung sorgte, hatte Berger in den vergangenen Monaten immer wieder in den Medien gesehen. Bei der Agrarministerkonferenz, die im März in Büsum stattgefunden hatte, hatte es zahlreiche Protestaktionen der Krabbenfischer gegeben, die durch das von der EU geplante Verbot ihre Existenz bedroht sahen. Bis spätestens 2030 sollte das Schleppen mit Grundnetzen in Meeresschutzgebieten verboten werden, aber bereits Ende März 2024 sollten erste Maßnahmen umgesetzt werden, darunter auch ein Verbot dieser Art der Fischerei im Nationalpark Wattenmeer. Von den Umweltschutzverbänden wurde kritisiert, dass durch das Fischen mit Grundschleppnetzen, die über den Meeresboden gezogen wurden, Laich- und Aufzuchtgebiete verloren gingen, weil der Grund aufgewirbelt würde. Die Krabbenfischer hielten dagegen, dass ihre Fangmethode dem Wattenmeer nicht schade, und wurden durch wissenschaftliche Erkenntnisse bestärkt. Die Netze seien leicht und würden auf feinerem Untergrund eingesetzt, was zu einer schnelleren Erholung des Meeresbodens und der dort lebenden Arten führen würde. Die Krabbenfischer setzten jetzt ihre Hoffnung darauf, dass sich der Bundesumweltminister, wie im

März versprochen, in Brüssel dafür stark machte, dass es kein Pauschalverbot für Grundschleppnetze in Schutzgebieten gab. »Wieso glauben Sie, dass dieser Mann für den Tod Ihres Vaters verantwortlich ist? Hat es in der Vergangenheit Auseinandersetzungen zwischen den beiden gegeben?«

Ein bitteres Auflachen folgte. »Oh, ja, da gab es einige. Aber dieser Krepper hat sich nicht nur mit meinem Vater angelegt, sondern mit allen Krabbenfischern in Büsum. Er und seine Leute haben ihre Parolen auf die Kutter und unsere Verkaufswagen gesprüht. Außerdem wurden unsere Kunden beschimpft, da haben sich manche schon gar nicht mehr zu uns getraut. Bei mehreren Kuttern wurde an den Motoren manipuliert, sodass sie nicht mehr auslaufen konnten. Damit fielen dann natürlich auch die Ausflugsfahrten flach, die ein paar von uns anbieten, und jegliche Einnahmen blieben aus. Mittlerweile schlafen einige der Fischer nachts auf ihren Booten, um zu verhindern, dass es zu weiteren Aktionen kommt.«

»Konnte denn nachgewiesen werden, dass dieser Krepper und seine Leute für die Manipulationen an den Motoren verantwortlich waren?«

Tina Fedders blickte sie aufgebracht an. »Nein, natürlich nicht, die sind ja nachts durchgeführt worden, und da hat eben niemand was mitbekommen. Aber wer soll es denn sonst gewesen sein?«

Dann war also auch keine Versicherung für den Schaden aufgekommen, und die Fischer waren auf den Kosten sitzen geblieben. So etwas war natürlich bitter. »Ihr Vater und die anderen Fischer haben wegen der Graffiti-Anschläge doch sicher Anzeige gegen den Mann und seine Anhänger erstattet, oder?«

»Ja, natürlich«, Tina blickte sie verwundert an. »Aber das müssten Sie doch wissen. Die Anzeigen sind doch auf Ihrer Dienststelle eingegangen.«

Berger sah sich zu einer Erklärung genötigt. »Ich habe die Dienststellenleitung neu übernommen und bin erst seit heute vor Ort.«

»Ach so, das wusste ich nicht.« Tina schwieg einen Augenblick und fuhr dann fort. »Ihre Kollegen konnten Krepper und die Typen, mit denen er unterwegs ist, dann bei weiteren Sprühaktionen festnehmen. Aber da wurden nur die Personalien aufgenommen, bevor man sie wieder freiließ. Und ein paar Tage später ging das Ganze von vorne los.«

Wieder ein Haufen selbst ernannter Aktivisten, die mit Aktionen von sich reden machten, durch die sie mehr und mehr Menschen gegen sich aufbrachten. Berger hatte einige Aktionen in Lübeck miterlebt, bei denen der Straßenverkehr durch eine Reihe von Personen an Knotenpunkten über längere Zeiträume zum Erliegen gebracht worden war, und sie und ihre Kollegen hatten anrücken müssen und waren somit über Stunden für andere Einsätze blockiert, bei denen ihre Anwesenheit so viel dringender erforderlich gewesen wäre.

»Wir werden Herrn Krepper überprüfen«, versprach sie. »Ich danke Ihnen, dass Sie mir von Ihrem Verdacht erzählt haben, bitte Sie aber dennoch, diesen an anderer Stelle vorerst für sich zu behalten. Wir müssen in alle Richtungen ermitteln und dürfen auch die Tatsache nicht außer Acht lassen, dass Ihr Vater in weiblicher Begleitung war, als er getötet wurde.«

Tina Fedders reagierte nicht auf ihre Bemerkung, sondern starrte abwesend vor sich hin.

»Ich verstehe das nicht«, sagte sie schließlich. »Wieso ist

das in unserer Wohnung passiert? Papa wollte die doch renovieren.«

Berger wandte sich zur Seite und bemerkte, dass Tina sie anschaute. Plötzlich glomm in den Augen der jungen Frau eine Erkenntnis auf. »Hatte mein Vater eine Affäre mit dieser Frau? Haben sie sich deshalb in der Wohnung getroffen?«

»Ich hatte gehofft, dass Sie mir in dieser Hinsicht Auskunft geben könnten«, gab Berger zu.

Als Tina Fedders wieder sprach, klang ihre Stimme verzweifelt. »Es hat in letzter Zeit häufiger Knatsch zwischen meinen Eltern gegeben, aber ich kann mir nicht vorstellen, dass Papa fremdgegangen ist.« Sie begann zu weinen, ein stilles, verzweifelt unterdrücktes Schluchzen, das Berger ins Herz schnitt. Sie war froh, als sie im Krankenhaus ankamen, weil sie sich so schrecklich hilflos und unzulänglich fühlte.

Vor dem Zimmer von Elke Fedders stand ein Mann in Zivil, der sich im Gespräch mit einem Arzt befand und den Berger sofort als einen Kollegen identifizierte.

»Wie geht es Frau Fedders?«, wollte sie wissen, nachdem sie beide begrüßt und sich und Tina Fedders vorgestellt hatte.

»Wir haben sie stabilisiert«, erwiderte der Mediziner, ein älterer Jahrgang mit schütterem Haar und randloser Brille.

»Dann kann ich zu ihr?«, fragte Tina aufgeregt.

Der Arzt nickte. »Aber nur kurz. Ich begleite Sie.«

Tina Fedders und der Arzt verschwanden im Krankenzimmer, und Berger erfuhr, dass der Kollege, der sich ihr als Kristian Gehrkens, Leiter der Itzehoer Mordkommission, vorgestellt hatte, bisher noch nicht mit Elke Fedders hatte sprechen können. Der Arzt hatte ihm den Kontakt für heute noch verwehrt. Berger berichtete Gehrkens von ihren Gesprächen mit Mutter und Tochter und von Tinas Anschuldigung Ortwin Krepper betreffend. »Elke Fedders weiß noch nicht, dass außer ihrem Mann eine weitere Leiche in dem Apartment aufgefunden wurde. Sie ist vorhin vor meinen Augen zusammengebrochen, da wollte ich ihr diese Nachricht vorerst ersparen.«

Gehrkens nickte. »Lassen Sie uns in die Cafeteria gehen, ich möchte etwas mit Ihnen besprechen.«

Die Cafeteria war nur spärlich besetzt, Gehrkens steuerte trotzdem einen Tisch in der hintersten Ecke an. »Muss ja nicht jeder mitkriegen, was wir zu besprechen haben«, sagte er zur Erklärung. »Wenn irgendwo Polizei auftaucht, recken die Leute ja immer gleich die Hälse, weil sie Sensationen vermuten.«

Berger nahm Gehrkens gegenüber Platz und blickte ihn erwartungsvoll an. Interessanter Typ, dachte sie. Um die vierzig, kurze braune Haare, graugrüne Augen, ein markantes Gesicht. Und ein Ehering an der rechten Hand. »Worum geht's?«

»Wir bearbeiten aktuell bereits zwei Tötungsdelikte, die sich in Itzehoe ereignet haben, und benötigen deshalb bei diesem Fall aller Voraussicht nach eine umfassendere Unterstützung von Ihrer Dienststelle. Können Sie und Ihre Mitarbeiter das leisten?«

Berger überlegte und nickte dann. »Das sollte umzusetzen sein.«

Sie verständigten sich darauf, dass die Beamten der Büsumer Dienststelle erst einmal Hilfestellung leisten würden, wenn es darum ging, das Umfeld der beiden Mordopfer unter die Lupe zu nehmen.

10

Als Lena nach Hause kam, fand sie ihren Vater im Garten beim Wässern der Blumenrabatten vor. Fini tollte über den Rasen und rannte voller Begeisterung auf sie zu, nachdem sie auf sie aufmerksam geworden war.

»Ja, meine Süße, ich hab dich auch lieb.« Lena nahm die Lütte auf den Arm und drückte ihr Gesicht in das weiche Fell. Sie lachte, als sie Finis Magen knurren hörte, bis ihr bewusst wurde, dass es ihr eigener war, der da gerade lautstark nach etwas Essbarem verlangte. Zum Glück würde der ungeduldige Geselle nicht mehr lange warten müssen, da Lena im Ofen eine Lasagne entdeckt hatte, deren verführerischer Duft auch Fini nicht verborgen blieb, die sich jetzt zappelnd aus ihrem Arm befreite und in die Küche lief.

Kochen konnte ihr Vater, das musste Lena neidlos anerkennen. Ihr Ding war es allerdings nicht, selbst dann nicht, wenn sie einen Partner an ihrer Seite hatte. Dafür ließ sie sich umso lieber bekochen.

»Essen dauert nicht mehr lange«, rief Carsten, als er sie erblickte. »Dreh bitte das Wasser ab, ich bin hier fertig.«

Lena kam seiner Bitte nach und sah zu, wie ihr Vater den Schlauch zusammenrollte und in den kleinen Gartenschuppen brachte, in dem während der kalten Jahreszeit auch die Gartenmöbel untergebracht waren.

»Ich war noch kurz bei Sanne«, sagte sie, als ihr Vater auf die Terrasse kam. Fini umkreiste mittlerweile aufgeregt bellend ihre Füße, empört darüber, dass sie noch immer nichts zu fressen bekam.

»Ist alles in Ordnung mit ihr?«, fragte Carsten.

Sanne war schwanger, in drei Wochen war der errechnete Geburtstermin. Es war ihr erstes Kind, und die Schwangerschaft war bisher problemlos verlaufen. Jetzt allerdings, wo die Geburt in greifbare Nähe rückte, stellte Lena eine gewisse Unruhe an ihrem Vater fest. Er freute sich unbändig auf sein erstes Enkelkind, machte sich aber gleichzeitig Sorgen, was die Geburt betraf, und wann immer Lena diese Stimmung an ihm wahrnahm, setzte sie alles daran, ihn zu beruhigen. »Ja, Papa, es ist alles in Ordnung mit Sanne. Hör bitte auf, dir ständig Sorgen zu machen. Sanne ist fit und gesund, die Geburt wird ein Klacks für sie sein.«

»Na ja … was man so liest, bergen Schwangerschaften mit fünfunddreißig schon gewisse Risiken.«

Lena lachte. »Hast du wieder Doktor Google befragt?«

Carsten schaute etwas verlegen drein.

»Schluss damit, Papa!«, befahl Lena energisch. »Du machst dich nur verrückt mit dem ganzen Schwachsinn, der im Netz steht.« Sie beeilte sich, das Thema zu wechseln. »Sanne hat mich ein letztes Mal in Sachen Alpakas fit gemacht. Jetzt bin ich auch eine Expertin.« Sie grinste. »Also fast, jedenfalls.«

Lenas Schwester hatte sich vor zwei Jahren endlich einen Herzenswunsch erfüllt und vier Alpakamännchen erworben, die seitdem die Attraktion ihres Bauernhofes in Friedrichsgabekoog waren, einem kleinen Flecken mit sechs Straßen, in dem es laut Wikipedia mehr Windkraftanlagen als Einwohner gab. Zum Zeitpunkt des Kaufs waren die Alpakas zwischen einem und anderthalb Jahren alt und damit noch Jungtiere gewesen. Mittlerweile waren sie geschlechtsreif. Sanne hatte allerdings nie eine Zucht im Sinn gehabt, sondern sich darauf konzentriert, ihre vier Jungs zu verstehen und sich und die Tiere so zu sensibilisieren, dass sie therapeutische Maßnahmen anbieten konnte. Weiterhin führte sie Spaziergänge in der näheren Umgebung durch, während derer die Teilnehmer die Tiere führen durften.

Da sie sich in der ersten Zeit nach der Geburt nicht um diese Dinge kümmern konnte und ihr Mann auf dem Hof stark eingespannt war, hatte Lena beschlossen, einen Teil ihres Jahresurlaubs zu investieren, damit die Angebote fortgeführt werden konnten und das noch frische Unternehmen ihrer Schwester so nicht dem Kind zum Opfer fallen würde. Dazu hatte sie sich in den vergangenen Monaten eine Menge Wissen aneignen müssen. Nein, nicht müssen, sie tat es ja freiwillig und mit zunehmender Freude, weil sie die vier Schnuckies, wie sie die Jungs nannte, nach anfänglicher Skepsis, was Spucken, Beißen und andere Bösartigkeiten anbelangte, mittlerweile sehr lieb gewonnen hatte. Denn nichts davon war bisher eingetreten, weil Sanne sie gelehrt hatte, wie man mit Alpakas umging.

»Meine Töchter!« In Carstens vormals besorgtem Blick lag jetzt unverhohlener Stolz.

»Und jetzt will ich was essen!«, befahl Lena, bevor die Situation rührselig zu werden drohte.

Während sie mit gutem Appetit zulangten und Finis bettelnde Blicke zu ignorieren versuchten, die ihren Napf bereits geleert hatte und überhaupt keinen Hunger mehr haben konnte, sondern nur von einer fortwährenden Gier getrieben wurde, sprach Lena die Morde an Henny Jansen und Heiko Fedders noch einmal an.

»Die Mordkommission ist zurzeit mit zwei anderen Tötungsdelikten ausgelastet, und Kristian Gehrkens hat Berger vorhin im Krankenhaus um Unterstützung bei den Ermittlungen gebeten.«

»Kristian Gehrkens?« Carsten hob interessiert die Augenbrauen. »Soso ...«

»Du musst jetzt gar nicht so vielsagend gucken, Papa.« Es war zu erwarten gewesen, dass Carsten diesen Namen nicht unkommentiert lassen würde, nachdem er bereits am Morgen eine diesbezügliche Bemerkung gemacht hatte. Wieso hatte sie Kristian eigentlich erwähnt und nicht nur von einem Kollegen gesprochen? »Wir sind immer noch nur gute Freunde.«

»Das hat sich vor einiger Zeit aber anders angehört.«

»Vergiss es, Papa! Das Thema hat sich erledigt! Ich empfinde nichts mehr für Kristian!«

»Wenn du das sagst ...«.

Carstens Grinsen sprach Bände, aber Lena wollte den Umstand, dass sie jetzt wohl wieder mit Kristian Kontakt haben würde, nicht weiter kommentieren.

»Und diese Unterstützung geht dann über das übliche Maß hinaus«, stellte Carsten fest, und Lena war erleichtert, dass er nicht weiter nachhakte.

»So ist es jedenfalls geplant. Mal sehen, wie es sich dann in der Praxis darstellt.«

»Habt ihr denn schon irgendwelche Anhaltspunkte?«

Lena erzählte ihm von dem Verdacht, den Tina Fedders gegenüber Berger ausgesprochen hatte.

Krepper und seine Truppe von zwei Frauen und zwei Männern waren ihr und Carsten nicht unbekannt. Lena hatte mehrere Anzeigen gegen die fünf aufgenommen, ihre Kollegen weitere, und Carsten kannte sie zumindest aus den Artikeln, die nach irgendwelchen Aktionen hin und wieder im Lokalblatt erschienen waren. Sie waren uneins, ob Krepper als Verdächtiger infrage kam.

»Kann ich mir nicht vorstellen«, meinte Carsten. »Denen geht es darum, Aufmerksamkeit für ihre Sache zu erregen, aber Menschen zu töten, steht auf einem ganz anderen Blatt. Was würden sie damit erreichen?«

»Du hast den Typen nicht kennengelernt.« Lena trank einen großen Schluck von ihrem Bier. »Ich hab ihn hingegen einige Male live und in Farbe erlebt. Der Mann ist ein Narzisst, wenn du mich fragst. Er ist achtundfünfzig Jahre alt und sieht sich offensichtlich als einen Guru, dem seine Jünger zu folgen haben. Was sie auch bereitwillig tun, wie wir feststellen mussten. Die vier sind zwischen achtzehn und zweiundzwanzig Jahre alt und blicken regelrecht zu Krepper auf. Bei den beiden Frauen hatte ich sogar den Eindruck, dass sie ihm sexuell hörig sind. Alle fünf hatten sich ganz offensichtlich abgesprochen, was zu tun ist, wenn sie nach ihren Aktionen festgenommen werden sollten. Da kamen die Antworten wie aus der Pistole geschossen, und es waren bei allen dieselben.«

»Seit wann ist Krepper in Büsum gemeldet?«

»Seit vier Monaten.«

»Und wo wohnen seine Anhänger?«

»Im Umland. Sie sind vor diesen Aktionen noch nicht auffällig geworden.«

»Gilt das auch für Krepper?«

»Das wissen wir noch nicht. Der Mann hat vorher in Berlin gelebt. Wir wollten natürlich mehr über ihn rausfinden und haben eine Anfrage an die Berliner Kollegen gestellt. Eine Antwort ist aber bisher ausgeblieben.«

Das wunderte Carsten nicht. Die Berliner Polizei war ja ein Thema für sich.

»Wir wollten Krepper und seine Mitstreiter nach einem Vorfall für acht Tage in Präventivhaft nehmen, weil sie weitere Aktionen angekündigt hatten, mussten sie aber einen Tag später auf richterliche Anordnung wieder freilassen, weil unser Vorgehen rechtswidrig gewesen sei.«

Carsten nickte und für einen Moment herrschte Schweigen, dann setzte er an: »Mal was anderes, Tochter. Wie ist eure neue Dienststellenleiterin denn so? Hast du dich mit ihr schon in die Wolle gekriegt? Du warst heute Morgen ja ein bisschen auf Krawall gebürstet.«

»Das ist ja auch kein Wunder, oder?«, fuhr Lena ihn an, plötzlich verärgert. Nach einigen Sekunden, in denen sie beharrlich seinem Blick auswich, lenkte sie jedoch ein: »Sorry, ich wollte dich nicht anschnauzen. Es ärgert mich nur immer noch, dass ich so abserviert wurde.«

»Ich kann mich nur wiederholen«, sagte Carsten und füllte ihnen die restliche Lasagne auf. »Das muss nicht die Schuld deiner neuen Kollegin gewesen sein. Solange du keine Hintergründe kennst, kannst du sie auch nicht dafür verantwortlich machen.«

»Ja …« Lena wand sich. »Das ist mir klar. Aber trotzdem …«

Carsten blickte sie ernst an. »Du musst lernen, mit beruflichen Niederlagen zu leben und sie zu überwinden. Bis jetzt ist dir doch alles zugeflogen – jetzt musst du eben mal ein bisschen kämpfen.«

Lena seufzte und streichelte Fini, die zu ihr auf die Eckbank gesprungen war. Ihr Vater hatte ja recht. »Aufstehen, Krone richten, weitermachen, meinst du?« Ihr Grinsen fiel trotz dieser Erkenntnis etwas kläglich aus.

»Genau.«

»Ich versuch's«, versprach sie. »Aber um auf deine Frage zurückzukommen, nein, wir haben uns noch nicht in die Wolle gekriegt, auch wenn mir das sehr gut gefallen hätte. Das Problem ist nämlich, dass sie ganz okay zu sein scheint. Das ist jedenfalls mein erster Eindruck nach dem heutigen Tag. Ein Ekel wäre mir lieber gewesen, an dem hätte ich wenigstens meinen Frust ablassen können.« Dass sie dabei war, alles über ihre neue Vorgesetzte und deren Hintergründe bezüglich der Versetzung nach Büsum zu recherchieren, erzählte sie ihm nicht, denn sie war in dieser Angelegenheit noch immer keinen Schritt vorangekommen.

Carsten lachte herzhaft. »Du bist manchmal ein echter Kindskopf, Lena Matthiessen.«

Lena grinste. »Von wem ich das wohl habe.« Dann wurde sie wieder ernst. »Berger macht einen professionellen Eindruck, mal abwarten, wie es mit ihr wird.«

Nach ihrer Rückkehr in die Dienststelle hatte Lena von ihrer Begegnung mit Thies Jansen berichtet, während Berger von ihren Besuchen bei Elke Fedders und deren Tochter Tina erzählt hatte. Lena war aufgefallen, wie nah es ihrer Vorgesetzten gegangen war, den Frauen die Todesnachricht zu überbringen und ihrer Trauer zu begegnen. Etwas, das sie gut verstehen konnte und das ihr die Neue zusätzlich sympathisch machte.

Aber jetzt war Feierabend, also wechselte Lena beim Dessert, Erdbeeren mit Vanilleeis, das Thema. »Wie war's denn bei Freya?«

Carsten blickte sie erstaunt an. »Ich war nicht bei Freya.«

»Ach, komm, Papa … Ich weiß doch, dass du für sie schwärmst.«

Carsten wurde verlegen. »Ist das so offensichtlich?«

»Nö, für Außenstehende wohl nicht. Aber ich bin deine Tochter.«

»Vor der man offensichtlich nichts verheimlichen kann.« Carsten zögerte einen Moment. »Na, dann sag ich es mal auf die norddeutsche Art: Freya ist mir nicht ganz unsympathisch.«

Lena lachte.

»Mein Besuch galt allerdings nicht ihr, sie war gar nicht da. Hinnerk hatte mich hinbeordert.«

»Hinbeordert? Wieso das denn?«

»Weil er etwas in einem der Särge gefunden hat, was dort nicht hingehört.«

»Aha …«, sagte Lena gedehnt. »Und was war das?«

»Eine blutbeschmierte Sexpuppe.«

»Bitte?« Jetzt war sie perplex. »Du machst Witze.«

Carsten schüttelte den Kopf. »Leider nicht.«

»Das kann doch nur ein schlechter Scherz gewesen sein«, sagte Lena nach kurzer Irritation, während sie Fini vertrieb, die ihrem Dessert gefährlich nah gekommen war. »Allerdings ein ziemlich makabrer und mit viel Aufwand betrieben, wenn man dafür extra in eine Sarghalle einbricht. Hat Hinnerk eine Vermutung, wer dahintersteckt?«

Carsten zuckte die Schultern. »Na ja … er versteift sich da auf jemanden. Es gibt in Büsum seit Kurzem ein zweites Bestattungsinstitut. Henningsen. Laut Hinnerk gehört das zu einer großen deutschlandweiten Kette. Die hiesige Filiale hat ihren Sitz nur ein paar Häuser von Freyas Institut entfernt. Der Filialleiter hat Freya aufgesucht, angeblich um ein paar Synergien auszuloten. Hinnerk hat den Mann in Verdacht.«

»Warum sollte der so etwas tun?«

»Tja, das ist die Frage. Hinnerk vermutet, dass er Freyas Institut mit dieser Aktion lächerlich machen will, um sie dann als Konkurrentin auszuschalten und ihre Räumlichkeiten zu übernehmen, wenn sie pleitegegangen ist.«

Lena blickte ihren Vater zweifelnd an. »Also ich weiß nicht, das erscheint mir doch etwas weit hergeholt.«

»Ich bin mir da auch nicht so sicher.«

»Als Kette können die Freyas Preise doch auf jeden Fall unterbieten. So würde sie ganz automatisch in die Insolvenz geraten, da muss sich niemand die Mühe mit solch obskuren Aktionen machen.«

»Das habe ich Hinnerk auch gesagt.«

»Und was für Synergien gibt es im Bestattungsgewerbe?«, fragte Lena nach einem Augenblick des Nachdenkens. »Hört sich irgendwie schräg für mich an.«

»Es geht um einen gemeinsamen Aufbewahrungsort für Urnen. Kolumbarium nennt sich das. Dieser Henningsen hat dafür keine Räumlichkeiten und wollte daraufhin auf Freyas zurückgreifen, die sie dann beide, ich sag es jetzt mal salopp, bestücken könnten.«

»Na, wie ich Freya kenne, hat sie ihn vor die Tür gesetzt.« Lena schmunzelte in sich hinein. Sie kannte die sechsundfünfzigjährige Chefin des Bestattungsinstituts schon seit vielen Jahren, und es täte ihr sehr leid, wenn Freya ihr Institut aufgeben müsste. Freya war der Typ Frau, den Lena insgeheim bewunderte, obwohl sie sich selbst auch für ziemlich taff hielt. Aber Freya spielte in einer anderen Liga. Die Frau ließ sich von nichts und niemandem die Butter vom Brot nehmen, schon gar nicht von irgendwelchen Kerlen, wie sie es manchmal auszudrücken pflegte, was dazu geführt hatte, dass sie noch niemand unter das Ehejoch hatte zwingen können. Womit sie Lichtjahre von Lena entfernt war, die gerne endlich mal eine längere Beziehung geführt und auch nichts gegen eine Ehe einzuwenden gehabt hätte. Du bist eben zu anspruchsvoll, sagte Carsten immer, schließ endlich mal Kompromisse. Ja, das sollte sie wohl wirklich tun, zumal sie Kinder wollte und ihre biologische Uhr mit mittlerweile fünfunddreißig Jahren deutlich ticken hörte. Wenn da nicht Kristian Gehrkens wäre, der irgendwie allen Versuchen im Weg stand.

»Ja, laut Hinnerk hat sie das«, bestätigte Carsten.

»Weiß Freya denn von dieser Sexpuppe?«

Ihr Vater schüttelte den Kopf. »Nee, die ist gestern zu 'ner Freundin gefahren und kommt erst heute Abend zurück. Hinnerk geht ziemlich die Muffe, was sie dazu sagen wird.«

»Wieso das denn, er kann doch nichts dafür.«

»Na ja …«, druckste Carsten herum. »Er hat letzte Nacht im Institut geschlafen und macht sich jetzt Vorwürfe, dass er nichts mitbekommen hat.«

Lena kam aus dem Staunen nicht mehr heraus. »Hinnerk schläft im Bestattungsinstitut? Ich weiß ja, dass er ein schräger Vogel ist, aber das hätte ich nun doch nicht gedacht.«

»Er entschuldigt das immer mit Mina, die ihm ständig zusetzen würde. Obwohl ich sie nicht für die Xanthippe halte, als die er sie darzustellen versucht. Ansprechen darfst du ihn allerdings nicht darauf, da kann es nämlich schon mal sein, dass er dir ins Gesicht springt.«

Lena brach in Gelächter aus. »Ich glaub's ja nicht. Macht er das denn öfter?«

»Ja«, gab Carsten zu. »Darf aber keiner wissen. Obwohl ... Hinnerk meint schon, dass Freya mittlerweile etwas mitgekriegt hat. Aber gesagt hat sie noch nichts.«

»Wieso hat Hinnerk denn dich informiert und nicht in unserer Dienststelle Bescheid gegeben?«

»Das hat er doch. Da ihr aber alle ins Hochhaus gedüst seid, hatte niemand Zeit für ihn.«

»Und da hat er dich aktiviert.« Lenas Grinsen vertiefte sich. »Was dir sicher nicht ungelegen kam, oder?«

»Och, ich nehme euch gerne ein bisschen Arbeit ab.«

»Ich denke, du wolltest die Menschheit mit True-Crime-Büchern beglücken.« Lena ging in Deckung, als Carsten zu einem spielerischen Faustschlag ausholte.

Das gemeinsame Lachen tat gut nach diesem aufreibenden Tag, aber Carsten wurde schnell wieder ernst. »Wir haben die Puppe im Sarg gelassen, und ich habe Hinnerk eingeschärft, dass niemand die Halle betreten darf, solange nicht geklärt ist, ob es sich bei dem Blut um menschliches oder tierisches Blut handelt.«

»Ich gucke sie mir morgen vor Dienstbeginn an und nehme eine Probe«, versprach Lena. »Dann können Hinnerk oder Freya auch gleich Anzeige gegen unbekannt erstatten.« Sie blickte Carsten fragend an. »Weißt du, ob irgendwas gestohlen wurde?«

Carsten zuckte die Schultern. »Keine Ahnung. Ich treff Hinnerk ja gleich noch in unserer Stammkneipe, dann werde ich mal fragen.«

Lena nickte. »Okay. Falls sich herausstellen sollte, dass wir es mit menschlichem Blut zu tun haben, würde die ganze Maschinerie anlaufen, aber das weißt du ja. Wir könnten das allerdings im Moment so gar nicht gebrauchen. Bei tierischem Blut dürfte der Fall wohl nicht weiterverfolgt werden. Dann kannst du ja am Ball bleiben.«

»Na, das mache ich doch gerne, Tochter.« Carsten warf einen Blick auf die Küchenuhr. »Oh, Mann, ich muss los.«

11

Der Bauernhof lag am Ortsrand von Westerdeichstrich und war in den zehn Jahren, die Malte Lohberg eingesessen hatte, noch baufälliger geworden. Das Haupthaus und die beiden Scheunen rotteten vor sich hin, es grenzte an ein Wunder, dass sie noch nicht in sich zusammengefallen waren. Zwischen dem Kopfsteinpflaster auf dem Hof wucherte das Unkraut, die Apfelbäume, die den hinteren Teil des Grundstücks begrenzten, waren offensichtlich seit Jahren nicht mehr abgeerntet worden. Zu ihren Füßen lag ein schmieriger Teppich aus verfaultem Obst und alten Blättern, der inzwischen von wucherndem Gras überdeckt wurde.

Das Innere des Hauptgebäudes machte auch keinen besseren Eindruck. Die Wände hätten neu gestrichen werden müssen, und die Möbel, die mittlerweile Jahrzehnte auf dem Buckel hatten, würden nicht mal im Sperrmüll Abnehmer finden.

Trotzdem war Malte Lohberg froh gewesen, dass Olaf ihn auf seinem Hof aufgenommen hatte, auch wenn ihn die Gegenwart seines Cousins von Tag zu Tag mehr nervte. Olaf war immer noch der tumbe Kerl von früher, und er ging Malte sowas von auf den Sack mit seiner Art, um die Zuneigung anderer Menschen zu betteln.

Nach Maltes Ankunft vor zwei Monaten hatte sich Olaf darangemacht, die alte Schrottkarre seines verstorbenen Vaters wieder auf Vordermann zu bringen, die bis dahin ein trostloses Dasein in einer der Scheunen gefristet hatte. Für dich, Malte, hatte er stolz gesagt, in dieser abgeschiedenen Ecke brauchst du unbedingt ein eigenes Auto. Damit hatte Olaf allerdings recht, und die Tatsache, dass er als Kfz-Mechaniker in einer Autowerkstatt in Büsum arbeitete und somit eine Reihe von Leuten kannte, konnte natürlich irgendwann auch von Nutzen sein. Also hütete Malte sich, zu erkennen zu geben, was er über seinen Cousin dachte.

Malte hatte die Scheiben des schwarzen Kombis mit blickdichter Folie verkleidet, sodass man nur noch durch die Frontscheibe ins Innere des Wagens blicken konnte. Allerdings nur auf die Vordersitze und die Rückbank, der Kofferraum war durch eine stabile und ebenfalls blickdichte Trennwand gesichert. Das war wichtig, da jeder Blick eines Außenstehenden in das Heck des Wagens fatale Folgen haben könnte.

Olaf saß mit einem Bier vor dem Fernseher, als Malte kurz nach zwanzig Uhr zurückkehrte und das Wohnzimmer betrat. Sein Cousin schaute hoch. »Hol dir auch eins, der Kühlschrank ist wieder voll.«

In der Beziehung war Olaf eine Perle, denn er erledigte die anfallenden Einkäufe ohne Murren und schleppte alles an Lebensmitteln und Getränken heran, wonach Malte der Sinn stand.

Malte kam der Aufforderung nach und ließ sich dann neben Olaf auf die Couch fallen. »Was guckste denn da?« Nicht, dass es ihn interessierte, sein Cousin hockte jeden Abend vor der Glotze und zog sich irgendwelche bescheuerten Serien rein. Eben ein echter Couch-Potato.

Sein Cousin warf ihm einen begeisterten Blick zu. »Das ist 'ne neue Netflix-Serie. Hammer, sag ich dir.«

Malte stand nicht der Sinn nach Hammerserien. Er erhob sich wieder. »Ich geh dann mal in mein Zimmer.«

»Nee, nu warte doch mal.« Olaf griff zur Fernbedienung und schaltete den Fernseher aus. »Lass doch mal hören, wie es gelaufen ist. Hattest du Erfolg?«

Malte nickte, setzte sich wieder und trank einen großen Schluck. »Jo. Besser als erwartet. Sechs Wildschweine und drei Ricken.« Heute war ihm das Jagdglück wirklich hold gewesen. Und nicht nur das. »Außerdem hab ich noch einen zusätzlichen Abnehmer gefunden. Ein Restaurant in der Nähe von Husum. Der wird morgen auch beliefert, ich will die Viecher nicht länger als nötig im Auto haben.«

Diese Angst saß ihm seit seiner Haft im Nacken, auch wenn er sonst keine Skrupel kannte. Dass er in eine Polizeikontrolle geriet und die gewilderten Tiere in seinem Kofferraum entdeckt wurden.

»Du hättest nicht wieder damit anfangen sollen«, sagte Olaf mit besorgtem Blick und strich über seine Wampe unter dem fleckigen T-Shirt. »Die Bullen haben mich damals schon nicht in Ruhe gelassen, weil sie glaubten, dass ich etwas weiß. Diesen Ärger will ich nicht noch einmal haben.«

Lohberg knallte die Bierflasche auf den Couchtisch, so heftig, dass ein Teil der Flüssigkeit überschwappte und in die zahlreichen Rillen des verwitterten Holzes sickerte. »Und was soll ich deiner Meinung nach sonst tun? Mich stellt doch keiner mehr ein, und mit irgendwas muss ich ja schließlich Geld verdienen.«

Er konnte die Absagen nicht mehr zählen, die er bereits erhalten hatte, und irgendwann hatte er die Schnauze voll gehabt und die Jobsuche aufgegeben. Dass er eine längere Haftstrafe hinter sich gebracht hatte, ließ sich bei den Vorstellungsgesprächen nicht verschweigen, und wenn die Leute dann von den zehn Jahren hörten, konnten sie sich denken, dass er mehr als einen Ladendiebstahl begangen hatte. Und das war's dann.

»Ist ja gut«, versuchte ihn Olaf zu beruhigen. »Wär bloß scheiße, wenn du wieder in den Bau musst.«

Als wenn Malte das nicht selbst wüsste. Aber er würde alles daransetzen, dass es kein zweites Mal passierte.

»Sach mal …«, sagte Olaf nach einigen Sekunden gedehnt und ruckelte seinen fetten Hintern auf dem Sofa zurecht. »Wo warst du eigentlich letzte Nacht?«

»Wieso?«, fragte Lohberg, plötzlich auf der Hut. Was sollte die Frage, stand er hier etwa unter Beobachtung?

»Na ja … ich wollte nur noch mal mit dir beschnacken, wie wir die Arbeiten in der Scheune angehen. Aber als ich gegen elf in dein Zimmer kam, warst du nicht da.« Ein Grinsen breitete sich auf Olafs feistem Gesicht aus, sein Bierbauch hüpfte auf und ab, als er zu lachen begann. »Hast wohl 'ne Braut aufgerissen, was?«

Es gelang Malte, tief durchzuatmen und Ruhe zu bewahren.

»Ja«, sagte er dann, aber das Grinsen misslang ihm, »'ne ziemlich heiße sogar.«

12

Vor dem Treffen mit Hinnerk hatte Carsten eigentlich noch einen Abstecher zum Wasser machen wollen, aber das würde nun nichts werden, da er sich beim Abendessen mit Lena verquatscht hatte. Schade, es war nämlich ein schöner und lauer Abend, der einen prachtvollen Sonnenuntergang versprach und ihm eine Reihe neuer Fotos eingebracht hätte.

Das Fotografieren von Sonnenuntergängen war Carstens große Leidenschaft. Er hatte bereits im analogen Zeitalter damit begonnen und konnte nicht mehr sagen, wie viele Fotos er in all den Jahren geschossen hatte. Die Zahl dürfte sich mittlerweile im fünfstelligen Bereich bewegen, da die digitale Fotografie ja dazu verlockte, Fotos ohne Ende zu schießen.

Hinnerk wartete bereits, als Carsten die Kneipe betrat. Er guckte grimmig, das vor ihm stehende Weizenbierglas war bereits zur Hälfte geleert. »Sag mal, wo bleibst du denn?«

Carsten hob entschuldigend die Hände. »Ich hab mich mit Lena verquatscht.«

Hinnerk winkte ab. »Schon klar, das ist natürlich wichtiger, als sich mit seinem Kumpel zu treffen.«

Carsten gab der Bedienung das Zeichen für *das Übliche* und nahm Hinnerk gegenüber Platz. »Nun sei doch nicht so gallig, so spät bin ich ja nun auch wieder nicht.« Er blickte seinen Freund einen Augenblick lang an. »Sag mal, da ist doch noch was, oder? Du bist doch nicht nur wegen meiner Verspätung so aufgebracht.«

»Ja, das hat der Herr Detektiv gut erkannt.« Hinnerks Miene war noch mürrischer geworden. »Seit du nicht mehr im Dienst bist, ist dein ehemaliger Laden wirklich ein Sauhaufen geworden. Also mal abgesehen von Lena.«

»Wieso, was war denn jetzt schon wieder los?«

»Ich hab vorhin noch mal wegen meinem Fund angerufen und wurde schon wieder kurz abgefertigt. Sie hätten Wichtigeres zu tun, als sich um so etwas zu kümmern.« Hinnerk gab ein empörtes Schnauben von sich. »Was kann denn in Büsum schon wichtig sein?«

Carsten wunderte sich, dass Hinnerk noch nichts von den beiden Tötungsdelikten erfahren hatte, da gerade solche Nachrichten normalerweise in Windeseile die Runde machten. »Die Kollegen sind heute Morgen zu zwei Tötungsdelikten gerufen worden.«

»Wat?« Hinnerks Augen wurden groß. »Sach bloß, dascha 'n Ding. Wen hat's denn erwischt?« Er hatte schon immer großes Interesse an Carstens Arbeit gezeigt und hätte sich gerne so richtig spannende Fälle gewünscht und nicht den üblichen langweiligen Kram, der in einem kleinen Küstenort in der Regel anfiel.

»Henny Jansen und Heiko Fedders.«

Die unverhohlene Sensationslust in Hinnerks Augen erlosch angesichts der beiden Namen. Er setzte mehrere Male zu einer Antwort an, bis er schließlich »Mein Gott, was ist denn passiert?« über die Lippen brachte.

Carsten überlegte, wie viel er Hinnerk sagen durfte. Er war zwar nicht mehr im Dienst, in einem solchen Fall aber natürlich noch immer an die Vorschriften gebunden. Eigentlich hätte er Hinnerk nicht mal die Namen nennen dürfen. Auf der anderen Seite würden die Eckdaten nicht lange im Geheimen bleiben. »Das muss jetzt ermittelt werden. Die beiden wurden in der Ferienwohnung der Fedders' im Hochhaus aufgefunden.«

»Beide zusammen?«, fragte Hinnerk ungläubig.

Carsten nickte, und Hinnerk brauchte einen Augenblick, um die Nachricht zu verdauen. »Hatten die was miteinander?«, fragte er schließlich.

Carsten zuckte die Schultern. »Sieht ganz so aus.«

»Ach, du Elend. Weiß Thies es schon?«

»Ich bin vorhin mit Lena bei ihm gewesen. Er hat ausgesagt, dass Henny bereits vor einiger Zeit ausgezogen ist und er auch wusste, dass sie eine Affäre hatte. Allerdings war ihm nicht bekannt, mit wem. Danach hat er dichtgemacht und uns quasi vor die Tür gesetzt.«

»Glaubst du, dass er es nicht gewusst hat?«

Diese Frage stellte sich Carsten, seitdem sie Thies verlassen hatten. Aber er hatte noch keine Antwort darauf gefunden. »Ich weiß es nicht.«

Für einen langen Augenblick herrschte Schweigen am Tisch.

»Weiß man denn schon, wer es war?«, fragte Hinnerk, nachdem er einen großen Schluck Bier auf den Schreck getrunken hatte.

»Bisher noch nicht. Die Kripo hat jetzt übernommen, unsere Dienststelle muss aber Unterstützung leisten, da die MK schon zwei Tötungsdelikte auf dem Tisch hat.«

Hinnerk schüttelte sorgenvoll den Kopf. »Oh, Mann, das tut mir echt leid für Thies.«

»Wusstest du, dass die beiden Probleme hatten?«

Hinnerk blickte ihn verwundert an. »Nee, keine Ahnung.«

»Wann hast du Thies das letzte Mal gesehen?«

Hinnerk verzog das Gesicht in angestrengtem Nachdenken. »Das liegt einige Monate zurück. Wir sind uns bei Edeka über den Weg gelaufen. Bei diesen Gelegenheiten haben wir im Café nebenan häufig einen kleinen Plausch gehalten. Aber an dem Tag hat Thies mich abgewimmelt.« Hinnerk strich über seine Bartstoppeln. »Wenn ich jetzt so daran denke ... Er war ziemlich komisch drauf. Auf dem Weg zum Ausgang hat ihn eine Frau aus Versehen mit ihrem Einkaufswagen angefahren. Mann, die hat er vielleicht zusammengefaltet, das war echt nicht mehr feierlich. So hab ich ihn noch nie erlebt.« Hinnerk schien ein Gedanke gekommen zu sein, da er Carsten plötzlich erschrocken anblickte. »Steht Thies denn jetzt unter Mordverdacht? Du hast doch mal gesagt, dass bei solchen Taten die Ehepartner immer zu den Hauptverdächtigen gehören.«

Carsten gab der Kellnerin ein Zeichen, damit sie ihnen zwei weitere Biere brachte. »Bis jetzt hab ich noch nichts gehört.«

»Das würde Lena dir doch sagen, oder?«

»Na, das will ich doch hoffen!«

»Können wir Thies denn irgendwie helfen?«

»Wir müssen es zumindest versuchen.« Dann stellte sich jetzt nur die Frage, wie.

Nach einem Augenblick räusperte sich Hinnerk. »Sach mal, auch wenn das jetzt vielleicht nicht passt ... aber ... was soll ich denn nun mit der Sexpuppe machen?«

»Gar nichts. Lass einfach alles, wie du es vorgefunden hast. Lena kommt morgen vor dem Dienst vorbei und nimmt eine Blutprobe. Es muss schließlich festgestellt werden, ob es sich um menschliches oder tierisches Blut handelt.«

»Oh, Mann, menschliches Blut, da mag ich gar nich dran denken.« Hinnerk knetete seine Hände. »Das würde ja bedeuten, dass womöglich noch jemand umgebracht wurde.«

Diese Möglichkeit wollte Carsten im Moment noch nicht in Erwägung ziehen. Erst mal abwarten, was bei der DNA-Untersuchung herauskam, und nicht schon vorher die Pferde scheu machen. »Hast du überprüft, ob etwas gestohlen wurde?«

Hinnerk nickte. »Ja, aber mir ist nichts aufgefallen.«

Carsten blickte seinen Freund neugierig an. »Weiß Freya mittlerweile Bescheid?«

»Nee, die war zum Glück noch nicht da, als ich vorhin Schluss gemacht hab.«

Carsten überlegte einen Augenblick. »Bist du noch immer der Meinung, dass der Typ von der Bestattungskette dahintersteckt?« Er war sich diesbezüglich ja nach wie vor nicht sicher, wollte aber keine Möglichkeit ausschließen.

Hinnerk nickte eifrig.

»Es kann ja nicht schaden, den Mann mal unter die Lupe zu nehmen …« Carsten hatte auch schon eine Idee, wie er das anstellen könnte.

13

Bei ihrer Ankunft am späten Vorabend hatte sich Berger nur kurz in der Dienstwohnung umgesehen, die bis auf Weiteres ihr neues Zuhause sein würde. Sie war hundemüde gewesen, von der Fahrt und weil sie der Stress mit Felix und die Überlegung, wie es mit ihnen weitergehen sollte, in den vergangenen Wochen häufig den Schlaf gekostet hatte.

An diesem Abend nahm sie die Wohnung jedoch eingehend in Augenschein und fand das Ergebnis deprimierend. Zwei Zimmer, Küche, Bad, knapp sechzig Quadratmeter. Alles schon ziemlich in die Jahre gekommen und definitiv nicht dazu angetan, dass man den Wunsch verspürte, sich hier länger als nötig aufzuhalten.

Ja, du Vollidiotin, dachte sie erbittert, das hast du dir selbst zuzuschreiben. Wärst du nicht fremdgegangen, hätte Felix dich nicht vor die Tür gesetzt, und du hättest weiter in eurer schönen Vierzimmerwohnung in der Lübecker Altstadt wohnen können. Zwar gefangen in einer Ehe, die das Wort nicht mehr verdiente, aber auf der anderen Seite geborgen in einem vertrauten Lebensumfeld, was einem ein Stück Sicherheit verlieh.

Berger seufzte und bestückte den Kühlschrank mit den Lebensmitteln, die sie auf dem Heimweg eingekauft hatte. Eine Tätigkeit, die leider nur kurze Zeit in Anspruch nahm und nach der sie wieder nicht wusste, wohin mit sich und ihren trüben Gedanken. Diesen Zustand kannte sie mittlerweile allzu gut, und er hatte in den letzten Monaten dazu geführt, dass sie sich mit Arbeit eingedeckt hatte, bloß um nicht nachdenken zu müssen. Stattdessen hatten die Gedanken sie dann in den Nächten überkommen und häufig um den Schlaf gebracht.

Berger öffnete eine Weinflasche, holte ein Glas aus dem Hängeschrank und nahm beides mit ins Wohnzimmer, wo sie sich in einen dunkelbraunen Ledersessel fallen ließ, der einen protestierenden Laut von sich gab.

Was hatte sie bloß geritten, diese Affäre mit Thorsten zu beginnen? Sich ausgerechnet in einen ihr unterstellten Anwärter zu verlieben, zwölf Jahre jünger als sie. Niemals im Leben hätte sie gedacht, dass ihr einmal so etwas passieren würde. War das womöglich schon der Beginn einer Midlife-Crisis gewesen, für die sie mit vierzig doch eigentlich noch viel zu jung war?

Thorsten hatte seit ihrer ersten Begegnung mit ihr geflirtet und sie bereits nach kurzer Zeit vollkommen um den Verstand gebracht. Sie hatte sein Begehren genossen, den Sex mit ihm, wild, ungestüm und jenseits aller Konventionen. Seine jungenhafte Unbeschwertheit, die ihr Leben auf einmal so hell und leicht gemacht hatte. Damals wäre sie ihm bis ans Ende der Welt gefolgt, ohne einen einzigen Gedanken an die zu verschwenden, die sie zurückließ. An Felix, ihren Ehemann, mit dem sie einmal hatte alt werden wollen.

Es hatte einige Zeit gedauert, bis sie begriffen hatte, dass für Thorsten alles nur ein Spiel gewesen war. Dass er es darauf angelegt hatte, ihr, der taffen Frau und Polizistin, vor Augen zu führen, dass sie Wachs in seinen Händen und ihm hörig war. Die Erkenntnis hatte geschmerzt, das tat sie immer noch, aber sie hatte sie auch wütend gemacht. Wütend auf sich, dass sie so auf diesen Typen hereingefallen war, was jetzt aller Voraussicht nach das Ende ihrer Ehe bedeutete.

Berger leerte das Glas fast bis zur Hälfte. Ihre Vorgesetzten hatten alles für eine Versetzung in die Wege geleitet, nachdem Thorsten die Affäre publik gemacht hatte, die auch nach ihrer Beendigung Gesprächsthema Nummer eins in der Dienststelle gewesen war. Eine Beziehung mit einem Untergebenen, noch dazu einem Anwärter, war ein absolutes No-Go, sie könne froh sein, wenn es zu keinen weiteren Maßnahmen käme. Zuerst hatte Berger gegen die Versetzung aufbegehrt, aber ihre Karten waren schlecht gewesen, da Thorstens Vater ein hohes Tier in der Lübecker Bezirkskriminalinspektion war, für den es natürlich außer Frage stand, wer hier seinen Hut nehmen musste. Schließlich war Berger so zermürbt gewesen, dass sie nachgegeben und sich auf die Versetzung nach Büsum eingelassen hatte.

Dass ihre Ehe mit Felix bereits vor der Affäre auf der Kippe gestanden hatte, war ihr schon lange klar gewesen. Weil sie sich nicht mehr umeinander bemüht und zugelassen hatten, dass die Routine das Regiment übernahm. Sie waren seit zwanzig Jahren ein Paar, seit fünfzehn verheiratet, und hatten beide intensiv an ihrer Karriere gearbeitet, wobei es Felix zu wesentlich größerem Erfolg gebracht hatte als sie. Als Investmentbanker in einer großen deutschen Bank verdiente er ein Vielfaches mehr, was so manches Mal an Bergers Ego und ihrem Selbstverständnis als Frau gekratzt hatte. Das Thema Kinder hatte für sie nie zur Debatte gestanden, worüber sie jetzt froh war. Schließlich hatte sie am eigenen Leib erfahren, wie hart das Leben als Trennungskind war.

Sie musste Felix zurückrufen. Keine Ahnung, was er vorhin gewollt hatte, sie ging davon aus, dass es sich um keine gute Nachricht handeln würde.

Er ging schon beim ersten Klingeln dran und bestätigte ihren Verdacht nach einer knappen Begrüßung.

»Ich habe die Scheidung eingereicht«, teilte Felix ihr mit. »Mein Anwalt wird sich in den nächsten Tagen mit dir in Verbindung setzen.«

Obwohl Berger schon länger mit dieser Ankündigung gerechnet hatte, fühlte sie sich, als hätte ihr jemand einen Schlag in die Magengrube versetzt. Unwillkürlich krümmte sie sich zusammen und schnappte nach Luft.

»Bist du noch dran?« Die Kälte in Felix' Stimme ließ sie frösteln.

»Ja.« Die Bestätigung hatte energisch klingen sollen, kam aber eher als ein Krächzen heraus.

»Ich werde die Wohnung natürlich behalten, schließlich wurde sie ja von meinem Geld gekauft. Wir müssen uns nur noch auf einen Tag verständigen, an dem du deine Sachen abholen kommst. Es wäre mir lieb, wenn das schnell über die Bühne gehen würde, am besten am kommenden Wochenende. Ich habe den Kleinkram schon zusammengepackt, damit du dich nicht lange hier aufhalten musst. Für den Transport der größeren Sachen wirst du eine Spedition beauftragen müssen, rechne da nicht mit meiner Unterstützung.«

Das war eine deutliche Ansage. Was war passiert, dass er es plötzlich so eilig hatte und sich bei dem Treffen offensichtlich auf kein Gespräch einlassen, sondern sie so schnell wie möglich wieder aus der Wohnung haben wollte? Stand bereits ihre Nachfolgerin parat, die dort einziehen wollte und ungeduldig geworden war? Kurz geriet Berger in Versuchung, sich mit den beiden Tötungsdelikten herauszureden, in denen umfangreiche Ermittlungen anstanden, derentwegen sie überhaupt keine Zeit hatte, nach Lübeck zu kommen. Aber diese Entschuldigung hatte sie in der Vergangenheit einige Male zu häufig genutzt, wenn wichtige Gespräche angestanden hatten. Also sagte sie zu, am Sonnabend nach Lübeck zu kommen.

Erst nach Beendigung des Telefonats fiel Berger ein, dass sie an dem Tag Bereitschaftsdienst hatte, aber sie widerstand der Versuchung, Felix ein weiteres Mal anzurufen und den Termin zu verschieben, weil er ihr sowieso nicht glauben würde. Also musste sie zusehen, dass sie das in der Dienststelle geregelt bekam.

Berger schenkte sich ein weiteres Glas Wein ein und trank es in zwei Zügen leer. Ihr wurde elend, wenn sie daran dachte, wie sie und Felix in zwei Tagen die Wohnungseinrichtung aufteilen würden, die sie in besseren Zeiten gemeinsam und mit viel Liebe ausgesucht hatten. Einige persönliche Dinge konnte sie in der Dienstwohnung unterbringen, aber was war mit technischen Geräten, mehreren Kleinmöbeln und anderen Gegenständen? Hier würde sie etwas anmieten müssen, um sie zwischenzulagern.

Und dann würde sie sich darauf einrichten müssen, erst einmal in Büsum zu bleiben. Was definitiv nicht das war, was sie sich erträumt hatte.

14

»Ach, du Elend ...« Carsten hob den Kopf und blickte Lena über den Rand der Morgenzeitung hinweg an.

»Hmmm?« Sie hatte sich schon wieder in die Immobilienanzeigen auf ihrem Tablet vertieft und war in solchen Momenten nur noch bedingt ansprechbar. Durch die offen stehenden Fenster hörten sie das Bellen von Fini, die ihre überschüssige Energie auf dem Grundstück austobte. Man konnte sie draußen problemlos allein herumlaufen lassen, da auch der Zaun und die Büsche zur Straßenseite zu hoch für sie waren und somit keine Gefahr bestand, dass sie entwischte. Hinzu kam, dass sich die in der Regel rotzfreche Lütte unversehens in einen kleinen Schisser verwandeln konnte, wenn es daranging, ihr gewohntes Terrain verlassen zu müssen.

»Die Sache mit der Sexpuppe steht in der Zeitung.«

»Echt?« Jetzt blickte Lena auf.

»Ja, echt!« Carsten stieß einen tiefen Seufzer aus. »So ein Mist.«

»Na ja ... die Printausgabe lesen doch eh nur noch Oldtimer, also dürften es auf dem Weg nicht viele mitbekommen.« Lena wischte auf ihrem Tablet herum. »Viel wichtiger ist, ob die Nachricht auch online und auf der Facebook-Seite der Zeitung steht.«

»Oldtimer …«, grummelte Carsten. »Eine Zeitung im Internet zu lesen, ist doch nichts Halbes und nichts Ganzes. Man muss das Rascheln beim Umblättern hören, den Geruch des Papiers riechen und Druckerschwärze an den Händen haben, wenn man fertig ist. Das ist wahrer Zeitungsgenuss, aber davon versteht ihr Jungvolk ja nichts.«

Lena ging nicht auf seine Worte ein. »Es ist bereits im Netz, und auf der Facebook-Seite der Zeitung sind schon eine Reihe schräger Kommentare eingegangen.«

»Steht da etwa auch Hinnerks Name?«, hakte er alarmiert nach. »In der Printausgabe ist er zum Glück nicht erwähnt.«

Lena scrollte durch den Artikel und blickte dann auf. »Hier auch nicht.«

»Mann, Mann, Mann, Hinnerk kriegt 'nen Koller, wenn er das heute Morgen sieht. Und Freya erst recht. Die weiß doch noch gar nichts davon.«

»Jetzt reg dich doch nicht auf, Papa«, versuchte Lena ihn zu beruhigen. »Das ist ja nun wirklich kein Drama. Außerdem dürfte Hinnerk doch damit gerechnet haben. Schließlich sind wir hier in Büsum und nicht in einer Großstadt. Da macht nun mal alles ganz schnell die Runde. Und der Artikel ist vollkommen neutral gehalten, da macht sich niemand über die Angelegenheit lustig.«

»Aber auf Facebook schon«, ereiferte sich Carsten. »Das hat doch bestimmt jemand von euch durchgestochen. Denn Hinnerk hat es mit Sicherheit niemandem erzählt.«

»Was heißt denn hier von euch?«, erwiderte Lena. Sie legte das Tablet zur Seite und blickte ihren Vater an. »Das war bis vor einem halben Jahr noch dein Team! Und dem traust du so was zu? Was, wenn es der Täter war, um seine – oder ihre –

Tat zu Ende zu bringen? Was nützt eine blutverschmierte Sexpuppe, um jemanden in Misskredit zu bringen, wenn niemand davon weiß? Vielleicht war es ja wirklich dieser Filialleiter, den Hinnerk in Verdacht hat. Oder jemand ganz anderes – zum Beispiel ein ehemaliger Liebhaber von Freya.«

Beim letzten Satz warf Carsten ihr einen bösen Blick zu, er kam jedoch zu keiner Erwiderung, da sein Handy zu klingeln begann.

Hinnerk Petersens aufgeregte Stimme drang aus dem Gerät, so laut, dass selbst Lena einige Bruchstücke des Gesagten mitbekam, obwohl Carsten den Lautsprecher nicht aktiviert hatte. Sie schmunzelte, als ihr Vater nach einigen Sekunden die Augen verdrehte und das Handy ein Stück von seinem Ohr entfernte. Seine von Zeit zu Zeit eingeworfenen Beschwichtigungsversuche schienen an Hinnerk wie an einer Teflonpfanne abzuprallen, da dieser seine Schimpftirade unverdrossen fortsetzte. Nach einer gefühlten Ewigkeit ging ihm dann aber doch die Luft aus, und das Gespräch kam endlich zu einem Ende, ohne dass Carsten groß zu Wort gekommen wäre.

»Mein lieber Scholli«, stöhnte Carsten, als er das Handy wieder auf den Tisch legte. »Der ist aber in Fahrt. Er hat Freya gestern Abend noch angerufen und ihr alles gebeichtet. Und jetzt hat nicht nur sie, sondern auch Mina ihm die Hölle heiß gemacht.«

»Warum?«, fragte Lena. »Weil er im Institut geschlafen hat oder weil er nichts mitgekriegt hat?«

»In erster Linie, weil er im Institut geschlafen hat. Freya hat das noch gerade so hingenommen, aber Mina hat gedroht, ihn rauszuschmeißen, falls das noch einmal vorkommt.«

»Das verstehe ich nicht. Wenn Hinnerk schon häufiger im Institut geschlafen hat, muss Mina seine nächtliche Abwesenheit doch irgendwann mal mitbekommen haben.«

»Nicht unbedingt. Sie schlafen in getrennten Zimmern, weil Mina jede Nacht Wälder absägt, wie Hinnerk mir mal erzählt hat. Näher hat er sich darüber nicht ausgelassen.« Carsten seufzte. »Jedenfalls hat sie ihm jetzt mitgeteilt, dass sie mit niemandem zusammenleben wolle, der zwischen Toten schläft.«

»Aber das dürfte Hinnerk doch gelegen kommen, wenn er sowieso immer die Flucht ergreift.« Eines musste sie neidlos anerkennen: Langweilig waren die Freunde ihres Vaters definitiv nicht.

Carsten schüttelte den Kopf. »Ach was, er kann doch gar nicht ohne sie. Dann müsste er ja selbst für sich sorgen, und das ist nun wirklich nicht sein Ding.«

»Es gibt da übrigens noch etwas, über das ich mit Ihnen sprechen muss«, sagte Lena eine Stunde später, als sie Berger in der Dienststelle gegenübersaß. »Im Bestattungsinstitut Gerdes wurde gestern eine blutbeschmierte Sexpuppe in einem der Särge aufgefunden.«

Berger runzelte die Stirn. »Du meine Güte. Wieso weiß ich davon denn nichts? Das müsste sich doch einer der Kollegen angesehen haben.«

»Dazu gab es gestern keine Möglichkeit, weil sich jeder von uns um die beiden Tötungsdelikte gekümmert hat. Wir …«

»Aber irgendwann waren wir alle wieder hier«, fiel Berger ihr ins Wort. »Wieso ist dann niemand in das Bestattungsinstitut gefahren, um sich das anzusehen?«

Lena hatte bereits bei der Begrüßung bemerkt, dass Bergers

Laune heute nicht die Beste war. Ihr Unbehagen verstärkte sich, aber zum Glück ersparte Berger ihr eine Erwiderung.

»Lassen Sie mich raten, Frau Matthiessen. Die Angelegenheit wurde nicht ernst genommen, oder?«

»Na ja … ich fürchte, sie ist im Trubel um den Doppelmord einfach untergegangen«, murmelte Lena.

»Wer hat den Fund gemeldet?«

»Das war Hinnerk Petersen, ein Mitarbeiter des Instituts.«

»Und welcher Kollege hat Ihnen davon erzählt?«

»Keiner«, musste Lena zugeben. »Ich habe es gestern Abend von meinem Vater erfahren.«

Jetzt guckte Berger verdutzt. »Von Ihrem Vater? Wieso das?«

»Hinnerk Petersen hat ihn angerufen, nachdem von uns niemand bei ihm aufgetaucht ist.«

Bergers rechte Augenbraue schnellte empor. »Ich vermute mal, dass Herr Petersen ebenfalls ein Freund Ihres Vaters ist.«

»Das ist richtig.«

»Dann hat mein Vorgänger doch bestimmt auch das Institut aufgesucht, um nach dem Rechten zu sehen, oder?«

Das war jetzt eindeutig zu barsch herausgekommen. Wenn das so weiterging, würde Lena ihre bisher positive Meinung über Berger ganz schnell wieder korrigieren.

»Ja, natürlich hat er das! Er hat die üblichen Maßnahmen ergriffen, und ich habe heute Morgen eine Blutprobe gesichert. Sehr wahrscheinlich ist das Ganze nur ein dummer Scherz …«

»Nicht, wenn es sich um menschliches Blut handeln sollte«, fiel Berger ihr erneut ins Wort.

So langsam wurde Lena sauer. »Das ist mir bewusst, Frau Berger, schließlich mache ich den Job nicht erst seit gestern!

Die Probe ist auf dem Weg ins Labor, ich habe es eilig gemacht.«

»Wo ist die Puppe jetzt?«

»Wir haben sie erst mal dort gelassen und alle angewiesen, die Sarghalle im Moment nicht zu betreten.«

Berger erhob sich mit verärgertem Blick. »Ich will mir das anschauen! Kommen Sie mit!«

Na toll, den Kasernenhofton hatte die rote Hexe, wie Lena sie gerade spontan getauft hatte, also auch drauf.

Als sie an der offen stehenden Tür des Büros vorbeikamen, das sich Lena mit Sönke Gellert teilte, stutzte Berger und betrat dann den Raum, in dem Fini zusammengerollt unter Sönkes Schreibtisch lag. »Ist das Ihr Hund, Kollege?«

»Nein, meiner«, beeilte sich Lena zu sagen. »Tut mir leid, aber ich wusste heute Morgen einfach nicht, wohin mit ihr.«

Ich kann heute nicht auf deinen Hund aufpassen, hatte ihr Vater gesagt, und an seinem Tonfall und der Betonung, die auf den beiden Worten *dein Hund* gelegen hatte, hatte Lena sofort erkannt, dass er es ernst meinte und es ihr dieses Mal nicht gelingen würde, ihn umzustimmen. Den Grund für seine Weigerung hatte er nicht genannt, sondern nur gemeint, dass man einen Hund eben nicht überall mit hinnehmen könne. Sie hatte natürlich mitbekommen, dass er Fini lieb gewonnen hatte, was ihm offensichtlich noch nicht so ganz bewusst war, aber ihr war schon klar, dass sie seine Gutmütigkeit manchmal über Gebühr ausnutzte und Fini nicht ständig bei ihm abladen konnte.

Berger blickte Lena stirnrunzelnd an. »Das wird jetzt aber nicht zur Gewohnheit! Ein Hund hat hier nichts zu suchen!«

Fini hob den Kopf. Sie hatte ein gutes Gespür dafür, wenn sie das Gesprächsthema war, und auch für die Schwingungen in diesen Gesprächen. Sie trottete auf Berger zu, setzte sich vor sie hin und schaute mit diesem treuherzigen Blick zu ihr auf, dem niemand widerstehen konnte.

Berger konnte. Zumindest hatte es den Anschein, da sie Fini nur einen kurzen Blick gönnte und sich dann abwandte und zur Tür ging.

Lena folgte ihr verdrossen und hatte wieder die Worte ihres Vaters im Ohr, als sie ihm seinerzeit Fini präsentiert hatte. Was willst du denn mit einem Hund, Tochter? Du bist berufstätig und hast keinen Nine-to-five-Job. Er hatte ihre Erklärung, dass sie den Hund angekettet auf einem Parkplatz gefunden hatte und wirklich alles versucht hatte, seinen Besitzer zu ermitteln, zwar zur Kenntnis genommen, aber nicht akzeptiert.

»Wenn dabei nichts rauskommt, musst du den Hund eben in ein Tierheim geben«, hatte er gesagt, aber zu diesem Zeitpunkt war sie schon so hoffnungslos in die Lütte verliebt gewesen, dass sie es nicht übers Herz gebracht hatte.

Und jetzt hatte sie den Salat.

15

Die Büsumer Filiale des Bestattungsinstituts Henningsen machte einiges her, das musste Carsten widerwillig anerkennen. Während die Einrichtung in Freyas Institut mittlerweile doch ziemlich altbacken war, hatte es bei Henningsen den Anschein, als hätten hier hochbezahlte Designer Hand angelegt. Was wohl auch der Fall gewesen war, dachte Carsten, nachdem er sich am Vortag die Website des Instituts angesehen hatte und jetzt in einer der Hochglanzbroschüren blätterte, während er auf den Filialleiter wartete. Laut Website arbeiteten außer diesem noch fünf weitere Mitarbeiter in der Filiale, zwei Bestattungsfachkräfte, zwei Überführungsfahrer sowie eine weibliche Angestellte, die sich um organisatorische Dinge und die Gestaltung von Bestattungen und Trauerfeiern kümmerte und darüber hinaus in der Trauerberatung tätig war. Weiterhin wurde auf eine Floristin in einem Blumengeschäft im Ortskern hingewiesen, bei der man Sarg- und Urnenschmuck, Trauergestecke, Kränze und Dekorationen in Auftrag geben konnte.

Junge, Junge, hatte Carsten gedacht, das ist ja verdammt viel Personal. Glauben die wirklich, dass in Büsum so viel gestorben wird und die alle zu tun haben werden?

Bei Freya sah das hingegen ganz anders aus. Sie beschäftigte nämlich außer Hinnerk nur eine zweite Angestellte, die zusammen mit Hinnerk Mädchen für alles war. Das war zugegebenermaßen zu wenig, mindestens eine weitere Fachkraft wäre vonnöten gewesen. Aber Freya verfügte nicht über die finanziellen Mittel, weil ihr verstorbener Vater das Institut mit seinen Börsenspekulationen fast in den Ruin getrieben hätte und sie seit seinem Tod zu retten versuchte, was noch zu retten war. Denn Aufgeben kam für sie nicht infrage.

Aber was würde jetzt für sie übrig bleiben? Carsten kannte Freyas Preise nicht, ging aber ebenso wie Hinnerk und Lena davon aus, dass eine deutschlandweite Kette günstigere Angebote hatte als ein kleines Familienunternehmen. Auf der Website waren keine Preise angegeben, die erfuhr man laut Hinweis nur in einem persönlichen Gespräch.

Für die Idee, wie er möglichst viel über das neue Institut herausfinden konnte, beglückwünschte Carsten sich immer noch selbst. Er würde einfach vorgeben, dass er einen Vorsorgevertrag abschließen wollte, was mit Sicherheit einige Beratungsgespräche nach sich ziehen würde.

Dass er allerdings noch heute einen Termin bekommen würde, hatte er bei seinem Anruf am Morgen nicht erwartet. Waren sie also wohl doch nicht so ausgelastet, wie die Mitarbeiterzahl vermuten lassen würde? Unser Filialleiter wird sich Ihrer persönlich annehmen, hatte eine Frauenstimme in sein Ohr geflötet, deren Tonlage für seinen Geschmack zwei Oktaven zu hoch gewesen war. Zum Glück hatte ihn dieses Organ nur noch einmal kurz bei seiner Begrüßung malträtiert, bevor die dazugehörige Frau ihn mit dem Hinweis, dass er sich bitte noch einen kleinen Augenblick gedulden möge, in einen Besprechungsraum geführt hatte.

Wo er nun saß und sich umschaute, nachdem er die Broschüre

durchgeblättert hatte. Der edle Mahagonitisch war von acht ebenso edlen Mahagonistühlen mit dunkelgrünen Sitzpolstern umgeben, an den weißen Wänden hingen großformatige Fotos von Sonnenuntergängen.

Sehr sinnig.

Eine Vitrine an der rechten Wand erweckte seine Aufmerksamkeit. Carsten erhob sich und trat näher, um die dort ausgestellten Leichenwagen im Miniaturformat zu betrachten, die sehr anschaulich zeigten, wie sich die Wagentypen über die Jahrzehnte verändert hatten. Während er sich noch fragte, ob man so etwas käuflich erwerben konnte oder in kleinteiliger Handarbeit selbst basteln musste, hörte er eine Stimme in seinem Rücken.

»Gefallen sie Ihnen?«

Carsten drehte sich um und stellte fest, dass Hinnerks Beschreibung zutreffend gewesen war. Maßanzug, auf Hochglanz polierte Schuhe, Hipsterbart. Carsten hätte noch das Attribut Yuppie hinzugefügt. Der Typ sah aus, als wenn er sich an die Küste verirrt hätte und man ihn schnellstens in eine Großstadt zurückbeamen müsste.

»Sebastian Grönert.« Der Händedruck hatte etwas von der Begegnung mit einem Fisch. Feucht, schwabbelig, glitschig.

»Carsten Matthiessen.«

»Was für ein schöner norddeutscher Name.« Ein meckerndes Lachen folgte, der Dialekt mit dem rollenden R war gewöhnungsbedürftig. »Ich komme aus Franken und freue mich, jetzt an der schönen Nordseeküste arbeiten zu dürfen. In Ostfriesland zu leben war immer mein Traum.«

»Dithmarschen.«

Grönert guckte verwirrt und strich über seinen Bart.

»Ostfriesland gehört zu Niedersachsen. Bei uns in Schleswig-Holstein gibt es Nordfriesland, aber wir sind hier in Dithmarschen.« Himmel, was lernten die heute eigentlich in der Schule? So viel Unkenntnis war ja zum Auswachsen!

»Äh … ja …« Grönert gab sich große Mühe, seinen Fauxpas mit einem Lächeln zu überspielen, und deutete auf die Miniatur-Leichenwagen. »Die Modelle stehen in all unseren Filialen. Sie sind natürlich Sonderanfertigungen. So etwas Besonderes kann man nicht kaufen.«

»Natürlich«, echote Carsten und kämpfte gegen ein Grinsen an.

Grönert wies in Richtung Tisch. »Wollen Sie nicht Platz nehmen, lieber Herr Matthiessen? Was kann ich Ihnen anbieten? Kaffee oder Tee? Sie können natürlich auch einen Saft oder ein Wasser haben.« Letzteres stand zusammen mit Gläsern auf einem Sideboard neben der Tür.

»Gerne einen Kaffee«, sagte Carsten. Er hätte zwar lieber einen Tee getrunken, befürchtete aber plötzlich, bei Äußerung dieses Wunsches eine Aufzählung von mindestens fünfzehn Teesorten über sich ergehen lassen zu müssen, die dieses Firstclass-Bestattungsinstitut im Angebot haben dürfte.

»Cappuccino, Latte Macchiato, Espresso, Mocca, Caffè Latte oder vielleicht einen Americano?«

Verdammt, wieso hatte er nicht bedacht, dass es bei der Bestellung eines Kaffees mittlerweile ebenso ausuferte? »Einen ganz normalen Filterkaffee, bitte.«

»Gerne. Mit normaler Milch oder mit Hafermilch?«

Hafermilch im Kaffee. So weit kam das noch, da würde er ja eher Wasser saufen. »Mit normaler Milch, bitte.« Das strapazierte jetzt aber doch ein wenig seine Nerven.

»Sehr gerne!« Der Filialleiter griff zum Telefon, das neben den Getränken auf dem Sideboard stand, und orderte einen normalen Kaffee mit normaler Milch und einen Latte Macchiato. Dann nahm er ebenfalls Platz und blickte Carsten mit einem strahlenden Lächeln an.

»Sie wollen also einen Vorsorgevertrag abschließen?«

Carsten nickte und hoffte, dass es hier ein paar weniger Varianten als bei der Kaffeeauswahl gab.

»Das ist eine sehr kluge Entscheidung.«

In der nächsten Stunde beschäftigte sich Carsten intensiv mit seiner eigenen Bestattung, was schon ein bisschen spooky war. Er begutachtete eine Reihe von Sargmodellen, die meisten in einem Katalog, einige allerdings in einer kleinen Halle, die der in Freyas Institut ähnelte, allerdings wesentlich stylischer gestaltet war, um sich mal des Hipsterjargons zu bedienen. Grönert händigte ihm einen Fragebogen aus, den er zu Hause in Ruhe durcharbeiten sollte. Darüber hinaus erfuhr Carsten die Preise für die unterschiedlichen Bestattungsarten, die ziemlich differierten.

»Wie ist das eigentlich mit einer Feuerbestattung?«, wollte Carsten wissen, nachdem Grönert auch das Thema einer Seebestattung angesprochen hatte, was Carsten versprach ebenfalls in Erwägung zu ziehen. »So etwas müsste doch preiswerter sein, weil die Grabstätten für Urnen ja wesentlich kleiner sind und somit weniger kosten dürften, als es bei einer Erdbestattung der Fall wäre.« Das hatte Grönert ihm zwar schon erklärt, es konnte aber nie schaden, einen auf doof zu machen, weil sich die Gegenseite dann stets im Vorteil wähnte. Carsten war nämlich vorhin noch nicht dazu gekommen, das Thema

Kolumbarium anzuschneiden, was er jetzt endlich nachzuholen gedachte. Vielleicht ergab sich so ja ein Hinweis, was dieses Fünf-Sterne-Institut mit Freyas Institut vorhatte.

»Ja, das ist richtig«, bestätigte Grönert, und seine jetzt etwas säuerliche Miene ließ darauf schließen, dass er Erdbestattungen bevorzugte. Klar, brachten ja auch mehr Kohle in die Kasse.

»Ich hab da neulich was gelesen«, fuhr Carsten fort und machte jetzt einen auf eifrig und so richtig doof. »Mann, wie hieß das denn bloß? Kolumbien ... nee, Quatsch«, er tippte sich gegen die Stirn. »Das kann ja nicht stimmen, das ist ja ein Land.«

»Kolumbarium«, half ihm Grönert auf die Sprünge.

Carsten hob die Hand und wies mit dem Zeigefinger auf ihn. »Genau! Kolumbarium! Das war's.« Er machte eine weit ausholende Geste. »Haben Sie hier auch so was? Mir hat das nämlich sehr gut gefallen, dass man da in einer hübschen Urne in einer sehr geschmackvollen Umgebung steht und nicht irgendwo in der Erde verbuddelt wird.«

Grönerts Miene verdüsterte sich, und Carsten dachte: Mensch, Junge, du musst deine Emotionen aber wirklich mal besser in den Griff kriegen.

»Nein, leider nicht. Also noch nicht«, fügte Grönert eilig hinzu. »Uns fehlen in unserem Institut bedauerlicherweise die räumlichen Kapazitäten, es wird aber in absehbarer Zeit eine Lösung in kurzer Entfernung geben.«

»Was verstehen Sie unter absehbarer Zeit und kurzer Entfernung?«, fragte Carsten verschlagen.

»Zwei bis maximal drei Monate, und die Einrichtung wird nur wenige Häuser entfernt sein.« Grönert erweckte den

Eindruck, als würde es diesbezüglich nicht den geringsten Zweifel geben.

»Na, das hört sich doch gut an«, sagte Carsten mit einem Ausdruck größter Befriedigung. Er klopfte auf die Unterlagen, die Grönert ihm zusammengestellt hatte. »Dann werde ich mich mal in das alles hier vertiefen und mich danach wieder bei Ihnen melden.«

Als Erstes musste jetzt Hinnerk darüber informiert werden, dass sein Verdacht mit Henningsen wohl doch nicht so ganz aus der Luft gegriffen schien. Denn der Hinweis, den Grönert gerade vom Stapel gelassen hatte, wies stark darauf hin, wo er beziehungsweise sein Arbeitgeber das Kolumbarium einzurichten gedachten. In Freyas Institut – ob mit oder ohne Kooperation. Weiterhin musste Hinnerk gemeinsam mit Freya einen Kostenvergleich zwischen den beiden Instituten durchführen. Wenn sie sich wieder beruhigt hatte.

»Das mit dem Beruhigen wird wohl noch 'n büschen dauern«, meinte Hinnerk, als Carsten ihn nach dem Verlassen der Konkurrenz anrief und nach Freyas Stimmung fragte.

»So schlimm?«

Ein trockenes Husten kam durch die Leitung. »Sie hat mich einen Döspaddel genannt. Weil ich nichts mitbekommen habe.«

»Na ja, da gibt es aber nun wirklich Schlimmeres.«

»Was ist das denn für'n blöder Schnack?«, empörte sich Hinnerk. »Wenn ich schlafe, kann neben mir 'ne Bombe einschlagen, und ich krieg nichts mit. Da kann ich doch nix für!«

Zu dieser Aussage dachte sich Carsten seinen Teil. Dass Hinnerk gerne einen hob, war unbestritten und der Hauptgrund für seinen ständigen Zoff mit Mina, die nämlich gar nicht so xanthippemäßig daherkam, wie es Hinnerk immer so gerne darstellte. Mina hatte sich schon öfter bei Carsten ausgeheult und ihn gebeten, Hinnerk ins Gewissen zu reden. Was er getan hatte, allerdings jedes Mal mit sehr kurzzeitigem Erfolg. Deshalb stieß Carsten auch nicht in Hinnerks Horn, wenn dieser wieder einmal über seine Frau zu lamentieren begann. Aber Carsten hatte keine Lust, jetzt über dieses Thema nachzudenken, es gab nämlich Wichtigeres zu tun. »Bist du im Institut?«

»Wo soll ich denn sonst sein?«, kam die unwirsche Antwort.

»Und Freya?«

»Die ist auch hier. Was soll die Fragerei?«

»Das wirst du gleich erfahren.«

16

Marie Evers hatte schlecht geschlafen und wäre beim Klingeln des Weckers fast der Versuchung erlegen, den für zwölf Uhr angesetzten Termin mit einem Journalisten des Lokalblatts zu verschieben und sich bis zum nächsten Tag im Bett zu verkriechen.

Aber diese Möglichkeit war ihr leider nicht vergönnt, denn der Termin war wichtig, da sie die Hoffnung, ihr Hotel in zwei Monaten eröffnen zu können, noch nicht gänzlich aufgegeben hatte. In einem hoffentlich umfangreichen Artikel mit einer Reihe von Fotos konnte sie nämlich nicht nur für das Hotel werben, sondern auch darauf hinweisen, dass sie noch Arbeitskräfte suchte. Was das anbelangte, musste sie im Moment jede Gelegenheit ergreifen. Außerdem war die Begegnung mit dem Journalisten ein erster Schritt auf dem Weg zu weiteren Pressekontakten, da der Mann laut eigener Aussage über ein ausgezeichnetes Netzwerk verfügte. Und genau das brauchte sie jetzt, jede Menge Presse, und zwar nicht nur in Tageszeitungen, sondern in erster Linie in den Hochglanz-Magazinen, die das schöne Leben auf dem Land propagierten. Bereits vor Monaten hatte sie mehrere dieser Magazine angeschrieben, von denen allerdings keines Interesse gezeigt hatte.

Seit Tagen überlegte sie jetzt, ob sie einen zweiten Versuch wagen sollte. Oder wäre das dann zu viel des Guten? Schließlich hoffte sie nicht nur auf Artikel, die den Start ihres Hotels begünstigen sollten, sondern auch auf weitere Berichte in den kommenden Jahren. Und die könnte sie in den Wind schreiben, wenn sie sich jetzt als zu aufdringlich erwies.

Der Blick in den Badezimmerspiegel war ebenfalls nicht dazu angetan, Maries Laune zu heben. In der letzten Zeit spürte sie ihr Alter immer deutlicher, obwohl man mit siebenundfünfzig Jahren doch eigentlich noch gar nicht von Alter sprechen konnte. Sie war immer stolz auf ihre schlanke Figur gewesen, aber jetzt wünschte sie sich ein paar Pfund mehr auf den Rippen, die bestimmt auch ihrem Gesicht zugutekommen würden. Es war hager und von zu vielen Falten durchzogen, die Wangen waren eingefallen, der Hals ähnelte dem einer Pute. Dazu die fahle Haut und dunkle Schatten unter den einstmals strahlenden und jetzt erloschen wirkenden grünen Augen.

Wieso wurde sie erst jetzt auf all diese Veränderungen aufmerksam? Sie hatten sich doch nicht erst in den letzten Tagen heimlich, still und leise herangeschlichen.

Es ist der Stress, die vielen Baustellen, die mich umgeben, sagte sie sich. Der immer wiederkehrende Gedanke, dass ich mich mit meinem Hotelprojekt übernommen habe.

Aber vor allem war es das Wissen, dass sie jetzt allein dastand, weil der Mensch, mit dem sie hatte alt werden wollen, nicht mehr an ihrer Seite war.

Nach einem kargen Frühstück machte sich Marie auf die Suche nach Saskia Behrens, die als Reinigungskraft für sie arbeitete und vor Ort lebte. Marie hatte noch eine zweite Frau aus Büsum verpflichtet, die im Gegensatz zu Saskia bisher aber nur direkt nach der Fertigstellung des Hotels Vollzeit gearbeitet hatte, als die Zimmer nach den Bauarbeiten von Grund auf hatten gereinigt werden müssen. Wenn das Hotel dann in Betrieb war, würde sie wie Saskia ganztägig arbeiten und hoffentlich noch für weitere Tätigkeiten eingesetzt werden können.

Saskia nahm zurzeit noch einmal alle Zimmer unter die Lupe, die Marie dem Journalisten natürlich im allerbesten Licht präsentieren wollte, da sie auf ein ausführliches Fotoshooting hoffte. Die Räume waren mit viel Liebe eingerichtet worden, hier hatte Marie selbst Hand angelegt.

Auf dem Weg über den Hof begann ihr Smartphone zu klingeln. »Saskia? Ich wollte gerade zu Ihnen. Wo stecken Sie?« Als sie Saskias aufgeregte Antwort vernahm, übermannte sie die Verzweiflung.

Nein, das konnte nicht sein. Bitte, lieber Gott, bitte nicht ausgerechnet heute!

»Wie konnte das passieren?«

Saskia Behrens zuckte die Schultern und blickte hilflos auf die Toilettenschüssel hinunter, in der das Wasser bis zum Rand stand. »Ich weiß es nicht.«

»Und das sieht in allen Bädern so aus?«

»Ja«, bestätigte Saskia. »In einigen ist das Wasser sogar übergelaufen.« Sie zog ein Papiertaschentuch aus ihrer Hosentasche und wischte sich über das verschwitzte Gesicht. »Wir können bloß froh sein, dass das jetzt passiert ist, wo noch keine Gäste hier sind.«

»Aber um zwölf kommt der Journalist!«

»Ja«, sagte Saskia verzagt. »Das ist natürlich ganz großer Mist.«

»Ich muss die Sanitärfirma anrufen«, stellte Marie fest und bemühte sich, ihren Atem unter Kontrolle zu bekommen. Wenn sie aufgeregt war, neigte sie zum Hyperventilieren, und das konnte sie in dieser Situation nun wirklich nicht gebrauchen.

»Hab ich schon gemacht. Die haben aber frühestens in drei Monaten Zeit.«

Marie starrte Saskia entgeistert an. »Das ist nicht Ihr Ernst! Die können uns doch nicht einfach hängen lassen.«

»Der Chef hat mir einen langen Vortrag über den herrschenden Fachkräftemangel gehalten. Ich hab ihm gesagt, dass wir heute einen Journalisten erwarten und dem die Zimmer zeigen wollen, aber das hat ihn nicht die Bohne interessiert.«

Marie schwankte zwischen Schrei- und Weinkrampf. Die Sanitärfirma hatte offensichtlich Murks abgeliefert, für den sie haftbar gemacht werden konnte, aber das nützte ihr im Moment herzlich wenig. Sie hatte den Chef kennengelernt, ein Mann, der anpacken konnte und einen zuverlässigen Eindruck auf sie gemacht hatte. Und jetzt das.

»Wir müssen dem Journalisten ja nicht die Bäder zeigen«, schlug Saskia zaghaft vor.

»Wie stellen Sie sich das vor?«, fuhr Marie sie an. »Wenn der sich die Zimmer anschaut, wird er natürlich auch einen Blick in die Bäder werfen wollen. Was soll ich denn als Entschuldigung vorbringen, dass das gerade nicht möglich ist?«

»Ich könnte in einer Toilette das Wasser abschöpfen«, überlegte Saskia. »Mehr als eine wird der Mann ja wohl nicht sehen wollen, oder?«

»Und was machen wir, wenn es wieder nachläuft?«

Saskia dachte wie immer pragmatisch. »Ich werde das jetzt in diesem Zimmer machen und kontrollieren, ob es nachläuft.

Rufen Sie mich an, wenn Sie mit dem Journalisten losgehen. Wenn dann wieder Wasser in der Schüssel steht, kann ich es noch schnell abschöpfen.«

Marie warf einen Blick auf ihre Armbanduhr. Der Journalist würde in anderthalb Stunden hier sein, somit hatten sie keine Zeit mehr, sich nach einer anderen Sanitärfirma umzusehen. Also blieb ihr keine andere Möglichkeit, als auf Saskias Vorschlag einzugehen.

»Ja«, sagte sie tonlos. »Dann machen Sie das. Etwas anderes bleibt uns nicht übrig. Danke!«

17

»Na, das ging aber schnell«, stellte Hinnerk verwundert fest, als Carsten wenige Minuten nach Beendigung ihres Telefonats das Institut betrat. Hinnerk hatte den Platz hinter dem Empfangstresen eingenommen und kämpfte gerade mit der Höheneinstellung des Bürostuhls; von der sonst an dieser Stelle Tätigen war weit und breit nichts zu sehen. Also war Hinnerk heute offensichtlich zu ungeliebten Bürotätigkeiten verdonnert worden.

Carsten hob den Kopf und lauschte. Ja, tatsächlich, er hatte sich nicht getäuscht. Über die Lautsprecheranlage waren die Klänge der Tannhäuser-Ouvertüre zu vernehmen. Zwar gedämpft, aber die Botschaft war für jeden, der Freya kannte, mehr als deutlich: Freya konnte die Musik von Richard Wagner zu jeder Tages- und Nachtzeit rauf und runter hören und entspannte dabei im Gegensatz zu ihrem Umfeld ganz wunderbar. Wenn sie sich aber für die Tannhäuser-Ouvertüre entschied, war die Kacke am Dampfen, wie sich Hinnerk auszudrücken pflegte.

»Ich war nebenan.« Carsten machte eine Kopfbewegung in Richtung der Konkurrenz.

Hinnerks Augen wurden groß und sein Blick erwartungsvoll. »Hast du deine Undercover-Aktion gestartet?«

»Jo.« Carsten deutete auf Freyas geschlossene Bürotür. »Dicke Luft?«

Hinnerk schnaufte und mühte sich weiter ab. »Das ist doch wohl nicht zu überhören.«

Nein, das war es tatsächlich nicht.

»Wegen der Sexpuppe oder ist ihr noch was anderes über die Leber gelaufen?«

»Seit diese Henningsen-Filiale hier aufgemacht hat, ist sie so drauf. Aber die Sexpuppe hat ihr den Rest gegeben.« Hinnerk hatte den falschen Hebel am Stuhl erwischt und ging mit einem überraschten Laut auf Tauchstation. »Mann, das ist aber auch ein bescheuertes Teil!«

Carsten legte die Preisliste von Henningsen auf den Tresen. »Hier, damit ihr wisst, mit welchen Preisen ihr konkurrieren müsst. Außerdem habe ich noch eine interessante Info für euch.« Er klärte Hinnerk darüber auf, was Grönert ihm bezüglich des Kolumbariums in nächster Nähe erzählt hatte. »Das muss aber trotzdem nicht bedeuten, dass euer Verdacht bezüglich der Sexpuppe richtig ist.« Bevor Hinnerk Einwände erheben konnte, machte sich Carsten auf den Weg zu Freyas Büro. »Ich geh dann mal zu Freya.«

Freya Gerdes thronte hinter einem wuchtigen Eichenholzschreibtisch, der wie der Rest der Einrichtung ein Erbstück ihres Vaters war. Carsten war erst einmal in ihrem Büro gewesen und hatte seinerzeit gedacht, dass dieses Ambiente zu ihr und ihrer Wagner-Leidenschaft passte. Sie war eine attraktive und selbstbewusste Frau von sechsundfünfzig Jahren, mit einer weiblichen Figur, raspelkurzen weißen Haaren und braunen Augen, bei denen Carsten immer das Gefühl hatte, dass sie auf den Grund seiner Seele blicken konnten. Eine Frau, die mit beiden Beinen im Leben stand. Trübsal blasen war nicht ihr Ding, sie war ein Mensch, der Sachen anpackte. Und wenn dann noch die Tannhäuser-Ouvertüre durch das Institut wogte, musste man auf der Hut sein und seine Worte mit Bedacht wählen.

»Ah, 007 im Anmarsch.« Freya kam mit einem süffisanten Lächeln hinter ihrem Schreibtisch hervor, stemmte die Hände in die Hüften und baute sich vor Carsten auf, der bei ihrem Anblick mal wieder Herzflattern bekam. Diese Wahnsinnsfrau hatte sich zeit ihres Lebens an keinen Mann gebunden, sondern eine Reihe wechselnder Beziehungen gehabt. Nur nicht mit dir, hatte Hinnerk einmal gesagt, und ihm dabei mit spitzem Zeigefinger auf die Brust getippt. Weil du nach deiner Scheidung ja nicht in die Puschen kommst.

»Moin, Freya.« Für mehr fehlte Carsten in diesem Moment die Puste.

Seine Angebetete musterte ihn mit schräg gelegtem Kopf. »Wieso willst du dich um die Sache mit der Sexpuppe kümmern? Du bist nicht mehr im Dienst, das ist jetzt die Angelegenheit deiner ehemaligen Kollegen. Und bei denen werde ich Anzeige gegen diesen Filialleiter von Henningsen erstatten.«

Ja, Grönert gehörte jetzt auch für Carsten zum Kreis der Verdächtigen, allerdings wusste er aus langjähriger Erfahrung, dass es fatal sein konnte, sich frühzeitig auf eine Person oder einen Personenkreis festzulegen. Deshalb brachte er auch sofort einen Einwand vor.

»Zum jetzigen Zeitpunkt wissen wir doch überhaupt noch nicht, ob er etwas damit zu tun hat. Das ist bisher nur Hinnerks Vermutung. Und deine. Also kannst du nur Anzeige gegen unbekannt erstatten.«

Freyas Augen blitzten angriffslustig. »Wer soll es denn sonst gewesen sein?«

»Das will ich ja herausfinden.« Die Theorie mit dem abgelegten Liebhaber, der sich hatte rächen wollen, erwähnte er jetzt besser nicht.

»Dieser Grönert will mich fertigmachen«, wütete sie. »Ich wette, dass er bereits die Finger nach den beiden Mordopfern von gestern ausgestreckt hat.«

Carsten erschrak. Hatte Hinnerk etwa doch geplaudert? Nein, sagte er sich dann, das kann nicht sein. Schließlich hatte Hinnerk ihm hoch und heilig versprochen, dies nicht zu tun, und seine Versprechen hielt er normalerweise. Trotzdem wollte Carsten sichergehen. »Weißt du, um wen es sich handelt?«

Freya schüttelte den Kopf. »Nein, ich habe nur gehört, dass im Hochhaus zwei Menschen getötet wurden.« Sie musterte ihn aus schmalen Augen. »Ich bin mir aber ziemlich sicher, dass du es weißt.«

»Darüber darf ich nicht sprechen.«

»Ach, komm, Carsten«, gurrte sie und trat näher heran, wobei ihm der Duft ihres frischen Parfüms in die Nase stieg. »Du bist nicht mehr im Dienst.«

»Trotzdem.« Jetzt galt es, standhaft zu bleiben und wieder auf den Grund seines Besuchs zu sprechen zu kommen. »Ich habe Hinnerk versprochen, mich um die Sache mit der Sexpuppe zu kümmern, und war deshalb gerade bei eurer Konkurrenz.«

Freya guckte sparsam. »Aha … und was hast du da rausgefunden?«

»So schnell geht das nun auch wieder nicht. Ich habe erst mal ein bisschen die Lage sondiert.«

»Soso, die Lage sondiert«, wiederholte Freya mit spitzem Unterton. »Wie muss ich mir das vorstellen?«

»Ich habe vorgegeben, dass ich über den Abschluss eines Vorsorgevertrags nachdenke. Das ist ja ein etwas längerer Prozess, der einige Besuche im Institut notwendig machen wird.«

»Bei denen du dann herumschnüffeln willst, oder was?«

Ihr musste eine Laus über die Leber gelaufen sein, denn sie war heute eindeutig auf Krawall gebürstet. »Ja ... so was in der Art. Ich habe übrigens schon etwas erfahren, was von Interesse sein könnte.« Er erzählte auch Freya von Grönerts Andeutung.

»Aber das ist doch ein Beweis!«, blaffte sie ihn an. »Was brauchst du denn noch, um mir zu glauben?«

»Das ist nicht einmal annähernd ein Beweis. Er hat weder eine Adresse noch einen Namen, geschweige denn die genaue Beschaffenheit seiner Pläne erwähnt. Damit können wir rein gar nichts anfangen. Außerdem erscheint mir die Sache mit dem Kolumbarium nicht logisch, Freya. Ich habe die Preisliste von Henningsen mitgebracht und schon mal einen Blick darauf geworfen. Ich kenne deine Preise nicht, gehe aber mal davon aus, dass du als Familienunternehmen nicht mit einer deutschlandweiten Kette konkurrieren kannst. Die können dich schon mit ihrer bloßen Existenz hier in Büsum in die Insolvenz treiben, da bedarf es keiner Aktionen, die an eurem Ruf kratzen.«

»Na, du kannst einem ja Mut machen.«

Carsten hätte auch lieber etwas Positives gesagt, andererseits musste sie diesen Umstand doch ebenfalls sehen. »Du musst dich der Realität stellen, Freya. Es bringt doch nichts, wenn du die Augen davor verschließt.«

Freya funkelte ihn aufgebracht an, kam aber zu keiner Erwiderung, da es an der Tür klopfte und Hinnerk seinen Kopf ins Zimmer steckte. Sein Blick richtete sich auf Carsten.

»Deine Tochter ist mit ihrer Chefin gekommen, die sich die Sexpuppe ansehen will.«

»Na, das trifft sich ja bestens«, meinte Freya und machte sich auf den Weg zur Tür. »Dann kann ich ja gleich meine Anzeige aufgeben.« Sie hob die Hand, als sie Carstens Blick gewahrte. »Gegen unbekannt.«

18

Bis Berger und Lena Matthiessen endlich in Richtung Bestattungsinstitut aufbrechen konnten, hatte es dann noch über eine Stunde gedauert. Die Kollision zweier Kutter im Hafenbecken war für ihren verzögerten Aufbruch verantwortlich, da sie eine handfeste Prügelei an Deck eines der beiden Kutter zur Folge gehabt hatte, die erst durch einen größeren Polizeieinsatz beendet werden konnte.

Weiterhin war das Ergebnis der Obduktion eingegangen, an der ein Mitarbeiter der Mordkommission an diesem Morgen teilgenommen hatte. Henriette Jansen und Heiko Fedders waren ihren Schussverletzungen erlegen, Waffentyp Heckler & Koch, neun Millimeter. Todeszeitpunkt gegen zwei Uhr morgens, plus/minus eine Stunde. Außerdem hatte man Hinweise auf Geschlechtsverkehr zwischen den beiden gefunden; in Henriette Jansens Vagina und an ihren Oberschenkeln waren Spermaspuren von Heiko Fedders sichergestellt worden.

Die Begrüßung zwischen Lena Matthiessen und der Chefin des Bestattungsinstituts fiel ebenso herzlich aus wie die mit Hinnerk Petersen, und Berger gewann immer mehr den Eindruck, dass in Büsum wirklich jeder jeden kannte. Was angesichts der Größe des Küstenortes allerdings auch nicht verwunderlich war.

Hinnerk Petersen hatte bei ihrer Ankunft hinter dem Empfangstresen gesessen und Berger voller Misstrauen gemustert, nachdem Lena Matthiessen sie einander vorgestellt hatte.

»Also, eins sage ich Ihnen gleich: Ihr Vorgänger hat nicht so ein Desinteresse an den Tag gelegt. Der ist sofort hier angetanzt und hat sich die Sache angeguckt.« Nach diesen Worten hatte Petersen die Tür auf der gegenüberliegenden Seite des Empfangsbereichs geöffnet und »Deine Tochter ist mit ihrer Chefin gekommen, die sich die Sexpuppe ansehen will«, in den dahinterliegenden Raum gerufen.

Und somit hatte Berger jetzt nicht nur die Chefin des Bestattungsinstituts und deren Mitarbeiter, sondern auch ihren Vorgänger kennengelernt, der sie mit einem kräftigen Händedruck begrüßte. Ein kerniger, groß gewachsener Mann mit einem offenen Gesichtsausdruck und unzähligen Lachfältchen um die Augen, der sie interessiert musterte.

Lena Matthiessen schien die Anwesenheit ihres Vaters peinlich zu sein. Gut so! Und überhaupt, wieso mischten sich hier in Büsum ständig Privatleute in die Ermittlungen ein? Erst der Hilfssheriff im Hochhaus und jetzt ihr pensionierter Vorgänger. Das musste sofort unterbunden werden. Genauso wie diese grauenhaften Töne, die hier zu hören waren. »Könnten Sie bitte die Musik abstellen?«

Freya Gerdes schaute Berger mit einem zickigen Ausdruck an. »Wieso? Haben Sie etwas gegen Wagner?«

»Mein Musikgeschmack steht hier nicht zur Debatte. Wenn Sie dann bitte so freundlich wären?«

Nach einem kurzen Augenduell gab die Chefin des Instituts nach, woraufhin Berger sofort in die Offensive ging und ihren

Vorgänger zur Rede stellte. »Wie ich höre, sind Sie in Sachen Sexpuppe aktiv geworden.«

Carsten Matthiessen lächelte sie freundlich an. »Einer musste es ja tun.«

Berger hätte ihm jetzt einen Vortrag halten können, dass dies nicht mehr seine Aufgabe sei, aber was hätte das gebracht, das wusste der Mann schließlich selbst. Sie hatte allerdings nicht die Absicht, Matthiessen die Angelegenheit weiterhin zu überlassen.

»Tja, dann herzlichen Dank für Ihre Unterstützung, aber jetzt übernehmen wir.«

Matthiessen machte eine einladende Handbewegung in Richtung der Tür. »Nur zu. Das Corpus Delicti liegt nebenan.« Er nickte den Anwesenden zu. »Dann darf ich mich jetzt verabschieden.«

Berger blickte dem Mann hinterher und bemerkte, dass er Hinnerk Petersen auf dem Weg zur Tür zuzwinkerte. In diesem Moment wurde ihr klar, dass Matthiessen es mit diesem Abgang nicht auf sich beruhen lassen, sondern weiter nachforschen würde, wer die Sexpuppe in den Sarg gelegt hatte.

Nachdem Berger einen Blick auf das bewusste Objekt geworfen hatte, ließ sie sich von Hinnerk Petersen den Ablauf der vorletzten Nacht bis zum Auffinden der Sexpuppe am gestrigen Morgen schildern. Die Tatsache, dass Petersen in der bewussten Nacht im Institut geschlafen hatte, verwunderte sie schon sehr. Als der Mann auf ihre diesbezügliche Frage etwas von häuslichem Stress murmelte, verzichtete Berger allerdings aufs Nachhaken. Sie kannte solche Probleme ja selbst, und in solchen Momenten wäre sie auch dankbar für einen Rückzugsort gewesen. Wobei sie sich allerdings kein Bestattungsinstitut ausgesucht hätte.

Freya Gerdes erwies sich bei der Befragung als eine äußerst resolute Frau, die nicht davon abzubringen war, dass ihre neue Konkurrenz hinter der Sache steckte.

»Was macht Sie da so sicher?«, wollte Berger wissen. »Haben Sie irgendwelche Beweise für Ihre Anschuldigung?«

»Hach, Beweise ...« Freya Gerdes blickte sie kopfschüttelnd an. »Wir waren bis vor Kurzem das einzige Bestattungsinstitut in Büsum. Und für ein weiteres ist hier einfach kein Platz. Wenn diese Kette jetzt eine Filiale bei uns eröffnet, bedeutet das nichts anderes, als dass sie uns verdrängen wollen. Und in so einem Fall wird mit harten Bandagen gekämpft, um den anderen in Verruf zu bringen. Das liegt doch auf der Hand.« Ihr Blick war eindeutig: Wieso kapierst du das nicht, so blöd kann doch niemand sein.

Berger kapierte es tatsächlich nicht. »Nach meinem Kenntnisstand hat Büsum an die fünftausend Einwohner. Ich weiß jetzt nicht, wie es mit dem Altersdurchschnitt aussieht, aber bei der Einwohnerzahl dürften doch auch zwei Bestattungsinstitute gut zu tun haben.«

»Nein, das haben Sie nicht, Frau Polizistin!«

Die letzten beiden Worte und der damit verbundene mitleidige Blick brachten Berger endgültig auf die Palme. »Wenn Sie sich weiterhin in unbewiesenen Anschuldigungen ergehen, kommen wir nicht weiter, Frau Gerdes.« Sie wandte sich zum Gehen, drehte sich dann aber noch einmal um. »Sie können uns jederzeit Bescheid geben, wenn Sie Beweise gegen jemanden aus diesem Bestattungsinstitut oder auch gegen andere Personen in der Hand haben.«

*

Puh, das Gespräch mit Freya ist aber ziemlich unprofessionell abgelaufen, dachte Lena, als sie und Berger wieder im Streifenwagen saßen. Es war jetzt der zweite Tag ihrer Zusammenarbeit, und die neue Vorgesetzte schien sehr sprunghaft zu sein, was ihre Launen betraf.

Durch ihre heimlich betriebene Recherche hatte Lena mittlerweile herausbekommen, dass Berger Lübeck nicht freiwillig verlassen hatte. Lena war glücklicherweise innerhalb des Polizeiapparats gut vernetzt und hatte deshalb so einiges auf telefonischem Weg erfahren, zum Beispiel Bergers Familienverhältnisse. Nur nicht den Grund, warum die Kollegin versetzt worden war.

»Machen Sie Ihrem Vater bitte klar, dass er sich nicht weiter einmischen soll«, ordnete Berger auf dem Rückweg in die Dienststelle an. »Das müsste er ja eigentlich selbst wissen, aber offensichtlich scheint es ihn nicht zu interessieren.«

»Er hat sich der Sache angenommen, weil von uns niemand Zeit hatte«, bemühte sich Lena um Carstens Verteidigung. »Da sollte man ihm nun wirklich keinen Strick draus drehen. Und er hat die Grenzen des Legalen nicht überschritten, sondern nur seine Freunde unterstützt.« Sie fand seine Einmischung auch nicht optimal, aber immerhin hatte er die Angelegenheit ernst genommen.

»Das habe ich ja begriffen, aber damit ist jetzt Schluss! Wir haben die nötigen Schritte eingeleitet. Ich hoffe, ich habe mich klar ausgedrückt!«

Lena erwiderte nichts, sondern fragte sich mit wachsender Verzweiflung, wie das mit der neuen Dienststellenleiterin weitergehen sollte, die anderen Menschen häufig so rüde gegenübertrat. Vielleicht war dieses Verhalten ja der Grund für ihre Versetzung gewesen. Das galt es jetzt endlich herauszufinden.

19

Der Anruf von Thies Jansen erreichte Carsten am Nachmittag. Nach dem Verlassen des Bestattungsinstituts hatte er die Lebensmittelvorräte in einem Supermarkt aufgefrischt und sich im Anschluss daran einen ausgiebigen Einkaufsbummel in seinen bevorzugten Geschäften gegönnt, um seine Teevorräte aufzustocken, frischen Fisch zu kaufen, bei Scheller Buch in der Alleestraße nach neuem Lesestoff Ausschau zu halten und, das Wichtigste von allem, der Büsumer Mandelfaktur einen Besuch abzustatten, die nur ein paar Häuser von der Buchhandlung entfernt lag.

Du bist süchtig, hatte Lena schon öfter gesagt, und ja, wie in so vielen Dingen hatte sie recht. Er war bereits als Kind verrückt nach gebrannten Mandeln gewesen, und wenn er die Mandelfaktur betrat, deckte er sich ein, als gäbe es kein Morgen mehr und als könne er nicht am nächsten Tag wiederkommen. Tja, eine Sucht brauchte schließlich jeder Mensch.

Zurück im Haus, war Carsten gerade mit der Überlegung beschäftigt, ob er sich zu dem erworbenen Matjes mit Kartoffelsalat ein Bier gönnen sollte, als sein Handy zu klingeln begann.

»Kannst du kommen?« Thies Jansens Stimme klang heiser. »Ich muss dringend mit dir sprechen.«

Carsten hatte seit dem Vortag mit sich gerungen, ob er seinen Freund noch einmal aufsuchen und ihm seinen Beistand anbieten sollte. Da er allerdings davon ausgegangen war, dass Thies ihn ein weiteres Mal abwimmeln würde, war er bisher noch zu keiner Entscheidung gelangt und schalt sich insgeheim einen Feigling. Deshalb verspürte er eine große Erleichterung, dass Thies jetzt von sich aus auf ihn zukam.

Carsten versprach, sich sofort auf den Weg zu machen, packte sein Essen wieder ein und beschloss, unterwegs eine zweite Portion für Thies zu besorgen, der ein ebenso leidenschaftlicher Matjes-Fan war wie er. Denn Carsten rechnete damit, dass Thies nicht allzu viele Lebensmittel im Haus haben würde. Es war davon auszugehen, dass die Nachricht vom Leichenfund bereits die Runde gemacht hatte, was aller Wahrscheinlichkeit nach auch für die Namen der Getöteten galt. Da würde Thies sich hüten, einen Fuß in die Öffentlichkeit zu setzen, geschweige denn, sich in den Supermarkt wagen.

»Komm rein.«

Sein Freund sah noch schlechter aus als am Vortag, hatte aber zumindest im Wohnzimmer Ordnung geschaffen, wie Carsten nach einem kurzen Blick durch die offen stehende Tür feststellen konnte. Er deutete auf die Tüte in seiner Hand. »Ich hab uns Matjes mit Kartoffelsalat mitgebracht.«

Thies schüttelte abwehrend den Kopf.

»Wann hast du das letzte Mal was gegessen?«

»Weiß ich nicht.«

»Thies, so geht das nicht! Du musst etwas essen«, drängte Carsten. Er wartete keinen erneuten Widerspruch ab, sondern ging in die Küche, wo er Besteck und zwei große Teller aus dem Schrank holte und das mitgebrachte Essen darauf anrichtete.

»Jetzt komm! Setz dich hin und iss! Du magst Matjes doch so gern.«

Thies war ihm gefolgt und blickte ihn ungehalten an. »Du benimmst dich wie meine Mutter. Die hat auch immer geglaubt, dass man mit Essen alle Probleme aus der Welt schaffen kann.«

Carsten ließ sich auf einen Küchenstuhl sinken und blickte seinen Freund resigniert an. »Mensch, Thies, du machst es einem aber auch nicht leicht. Ich mein es doch nur gut.«

»Jetzt lass das Essen, verdammt!« Thies nahm ihm gegenüber Platz und stieß den Teller, den Carsten zu ihm rübergeschoben hatte, unwillig beiseite. »Ich glaube, dass die Kripo mich verdächtigt, Henny und diesen Fedders getötet zu haben.«

»Was?« Carsten glaubte sich verhört zu haben. »Wie kommst du denn da drauf?«

»Ich kann das nicht rational begründen, das ist mehr so ein Gefühl. Es macht mir Angst.« Thies starrte auf seine verschlungenen Hände auf dem Tisch.

Die Worte Gefühl und Angst aus Thies' Mund zu vernehmen, war schon ziemlich ungewöhnlich. Carsten hatte ihn einige Male vor Gericht erlebt, wenn er als Zeuge zu einer Verhandlung geladen worden war. Thies war immer ein harter Hund gewesen, der kein Pardon kannte, wenn er Angeklagte in die Mangel nahm. Nicht selten hatte er Revision eingelegt, wenn ihm die Gerichtsurteile zu mild erschienen waren. Und auch privat war er nicht unbedingt das, was man einen umgänglichen Menschen nennen würde. Weshalb Lena sich schon häufiger über ihre Freundschaft gewundert hatte. Aber Carsten mochte nun mal sperrige Menschen und die Herausforderung im Umgang mit ihnen. Außerdem war er mit Thies und auch mit Hinnerk bereits seit ihrer gemeinsamen Schulzeit befreundet und hatte so einiges mit den beiden durchgestanden, was sie zusammengeschweißt hatte. »Worauf gründet denn dieses Gefühl? Haben sie irgendwas Bestimmtes gesagt?«

Thies schüttelte den Kopf und blickte Carsten wieder an. »Nein, es war einfach die Art und Weise, wie dieses Gespräch abgelaufen ist. Die haben mich richtig in die Mangel genommen. Mir ist natürlich klar, dass ich für sie ein Verdächtiger bin und da bestimmt schon Gedanken in Richtung Femizid gegangen sind. Aber …«, er strich sich über die Stirn, sein Gesicht drückte totale Hoffnungslosigkeit aus, »… ich weiß auch nicht, wie ich das erklären soll.«

»Kanntest du die Beamten, die dich befragt haben?«

»Ja, einen der beiden. Werner Ebert. Er ist einer der Dienstältesten in der Mordkommission, du müsstest ihn auch kennen.«

»Ich kenne ihn«, bestätigte Carsten grimmig. »Ein unangenehmer Zeitgenosse, der nichts als Ärger macht.«

»Wir sind vor einigen Jahren bös aneinandergeraten.«

Das wunderte Carsten nicht. »Weshalb?«

»Weil er seinen Job nicht richtig gemacht hat und wir deshalb einen brutalen Vergewaltiger laufen lassen mussten. Das hat ihn eine geplante Beförderung gekostet, wofür er mir dann hinterher die Schuld gegeben hat.«

»Hmmm …«, brummte Carsten. »Dann gibt es also noch eine offene Rechnung zwischen euch.«

»Von meiner Seite ist die Angelegenheit erledigt, von seiner aber ganz bestimmt nicht, so, wie er sich im Gespräch verhalten hat.«

Das konnte sich Carsten lebhaft vorstellen, denn auch er hatte Ebert als sehr nachtragend erlebt. Trotzdem versuchte er, Thies zu beruhigen.

»Jetzt mach dich nicht verrückt.« Carsten legte eine Hand auf Thies' Arm. Er war unendlich erleichtert, dass sein Freund sich ihm endlich anvertraute, und hoffte, dass er jetzt auch sein Schweigen bezüglich seiner Trennung brechen würde. »Du wusstest, dass Henny und Heiko ein Verhältnis hatten, oder?«

Thies erhob sich und ging zum Kühlschrank, aus dem er eine Flasche Mineralwasser holte. »Möchtest du auch ein Glas?«

»Gerne.«

Thies füllte zwei Gläser und nahm wieder Platz. »Nein, das wusste ich nicht.« Er trank einen großen Schluck und stellte das Glas dann hart auf dem Küchentisch ab. »Henny hat mich seinerzeit wegen einer Frau verlassen.« Sein Lachen klang rau. »Angeblich die große Liebe ihres Lebens. Wenn sie jetzt aber ganz offensichtlich mit Fedders rumgevögelt hat, kann es mit der großen Liebe ja nicht so weit her gewesen sein.«

Das erstaunte Carsten jetzt doch sehr. Henny Jansen hatte auf ihn immer ziemlich männermordend gewirkt. Was mit ihren stets figurbetonten Outfits zusammengehangen hatte, den tiefen Dekolletés, aber in erster Linie mit ihren ungenierten Flirtversuchen, kaum dass ein Mann in ihre Nähe kam. Ihr Verhalten hatte häufig die Grenze zur Peinlichkeit überschritten, vor allem wenn sich die auserwählten Männer in weiblicher Begleitung befanden, was sie nie gestört zu haben schien. Selbst ihn hatte sie angebaggert, was ihm Thies gegenüber immer schrecklich unangenehm gewesen war. Warum sein Freund Henny geheiratet hatte, hatte Carsten nie begriffen.

»Weißt du, um wen es sich bei dieser Frau handelt?«

»Sie heißt Marie Evers und betreibt einen Reiterhof am Ortsrand von Büsumer Deichhausen. Henny wollte ihre Reitkenntnisse auffrischen, und dabei sei es dann eben passiert, wie sie mir seinerzeit ziemlich süffisant mitgeteilt hat. Ich hätte sie sexuell niemals befriedigen können, sie hätte erst mit Marie ihren ersten Orgasmus gehabt.«

Carsten hätte beinahe nach Luft geschnappt, denn es war wirklich starker Tobak, wenn man so einen Spruch nach bald dreißig Ehejahren vor den Latz geknallt bekam. Kein Wunder, dass Thies nie darüber gesprochen hatte.

»Aber warum hat Henny diese Marie Evers dann für Heiko Fedders verlassen?«

»Das habe ich mich auch gefragt, nachdem du mir die Nachricht von ihrem Tod überbracht hattest«, sagte Thies auf Carstens Frage hin. »Da Henny mir gegenüber aber verkündet hatte, dass sie sich jetzt endlich sexuell entfalten wolle, ist ja nicht auszuschließen, dass sie es mit mehreren Personen getrieben hat. Vielleicht hat sie auch flotte Dreier oder Vierer bevorzugt, nachdem ich ja die große Nullnummer in ihrem Leben gewesen bin.« Das gequälte Auflachen sollte wohl auf einen Anflug von Sarkasmus hinweisen, aber die Bitterkeit hinter Thies' Worten war für Carsten unüberhörbar.

Er blickte seinen Freund voller Anteilnahme an und verspürte wieder dieses Schuldgefühl. Wieso hatte er nicht mitbekommen, wie schlecht es um Thies' Ehe stand?

»Hast du eine Idee, wer die beiden getötet haben könnte?«

Thies starrte vor sich hin. »Das überlege ich schon die ganze Zeit. Vielleicht ist diese Marie Evers ausgetickt, weil sie nicht die Einzige war oder weil Henny sie für Fedders verlassen hat. Oder es war jemand aus dessen Umfeld.«

»Kannst du mir etwas über Marie Evers erzählen?«

»Sie hat einiges Geld von ihren verstorbenen Eltern geerbt, das sie in den Erwerb dieser Reitanlage gesteckt hat. Ein kleines

Hotel ist jetzt auch noch dazugekommen, für das sie allerdings einen nicht unerheblichen Kredit aufnehmen musste. Das hat Henny mal beiläufig erwähnt, als ich noch nichts von der Affäre wusste.«

»Und was ist mit Heiko Fedders? Kanntest du ihn?«

»Nein, nicht persönlich.«

Das wunderte Carsten nicht. Fedders war in Büsum zwar bekannt wie ein bunter Hund, aber Thies war nie jemand gewesen, der sich um soziale Kontakte bemüht hatte. Die Arbeit war immer sein Leben gewesen, daneben hatte nicht viel für ihn existiert.

Eine andere Möglichkeit als Motiv für die Tat war ebenso wahrscheinlich. Jemand hatte sich an Thies rächen wollen.

»Könnte irgendwer aus deinem beruflichen Bereich für die Taten verantwortlich sein? Eine oder mehrere Personen, die dir schaden wollen?«

Ein heiseres Lachen war die Antwort. »Wo soll ich da anfangen?«

Er hatte recht. Es dürfte eine Reihe von Menschen geben, denen der Sinn nach Rache an Thies Jansen stand.

»Ist dir bekannt, ob in letzter Zeit jemand aus der Haft entlassen wurde, den du hinter Gitter gebracht hast? Also eine Person, die dich einmal bedroht hat?«

»Das erscheint mir etwas weit hergeholt. Wenn sich jemand an mir rächen will, bringt er doch nicht Henny um.«

»Das ist zu kurz gedacht, Thies«, widersprach Carsten. »Was, wenn eine Person dich leiden sehen will? Da wäre deine Frau doch das erste Ziel.«

Thies blickte ihn grübelnd an.

»Denk nach, Thies!«, insistierte Carsten.

Thies strich mit Daumen und Zeigefinger über seine Nasenflügel, wie immer, wenn er angestrengt nachdachte.

»Ja, da gibt es tatsächlich jemanden«, sagte er schließlich. »Malte Lohberg. Er hat vor dreizehn Jahren einen Förster getötet, der ihn beim Wildern erwischt hat. Lohberg war bereits seit frühester Jugend auffällig und hatte zwei Jahre vor der Tat mit der Wilderei begonnen, was ein sehr einträgliches Geschäft für ihn war. Er hatte lebenslänglich bekommen, aber leider war das Gericht meinem Antrag, die besondere Schwere der Schuld festzustellen, nicht gefolgt. Der Mann hätte nach meiner Einschätzung und der einiger Sachverständiger aufgrund der Brutalität seiner Tat in den Maßregelvollzug gehört, da er eine Bedrohung für andere Personen darstellte. Aber unsere Revision hat nichts gebracht. Mir hatte Lohberg nach der Urteilsverkündung Rache angedroht, deshalb wurde ich von seiner Freilassung informiert.« Thies schüttelte fassungslos den Kopf. »Lohberg ist wegen guter Führung zwei Jahre früher rausgekommen, das muss man sich mal vorstellen.«

»Wie wurde die Tat ausgeführt?«

»Lohberg hat den Förster totgefahren. Der Mann hatte ihn schon länger auf dem Kieker, konnte ihm aber nichts nachweisen. Also hat er Lohberg eines Abends im Wald aufgelauert. Lohberg hat ihn mit seinem Pick-up über den Haufen gefahren und den am Boden liegenden Körper dann noch mehrere Male überrollt. Das war ein schrecklicher Anblick.«

»Gab es Zeugen oder wie seid ihr dem Mann auf die Spur gekommen?«

»Der Förster hatte eine Wildkamera an einem der Bäume installiert, wie wir von seiner Frau erfahren haben. Durch die Bilder hatten wir einen genauen Tatablauf.«

»Wann wurde Lohberg freigelassen?«

»Vor zwei Monaten.«

»Ist bekannt, wohin er nach seiner Haftentlassung gezogen ist?«

Thies zuckte die Schultern. »Nein, aber es besteht die Möglichkeit, dass ihm sein Cousin Olaf Westrup Unterschlupf gewährt hat. Der besitzt einen Bauernhof außerhalb von Westerdeichstrich. Wir haben damals mitbekommen, dass die beiden ziemlich dicke waren.«

Carsten strich sich über das Kinn. »Wir haben hier in Dithmarschen ja nicht so wahnsinnig viel Wald. Wo hat Lohberg denn gewildert? Im Riesewohld?«

Der Riesewohld bei Odderade war mit seinen circa siebenhundert Hektar das größte Waldgebiet in Dithmarschen.

Thies nickte. »Dort geschah die Tat. Lohberg hat aber auch in anderen Forsten gewildert, es gibt ja noch einige kleinere in Dithmarschen.«

»Ich werde mir den Kerl angucken«, versprach Carsten.

»Nein!«, protestierte Thies. »Überlass das der Polizei, der Mann ist brandgefährlich.«

»Ich bin die Polizei«, schmunzelte Carsten.

»Das ist nicht witzig, Carsten! Ich will nicht, dass du dich meinetwegen in Gefahr begibst. Denk dran, dass du keine Waffe mehr trägst und nichts zu deiner Verteidigung dabeihast – keine Rückendeckung, kein großes Team.«

Carsten machte eine begütigende Handbewegung. Thies hatte recht. Da mit Lohberg offensichtlich nicht zu spaßen war, sollte er ihn den Kollegen seiner alten Dienststelle oder der Mordkommission überlassen. »Mach dir keine Sorgen, ich werde mit Lena sprechen. Sie und ihre Kollegen sind nämlich von den Itzehoern um Unterstützung gebeten worden, weil die schon mit zwei anderen Tötungsdelikten beschäftigt sind. Somit bin ich nah dran am Ermittlungsstand.«

»Glaubst du denn, dass deine Tochter dich auf dem Laufenden halten wird?«, fragte Thies zweifelnd.

»Das wird sie schon.« Carsten war nicht so zuversichtlich, wie er sich den Anschein gab, aber wild entschlossen, Lena dahingehend zu bearbeiten.

Die Klingel an der Haustür durchschnitt den Moment der Stille, der nach Carstens Worten eingetreten war. Er blieb am Küchentisch sitzen, während Thies sich erhob und zur Tür ging. Als ein weiteres, anhaltenderes Klingeln erklang, trat auch Carsten in den Flur, wo er Thies mit geballten Fäusten durch den Spion in der Tür blicken sah. »Warum machst du nicht auf?«

»Das sind wieder die Kripotypen aus Itzehoe.« Thies drehte sich um und blickte ihn verzweifelt an. »Was, wenn die mich jetzt festnehmen wollen?«

»Nun mal keine Panik, Thies.« Aber auch Carsten verspürte jetzt ein mulmiges Gefühl, das sich verstärkte, als mehrere Male kräftig an die Haustür geklopft wurde.

»Öffnen Sie die Tür, Herr Jansen! Hier ist die Polizei! Wir wissen, dass Sie da sind!«

»Ist Ebert wieder dabei?«

Thies nickte und machte weiterhin keine Anstalten, die Tür zu öffnen.

»Lass sie rein, Thies! Dein Verhalten bringt doch nichts. Du willst doch auch erfahren, warum sie jetzt schon wieder hier auftauchen.«

»Weil sie mich festnehmen wollen, warum sonst?«

»Thies!«, sagte Carsten drängend. »Wenn du jetzt nicht öffnest, mache ich es. Was immer sie wollen, wir stehen das gemeinsam durch.«

Es dauerte einen endlosen Augenblick, der von fortwährendem Klingeln und Klopfen begleitet wurde, bis Thies endlich die Tür öffnete.

Den zweiten der beiden Männer, die mit ungeduldigen Mienen vor der Tür standen, kannte Carsten nicht. Er schätzte ihn auf höchstens dreißig Jahre, ein schlanker Typ mit kurz getrimmten blonden Haaren und kalten blauen Augen, der in seinem gut geschnittenen Anzug mit weißem Hemd und blank gewienerten Lederschuhen eher wie ein Banker denn wie ein Kripomann aussah und einen scharfen Kontrast zu Werner Ebert darstellte, der wie üblich in Jeans und trotz der Wärme abgewetzter Lederjacke daherkam. Dass Kristian Gehrkens mit diesen beiden Typen klarkam, konnte sich Carsten nur schwer vorstellen.

»Ach nee ...« Ein hämisches Grinsen überzog Eberts Gesicht, als er Carsten erblickte. »Die Rentnergang.« Sein Blick flog zu Thies. »Da hat sich also der geschätzte Herr Oberstaatsanwalt a. D. den ebenso geschätzten Herrn Dienststellenleiter a. D. zur Unterstützung an die Seite geholt. Na, ob ihm das hilft, wage ich ja zu bezweifeln.« Eberts Gesichtsausdruck drückte nach wie vor Verachtung aus, aber in seine Augen war ein wachsamer Ausdruck getreten.

»Was wollen Sie?«, fragte Carsten. »Wie Sie sich denken können, geht es Herrn Jansen nach dem Tod seiner Frau sehr schlecht, also fassen Sie sich bitte kurz.«

»Wir sind gekommen, um Herrn Jansen festzunehmen«, entgegnete der Banker.

»Auf welcher Grundlage?«, fragte Carsten alarmiert.

»Also wirklich, mein lieber Herr Matthiessen«, sagte Ebert süffisant, »das geht Sie nun wirklich nichts an.« Er wandte sich an Thies und machte eine auffordernde Bewegung in Richtung eines schwarzen Kombis, der vor dem Grundstück an der Straße parkte. »Wenn ich dann bitten dürfte.« Er zog ein Paar Handfesseln aus der Jackentasche und bedeutete Thies, sich umzudrehen, was dieser zu Carstens Entsetzen widerspruchslos tat.

»Das ist doch nun wirklich nicht nötig!«, protestierte Carsten.

»Was hier nötig ist oder nicht, überlassen Sie bitte uns«, sagte der Banker und streifte ihn mit einem teilnahmslosen Blick.

Carsten wurde klar, dass sie im Moment nicht das Geringste gegen diese Festnahme ausrichten konnten. Und jedes Aufbegehren gegen die völlig überzogene Maßnahme, Thies in Handfesseln abzuführen, würde unter Umständen in eine größere Aktion ausarten und Nachbarn oder Passanten auf sie aufmerksam machen. Er schaute Thies beschwörend an und flüsterte leise: »Mach dir keine Sorgen, ich kümmere mich.«

Kaum war die Tür hinter den drei Männern ins Schloss gefallen, packte Carsten das mitgebrachte Essen zusammen und fuhr nach Hause. Der Appetit war ihm gründlich vergangen, also verstaute er Matjes und Kartoffelsalat im Kühlschrank.

Er musste jetzt nachdenken, wie er Thies helfen konnte. In Ruhe. Und heute Abend musste er in Erfahrung bringen, ob Lena wusste, welcher Tatvorwurf zu Thies' Verhaftung geführt hatte.

»Henny Jansen hatte eine Armbanduhr in der Hand, als wir sie aufgefunden haben«, sagte Lena am Abend, nachdem Carsten sie nach dem Hintergrund von Thies' Verhaftung gefragt hatte.

»Es handelt sich um eine Uhr mit einem elastischen Armband, die laut Gravur Thies gehört. Die Staatsanwaltschaft vermutet, dass Henny sie ihm im Todeskampf vom Handgelenk gerissen hat.«

»Das ist doch lächerlich!«, sagte Carsten grimmig.

»Woher weißt du überhaupt von der Verhaftung?«, fragte Lena argwöhnisch.

Jetzt musste er wohl Farbe bekennen.

»Papa, so geht das nicht!«, sagte Lena, nachdem er ihr von seinem Besuch bei Thies berichtet hatte. »Du kannst nicht hinter unserem Rücken ermitteln.«

»Ich habe nicht ermittelt. Thies hat mich angerufen!«, verteidigte Carsten sich. »Weil wir befreundet sind. Ich habe versprochen, ihm zu helfen.«

»So, hast du das?«, sagte Lena sarkastisch. »Und wie muss ich mir das vorstellen? Dass du mit deiner Hilfe jetzt fortfahren willst?«

Carsten hatte eine längere Zeit darüber nachgedacht.

»Ich halte es für taktisch klug, wenn wir bei Marie Evers zweigleisig fahren, weil ich davon ausgehe, dass ich als Privatperson bei ihr besser vorankomme, als wenn ihr offiziell bei ihr vor der Tür steht. Morgen Vormittag werde ich den Reiterhof aufsuchen und vorgeben, dass ich meine Reitkenntnisse auffrischen will. Taucht also bitte nicht zur selben Zeit dort auf, ich gebe dir anschließend Bescheid, wie es gelaufen ist.« Dass er Hinnerk überreden wollte, ihn zu begleiten, musste Lena nicht wissen, das hätte sie nur noch mehr aufgebracht. »Außerdem will ich mich bei Heiko Fedders' Kollegen umhören, von denen ich einige ganz gut kenne. Und dann auch noch bei Ortwin Krepper, der euch nicht wohlgesonnen sein dürfte. Mich kennt er nicht, also werde ich mich als Journalist ausgeben. Vielleicht wird er ja redselig, wenn er hört, dass ein Porträt von ihm in der Landeszeitung erscheinen soll.« Er schmunzelte. »Diesen Lohberg überlasse ich dann gerne euch.«

»Na, das ist ja ganz reizend von dir«, ätzte Lena.

»Finde ich auch.«

Seine Tochter schien immer noch Probleme zu haben, das eben Gehörte zu erfassen.

»Du willst jetzt also allen Ernstes einen auf Private Eye machen und dich in unsere Arbeit einmischen?«

»Ja, weil es um einen Freund geht und ich es ihm versprochen habe«, erwiderte Carsten mit Nachdruck. »Das kann mir niemand verbieten.«

»Und wie soll ich Gehrkens und Berger erklären, dass du mit Infos anrückst, die Thies uns bisher vorenthalten hat?«

»Na ja, wie ich es bereits sagte. Er hat sich mir anvertraut, weil wir befreundet sind. Außerdem ist es ja gut möglich, dass er diese Aussage nach seiner Verhaftung Gehrkens gegenüber wiederholt hat und Berger auch schon Bescheid weiß.« Carsten zwinkerte ihr zu, um die Situation zu entschärfen. »Lena, jetzt reg dich nicht auf. Bei Gehrkens hast du einen Stein im Brett, und Berger wird bestimmt auch kein Fass aufmachen. Du hattest doch gestern den Eindruck, dass sie ganz umgänglich zu sein scheint. Auch wenn sie vorhin bei Freya die Chefin rausgekehrt hat.«

Lena zuckte die Achseln. »Berger ist schlecht einzuschätzen, heute konnte man sie echt vergessen. Und das hatte meinem Eindruck nach nichts mit deiner Einmischung in Sachen Sexpuppe zu tun, das ging schon heute Morgen los.« Sie trank einen Schluck Bier und machte sich dann wieder über ihren

Matjes mit Kartoffelsalat her. Da Fini beides zum Glück nicht mochte, hatte sie sich schmollend in den Garten verzogen.

»Halt mich bitte auf dem Laufenden«, bat Carsten.

Lena musterte ihn mit einem strengen Blick. »Das gilt umgekehrt aber ebenso!«

Sehr gut, offensichtlich hatte sie begriffen, dass er sich nicht aufhalten lassen würde. Da musste er jetzt auch ein Zugeständnis machen. »Versprochen, Tochter!« Carsten fand es an der Zeit, das Thema zu wechseln, bevor Lena doch noch einen Einspruch erhob. »Wie war's denn heute mit Fini im Büro? Ich hoffe, du hast keinen Ärger bekommen.«

Lena legte das Besteck zur Seite und seufzte. »Wie man's nimmt. Berger hat mir unmissverständlich erklärt, dass sie keinen Hund in der Dienststelle haben will.«

»Was ich nachvollziehen kann.«

»Ja, verdammt noch mal, ich doch auch! Aber was soll ich denn machen, wenn du keine Zeit hast, auf Fini aufzupassen?«

»Moment mal, Tochter!« Carsten hob entrüstet die Hand, aber bevor er fortfahren konnte, unterbrach Lena ihn.

»Tut mir leid, das war nicht fair. Ich fühle mich nur so elend, weil ich nicht weiß, was ich machen soll. Ich will Fini nicht wieder hergeben, aber mir ist klar, dass ich sie dir auch nicht ständig aufhalsen kann.«

Carstens Herz schmolz. Es war ja nicht so, dass er das Wollknäuel nicht mochte, aber bei dem, was jetzt bei ihm anstand, konnte er einen Hundesitterjob nicht in seinen Tagesablauf integrieren. Da er seiner Tochter aber Ärger ersparen wollte, würde ihm wohl nichts anderes übrig bleiben, als sich weiterhin, so gut es ging, um Fini zu kümmern.

20

»Watt ist denn nu mit der Sexpuppe?«, wollte Hinnerk wissen, als Carsten ihn am nächsten Tag um neun Uhr morgens vorm Edeka in der Heider Straße abholte. Hinnerk hatte diesen Treffpunkt vorgeschlagen, weil er noch einen Brief in der dortigen Postfiliale aufgeben und außerdem vermeiden wollte, dass Mina Carsten vor der Haustür stehen sah und dumme Fragen stellte.

Ging sie ja nun wirklich nichts an, dass er vorhin beim heimlich geführten Telefonat mit Freya geflunkert und ein Magen-Darm-Virus vorgeschoben hatte, das es ihm unmöglich machte, den heutigen Bereitschaftsdienst anzutreten. Es war sowieso Quatsch, dass man sich dazu im Institut aufhalten musste, wenn man jederzeit per Handy erreichbar war. Aber was das anbelangte, kannte Freya kein Pardon, erst recht nicht mehr, seitdem die Konkurrenz ihr Geschäft eröffnet hatte. Zuverlässigkeit war ihre Devise.

»Wir müssen absolut vertrauenswürdig und sofort vor Ort, aber auch im Institut sein, wenn ein Anruf reinkommt oder man uns am Wochenende persönlich aufsucht«, hatte sie verkündet.

Okay, ein bisschen schlechtes Gewissen hatte Hinnerk schon. Aber wirklich nur ein bisschen, denn ausgerechnet heute würde wohl auch niemand das Zeitliche segnen, nachdem sich Büsumer und Touris in den letzten Monaten so robust gezeigt hatten.

»Was soll denn mit ihr sein?«, fragte Carsten abwesend, während er aus der Parklücke ausscherte. Mit dem Schulterblick war es nicht mehr so weit her bei ihm, da musste mittlerweile der ganze Oberkörper gedreht werden, weshalb Ausparken immer mit höchster Konzentration verbunden war. Aber warum sollte es Carsten besser ergehen als anderen Menschen in seinem Alter. Und solange er in keine Geschäfte ein- und ausparkte, bestand ja noch Hoffnung.

»Na, was wohl? Gibt's mittlerweile ein Ergebnis, ob das Blut von einem Menschen stammt oder von einem Tier?« Hinnerk hatte es sich auf dem Beifahrersitz bequem gemacht und kraulte Fini, die sich auf seinem Schoß zusammengerollt hatte. Bei beiden war aus anfänglichem Misstrauen eine große Liebe geworden. Am Nachmittag würde sich Lena wieder um Fini kümmern, heute Vormittag hatte Carstens Tochter einen kurzen Wochenenddienst.

»Das wird wohl noch ein paar Tage dauern.« Carsten bog vom Parkplatz in den Hafentörn und nach dem Überqueren der Bahngleise als Nächstes links in die Deichhausener Straße, die in die kleine Gemeinde Büsumer Deichhausen mit bummeligen vierhundert Einwohnern führte.

»Das Teil kann doch aber nicht ewig in dem Sarg liegen bleiben«, protestierte Hinnerk, und Fini kläffte bestätigend. »Was ist denn, wenn jemand kommt und sich einen aussuchen will? Den dürfen wir im Moment ja nicht mal in die Halle lassen. Ganz abgesehen davon, dass auch wir nicht reindürfen.« Die Angelegenheit regte ihn langsam, aber sicher auf.

»Mensch Hinnerk, das ist nun mal nicht zu ändern. Falls es sich um menschliches Blut handeln sollte, muss die Spurensicherung ran. Und solange darf niemand die Halle betreten.« Carsten warf ihm einen kurzen Seitenblick zu. »Ich hab dir doch schon tausendmal erklärt, wie so was abläuft.«

Ja, das hatte er, ganz bestimmt nicht tausendmal, aber man musste ja nicht jedes Wort auf die Goldwaage legen. Im Fernsehen lief das allerdings immer so viel einfacher und vor allen Dingen schneller ab, warum dann nicht auch in der Realität?

»Dann sollen die sich mal mit diesem DNA-Zeugs beeilen«, brummelte Hinnerk verstimmt.

»Tun sie ja. Kannst dich also wieder beruhigen, jetzt müssen wir uns nämlich auf unsere heutigen Jobs konzentrieren.«

Hinnerk hatte bei Carstens Anruf am Vorabend mächtig gestaunt, als dieser ihm sein Vorhaben erläutert hatte. Besuch bei einer Frau namens Marie Evers, danach sollte es weiter zu Heiko Fedders' Krabbenfischerkollegen gehen und vielleicht auch noch zu einem Umweltschützer namens Ortwin Krepper, von dessen Aktionen Hinnerk schon in der Zeitung gelesen hatte.

»Henny Jansen hatte eine Affäre mit Marie Evers und hat sie dann offensichtlich für Heiko Fedders verlassen«, hatte Carsten ihn aufgeklärt. »Also müssen wir der Frau auf den Zahn fühlen, denn sie hat im Moment ein sehr starkes Motiv.«

Oh Mann, hatte Hinnerk mit einiger Verwunderung gedacht, das ist aber ein schönes Kuddelmuddel und Hin und Her zwischen den Geschlechtern. Was die Leute neuerdings so alles ausprobieren müssen. Dann war es allerdings mit dem Wundern vorbei gewesen, und zwar genau in dem Moment, als Carsten in einem Nebensatz rausgerutscht war, dass diese Marie Evers einen Reiterhof führen würde.

»Nee!«, hatte Hinnerk entsetzt ausgerufen. »Keine zehn Pferde kriegen mich in die Nähe von Pferden.« Als Carsten lauthals zu lachen anfing, war ihm bewusst geworden, was er da gerade gesagt hatte, so von wegen Pferde und Pferde. Hatte ja auch ein bisschen albern geklungen, das musste er im Nachhinein zugeben. Was allerdings kein Wunder war bei dem Schrecken, den Carstens ihm eingejagt hatte. Schließlich wusste sein Freund ganz genau, dass er Angst vor diesen riesengroßen und furchteinflößenden Biestern hatte, die einem nichts Gutes wollten und schon scheuten, wenn Hinnerk nur in ihre Nähe kam. Das hatte er vor vielen Jahren einmal sehr eindrucksvoll erlebt, und seitdem hielt er sich von Pferden fern.

Aber Carsten hatte nicht lockergelassen und versucht, ihm die Sache schmackhaft zu machen, ob er nicht auch Lust hatte, gemeinsam mit seinem besten Freund auf seine alten Tage noch mal ein bisschen Detektiv zu spielen.

»Mensch, Hinnerk, das bringt doch Spaß!« Als sich Hinnerk weiterhin stur gestellt hatte, hatte Carsten seine Taktik geändert und begonnen, an sein Gewissen zu appellieren. »Wir müssen alles daransetzen, Beweise für Thies' Unschuld zusammenzutragen. Er ist schließlich auch dein Freund, Hinnerk, da kannst du jetzt nicht kneifen!« Mit anderen Worten, Carsten hatte ihn dumm und dusselig geredet, bis er sich schließlich hatte breitschlagen lassen. Weil er trotz seines Unbehagens zugeben musste, dass die Aktion ja wirklich mal 'n büschen Abwechslung in seinen langweiligen Alltagstrott bringen würde und sie Thies natürlich helfen mussten. Da hatte Carsten vollkommen recht. Also hatte er beschlossen, wie ein Mann seine Angst zu überwinden und dem Feind ins Auge zu blicken.

Gestern Abend hatte diese Vorstellung noch von Bier zu

Bier besser geklappt, heute Morgen war allerdings schon wieder Sense, je näher sie dem Reiterhof kamen.

»Sollen wir noch mal alles durchgehen?«, fragte Carsten, als rechterhand der Hof in Sicht kam.

»Nö, das hast du mir doch gestern Abend schon alles erklärt.« Hinnerks Hand zuckte zum Haltegriff über dem Seitenfenster, als Carsten etwas zu forsch die Einfahrt zum Hof nahm. »Ich bin zwar alt, aber noch nicht tüddelig. Ich gebe den Opa, der sich nach Reitstunden für seine Enkel erkundigen will, und du tust so, als ob du deine Reitkenntnisse auffrischen willst.« Er warf Carsten einen kurzen Blick zu. »Dir ist aber schon klar, dass du dich bei der Gelegenheit auch auf einen Gaul schwingen musst, oder?« Er kicherte. »Glaubst du, dass deine morschen Knochen das noch bringen?«

»Zum einen sind meine Knochen noch nicht morsch«, hielt Carsten dagegen und wirkte dabei etwas angefressen, »und zum anderen konnte ich mal ziemlich gut reiten, wenn ich dich erinnern darf.«

»Jo, mien Jung, dat liegt aber über dreißig Jahre zurück.«

Carsten brachte den Wagen neben einem der Wirtschaftsgebäude zum Stehen.

»Das ist wie Auto- oder Radfahren, das verlernt man auch nicht!«

»Na, das wird sich ja zeigen.« Hinnerk freute sich jetzt schon auf den Anblick. Carsten hoch zu Ross. Und wenn ihn diese Marie Evers nicht zu einer kleinen Runde animierte, würde er – Hinnerk – eben der Stichwortgeber sein, und die Angelegenheit mit dem allergrößten Vergnügen aus sicherer Entfernung verfolgen. Ein bisschen Rache musste sein, so wie Carsten ihn unter Druck gesetzt hatte.

Als Carsten den Hund anleinen wollte, meldete Hinnerk Protest an. »Du kannst die Lütte doch nicht mit in ’nen Pferdestall nehmen. Da werden die Viecher doch toll, und womöglich bekommt sie noch einen Tritt ab.«

»Ich kann sie aber auch nicht immer im Wagen lassen, wenn ich unterwegs bin«, gab Carsten zurück, »weil sie dann nämlich anfängt, die Polster zu zerfetzen.« Er lupfte die ausgebreitete Decke auf der Rückbank, und Hinnerk sah, dass die darunter befindliche Lederoberfläche deutliche Kratzer aufwies. »So sieht das aus, wenn sie sich ausgetobt hat. Sie hasst es wie die Pest, wenn man sie allein lässt. Außerdem ist es heute zu warm für sie im Wagen.«

»Ach, deshalb die Decke.« Hinnerk hatte sich schon gewundert. »Dann musst du jetzt immer den Aufpasser geben?«

»Wird mir wohl nichts anderes übrig bleiben.«

»Na, das hätte Lena sich aber auch mal vorher überlegen können«, brummte Hinnerk. Er konnte ja nachvollziehen, dass man sich in den kleinen Wirbelwind verliebte, aber der Verstand sollte dabei nicht auf der Strecke bleiben.

»Tja«, seufzte Carsten, »hat sie aber nicht.«

Sie stiegen aus und blickten sich um. Die Anlage machte einen ansprechenden Eindruck; ein älteres Gutshaus, das in einem kräftigen Ockerton erstrahlte und den Eindruck vermittelte, dass man sich in südlichen Gefilden befand, daneben ein lang gestrecktes, weiß gekalktes Gebäude mit Türen und Fensterrahmen im selben Ockerfarbton, das einen hotelähnlichen Charakter hatte und ziemlich neu aussah. Diesem Gebäude lag ein weiteres gegenüber, dem Anschein nach ein Restaurant, der Innenhof punktete mit prachtvollen Blumenrabatten. Weiterhin gab es das Wirtschaftsgebäude, neben dem sie parkten, und einen größeren Pferdestall mit einer Halle im Anschluss.

»Den Hotelneubau hatte Thies erwähnt«, meinte Carsten.

»Reiterhotel«, sagte Hinnerk, »das ergibt ja Sinn.« Er spürte, wie ihm der Schweiß den Rücken runterlief. Angstschweiß vielleicht, je näher sie den Pferden kamen, allerdings brannte die Sonne heute zur Abwechslung mal wieder gnadenlos vom Himmel, also konnte es auch daher kommen. Bäume gab es hier keine, nur eine eingezäunte, graslose Fläche und zwei ebenfalls eingezäunte Weiden. Wenigstens dort hätte man doch etwas anpflanzen können, das Schatten spendete. Er deutete auf das graslose Areal. »Wieso liegt da nur Sand rum?«

»Das ist ein Paddock«, erklärte Carsten.

»Aha …« Was immer das war.

»Dort finden die Reitstunden statt. Oder in der Halle«, ergänzte Carsten und schaute sich um. Die Anlage wirkte verlassen, niemand zu sehen, niemand zu hören. Carsten setzte sich Richtung Gutshaus in Bewegung, als sich dessen massive Holztür plötzlich öffnete und eine Frau ins Freie trat. Mitte fünfzig, schätzte Hinnerk. Schlanke Figur im Reitdress, braune, zu einem Pferdeschwanz gebundene Haare. Attraktiv, war sein erster Gedanke. Ein Eindruck, der sich beim Näherkommen allerdings verflüchtigte, als er in ein verhärmtes und von Falten durchzogenes Gesicht blickte.

»Entschuldigung«, sprach Carsten die Amazone an, »wir suchen Marie Evers.«

Die Frau musterte ihn mit einem argwöhnischen Blick. »Ja … was kann ich für Sie tun?« Als Fini zu knurren begann, versteifte sie sich. »Sie lassen den Hund hier auf keinen Fall frei herumlaufen!« Das Knurren wurde lauter.

»Nein, natürlich nicht«, versicherte Carsten eifrig. »Sie tut aber nichts, sie ist eine ganz Liebe.«

»Das hört sich aber gerade gar nicht danach an.«

»Doch, glauben Sie mir.« Carsten gab Marie Evers die Hand und stellte sich und Hinnerk vor. Natürlich mit fiktiven Namen, schließlich musste ihre wahre Identität bei dieser Geheimaktion ja auch im Geheimen bleiben. Schmidt und Koch, einfallsloser ging's nun wirklich nicht. Allerweltsnamen, hatte Carsten gesagt, unmöglich nachzuverfolgen. »Mein Freund und ich interessieren uns für Reitstunden.«

Hinnerk zuckte zusammen und schüttelte entsetzt den Kopf. »Ich nicht!«

Carsten lachte. »Also, Herr Koch möchte seinen Enkelinnen eine Freude bereiten und ihnen ein paar Reitstunden schenken. Und ich würde meine verschütteten Reitkenntnisse gerne auffrischen. Ich bin jetzt im Ruhestand, und da ist endlich Zeit für all die Dinge, die man viel zu lange vor sich hergeschoben hat.«

Oha, griente Hinnerk in sich hinein, wenn er es drauf anlegt, kann Carsten ja so richtig charmant sein. Und siehe da, sein gewinnendes Lächeln zeigte Wirkung, Marie Evers' verkrampfte Haltung lockerte sich, und sie erwiderte das Lächeln seines Freundes.

»Da sind Sie bei mir richtig.« Sie streifte Hinnerk mit einem kurzen Blick, wandte sich dann aber wieder Carsten zu. Das kannte Hinnerk schon. Wenn er und Carsten ohne Anhang unterwegs gewesen waren, hatte sein Freund immer die meisten Blicke der Damenwelt auf sich gezogen. Was Hinnerk in ihren Sturm- und Drangjahren so manches Mal gestört hatte, aber die waren ja schon lange vorbei, mittlerweile war er in solchen Situationen tiefenentspannt.

Marie Evers deutete in Richtung des Stalls. »Dann zeige ich Ihnen am besten mal unsere Pferde. Wir haben insgesamt acht, darunter zwei Ponys. Dazu kommen noch elf Einsteller-Pferde.« Ihr Blick wanderte wieder zu Fini, die nun nicht mehr knurrte und sich zu Carstens Füßen niedergelassen hatte. »Halten Sie Ihren Hund aber bitte an der kurzen Leine.«

Carsten nickte verständnisvoll, und während sie zum Stall hinübergingen, entspann sich ein lebhaftes Gespräch zwischen ihm und Marie Evers, wobei Carsten nach Hinnerks Meinung etwas zu dick auftrug, was seine Reitkenntnisse anbelangte. Hinnerk hielt sich im Hintergrund, er musste sich sammeln, jetzt, wo er seinen Angstobjekten in wenigen Sekunden Aug in Aug gegenüberstehen würde. Oh, Mann, wenn das man gut ging.

Das Innere des Stalls war genau so, wie Hinnerk sich das vorgestellt hatte. Betreten hatte er schließlich noch keinen, da seine negative Erfahrung seinerzeit im Freien stattgefunden hatte. Auf der einen Seite erblickte er eine Reihe von Boxen, auf der anderen gab es eine weiß gekalkte Wand mit einem Durchgang, hinter dem er einen Teil der Reithalle sehen konnte. Außerdem wimmelte es vor Gerätschaften: Sättel, Zaumzeug, Halfter, und dann fiel ihm auch noch ein zur Hälfte abgetrennter Bereich auf, an dessen Decke etwas hing, das wie ein Solarium aussah. Wellness für Pferde? Was es nicht alles gab.

Von den Gäulen, an denen sie vorbeikamen, waren meistens nur die Hinterteile zu sehen, weil sie ihre Köpfe aus den geöffneten Fenstern oder Luken oder wie immer das hier hieß, in Richtung Paddock reckten. Der Bewohner einer Box linste allerdings neugierig in Hinnerks Richtung, als er sich in größtmöglichem Abstand, nah an der Wand, an ihm vorbeidrückte und ihn seinerseits argwöhnisch betrachtete. Bestimmt roch das Vieh seine Angst, was hoffentlich nicht auf Marie Evers zutraf, die mit Carsten vor einer Box stehen geblieben war. Würde ja einen doofen Eindruck machen, wenn man Reitstunden für seine Enkel buchen wollte, seine Angst vor Pferden aber nicht verbergen konnte.

Das Pony, vor dessen Box Carsten und Marie Evers standen, sah allerdings harmlos aus. Mehr noch, Hinnerk fand es ausgesprochen hübsch, genauso wie das in der Nachbarbox, das sein Zwilling zu sein schien. Heller Körper, dunkle Mähne und Schweif.

»Mina und Sam, unsere beiden Falben«, erklärte Marie Evers und verteilte großzügige Streicheleinheiten an die beiden, die neugierig auf das Wollknäuel vor ihrer Box hinunterschauten. Fini war tatsächlich bei Fuß an Carsten drangeblieben, vielleicht weil sie beschlossen hatte, seiner Anweisung auch mal Folge zu leisten, aber wohl eher aus Schiss vor der ungewohnten Umgebung und deren viel zu großen Bewohnern.

Mina … ausgerechnet. Hinnerk schaffte es gerade noch, nicht die Augen zu verdrehen.

»Die beiden sind die Lieblinge unserer kleinen Reiter«, wandte sich Marie Evers an ihn. »Lammfromm und geduldig, bei denen sind Ihre Enkel gut aufgehoben.« Sie blickte ihn fragend an. »Für wie viele Ihrer Enkel wollen Sie denn Stunden buchen?«

Hinnerk kam wieder ins Schwitzen. Mann, das hätte er, der kinder- und somit auch enkellose Mensch, sich auch mal vorher überlegen können. »Äh … also, zwei … ich meine, ich hab ja fünf Enkel, aber die anderen drei sind Jungs, die haben da kein Interesse dran.« Puh, gerade noch mal gut gegangen.

Hoffentlich war er nicht rot geworden, das passierte ihm beim Flunkern nämlich häufiger.

»Haben die beiden denn schon mal Stunden genommen?«, wollte Marie Evers wissen.

»Nee, die fangen bei null an.«

»Dann kommen Sie doch in den nächsten Tagen mit Ihren Enkelinnen vorbei, damit sie sich Mina und Sam einmal anschauen können. Ich wette mit Ihnen, dass sie begeistert sein werden, das geht allen Kindern so.«

Die beiden Ponys schnaubten und nickten im Gleichtakt mit ihren Köpfen, dass die Mähnen nur so flogen. Wie auf Kommando, dachte Hinnerk, hat die Evers das mit denen einstudiert?

»Lassen Sie uns doch gleich einen Termin für uns alle machen«, schlug Carsten vor. »Sie haben doch sicher gut zu tun.«

Blödsinn, dachte Hinnerk, hier ist doch überhaupt nichts los. Im Stall hielt sich nur ein junges Mädchen auf, das gerade den Boden fegte, und auf der Außenanlage hatte er niemanden gesehen. Und wieso überhaupt einen weiteren Termin? Davon war nie die Rede gewesen!

»Ja, Sie haben recht.« Marie Evers zog ein Smartphone aus ihrer Hosentasche, wischte ein bisschen hin und her, dann: »Was halten Sie von morgen, zehn Uhr?«

Die war ja von der ganz schnellen Truppe, brauchte wohl wieder ein bisschen Geld in der Kasse. Aber nicht mit ihm!

»Das passt«, meinte Carsten.

»Haben Sie eigentlich eine längere Reiterfahrung?«, wollte Marie Evers wissen.

»So an die zehn Jahre.«

»Und wie lange haben Sie jetzt ausgesetzt?«

Carsten furchte die Stirn. »Hmm ... das sind bestimmt um die fünfundzwanzig bis dreißig Jahre.«

»Das macht nichts. Reiten verlernt man ebenso wenig wie Autofahren und Radfahren.«

Das schien ja ein Standardspruch zu sein. Carsten warf ihm einen Blick zu, der zu sagen schien: »Siehst du, hab ich doch gesagt!«

Marie Evers bedeutete ihnen, ihr zu folgen, und blieb vor der Box am Ende des Ganges stehen, in der ein mächtig großes, pechschwarzes Pferd mit den Hufen scharrte und ein furchteinflößendes Schnauben ausstieß, als es sich zu ihnen umdrehte. Jedenfalls erschien es Hinnerk mächtig groß, für Menschen mit Pferdeverstand und ohne Angst dürften sowohl die Größe als auch das Schnauben eher normal sein. »Das ist Bronco. Ich glaube, dass Sie beide gut miteinander auskommen werden, Herr Schmidt.«

Fini schien sich da nicht so sicher zu sein, sie hatte zwischen Carstens Füßen Schutz gesucht.

Bronco ...? Hinnerk überlegte angestrengt. Hatte er nicht mal irgendwo gelesen, dass dieser Name für ein ungezähmtes Pferd stand? Hatte es da nicht sogar vor vielen Jahren eine Westernserie gegeben?

Marie Evers lachte, als er sie auf seine erste Überlegung ansprach. »Nein, keine Angst, unser Bronco ist ein gutmütiger Wallach. Er hat den Namen von seinem Vorbesitzer erhalten, und da ich ihn sehr passend fand, wollte ich ihn nicht ändern.«

Hinnerk beäugte Carsten, der dem schwarzen Untier vollkommen gelassen gegenüberstand und damit begann, es zu streicheln und leise mit ihm zu sprechen. Das sah zwar ziemlich harmonisch aus, aber in diesem Moment beschloss

Hinnerk, nicht darauf zu drängen, dass sein Freund hier vor seinen Augen in den Sattel stieg. Er wollte schließlich nicht dafür verantwortlich sein, dass Carsten sich das Genick brach.

»Das ist wirklich ein schönes Tier«, sagte Carsten anerkennend. »Den würde ich morgen gerne einmal reiten.«

»Kein Problem«, meinte Marie Evers. »Eine meiner Angestellten wird sich um Ihren Freund kümmern, und wir beide sehen zu, dass wir Sie wieder in den Sattel kriegen.«

Komisch, dachte Hinnerk, ich denke, die Frau steht auf ihre Geschlechtsgenossinnen. Aber so wie sie Carsten gerade anhimmelt, sieht es nicht danach aus. Obwohl … Henny Jansen war ja offensichtlich auch zweigleisig gefahren.

»So machen wir das«, bestätigte Carsten. Während sie den Stall zu Hinnerks großer Erleichterung wieder verließen, wollte Carsten wissen, ob das Hotel schon eröffnet war.

»Nein«, antwortete Marie Evers. »Ich habe die Eröffnung in zwei Monaten geplant und hoffe sehr, dass ich den Termin halten kann. Mir fehlt nämlich noch einiges an Personal, ich habe bisher nur zwei Angestellte, die für Reinigungsarbeiten zuständig sind.«

Carsten nickte verständnisvoll. »Um so eine Anlage zu führen, reichen die aber natürlich nicht aus. Aber das ist hier ja sicher ein Familienbetrieb, und Sie dürften doch bestimmt auch Hilfe von anderer Seite erhalten.«

Aha, nun ging das also endlich mit dem Aushorchen los. Mal sehen, ob was dabei rauskam.

Das Gesicht von Marie Evers verdüsterte sich. »Nein, das ist kein Familienbetrieb, ich ziehe das allein durch.« Ihre Stimme war kalt und hart geworden, und Hinnerk lief unwillkürlich ein Schauer über den Rücken.

»Oh, Entschuldigung«, sagte Carsten. »Ich wollte nicht indiskret sein.«

»Waren Sie nicht.« Marie Evers holte tief Luft. »Es ist nur so … das war mal ganz anders geplant … aber Menschen sind eben manchmal eine große Enttäuschung.« Sie straffte die Schultern. »Und jetzt müssen Sie mich entschuldigen, ich muss nämlich zusehen, dass ich einen Klempner finde. Die Toiletten im Hoteltrakt sind verstopft, keine Ahnung, wie das passieren konnte. Aber bis jetzt wurde ich bei allen Sanitärbetrieben in der Gegend vertröstet, unter frühestens drei Monaten ist da nirgendwo etwas zu machen.«

Jaja, dachte Hinnerk, die aktuelle Entwicklung macht auch vor der Gas-Wasser-Scheiße-Branche keinen Halt. Überall hieß es warten, warten, warten.

Carsten machte eine weit ausholende Bewegung. »Dürfen wir uns noch ein bisschen umsehen, bevor wir wieder fahren? Das ist so eine schöne Anlage.«

»Natürlich«, sagte Marie Evers, dann wandte sie sich ab und ging zum Gutshaus zurück.

»Sag mal, was soll denn das, dass wir morgen wiederkommen?«, schimpfte Hinnerk, nachdem sie außer Hörweite waren. »Davon hast du kein Wort gesagt!«

»Ich habe aber gesagt, dass wir das Ganze flexibel angehen müssen. Du hast doch gesehen, dass das mit dem Aushorchen heute noch nicht geklappt hat.«

Hinnerk schnaufte. »Flexibel, aha. Dann kannst du mir bis morgen ja ganz flexibel auch zwei Enkelinnen backen. Du spinnst doch!«

»Jetzt hör auf, mich zu beschimpfen.« Carsten blickte nachdenklich vor sich hin und sah ihn dann wieder an. »Du kannst doch gut mit den beiden Enkelinnen deiner Schwester. Wie wär's denn, wenn du die mal fragst. Mädchen stehen doch alle auf Pferde.«

»Nein! Das geht nicht!«

Carsten stöhnte entnervt. »Natürlich geht das, aber du willst nicht, weil du Angst vor Pferden hast und deshalb nicht noch mal herkommen willst. So sieht's doch aus, oder?«

»Ja, verdammt noch mal, ich habe Angst vor Pferden! Und das ist nichts, worüber man sich lustig machen muss.« Langsam wurde es Hinnerk zu bunt.

Carsten legte ihm begütigend eine Hand auf die Schulter. »Ich mache mich nicht darüber lustig, sondern möchte dir klarmachen, dass ich dich hier brauche. Es war doch damit zu rechnen, dass wir bei einem Besuch nichts rausbekommen und öfter herkommen müssen.«

»Ach, damit hat der Herr also gerechnet?« Hinnerk trat einen Schritt auf Carsten zu und funkelte ihn wütend an. »Du hast mich verarscht!«

»Hinnerk, bitte! Denk an Thies. Er braucht uns jetzt.«

Das war im Augenblick ja Carstens Totschlagargument, mit dem er ihn rumzukriegen versuchte. Und Hinnerk spürte voller Verdruss, dass es ihm auch dieses Mal wieder gelingen würde.

Er dachte an seine Schwester Gesine, die in Wesselburen wohnte und zu der er einen guten Kontakt hatte. Wie zu allen Mitgliedern dieses Familienzweigs, vor allen Dingen aber zu Gesines beiden Enkelinnen, die mit ihren Eltern in Meldorf lebten.

»Wir müssen mehr über Marie Evers erfahren«, sagte Carsten eindringlich. »Ich werde natürlich versuchen, etwas aus ihr herauszubekommen und wenn ich dafür mehrere Reitstunden nehmen muss. Sie hat auf mich einen sehr dünnhäutigen Eindruck gemacht, vielleicht finde ich ja einen Zugang zu ihr. Es ist aber ebenso wichtig, dass jemand mit ihren Angestellten spricht. So ganz unverfänglich, wenn er zum Beispiel bei den Reitstunden seiner Enkelinnen dabei ist …« Er drückte Hinnerks Schulter. »Hmmm, was meinst du? Willst du es dir nicht noch mal überlegen?«

»Na, das hast du dir ja toll ausgedacht, Sherlock Holmes«, brummte Hinnerk, der sich mittlerweile zwischen Baum und Borke befand. Da war auf der einen Seite seine Angst vor Pferden, auf der anderen hatte ihn der Gedanke, ein bisschen Detektiv spielen zu können, ja schon gestern gereizt. Außerdem würde er nur Kontakt zu den Ponys haben, beruhigte er sich. Und die hatten zum Glück ziemlich harmlos ausgesehen.

Carsten hob den rechten Daumen und grinste siegessicher. »Was wäre Sherlock Holmes ohne Dr. Watson?«

»Die Evers muss hier aber einiges investiert haben«, meinte Hinnerk eine halbe Stunde später, als sie ihren Rundgang beendet hatten. »Weißt du da Näheres?«

»Thies hat mir erzählt, dass sie einiges von ihren verstorbenen Eltern geerbt hat. Sie hat allerdings zusätzlich einen hohen Kredit aufgenommen.«

Die Anlage machte in der Tat einiges her. Sie hatten den Hotelkomplex besichtigt und einen Blick in zwei Zimmer geworfen, deren Türen offen gestanden hatten. Glänzende Parkettböden, Boxspringbetten und gemütliche Sitzecken. Alles farblich aufeinander abgestimmt, dürfte die Einrichtung einiges gekostet haben. Im Gebäudetrakt gegenüber befand sich ein Restaurant mit einer offenen Küche, wie sie bei einem Blick durch die breite Fensterfront gesehen hatten. Alles schien bereits vollständig eingerichtet. Der Innenhof der Anlage, über den sie jetzt zurück zu Carstens Wagen gingen, war mit Kies abgestreut, die großzügigen Blumenrabatten hatten sie ja bereits bei ihrer Ankunft bewundert. Selbst Hinnerk, der normalerweise kein Auge für so etwas hatte, musste sich eingestehen, dass es ihm hier ausnehmend gut gefiel.

»Was Frau Evers vorhin von den Menschen gesagt hat, die manchmal eine große Enttäuschung sind …«, begann Hinnerk, als sie beim Wagen angelangt waren. »Denkst du, dass sie damit Henny Jansen gemeint hat?«

»Das ist zu vermuten. Die beiden waren ja nicht so lange zusammen, aber wer weiß, was für Hoffnungen Frau Evers in Henny projiziert hat.«

»Traust du ihr denn zu, dass sie Henny getötet hat? Und deren neuen Liebhaber gleich mit?« Auch wenn Hinnerk von Carsten gelernt hatte, dass man einem Mörder nicht ansah, dass er ein Mörder war, dachte er in seinem tiefsten Inneren immer noch, dass es einem Menschen ins Gesicht geschrieben stehen musste, wenn er eine solche Tat begangen hatte. In diesem Fall sogar zwei.

»Ich traue jedem Menschen einen Mord zu«, sagte Carsten mit ungewohntem Ernst. »Sogar mir.«

Dieser Zusatz war neu für Hinnerk und erschütterte ihn einigermaßen. »Du traust dir einen Mord zu?«

Carsten nickte. »Ich wüsste nicht, was ich täte, wenn jemand meinen beiden Mädels etwas antun würde.«

Das war allerdings ein überzeugendes Argument.

21

Berger hatte schief geguckt, als Lena ihr die Informationen weitergab, die Carsten von Thies Jansen erhalten hatte. Diese waren ihr nämlich noch nicht bekannt gewesen, Kristian Gehrkens nach Jansens erster Vernehmung allerdings schon, wie Berger auf Nachfrage erfuhr.

Lena befand sich noch immer in einem Zwiespalt, was die Einmischung ihres Vaters betraf, wenn sie sich auch eingestehen musste, dass diese unter Umständen sehr hilfreich sein konnte. Somit musste sie jetzt verhindern, dass sie sich in die Quere kamen und vor allen Dingen Berger und Kristian nichts davon erfuhren, weil Carsten und sie sonst gehörigen Ärger bekommen würden.

Berger und Kristian hatten die Fallakte Malte Lohberg angefordert, um mehr Hintergrundwissen zu erlangen. Wer dann eine Befragung des Mannes durchführen würde, wollten sie noch absprechen.

Berger hatte seltsam abwesend gewirkt, während Lena mit ihr gesprochen hatte. Als wenn sie das Ganze nicht so recht interessieren würde. Dass sie im Anschluss an das Gespräch und die darauffolgenden Telefonate erklärt hatte, dass sie sich wegen einer dringenden Angelegenheit für den Rest des Tages freinehmen müsse, und Lena deshalb bat, ihren Bereitschaftsdienst zu übernehmen, bestätigte diese in ihrem Gefühl. Nach ihrer Ansage hatte Berger die Dienststelle geradezu fluchtartig verlassen, und Lena hatte ihr verwundert hinterhergesehen. Sie waren mitten in einer Mordermittlung, da konnte man sich nicht einfach mal so zwischendurch freinehmen. Wenn Lena etwas von ihrem Vater gelernt hatte, dann das. Nun, dann würde sie eben allein weiter ermitteln.

Lena beschloss, Elke Fedders aufzusuchen, die mittlerweile aus dem Krankenhaus entlassen worden war. Allerdings wollte sie nicht allein fahren und bat deshalb Sönke Gellert, sie zu begleiten. Bevor sie sich auf den Weg machten, schickte sie vorsichtshalber eine Nachricht an ihren Vater, damit dieser nicht womöglich auch dort auftauchte. Er hatte zwar nichts dergleichen erwähnt, aber man wusste ja nie, was er sich seit dem Vortag wieder hatte einfallen lassen.

Tina Fedders öffnete die Tür und bat sie ins Haus, wo Lena und Sönke als Erstes ihr Beileid bekundeten und Lena dann wissen wollte, ob sie ihrer Mutter bereits erzählt hatte, dass ihr Mann zusammen mit einer Frau in der Ferienwohnung aufgefunden worden war.

»Ja«, sagte Tina, »ich habe es ihr gesagt, als ich sie gestern abgeholt habe.«

»Wie hat Ihre Mutter reagiert?«

»Sie ist vollkommen teilnahmslos. Manchmal habe ich den Eindruck, dass sie überhaupt nicht mitbekommt, was ich ihr sage«, antwortete Tina bedrückt. Lena bemerkte, wie schwer es der jungen Frau fiel, Haltung zu bewahren.

Elke Fedders sah schlecht aus. Ein eingefallenes Gesicht,

dunkle Schatten unter den geröteten Augen, zitternde Hände, saß sie im Wohnzimmer und starrte mit leerem Blick in den blühenden Garten hinaus.

Lena stellte sich und Sönke ein weiteres Mal vor und sprach auch Elke Fedders ihr Beileid aus, dann nahmen sie und ihr Kollege in zwei Sesseln Platz, während sich Tina wieder zu ihrer Mutter aufs Sofa setzte und deren Hand ergriff.

»Fühlen Sie sich in der Lage, uns einige Fragen zu beantworten?«, fragte Lena die beiden Frauen.

Elke Fedders schien sie nicht gehört zu haben, sie starrte nach wie vor aus dem Fenster. Aber ihre Tochter nickte. »Was wollen Sie wissen?«

Lena räusperte sich, der Einstieg in ein solches Gespräch war immer schwierig. Aber es nützte nichts, die Angelegenheit zu beschönigen. »Wir wissen mittlerweile, dass Ihr Vater beziehungsweise Ihr Ehemann eine Beziehung mit der Frau hatte, die ebenfalls in Ihrer Ferienwohnung getötet wurde. War Ihnen diesbezüglich etwas bekannt?«

»Mir ist aufgefallen, dass Papa in der letzten Zeit mehr auf sich geachtet hat«, sagte Tina nach einem Augenblick. »Also, was seine Kleidung betraf. Aber das habe ich nicht in Verbindung mit einer anderen Frau gebracht.«

»Und wie ist das mit Ihnen, Frau Fedders?«, wandte sich Sönke an Elke Fedders. Lena hatte mit ihm abgesprochen, dass sie sich in der Befragung abwechselten, sodass immer einer die Möglichkeit hatte, noch genauer zuzuhören und hinzuschauen. »Haben Sie es gewusst?«

Die Frau beachtete sie noch immer nicht, es schien Lena, als hätte sie sich vom Außengeschehen abgekoppelt und lebe in ihrer eigenen Welt. Auch weiteres Nachfragen erbrachte nichts, sodass Lena es vorerst aufgab und beschloss, Elke Fedders ein anderes Mal aufzusuchen.

»Wann haben Sie Ihren Vater das letzte Mal gesehen?«, wollte sie stattdessen von Tina Fedders wissen.

Die junge Frau überlegte. »Das muss am Mittwochabend so gegen sieben gewesen sein. Ich war mit meiner Mutter vom Verkaufswagen gekommen, und wir mussten dann noch Einkäufe erledigen, was an dem Tag eigentlich Papas Aufgabe gewesen wäre. Er war nicht dazu gekommen, weil er sich wegen starker Rückenschmerzen ins Bett gelegt hatte. Nachdem Mama und ich vom Einkaufen zurück waren, bin ich sofort los, weil ich mit Freunden verabredet war.«

»Hat es an dem Abend einen Streit zwischen Ihren Eltern gegeben?«, fragte Sönke.

»Das weiß ich nicht, ich hab jedenfalls nichts mitbekommen.«

»Es hätte ja sein können, dass Ihre Mutter verärgert war, weil sie nach der Arbeit am Verkaufswagen nun auch noch die Einkäufe erledigen musste«, fügte Lena hinzu.

»Ja, Mama war sauer, vielleicht hat sie Papa auch noch 'ne Ansage gemacht, nachdem ich weg war. Aber es war ja nun kein Beinbruch.« Auf einmal schien Tina auf der Hut zu sein, als ahne sie den Hintergrund der Frage.

»Glauben Sie, dass Ihre Mutter etwas von der Affäre gewusst hat?«

»Moment mal!«, brauste Tina auf und blickte Sönke erregt an. »Sind Sie sich wirklich sicher, dass Papa und diese Frau eine Affäre hatten?«

»Ja, das sind wir«, entgegnete Lena ruhig. Diese Tatsache bedeutete, dass auch Elke Fedders als Täterin infrage kam, falls sie Wind von der Affäre bekommen haben sollte. Gut möglich, dass sie aus diesem Grund nicht ansprechbar war – weil sie etwas getan hatte, was sie jetzt zutiefst bereute, etwas, das sie traumatisiert hatte und das ihr Körper mit allen Mitteln zu verdrängen suchte. Allerdings war auch ihre Tochter verdächtig, obwohl Lena sich die junge Frau beim besten Willen nicht als Täterin vorstellen konnte.

Tina kommentierte Lenas Aussage nicht und warf jetzt einen demonstrativen Blick auf ihre Armbanduhr. »Ich muss in einer halben Stunde am Verkaufswagen sein. Wenn also nichts weiter ist …«

»Tut mir leid, aber wir müssen noch Ihre Fingerabdrücke und die Ihrer Mutter sichern.« Sönke zog das mitgebrachte Gerät heraus und begegnete Tina Fedders' fassungslosem Blick.

»Das glaub ich jetzt nicht.« Tina schien noch mehr sagen zu wollen, doch Lena schnitt ihr das Wort ab.

»Vorrangig dient das im Moment dazu, Ihre Abdrücke in der Wohnung zu identifizieren. Schließlich ist es Ihre Immobilie, also werden wir auch Ihre Fingerabdrücke dort finden.« Auf diese Erklärung hin ließ Tina Fedders die Prozedur ohne weitere Widerrede über sich ergehen. Ihre Mutter wirkte wie eine Marionette, als Sönke ihre Finger ergriff und die Abdrücke auf dem Gerät abspeicherte.

»Nur eine Frage noch, dann lassen wir Sie für heute in Ruhe.« Sönke hatte das Wort heute deutlich betont, um Druck aufzubauen. »Sie sagten, dass Sie am Mittwochabend eine Verabredung hatten. Erinnern Sie sich noch, wann Sie wieder zu Hause waren?«

Tina blickte ihn aufgebracht an. »Verdächtigen Sie etwa mich, meinen Vater und diese Frau umgebracht zu haben?«

»Das ist eine reine Routinefrage, Frau Fedders. Wir würden Sie und Ihre Mutter gerne als Tatverdächtige ausschließen.«

Tina schüttelte fassungslos den Kopf. »Ich war gegen elf zu Hause, hab mich dann schlafen gelegt und bin am nächsten Morgen um acht aufgewacht, als der Wecker klingelte.«

»Haben Sie Ihre Mutter bei Ihrer Rückkehr gesehen?«, wollte Lena wissen.

»Nein! Sie war nicht im Wohnzimmer, deshalb ging ich davon aus, dass sie bereits schlafen gegangen war. Glauben Sie, ich überprüfe so was?«

Lena ließ sich nicht aus der Ruhe bringen. »Und wie war das am Donnerstagmorgen? Haben Sie Ihre Mutter da gesehen?«

»Nein, als ich aufgewacht bin, war sie schon am Verkaufsstand«, sagte Tina. »Und mein Vater wollte an dem Tag früh nach Husum fahren, um sich einen zweiten Wagen anzusehen. Deshalb habe ich ihn auch nicht gesehen.«

Lena hatte sich alles notiert und gab Sönke ein Zeichen. »Danke für Ihre Auskünfte.«

Schon bei ihrem letzten Satz schien Tinas Ärger verraucht, sie war auf dem Sofa in sich zusammengesunken und blickte erst wieder zu ihnen auf, als Lena sich bereits zum Gehen wenden wollte.

»Haben Sie schon irgendeine Spur? Ich hatte Ihre Dienststellenleiterin auf Ortwin Krepper aufmerksam gemacht. Der Mann war so voller Hass auf meinen Vater, ich bin mir sicher, dass er etwas mit seinem Tod zu tun hat.«

Lena schüttelte bedauernd den Kopf. »Es tut mir leid, aber über laufende Ermittlungen können wir nicht sprechen.« Es fiel ihr immer schwer, Angehörige mit diesem Satz abzuspeisen, aber so waren nun einmal die Vorschriften.

Tinas Augen waren feucht geworden. »Es ist so verdammt schwer«, sagte sie leise. »Durch den Tod meines Vaters haben wir keine Existenzgrundlage mehr. Die anderen Fischer haben zwar angeboten, uns zu unterstützen, aber damit ist uns nur kurz geholfen. Bei unserem Kutter sind einige Reparaturen fällig, und ich habe keine Ahnung, woher wir das Geld nehmen sollen.« Sie schluchzte auf. »Was bin ich nur für eine Tochter? Mein Vater ist tot und ich denke an die wirtschaftliche Seite.«

Lena strich der jungen Frau mitfühlend über den Arm. »Es wird bestimmt eine Lösung geben.« Eine Phrase, aber was sollte sie Ermutigendes sagen? Die Krabbenfischerei war keine erträgliche Einnahmequelle, aber eine von den Vorvätern geerbte Tradition gab man nun mal nicht so leicht auf. Tina Fedders stand im Augenblick allein vor allem, und Lena hoffte inständig, dass ihre Mutter bald wieder auf die Füße kam und sich die beiden Frauen gegenseitigen Halt geben konnten. Ein Blick zu Elke Fedders, die immer noch aus dem Fenster starrte und nichts von dem Gespräch mitbekommen zu haben schien, ließ zumindest im Augenblick allerdings nicht darauf schließen.

»Und?«, fragte Lena, als sie und Sönke wieder im Streifenwagen saßen. »Was hattest du für einen Eindruck von den beiden?«

»Schwer zu sagen. Bei Elke Fedders kann es die Trauer sein, die sie so sprachlos macht, aber sie würde vielleicht ebenso reagieren, wenn sie die Täterin wäre. Und bei Tina Fedders bin ich nicht weniger unentschlossen.«

Sie beschlossen, zum Hafen zu fahren, in der Hoffnung, dass der Krabbenkutter der Fedders' am Kai lag und ihnen dort jemand Auskünfte geben konnte.

Sie hatten Glück und trafen einen der Mitarbeiter von Heiko Fedders auf dem Kutter an.

»Ja, die Elke war am Donnerstagmorgen hier«, bestätigte Jonne Kersting, der mit sorgenvollem Blick das Netz untersuchte, das auf dem Deck ausgebreitet lag. »Aber sie musste dann noch mal weg.«

»Um wie viel Uhr war das?«, fragte Lena.

Kersting nahm die Mütze ab und kratzte sich nachdenklich den Schädel. »Das muss so zwischen sieben und halb acht gewesen sein.«

»Hat Frau Fedders gesagt, wohin sie wollte?«

»Nö.« Kersting schüttelte den Kopf. »Ging mich ja auch nichts an. Sie hat Tschüss gesagt und ist dann mit dem Lieferwagen losgefahren.«

Lena wechselte einen Blick mit Sönke. Das war eine interessante Information. Vielleicht war Elke Fedders ihrem Mann auf die Schliche gekommen und deshalb zum Hochhaus gefahren, um ihm hinterherzuspionieren. Als Täterin schied sie allerdings aus, da sowohl Heiko Fedders als auch Henny Jansen zu diesem Zeitpunkt laut Rechtsmedizin bereits tot gewesen waren. »Wann war Frau Fedders zurück?«

»Dat weet ick nich. Ich bin wieder zum Kutter gegangen, weil unser Netz kaputt ist und ich mir den Schaden ansehen wollte. Außerdem hab ich die ganze Zeit versucht, Heiko zu erreichen, aber der ging ja nicht an sein Handy.« In Kerstings Augen schimmerte es verdächtig, er wischte sich über die Nase. »Jetzt weiß ich ja, warum.«

22

Auf dem Rückweg beratschlagten Carsten und Hinnerk, wie sie jetzt weiter vorgehen wollten. Marie Evers stand für sie beide jedenfalls schon mal in der vordersten Reihe der Tatverdächtigen.

Dass er sich diesen Malte Lohberg ebenfalls vornehmen wollte, stand für Carsten fest, auch wenn er Lena gegenüber das Gegenteil behauptet hatte. Das würde er aber erst dann tun, wenn er von seiner Tochter erfahren hatte, wie dessen Befragung verlaufen war. Wenn Lena es ihm erzählte, aber das würde er schon hinkriegen. Hinnerk würde er zu diesem Besuch allerdings auf keinen Fall mitnehmen. Lohberg hatte einen brutalen Mord begangen und war unberechenbar, und Carsten würde seinen Freund keiner Gefahr aussetzen.

Jetzt war es erst einmal wichtig, an ein Foto des Mannes zu kommen, im Netz hatte er nämlich keins gefunden und Lena würde freiwillig wohl auch nicht damit herausrücken. Allerdings hatte Thies öfter mal Akten mit nach Hause genommen, vielleicht wurde er dort fündig.

Für den Moment erschien es ihm aber am sinnvollsten, erst einmal bei Heikos Krabbenfischerkollegen anzufangen, denen vielleicht ja etwas von seinem außerehelichen Engagement bekannt gewesen war. Und Carsten wusste auch schon, wen er als Erstes aufsuchen würde und dass er Hinnerk bei dieser Aktion wieder gut an seiner Seite gebrauchen konnte.

Auf dem Weg zum Hafen machte ihm allerdings ein Anruf von Mina einen Strich durch die Rechnung.

»Auch das noch«, schimpfte Hinnerk, nachdem das Gespräch beendet war. »Wasserrohrbruch.«

Carsten seufzte. Dann würde er sich wohl doch allein auf den Weg machen müssen.

»Ja, ich hatte eine Vermutung, dass da irgendwas im Busch war«, gab Ole Feldmann zu, nachdem sich Carsten auf seinen Kutter *Seute Deern* geschwungen hatte, der am Fischerkai ankerte.

Carsten hatte Fini vor dem Besuch wie geplant an Lena übergeben, dies allerdings in der Dienststelle tun müssen, da seine Tochter nun überraschenderweise auch die zweite Tageshälfte Dienst schieben musste, weil Berger aus heiterem Himmel wegen einer *dringenden Angelegenheit* die Polizeistation hatte verlassen müssen. Da reißen ja neuerdings ganz schöne Sitten ein, hatte Carsten gedacht, das hätte es zu meiner Zeit nicht gegeben. Er hatte immer großen Wert auf die Einhaltung des Dienstplans und die freien Zeiten seiner Kollegen gelegt.

»Heiko war in letzter Zeit immer ziemlich schnieke angezogen, hat sich viel regelmäßiger rasiert, und ich könnte schwören, der hat sich irgendwas in die Haare geschmiert, damit die immer schön ordentlich aussehen – selbst hier am Hafen, wo es ja meistens windig ist. Zu unseren regelmäßigen Skatrunden ist er auch nicht mehr gekommen«, fuhr Ole fort.

Carsten kannte den Krabbenfischer gut, und seitdem er vor einigen Jahren einen Überfall auf das Geschäft der Familie hatte verhindern können, war Ole sein größter Fan. Außerdem war Ole ein Schnacker vor dem Herrn, aus dem Carsten einige Informationen herauszuholen hoffte. Da die Nachricht der beiden Tötungsdelikte bereits die Runde gemacht hatte, musste Carsten keine große Aufklärungsarbeit leisten.

»Meine Vermutung wurde dann vor einigen Tagen zur Gewissheit. Da habe ich nämlich eine langjährige Kundin im Hochhaus beliefert, die wegen einer Gehbehinderung nicht mehr vor die Tür kann«, fuhr Ole fort und wog ein Pfund Krabben ab, das Carsten geordert hatte. »Und da kam mir Heiko mit einer Frau aus dem Fahrstuhl entgegen. Die hatten nur Augen füreinander, ich weiß gar nicht, ob er mich überhaupt wahrgenommen hat. Ich hab mir gedacht, dass die bestimmt oben in der Ferienwohnung waren.«

»Kanntest du die Frau?«

Ole schüttelte den Kopf, woraufhin Carsten sein Smartphone aus der Hosentasche zog und die Galerie aufrief. Er war sich ziemlich sicher, dass darin noch Fotos von der Feier gespeichert waren, die sie zu Thies' Eintritt in den Ruhestand veranstaltet hatten.

Nach kurzer Suche hatte Carsten die Fotos gefunden und vergrößerte eines davon, auf dem Henny gut zu erkennen war. »War sie das?«

Ole nahm ihm das Smartphone ab und studierte das Foto aufmerksam. Dann nickte er. »Ja, das war sie. Hundertpro.«

Carsten ließ seinen Blick über die Kutter schweifen, die zurzeit im Hafenbecken ankerten. Möwen umkreisten sie mit lautem Geschrei, in der Hoffnung, dass irgendwo etwas für sie abfiel. Die *Tina* lag nur wenige Meter entfernt, der Verkaufsstand am Kai war noch geschlossen.

»Ihr liegt hier ja alle dicht beieinander. Ist dir in letzter Zeit irgendwas aufgefallen? Hatte Heiko mit jemandem Ärger?«

»Ja, mit diesem komischen Umweltschützer. Ortwin Krepper. Ich mein, mit dem haben wir alle Ärger, und es haben auch schon alle von uns Anzeige gegen ihn erstattet.«

»Weil er und seine Anhänger eure Schiffe mit Graffiti beschmiert haben«, stellte Carsten fest. »Denn die Manipulation der Motoren konnte ihnen ja nicht nachgewiesen werden, wie ich gehört habe.«

»Nee, leider nicht«, bestätigte Ole verdrossen. »Dabei war doch sonnenklar, dass die das gewesen sind.«

»Hat sich etwas in der Art wiederholt?«

Ole schüttelte den Kopf. »Bis jetzt nicht, was aber damit zusammenhängen dürfte, dass wir seitdem abwechselnd auf unseren Kuttern übernachten.«

»Aber neue Schmierereien gab es doch, oder?«

»Ja, das ging noch eine Zeit lang weiter, und es folgten neue Anzeigen, aber dann haben sie auch damit aufgehört. Dafür steht dieser Krepper jetzt ständig bei uns auf der Matte und versucht, uns mit blöden Sprüchen und Vorwürfen zu provozieren. Die meisten von uns reagieren da schon gar nicht mehr drauf, aber Heiko ist jedes Mal wie so'n HB-Männchen hochgegangen. Einmal hätte es zwischen den beiden fast eine Klopperei gegeben, wenn wir nicht dazwischengegangen wären.«

»Was war der Auslöser?«, wollte Carsten wissen.

»Der Typ hatte 'nen großen Beutel dabei, als er auf seiner Pöbeltour unterwegs war, und hat den Inhalt auf das Deck der *Tina* gekippt. Da waren Fischabfälle drin, die er eine Woche oder länger gesammelt haben muss. Wir sind Fischgeruch ja nun wirklich gewöhnt, aber das, nee …« Ole verzog das Gesicht, Daumen und Zeigefinger bewegten sich Richtung Nase. »Mann, hat das gestunken. Wir haben zwei Tage gebraucht, bis wir das Deck wieder gereinigt hatten.«

»Das hat Heiko doch sicher auch zur Anzeige gebracht, oder?«

Ole nickte. »Klar, allein schon wegen dem Verdienstausfall. Den musste Krepper ihm dann bezahlen. Nach dieser letzten Anzeige lässt er sich nur noch selten hier blicken, wir sind uns aber alle sicher, dass er auf Rache aus ist und etwas ausheckt.«

Eine solche Vermutung war nicht von der Hand zu weisen. Aber würde dieser Krepper deshalb losgehen und einen Menschen töten und dann auch noch eine Zeugin des Mordes beseitigen? Es war schwer vorstellbar, aber Carsten hatte in langen Berufsjahren gelernt, keine noch so unwahrscheinliche Möglichkeit auszuschließen. Deshalb war es wichtig, Ortwin Krepper einen Besuch abzustatten und herauszufinden, wie der Mann tickte.

Da sich alle Vorfälle nach Carstens Eintritt in den Ruhestand ereignet hatten, hatte er den großen Vorteil, dass Krepper ihn nicht kannte und Carsten sich ihm deshalb, wie bereits erwogen, als Journalist vorstellen konnte. Der Nachteil war allerdings, dass Carsten umgekehrt auch keine Ahnung hatte, wie Krepper aussah.

Also musste er nicht nur an ein Foto von diesem Lohberg, sondern auch an eines von Krepper rankommen und weiterhin dessen Adresse ausfindig machen. Gut möglich, dass es beides in der Dienststelle gab, aber dort konnte er ja schlecht reinspazieren und nachfragen. Obwohl … Sönke Gellert schuldete ihm noch einige Gefallen, von denen Carsten jetzt ja mal einen einfordern konnte. Aber vielleicht gab es auch noch einen anderen Weg.

»Sag mal, hat jemand von euch zufällig ein Foto von Krepper? Und kennt ihr vielleicht auch seine Adresse?«

Ole griff in seine Hosentasche und zog ein schon ziemlich ramponiertes Smartphone heraus. »Ich hatte mal ein paar Fotos von ihm gemacht. Man kann schließlich nie wissen, ob die nicht irgendwann noch zu was gut sind.« Nach einigen Sekunden hatte er das Gesuchte gefunden und reichte Carsten das Handy. »Das isser.«

Carsten vergrößerte das Gesicht des Mannes und studierte es aufmerksam. Mit hohen Wangenknochen, eisblauen Augen, markantem Kinngrübchen und einem sinnlichen Mund war Krepper ohne Zweifel das, was man einen Frauentyp nannte. Da war es nicht verwunderlich, dass seine weiblichen Gefolgsleute ihm mit Sicherheit widerstandslos folgten.

»Kannst du mir das Foto schicken?«

»Klar.« Ole tippte auf seinem Handy herum, einen Augenblick später war das Signal einer eingehenden Nachricht auf Carstens Smartphone zu vernehmen. »Eine Adresse hab ich übrigens auch«, sagte Ole. »Einer von uns ist dem Typen nämlich mal gefolgt, weil wir über eine Gegenaktion nachgedacht hatten.«

Carsten grinste, während die zweite Nachricht auf seinem Handy einging.

»Du siehst aus, als ob du dir Krepper zur Brust nehmen willst«, sagte Ole mit einem neugierigen Gesichtsausdruck.

Carsten erhob sich. »Schaun mer mal …«

23

Am späten Nachmittag kehrte Berger aus Lübeck zurück und begab sich auf direktem Weg in die Polizeistation, wo sie auf eine erboste Lena Matthiessen traf, die sie darauf aufmerksam machte, dass sie auf dieser Dienststelle frühzeitige Absprachen gewohnt seien und man sich nicht mal eben so freinehmen könne, wie es einem in den Kram passte. Schon gar nicht, wenn man in eine Mordermittlung eingebunden sei.

Berger nahm es hin und sparte sich eine Erwiderung, die angesichts ihrer momentanen Stimmung unweigerlich mehr als patzig ausgefallen wäre. Und das ungerechtfertigterweise, denn schließlich hatte Matthiessen ja recht. Also verzog sie sich lieber in ihr Büro, um sich den Akten zu widmen, die auf ihrem Schreibtisch lagen.

Sie hatte Matthiessen gebeten, die offenen Vorgänge herauszusuchen, damit sie sich mit ihnen vertraut machen konnte. Denn schließlich musste ja neben den Ermittlungen in zwei Mordfällen auch noch diese Dienststelle geleitet werden. Die Lektüre war jetzt genau das Richtige, um sich von der zurückliegenden Begegnung mit Felix abzulenken. Hoffte sie jedenfalls.

Es waren nicht viele Vorgänge, und Berger hatte sie rasch durchgearbeitet, nahm dann aber noch einmal den ersten zur

Hand. Kaum zu glauben, aber jetzt gab es auch in Büsum einen sogenannten »gefährlichen Ort«, an dem es zu vermehrten Straftaten gekommen war. Im Kurzentrum hatten sich Sachbeschädigungen an abgestellten Autos gehäuft, weshalb die Polizei dort jetzt verstärkt auftrat und wo sie Personen ohne einen Verdacht kontrollieren und deren mitgeführte Sachen durchsuchen konnte. Der Begriff »gefährlicher Ort« wurde in Polizeikreisen nicht gerne gehört, weil er Einfluss auf das Sicherheitsempfinden der Menschen haben konnte. Deshalb bevorzugte die Landespolizei den Begriff »Kontrollgebiet«. In Lübeck gab es mit dem Hauptbahnhof/ZOB und der Innenstadt um den Bereich Klingenberg ebenfalls zwei dieser Orte, an denen sich Probleme häuften, was in der Regel damit zu tun hatte, dass hier eine offene Drogenszene bestand. Dass es in einem kleinen Küstenort wie Büsum allerdings einmal ein »Kontrollgebiet« geben würde, hätte sie nicht gedacht.

Nach Durchsicht der Akten wurde Berger wieder von den Gedanken übermannt, die sie schon auf der Rückfahrt zwischen Trauer und Wut hatten schwanken lassen.

Die letzten Tage hatte sie immer wieder überlegt, ob sie nicht doch noch einen Versuch unternehmen sollte, ihre Ehe zu retten. Und zwar einen ernsthaften Versuch, nicht einen dieser unausgegorenen der letzten Zeit, bei denen sie immer viel zu schnell die Flinte ins Korn geworfen hatte, wenn Felix' Widerstand zu spüren gewesen war.

Sie hatte sich gefragt, ob sie Felix noch liebte. Ob es ihr schlecht ging, weil sie Angst hatte, ihn jetzt endgültig zu verlieren, oder ob es nicht viel mehr die Angst vor dem Alleinsein war, das ihr nun drohte. Durch die Versetzung war sie in ein neues Leben gestoßen worden, das sie nicht gewollt hatte und noch immer nicht wollte, und sie würde vorerst an einem Ort leben müssen, der ihr außer der Nordsee nichts zu bieten hatte. In Büsum gab es ja nicht einmal einen richtigen Strand, sondern nur einen begrünten Deich, der so genannt wurde.

Sie liebte Lübeck und haderte damit, dass sie die Stadt hatte verlassen müssen. Die Altstadt mit ihren zahlreichen Museen, wo es Kunst und Kultur im Überfluss gab, schöne Restaurants und tolle Kneipen. Wie es in dieser Hinsicht in Büsum aussah, wusste sie nicht, aber sie ging davon aus, dass hier spätestens um zweiundzwanzig Uhr die Bürgersteige hochgeklappt wurden. Sie könnte sich natürlich die Mühe machen, Büsum zu erkunden, aber warum, wenn sie wild entschlossen war, diesen Ort so schnell wie möglich wieder zu verlassen?

Mit diesen Gedanken hatte sie sich bis zu der Begegnung mit Felix herumgeschlagen.

Und jetzt?

Was war auf einmal anders?

Jetzt gab es ein Davor und ein Danach.

Und auch wenn dieses Danach im Moment noch überwiegend von Wut bestimmt war, merkte Berger doch, dass sich etwas in ihr zu verändern begann und sie die Trennung zum ersten Mal in einem positiveren Licht zu betrachten versuchte. Als Chance für einen Neubeginn. Was allerdings nicht für die Versetzung nach Büsum galt, die sie nach wie vor als Strafe empfand. Aber es gab ja noch weitere Möglichkeiten in Schleswig-Holstein, denn dass sie im Bundesland zwischen den Meeren bleiben wollte, stand für sie fest.

Dass sie Lübeck vermissen würde, war klar. Aber dort könnte sie ja immer wieder zu Besuch hinfahren, die Marzipanstadt war schließlich nicht aus der Welt.

Felix würde sie hingegen nicht vermissen, so wie er sich heute ihr gegenüber verhalten hatte.

Sie war mit einem angemieteten Caddy nach Lübeck gefahren, in dem sie die Kleinmöbel verstauen wollte, die vorerst eingelagert werden sollten. Sie war davon ausgegangen, dass Felix ihr beim Transport helfen würde, immerhin lag ihre Altbauwohnung im dritten Stock und das Haus hatte keinen Fahrstuhl.

Aber in der Beziehung hatte sie sich gewaltig geirrt …

»Was geht mich dein Möbeltransport an?«, hatte Felix auf ihre Bitte um Hilfe geantwortet. Sie hatte ihn noch nie so großkotzig erlebt, wie er da im Flur gestanden und auf sie heruntergeblickt hatte. Nein, nicht heruntergeblickt, herabgeblickt im wahrsten Sinne des Wortes. Mit einer Miene, in die sie eine Faust hätte setzen mögen. Sie hatte sich nicht aufs Betteln verlegt, oh nein, sondern damit begonnen, die leichteren Gegenstände allein hinunterzuschleppen, bis ihr freundliche Nachbarn im Treppenhaus begegnet waren und ihre Hilfe angeboten hatten. Auch sie hatten Felix aufgefordert, mit anzupacken, sich aber ebenso die Zähne an ihm ausgebissen. Er hatte sich lediglich zu der Bemerkung hinreißen lassen, dass ihn der Möbeltransport seiner demnächst nun Ex-Frau wirklich nichts anginge. Berger war klar geworden, dass jeder Versuch eines Gesprächs unter diesen Umständen zum Scheitern verurteilt war. Seinem Verhalten nach zu urteilen wäre Felix sowieso nicht darauf eingegangen, hinzu kam jetzt aber, dass sie es auch nicht mehr wollte.

Der Höhepunkt des Tages war dann die Ankunft einer stark geschminkten Blondine gewesen, bei der Felix keinen Zweifel daran gelassen hatte, dass es sich um seine neue Freundin handelte. Bei dem ausgiebigen Begrüßungskuss hatten seine Hände besitzergreifend auf dem Hintern der Frau gelegen, und nachdem er endlich von ihr abgelassen hatte, hatte er Berger mit einem höhnischen Blick gestreift, ganz nach dem Motto: Was du kannst, kann ich schon lange.

Obwohl diese Szene das Fass endgültig zum Überlaufen gebracht hatte, war es Berger gelungen, Haltung zu bewahren, denn diesen Schuh hatte sie sich ja anziehen müssen. Schließlich war sie als Erste fremdgegangen.

24

Eine innere Unruhe trieb Lena noch einmal in die von der Spurensicherung mittlerweile freigegebene Ferienwohnung der Fedders', und nachdem sie Fini bei ihrem Vater abgegeben hatte, machte sie sich mit Sönke auf den Weg, weil vier Augen nun mal mehr sahen als zwei und es ihr gefiel, dass ihr Kollege sich häufig von einem unbestimmten Bauchgefühl leiten ließ, das sonst eher Frauen als Männern zugeschrieben wurde. Das konnte hilfreich sein, wenn man wie jetzt noch keinerlei Anhaltspunkte für eine konkrete Spur aufweisen konnte. Außerdem wollte sie herausfinden, ob jemand den Lieferwagen der Fedders am Donnerstagmorgen vor dem Haus gesehen hatte.

Die Spurenlage in der Wohnung war vollkommen unübersichtlich gewesen, wie sie von den Kollegen der SpuSi erfahren hatten. Es war DNA-Material in Hülle und Fülle gesichert worden, von dem das bisher untersuchte keiner polizeilich bekannten Person hatte zugeordnet werden können. Die Vielzahl an Spuren war nicht verwunderlich, schließlich handelte es sich bei dem Tatort um eine Ferienwohnung, mit zum Teil wöchentlichem Bettenwechsel. Weitere Untersuchungen standen aus und würden auch noch einige Tage in Anspruch nehmen.

Sönke war zwar am Donnerstag mit im Hochhaus gewesen, allerdings nicht in der Wohnung, und hatte deshalb den Vorteil, mit einem frischen und unbelasteten Blick an eine erneute Durchsuchung heranzugehen. Lena ging natürlich davon aus, dass die Kollegen der Spurensicherung ihren Job gut gemacht hatten, was den kleinen Kontrollfreak in ihrem Inneren allerdings nicht zum Verstummen brachte.

»Irgendwas, worauf ich achten soll?«

Lena schüttelte den Kopf und überlegte laut. »Der Täter hat sich keinen gewaltsamen Zutritt zur Wohnung verschafft. Also hat er entweder einen Schlüssel gehabt oder zumindest eines der Opfer gekannt, das ihn reingelassen hat.«

»Vielleicht hat er den guten, alten Scheckkartentrick angewendet«, schlug Sönke vor. »Wenn die Tür nur zugezogen war, ist es ein Leichtes, sie auf diese Weise zu öffnen, ohne große Spuren zu hinterlassen.«

Das war natürlich eine Möglichkeit. Lena untersuchte das Schloss ein weiteres Mal, in der Hoffnung auf irgendeinen Hinweis, doch auch jetzt konnte sie keine Beschädigungen entdecken.

Die Schüsse waren aus einer Pistole mit Schalldämpfer abgegeben worden, deshalb hatte sie niemand gehört. Was Lena allerdings verwunderte, war der Umstand, dass auch keiner der Nachbarn einen oder mehrere Schreie vernommen hatte. Sie ging zu Sönke, der sich gerade im Schlafzimmer aufhielt, und teilte ihm ihre Überlegung mit.

»Ich dreh noch mal 'ne Nachbarschaftsrunde. Nach einigen Tagen fallen manchen ja häufig noch ein paar Details ein. Einen Versuch ist es jedenfalls wert.«

Sönke nickte und hob den Daumen. »Mach das, ich schau mich hier weiter um.«

Lena beschloss, als Erstes Otto Kuhnert aufzusuchen. Es war früh am Abend, wenn sie Glück hatte, war er zu Hause.

»Lena?« In Kuhnerts sonst so freundlichen Blick trat Zurückhaltung, als er sie vor seiner Tür stehen sah. »Willst du mich wieder einschließen?«

Oh, oh, der Herr war nachtragend. Lena lächelte ihn aufmunternd an. »Natürlich nicht, und es tut mir auch leid, dass ich neulich keine andere Wahl hatte. Aber als ausgewiesener Polizeiexperte weißt du ja, dass Außenstehende nichts an einem Tatort zu suchen haben.« Vielleicht konnte sie ihn mit Schmeichelei wieder milde stimmen.

Der Versuch funktionierte zumindest halbwegs, denn Kuhnerts Miene glättete sich wieder ein wenig. »Komm rein.«

»Ist dir noch irgendwas zur Tatnacht eingefallen?«, fragte Lena, nachdem sie im Wohnzimmer Platz genommen hatte.

Kuhnert war mit zwei Gläsern und einer Wasserflasche aus der Küche gekommen und schenkte ihnen ein. »Ich hab auch schon hin und her überlegt, weil ich euch wirklich gerne helfen würde. Aber ich erinnere mich an nichts Ungewöhnliches mehr. Du solltest allerdings noch mal mit Mathilde Jaacks sprechen, das ist die Mieterin auf der anderen Seite von Heikos Wohnung. Wir haben uns vorhin unterhalten, und sie meinte, sie hätte irgendwann in der Tatnacht einen Schrei aus der Wohnung gehört. Frau Jaacks hat Schlafprobleme und liegt nachts häufig mehrere Stunden wach.«

Lena erinnerte nicht, dergleichen in einem Protokoll gelesen zu haben. Sie erhob sich. »Danke, Otto, ich suche Frau Jaacks gleich mal auf.«

»Nu mal nicht so hastig, ich hab doch noch was für dich.« Er sah äußerst zufrieden aus.

»Ja …?«

»Ich hab vorhin auch noch mit unserem Hausmeister geschnackt. Du weißt ja, dass er im Erdgeschoss wohnt.«

Lena nickte. Anscheinend war Otto wieder in seiner Rolle als Hilfssheriff unterwegs gewesen.

»Er hat den Lieferwagen der Fedders am Morgen des Leichenfunds im Parkverbot vorm Eingang stehen sehen, als er mit seinem Hund zur Gassirunde aufgebrochen ist. Als er eine halbe Stunde später zurückkam, stand der Wagen nicht mehr da.«

Bingo!

Elke Fedders war am Donnerstagmorgen also tatsächlich im Hochhaus gewesen. War sie deshalb nicht ansprechbar gewesen, weil sie etwas gesehen hatte, das über ihre Kräfte ging? Ihren toten Mann und eine tote Frau in der Ferienwohnung? Oder war sie in der Nacht schon einmal dort gewesen und am Morgen an den Tatort zurückgekehrt? Aber warum hätte sie das tun sollen, wenn sie die Täterin war?

Oder hatte sie ihre Tochter gesucht und in der Wohnung gefunden? Es war nicht auszuschließen, dass Tina die beiden Morde begangen hatte, auch wenn Lena sich das nicht vorstellen konnte.

Lena machte sich auf den Weg ins Erdgeschoss, traf aber nur die Frau des Hausmeisters an, von der sie erfuhr, dass ihr Mann kurz die Wohnung verlassen hätte, um Zigaretten zu holen, was aber nicht allzu lange dauern dürfe. Lena bedankte sich und fuhr wieder in den zehnten Stock hinauf, um die Nachbarin aufzusuchen, auf die Kuhnert sie aufmerksam gemacht hatte.

Mathilde Jaacks erwies sich als eine freundliche Brünette, die Lena auf Mitte bis Ende fünfzig schätzte.

»Ja, ich habe tatsächlich etwas gehört«, gab sie zu, nachdem sie in einem ansprechend eingerichteten Wohnzimmer Platz genommen hatten. »Das hatte ich bei der ersten Befragung allerdings nicht erwähnt, weil ich es für unwichtig hielt. Ich bin nämlich davon ausgegangen, dass hier mal wieder einer seinen Fernseher zu laut gestellt hatte. Manche gucken nämlich die ganze Nacht irgendwelche Serien.« Sie lächelte Lena entschuldigend an. »Otto … also, der Herr Kuhnert hat mir vorhin dann klargemacht, dass ich es auf jeden Fall hätte sagen müssen.«

»Erinnern Sie sich noch, um welche Zeit das war?«

Mathilde Jaacks nickte. »Ja, das war gegen drei. Ich leide unter Schlafstörungen und stehe dann immer auf, um ein bisschen zu lesen. Und um die Zeit wollte ich mich gerade wieder hinlegen.«

Die Zeitangabe passte zum Obduktionsbericht. »War es ein Schrei oder mehrere?«

»Es waren zwei Schreie, ziemlich schnell hintereinander.«

»Konnten Sie heraushören, ob es sich um eine männliche oder eine weibliche Stimme gehandelt hat?«

Mathilde Jaacks blickte sie bedauernd an. »Nein, tut mir leid. Ich habe dann noch einen Augenblick gehorcht, aber als es still blieb, bin ich wieder zu Bett gegangen.«

Nach dem Besuch bei Mathilde Jaacks suchte Lena noch die restlichen Bewohner im zehnten Stock auf, die sie vollzählig antraf. Hier kam sie allerdings zu keinen neuen Erkenntnissen, die bewussten Schreie hatte auch niemand anderes gehört.

Also ging sie zur Wohnung der Fedders zurück und klopfte an die Tür. »Sönke?«

Ihr Kollege öffnete nach wenigen Sekunden. »Ich bin durch. Hab nichts mehr gefunden und aufgefallen ist mir auch nichts.«

»Komm mal mit.« Lena lotste ihn ins Treppenhaus, wo sie ungestört miteinander sprechen konnten. Man wusste ja nie, wer hinter irgendwelchen Türen auf Lauschposition war. Sie erzählte Sönke, was sie erfahren hatte.

»Dann lass uns mal sehen, ob der Hausmeister zurück ist«, meinte er.

Der Hausmeister war zurück und bestätigte Otto Kuhnerts Aussage. Ja, der Lieferwagen der Fedders hätte gegen halb acht im absoluten Halteverbot vorm Haus geparkt, er hätte auch einen Zettel unter der Windschutzscheibe befestigt, dass Parken an dieser Stelle verboten sei. Als er nach einer halben Stunde zurückgekommen war, wäre der Wagen fort gewesen.

Warum er das nicht schon bei der ersten Befragung angegeben hätte, wollte Lena wissen.

Na ja, meinte der Mann verlegen, man hätte ja nicht jeden Tag Mordopfer im Haus. Das würde einen schon ein bisschen nervös und schusselig machen.

25

Ortwin Krepper wohnte in einem Einfamilienhaus im Erlengrund, das in kurzer Entfernung zur Perlebucht lag. Die künstlich angelegte Familienlagune war 2012 fertiggestellt worden und unabhängig von den Gezeiten. Sie hatte eine Länge von vierhundert Metern sowie eine Breite von zweihundert Metern, im mittleren Bereich betrug die Wassertiefe zwischen zwei und drei Meter.

Mit dem Bau der Perlebucht hatte Büsum einen großen Schritt in Richtung Zukunft getan, dem weitere gefolgt waren, die aus einem ehemals doch eher biederen Küstenort einen touristischen Hotspot gemacht hatten. Eine Entwicklung, die vielen Einheimischen nicht gefiel, auch Carsten stand ihr skeptisch gegenüber. Natürlich konnte man sich der allgemeinen Entwicklung nicht in den Weg stellen, aber wenn er den mittlerweile nicht nur in der Hochsaison überlaufenen Ort so betrachtete, wünschte er sich manches Mal die alten Zeiten zurück.

Sönke Gellert hatte ihm erzählt, dass Krepper an seinem vorherigen Wohnort Berlin bereits Erfahrungen mit der Polizei gesammelt hatte, allerdings weniger als selbst ernannter Umweltaktivist, sondern eher als ein allgegenwärtiger Krawallmacher, der am laufenden Band Demos organisierte, wobei es ihm egal zu sein schien, gegen wen sich diese Protestmärsche richteten. Von »Rettet die Hauptstadt vor den Grünen« über »BER muss weg« bis zu »Vertreibt die Clans aus unserer Stadt« waren alle Themen vertreten gewesen. Die meisten Demos waren nicht genehmigt worden, was Krepper aber nicht an deren Durchführung gehindert und zu einigen Festnahmen geführt hatte. Mitläufer hatte es zahlreiche gegeben, was damit zusammenhing, dass der Mann einer rechten Gruppierung zugeordnet werden konnte, deren Anhängerschaft auch vor Gewalt nicht zurückschreckte. In dieser Hinsicht war Krepper allerdings noch nicht in Erscheinung getreten. Auf die Frage der hiesigen Kollegen, warum er die Hauptstadt verlassen hätte, hatte er nur geantwortet: »Mir stand der Sinn nach einer Luftveränderung.« Interessant war auch die Tatsache, dass Krepper in Berlin bis vor einem Jahr im Schuldienst gearbeitet hatte, dann aber wegen allzu radikaler Tendenzen seinen Hut hatte nehmen müssen. Welchem Broterwerb er seitdem nachging, war nicht bekannt.

Nach diesen Informationen hatte Carsten noch einmal neu überlegt, wie er die Sache angehen sollte, um an Krepper ranzukommen, und sich entschlossen, bei seinem ursprünglichen Vorhaben zu bleiben. Er würde sich wie geplant als Journalist ausgeben und den Anschein erwecken, dass ihm Kreppers Aktionen gegen die Krabbenfischer gefielen und eine überregionale Zeitung, für die er auch im Ruhestand hin und wieder Artikel verfasste, Interesse an einem Bericht gezeigt hätte.

Der Bungalow, vor dem Carsten jetzt stand, war alt und sah wenig ansprechend aus. Die Außenfassade mochte einmal weiß gewesen sein, war mittlerweile aber von einer grauen Patina überzogen. Beim dunklen Flachdach stellte sich die Frage, ob es von vornherein als ein begrüntes Dach geplant gewesen war oder ob sich die Natur von allein ihren dortigen Platz erobert hatte. Sehr wahrscheinlich Letzteres. Der Rasen im Vorgarten hatte sich mittlerweile in eine Wiese verwandelt. Carsten hatte erfahren, dass Krepper das Haus aus einer Konkursmasse erworben hatte, zu Instandsetzungsarbeiten war es offensichtlich noch nicht gekommen.

Die Klingel gab keinen Mucks von sich, also klopfte Carsten gegen die Tür. Als nach dem vierten Versuch noch immer nichts passierte, ging er ums Haus herum, um zu erkunden, ob im hinteren Bereich oder im Garten irgendetwas auf Kreppers Anwesenheit hindeutete. Leider ohne Erfolg. Trotzdem klopfte er noch ein weiteres Mal gegen die Haustür, und als wieder nichts passierte, beschloss er, es am nächsten Tag erneut zu versuchen. Da wurde die Tür plötzlich geöffnet.

Nach einem kurzen Blick identifizierte Carsten den Mann, der ihn mit einem unergründlichen Ausdruck fixierte, als Ortwin Krepper. Kreppers Jeans waren ausgefranst, aber sauber, beim Jeanshemd waren die Ärmel trotz der Wärme heruntergekrempelt.

»Was wollen Sie?« Die tiefe Stimme klang unfreundlich.

Carsten stellte sich wieder mit seinem Schmidt-Pseudonym und dem Zusatz Journalist vor und kam sofort zur Sache. »Ich habe von Ihren Aktionen gegen die Krabbenfischer gehört und konnte unserer Landeszeitung einen Artikel darüber schmackhaft machen.« Als Krepper die Stirn runzelte, fuhr Carsten hastig fort. »Nicht das, was Sie vermutlich gerade denken. Negative Artikel gab es ja bereits einige in den Lokalblättern, aber wir wollen nicht auch noch in diese Kerbe hauen. Wir sehen Sie nicht als Krawallmacher, sondern als eine Person, die mit großem Einsatz für die Umwelt eintritt. Und deshalb interessiert uns Ihre Geschichte.« Puh, hoffentlich war das jetzt nicht zu dick aufgetragen. Aber nach dem, was Carsten bisher über Krepper erfahren hatte, ging er davon aus, dass er bei dem Mann am besten vorankam, wenn er ihm schmeichelte und damit lockte, ihn einer größeren Öffentlichkeit zu präsentieren. »Was halten Sie davon?«

Krepper erwiderte nichts, sondern unterzog Carsten einer ausführlichen Musterung, bis dieser sicher war, dass er doch überzogen hatte. Aber zu seiner großen Erleichterung bat Krepper ihn ins Haus.

Im Wohnzimmer herrschte definitiv ein Renovierungsstau. Die Möbel erweckten den Eindruck, als wären sie auf dem Sperrmüll zusammengesucht worden, und passten so gar nicht zum ansprechenden Äußeren des Mannes.

Es gab keine Sitzgruppe, dafür eine Vielzahl unterschiedlicher Stühle, deren Polster zum Teil Löcher aufwiesen, als hätten sich Mäuse darin ausgetobt. Die Stühle waren vor einem Bistrotisch wie vor einer Bühne angeordnet, auf dem einige beschriebene DIN-A4-Seiten lagen. Vielleicht hielt Krepper hier ja flammende Reden an seine Untertanen. Ein ovaler Holztisch mit einer verschrammten Oberfläche und eine Stehlampe mit einem schief sitzenden und ausgeblichenen Stoffschirm, der einmal braun gewesen sein mochte, vervollständigten die Einrichtung. Der Lampenfuß war bis zur Höhe des Schirms komplett umhäkelt, der grelle Orangeton der Wolle eine Zumutung für die Augen.

Carsten hatte schon einmal die Pfosten eines Carports derart verunstaltet gesehen und später in einem Zeitungsartikel gelesen, dass es sich um eine Form von Streetart handelte. Völlig bescheuert, dachte er jetzt wieder, etwas für Menschen, die offensichtlich nicht wissen, wie sie ihre Zeit totschlagen sollen und deshalb dem größten Schwachsinn nachgehen. Auch wenn er sich schwer vorstellen konnte, dass Krepper Häkelarbeiten betrieb. Entweder hatte das Teil schon so ausgesehen, bevor es in seinen Besitz gelangt war, oder eine seiner Anhängerinnen hatte ihm einen Liebesdienst erweisen wollen.

»Was wollen Sie wissen?«

Carsten setzte sich mit einigem Widerwillen auf einen der versifften Stühle und aktivierte das Aufnahmegerät an seinem Smartphone. Er hatte sich ein, wie er fand, schlüssiges Konzept für das Interview zurechtgelegt. Fragen nach Kreppers beruflichem und privatem Hintergrund, zu seinem Engagement im Umweltschutz und dem Grund seines Umzugs nach Büsum. »Die Artikel, die es über Ihre Aktionen hier in Büsum gab, waren ja doch sehr einseitig. Sie und Ihre Mitstreiter wurden für Ihr Tun verurteilt, es hat sich aber offensichtlich niemand die Mühe gemacht, den Hintergrund dieser Taten zu erfragen. Deshalb möchte ich Ihnen die Gelegenheit geben, einmal darüber zu sprechen.«

Auch Krepper hatte Platz genommen, erhob sich jetzt aber wieder und begann, im Raum auf und ab zu gehen. Er schien erregt, als er wieder vor Carsten stehen blieb und ihn aufgebracht anfunkelte. »Die Hintergründe sind doch wohl klar, oder? Es geht um Umweltschutz! Schon mal was davon gehört?«

Na, das konnte ja heiter werden. War dem Mann nicht bewusst, dass ein Interview ganz schnell beendet werden konnte, wenn er den Fragesteller gleich zu Beginn so anging? Oder war es ihm egal, weil er sich sowieso für den Größten hielt und auf die Meinung anderer pfiff? Carsten stand ebenfalls wieder auf. »Sie scheinen ja tatsächlich nur auf Krawall aus zu sein, Herr Krepper. Ich wollte Ihnen die Möglichkeit geben, sich und Ihre Aktionen in ein besseres Licht zu rücken und Ihre Botschaft zu vermitteln, aber offensichtlich haben Sie kein Interesse daran.«

»Warten Sie!« Krepper griff nach seinem Arm, als Carsten an ihm vorbeiging, und versuchte, ihn festzuhalten. »Es tut mir leid! Natürlich ist mir daran gelegen, meine Sicht der Dinge darzustellen.«

26

Der Abend war wie geschaffen für ein Open-Air-Event, dachte Lena, als sie sich gegen halb neun auf den Weg zum Hauptstrand machte, wo sie bereits vor zwei Stunden mit einer Freundin verabredet gewesen war. Aber was sollte man machen, wenn einem wieder mal die Arbeit dazwischenkam.

Nach den Neuigkeiten aus dem Hochhaus hatten Lena und Sönke erneut Elke Fedders aufgesucht, um sie dazu zu befragen, aber sie und ihre Tochter waren nicht zu Hause gewesen. Den Gedanken an eine Fahndung hatte Lena nach kurzem Nachdenken wieder verworfen. Es konnte alle möglichen Gründe haben, warum die beiden Frauen nicht daheim waren. Wenn sie allerdings am kommenden Tag immer noch niemanden antrafen, würde sie die Angelegenheit mit Berger besprechen.

Das Konzert hatte vor einer halben Stunde begonnen. *Legends at the Sea* war mittlerweile Kult in Büsum. Im Jahr 2018 hatte die Konzertreihe mit einem Auftritt der Band Status Quo begonnen, 2019 hatte Roland Kaiser die Menschen angelockt. 2020 hatte das Event aufgrund von Corona aussetzen müssen, bevor es dann 2021 mit DJ BoBo und 2022 mit den Prinzen weitergegangen war. Dieses Jahr trat Sarah Connor auf. Die Konzerte fanden einmal im Jahr auf der Büsumer

Watt-Tribüne statt, einem in Terrassen befestigten Teil des Deiches, wo vor der Kulisse des Wattenmeers eine große Bühne aufgebaut wurde und darüber hinaus ein vielfältiges Gastronomieangebot lockte, das keine Wünsche offenließ.

Lena war bisher in jedem Jahr dabei gewesen, für die Schlagerparty, die am Vorabend am gleichen Ort stattgefunden hatte, hatte sie sich allerdings nicht erwärmen können.

Sie nahm den Aufgang zum Deich, der am Lighthouse-Hotel vorbeiführte, und blieb dann stehen, um eine Nachricht an ihre Freundin Katja zu schicken, die sie in dem Gewimmel da unten unmöglich finden würde. Kurze Zeit später kam die Antwort: *Bin im Krankenhaus. Lenny ist beim Wattwandern in eine Scherbe getreten, sah böse aus, deshalb hab ich ihn lieber nach Heide gebracht. Die Wunde ist versorgt, ich kann ihn wieder mit nach Hause nehmen. Melde mich morgen bei dir.*

Lenny war Katjas jüngerer Bruder. Lena schickte ihr eine kurze Antwort: *Alles Gute für Lenny.* Sie seufzte. Dann musste sie sich das Konzert eben allein ansehen.

Aber dazu sollte es nicht kommen, da sie schon ziemlich bald Bekannte unter den Besuchern entdeckte und sich zu ihnen gesellte. Sie waren eine fröhliche Runde, die sich ganz der Musik hingab, tanzte und mitsang, wenn auch häufig mit sehr schrägen Tönen. Die Nacht war windstill und mild, der Himmel sternenklar, und für ein paar Stunden konnte Lena sich vollkommen entspannen.

Kurz vor Mitternacht trat sie dann den Heimweg an. Das Konzert hatte nicht nur sie in Begeisterung versetzt, schön, dass es in Büsum solche Events gab, vor dieser einmaligen Kulisse des Wattenmeers und traumhaften Sonnenuntergängen. Lena freute sich schon auf das nächste Jahr.

In der Alleestraße trieben sich noch die Rückkehrer des Konzerts und späte Spaziergänger herum. Lena stutzte, als sie auf einer Parkbank am Kaiser-Wilhelm-Platz gegenüber dem Rathaus vorbeikam, auf der eine zusammengekrümmte Gestalt kauerte.

War das nicht Berger?

Sie trat näher, als die Person ihren Kopf hob. Ja, das war tatsächlich ihre neue Vorgesetzte. Bergers Gesicht war tränenüberströmt, soweit Lena das im Licht einer Straßenlaterne erkennen konnte. Sie trat noch einen Schritt heran. »Frau Berger? Kann ich Ihnen helfen?«

Ihre Vorgesetzte schüttelte abwehrend den Kopf, während sie aufzustehen versuchte, was ihr nur unter großen Mühen gelang. »Gehn'se wech!« Sie wedelte mit den Armen, als wollte sie aufdringliche Möwen verscheuchen, und geriet dabei gefährlich ins Schwanken.

Lena packte ihre Arme und wurde fast von der Fahne umgehauen, die Berger vor sich hertrug. Du meine Güte, die hatte ja mächtig getankt.

»Wech.« Berger fiel auf die Bank zurück, schlug die Hände vors Gesicht und begann, lauthals zu schluchzen.

Lena blickte sie mit leichter Verzweiflung an und überlegte, was sie jetzt tun sollte, als Berger auf der Bank zusammensackte. Lena ergriff sie und konnte gerade noch verhindern, dass sie auf den Boden rutschte. Sie brachte Berger in die stabile Seitenlage und rief einen RTW. Hoffentlich war es nur eine mäßige Alkoholvergiftung.

Während der Wartezeit wich Lena nicht von Bergers Seite. Schließlich bestand die Gefahr, dass sich diese erbrach, und dann war schnelle Hilfe vonnöten, damit sie nicht an dem

Erbrochenen erstickte. Für solche Notfälle war Lena zum Glück ausgebildet.

Während sie Berger im Auge behielt, überlegte sie, inwieweit sich dieser Vorfall unter dem Deckel halten ließ, denn Berger wäre bestimmt nicht erpicht darauf, dass ihr Ausrutscher den Kollegen zu Ohren kam. Sicherlich könnte das fatale Folgen für sie haben, da bereits ihre Versetzung nach Büsum aufgrund eines nicht karriereförderlichen Anlasses zustande gekommen sein dürfte.

Also war dies hier vielleicht gar kein Ausrutscher …

*

Als Lena gegen eins nach Hause kam, war Carsten noch wach und saß vor einem Bier und einer Leberwurststulle mit Gürkchen auf der Couch im Wohnzimmer.

»Hey, was ist los, wieso schläfst du noch nicht?« Sie sank in einen Sessel und streckte alle viere von sich, nachdem sie Finis stürmische Begrüßung über sich hatte ergehen lassen.

Carsten fiel keine passende Erwiderung ein, weil ihm die Begegnung mit Ortwin Krepper noch immer im Kopf herumspukte und er nicht so recht wusste, wie er den Mann einordnen und es ihm weiterhin gelingen sollte, ihm auf den Zahn zu fühlen. So brummte er nur »senile Bettflucht«, in der Hoffnung, dass Lena zu müde für ein Gespräch war und er seinen Gedanken weiter nachhängen konnte. Aber den Gefallen tat sie ihm nicht.

»Ich hab Berger auf dem Rückweg getroffen.« Lena grinste schief. »Wobei getroffen wohl nicht so ganz die richtige Formulierung ist, aufgelesen wäre passender.«

»Wie meinst du das?«

»Sie saß auf einer Bank am Kaiser-Wilhelm-Platz und war stockbesoffen.«

»Ach herrje!« Carsten brachte sich in eine aufrechte Position. »Was hast du getan?«

Lena zuckte die Schultern. »Ich hab 'nen RTW gerufen, weil sie ohnmächtig geworden ist. Als die erschienen, war sie zum Glück schon wieder bei Bewusstsein und konnte stabilisiert werden. Ich hatte richtig Schiss, weil ich ja nicht wusste, wie viel sie getrunken hatte.«

Carsten nickte. »Das war die einzig richtige Entscheidung.« Er wirkte nachdenklich. »Ob das nur ein einmaliger Ausrutscher war?«

»Das wäre mal interessant zu erfahren. Ihre Versetzung zu uns dürfte ja einen Grund gehabt haben«, sagte Lena vielsagend. Dass ihr Vater denselben Gedanken gehabt hatte wie sie, ließ sie aufhorchen.

»Na, wie ich dich kenne, hast du doch schon deine Fühler ausgestreckt.«

Lena grinste. »Da ist aber leider noch nichts bei rausgekommen. Aber ich bleibe dran, denn ich würde schon gerne wissen, wer uns da ins Nest gesetzt wurde.«

»Sie scheint mir eine merkwürdige Dienstauffassung zu haben. Gerade mal ein paar Tage hier und schon hält sie sich nicht an den Dienstplan.«

»Ich war auch ziemlich sauer und habe ihr eine deutliche Ansage gemacht«, gab Lena zu. »Keine Ahnung, was mit ihr ist, irgendwie wirkt sie ständig abwesend.«

»Was willst du tun? Immerhin bist du ihre Stellvertreterin und hast Verantwortung.«

Lena nickte. »Das ist mir bewusst. Ich warte jetzt mal ab, bis sie wieder zum Dienst erscheint, und werde dann ein Gespräch mit ihr führen. Wenn dabei nichts rauskommt und sie sich stur stellen sollte, werde ich mich an unsere Vorgesetzten wenden. Es widerstrebt mir zwar, eine Kollegin anzuschwärzen, aber wie du schon sagtest, in dem Fall liegt es in meiner Verantwortung.«

»Das ist kein Anschwärzen, Lena. Ich weiß, dass es dann immer schnell Kollegenschwein heißt, aber das sollte einen niemals davon abhalten, Missstände zu melden.«

Lena nickte und beugte sich im Sessel nach vorn, um Carstens Teller zu ergreifen und sich ein großes Stück Leberwurstbrot zu Gemüte zu führen. »Die Befragung von Elke und Tina Fedders war übrigens ziemlich unergiebig«, sagte sie mit vollem Mund. »Elke Fedders hat überhaupt nicht auf meine Fragen reagiert, und ihre Tochter hat sich auf Krepper als Täter versteift. Von dem Verhältnis ihres Vaters will sie nichts gewusst haben.« Sie schluckte den letzten Bissen herunter und sah ihn bedeutungsvoll an. »Ich habe allerdings etwas Interessantes erfahren, als ich vorhin noch mal mit Sönke im Hochhaus war.«

»Das ist in der Tat interessant«, bestätigte Carsten, nachdem Lena geendet und ihm auch ihre Überlegungen dargelegt hatte. »Da müsst ihr noch mal ran.«

»Das haben wir vor.« Lena gähnte herzhaft, machte aber noch keine Anstalten ins Bett zu gehen. »Und was hat dein Besuch auf dem Reiterhof ergeben?«

Carsten erstattete Bericht, auch darüber, dass er sich für diesen Vormittag zu einer Reitstunde verabredet hatte, erwähnte Hinnerks Begleitung vorsichtshalber aber immer noch nicht.

Alles musste Lena nun auch nicht wissen. »Und dann war ich auch noch bei Ortwin Krepper.«

»Ach, warst du das? Wollten wir uns nicht absprechen? Es hätte ja auch einer von uns bei ihm auftauchen können, und dann hättest du alt ausgesehen.«

»Ja, sorry, ich war gerade so in Schwung.« Carsten berichtete von Kreppers Ausrutscher zu Beginn des Gesprächs. »Danach hat der Mann sich dann um einen sachlichen Ton bemüht, wobei ihm aber immer wieder seine Emotionen dazwischenkamen. Krepper scheint eine große Wut auf Gott und die Welt mit sich herumzutragen, aus welchen Gründen auch immer. Bezüglich seiner Vergangenheit hat er sich extrem bedeckt gehalten, die ganze Begegnung ist überhaupt nicht so gelaufen, wie ich mir das erhofft hatte.« Carsten seufzte. »Ich habe den Mann einfach nicht zu fassen bekommen, und so etwas ist mir in meiner langjährigen Polizeikarriere nun wirklich selten passiert.«

»Wie hat er sich denn zu den rabiaten Aktionen gegen die Krabbenfischer geäußert?«

Carsten winkte ab. »Sie hätten es nicht besser verdient, weil sie massiv die Umwelt schädigen würden. Ich habe dann nachgebohrt, und es hat sich gezeigt, dass Krepper überhaupt keine Ahnung von der Fischerei mit Grundschleppnetzen hat und ihm demzufolge auch nicht bewusst ist, dass ein Verbot viele Existenzen in den Ruin treiben würde. Er hat allerdings gleich klargestellt, dass ihm dies herzlich egal sei, er hätte es im Leben schließlich auch nicht leicht gehabt. Er hätte nichts gegen die Krabbenfischer persönlich, nur gegen ihren Job.« Carsten trank einen Schluck Bier. »Ich habe ihn dann darauf angesprochen, dass er es auf einen der Fischer doch aber ganz besonders abgesehen hätte, weil ich das Gespräch auf Heiko Fedders bringen wollte. Ich hab Krepper gefragt, was Fedders ihm getan hätte. Er hat vorgegeben, nicht zu wissen, von wem die Rede sei, und wiederholt, dass er nichts gegen die Fischer hätte, sondern nur etwas gegen ihren Job. Dann hat er demonstrativ auf seine Uhr geblickt, eine wichtige Verabredung erwähnt und mich mehr oder minder vor die Tür gesetzt. Was mich jetzt noch wurmt, wenn ich ehrlich bin.«

27

Malte kam immer näher, und jetzt konnte Olaf den Wahnsinn in den Augen seines Cousins erkennen.

»Du hast mich bei den Bullen verraten!«

Olaf streckte abwehrend die Hände aus und wich an die Wand zurück. »Nein! Das stimmt nicht. Ich habe niemandem etwas gesagt.«

»Du hast mich verraten!«

Mächtige Pranken griffen nach ihm, umschlossen seinen Hals und drückten zu. Olaf spürte, wie sich Blase und Darm entleerten, als er zu Boden gedrückt wurde. »Ich hab nichts getan … ich hab immer zu dir gehalten«, wimmerte er. »Bitte, das musst du mir glauben.«

Ein höhnisches Lachen folgte. »Du bist ein solcher Schweinehund. Aber jetzt mach ich dich fertig.«

Keuchend fuhr Olaf Westrup im Bett hoch. T-Shirt und Boxershorts waren durchgeschwitzt, das Bettzeug ebenfalls.

Mann, was hatte er da bloß geträumt.

Olaf taumelte in die Küche, riss den Kühlschrank auf und zog eine Wasserflasche heraus, die er mit gierigen Schlucken fast bis zur Hälfte leerte. Dann sackte er auf dem Küchenstuhl zusammen.

Er hätte Malte keinen Unterschlupf gewähren dürfen. Sein Cousin hatte ihm leidgetan, als er vor der Tür gestanden hatte, aber er hätte trotzdem hart bleiben müssen, auch wenn er sich noch so sehr nach Kontakten sehnte. Blut war nämlich nicht dicker als Wasser, und seitdem Malte hier wohnte, war die Angst zurückgekehrt, dass er wieder mit dem Gesetz in Konflikt geriet, was dieses Mal auch ihn, Olaf, mit in den Abgrund reißen würde.

Und nachdem Olaf in der Zeitung von dem Mord an einer Henriette J. und einem Heiko F. gelesen hatte, der im Hochhaus in Büsum geschehen war, war er überzeugt, dass seine Angst berechtigt war, weil nur Malte die beiden getötet haben konnte. Auch wenn er auf Olafs Nachfrage in der betreffenden Nacht angeblich eine heiße Braut aufgerissen hatte. Denn bei Henriette J. handelte es sich um die Ehefrau von Thies Jansen, so viel hatte Olaf schon herausbekommen. In der Büsumer Autowerkstatt, in der er arbeitete, waren die beiden Morde nämlich gerade das Gesprächsthema Nummer eins.

Thies Jansen …

Die Inbrunst, mit der Malte diesen Mann hasste, hatte für Olaf schon krankhafte Züge. Trotzdem hatte er gehofft, dass sein Cousin nach seiner Haftentlassung keine Dummheiten anstellen würde. Aber da hatte er sich wohl geirrt, und jetzt hatte er den Salat, weil er seine Vermutung der Polizei mitteilen müsste, aber viel zu viel Angst vor diesem Schritt hatte.

Er musste etwas finden, mit dem er beweisen konnte, dass Malte den Doppelmord begangen hatte. Einen handfesten Beweis, damit sein Cousin wieder einfuhr und ihm nicht gefährlich werden konnte. Aber wo sollte er den herkriegen?

Olaf holte ein Bier aus dem Kühlschrank und ging ins

Schlafzimmer zurück, wo er sich auf sein Bett fallen ließ. Er musste nachdenken, und Bier ölte seine Gehirnwindungen immer besonders gut.

Vor dem Haus startete der Motor eines Autos, und als Olaf ans Fenster eilte, sah er seinen Cousin vom Hof brettern. Wo wollte der denn jetzt mitten in der Nacht hin? Hatte er wieder irgendein krummes Ding vor? Eine weitere Wilderertour oder etwas anderes? Olaf schob Panik, bis ihm bewusst wurde, dass Maltes Abwesenheit die Möglichkeit zur Durchsuchung seines Zimmers bot. Vielleicht fand er dort etwas Belastendes, das er zur Polizei bringen konnte.

Olaf stellte das Bier auf dem Nachtschrank ab, trat auf den Flur und ging langsam zur Zimmertür an dessen Ende. Obwohl er wusste, dass Malte nicht da war, drückte er die Klinke mit äußerster Vorsicht hinunter, als hätte er Angst, dass ihn ein Geräusch verraten könnte. Mit einer gehörigen Portion Schiss betrat er den Raum.

Die Jalousien waren heruntergelassen, aber vom Flur fiel ein wenig Licht herein. Das allerdings nicht ausreichte, um das Zimmer zu durchsuchen, wie Olaf feststellen musste. Also knipste er die Deckenbeleuchtung an.

Das Einzelbett stand am Fenster, an der rechten Seite befanden sich ein kleiner Tisch und ein Stuhl sowie ein Sessel. Maltes Klamotten lagen in einer alten Kommode, die Olaf aus seinem Zimmer rübergeschleppt hatte. Sie stammte, wie die meisten der Gegenstände im Haus, noch von seinen Eltern.

Olafs Blick blieb auf dem Tisch haften. Er hatte ihn vom Sperrmüll herangeschafft, da das Geld nicht für einen neuen gereicht hatte und Malte unbedingt einen Tisch gebraucht hatte, um zu schreiben, wie er sagte.

Bereits da hatte sich Olaf gefragt, was sein Cousin denn wohl so schrieb. Laut hatte er gelästert, schreibst wohl Tagebuch, was?, und sich einen bitterbösen Blick von Malte eingefangen.

Was, wenn dieser Spruch gar nicht so weit hergeholt gewesen war und sein Cousin tatsächlich irgendwo seine Gedanken und Machenschaften festhielt? Im ersten Moment unwahrscheinlich, aber auszuschließen sicherlich auch nicht. Und wenn dem so war, dürften da bestimmt Dinge drinstehen, die nicht für andere Augen bestimmt waren.

Olaf packte das Jagdfieber, wobei er sich immer wieder ermahnte, vorsichtig an die Sache ranzugehen, damit Malte nicht merkte, dass er in seinem Zimmer geschnüffelt hatte.

Als Olaf schließlich ein lockeres Dielenbrett entdeckte und ein abgegriffenes Notizbuch im DIN-A5-Format darunter hervorzog, begann sein Herz aufgeregt zu schlagen. Er streifte das Gummiband ab, das unter dem Einband eine Vielzahl loser Seiten zusammenhielt, von denen jetzt einige zu Boden fielen.

Scheiße! Hoffentlich gab es hier keine Reihenfolge, die Malte sich gemerkt hatte. Hektisch suchte Olaf die Seiten zusammen, aber eine Ordnung oder Seitenzahlen konnte er nicht in ihnen entdecken. Sie enthielten ein teilweise wirres Gekritzel, manchmal auch Zeichnungen von menschlichen Gesichtern.

Hatte Malte das Notizbuch bereits im Gefängnis besessen? Waren das die Gesichter seiner Wärter oder Mitgefangenen?

Olaf stutzte, als er die restlichen Seiten vom Boden hob und das Briefkuvert entdeckte. Er legte alles auf dem Bett ab, öffnete den Umschlag und zog einen Brief heraus.

Adressiert an Thies Jansen …

Weißt du, dass es Wochen gedauert hat, bis ich wieder in meinem alten Leben angekommen bin? Zehn Jahre Knast steckt man nicht so einfach weg, aber der Hass auf dich hat mich durchhalten lassen. Ich habe ihn nie gezeigt, oh nein, ich war ein Inhaftierter, der mit seinem mustergültigen Verhalten nur auf das Ziel einer vorzeitigen Entlassung hingearbeitet hat. Was mir gelungen ist.

Am sechsundzwanzigsten März habe ich diese verfickte JVA endlich verlassen können. Zwei Jahre früher als im Urteil vorgesehen, da staunst du, was? Dafür hat sich das Erdulden sämtlicher Demütigungen gelohnt, das Ja und Amen Sagen zu jeder der verhassten Tätigkeiten, die mir aufgezwungen wurden, aber vor allem mein unterwürfiges Verhalten in den Therapiesitzungen und die offensichtlich glaubhaft rübergebrachten Beteuerungen, dass ich meine Tat zutiefst bereue und in der Haft ein anderer, ein besserer Mensch geworden bin, der zu Gott gefunden hat.

Weißt du, dass ich mich jedes Mal fast krankgelacht habe, wenn ich zurück in meiner Zelle war? Manchmal war ich überzeugt davon, dass ich übertrieben hatte, aber meine schauspielerische Leistung musste jedes Mal überzeugend gewesen sein, da ihr immer eine positive Beurteilung gefolgt war. Was mich in meiner Meinung bestärkt hat, dass Therapeuten die letzten Vollpfosten auf dieser Erde sind.

Glück für mich, wie seinerzeit bei dem Urteil. Nun sind zwölf Jahre Haft nicht gerade wenig gewesen, aber wenn du elendes Arschloch mit deiner Forderung durchgekommen wärst, hätte die Sache ganz anders ausgesehen.

»Ist Ihnen klar, was die besondere Schwere der Schuld mit anschließender Sicherungsverwahrung bedeutet?«, hat mich mein Pflichtverteidiger seinerzeit gefragt. Ja, das war mir klar, und bei dem Gedanken daran war mir übel geworden. Keine vorzeitige Entlassung, sondern das volle Absitzen der von dir geforderten fünfzehnjährigen Haft mit anschließender Unterbringung im Maßregelvollzug. Weil davon auszugehen sei, dass ich aufgrund der Brutalität meiner Tat auch nach meiner Haftentlassung eine Gefährdung für die Menschen darstelle, wie du nicht versäumt hast immer wieder zu betonen.

Oh, Thies Jansen, du Oberstaatsanwalt von Gottes Gnaden. An jedem Verhandlungstag hast du mich in den Boden gestampft und mein bisheriges Leben rücksichtslos vor allen Anwesenden ausgebreitet. Das Leben eines Menschen, der, O-Ton: bereits in frühester Jugend durch kriminelle Handlungen aufgefallen ist, deren Intensität sich im Laufe der Jahre immer weiter gesteigert hat, was zu mittlerweile sechs Verurteilungen geführt hat. Diesem Mann sind andere Menschen egal, sein einziger Lebenssinn besteht darin, sich rücksichtslos das zu nehmen, von dem er glaubt, dass es ihm zusteht. Du hast die Richter der zurückliegenden Urteile angeprangert, von denen vier Bewährungsstrafen verhängt hatten und zwei eine Strafe von einem Jahr und drei Monaten sowie eine weitere von acht Monaten, und die Frage gestellt, warum bei den letzten beiden Taten nicht das volle Strafmaß ausgeschöpft worden war. Schließlich hätte es sich um eine brutale Vergewaltigung und einen durch Alkoholeinfluss verursachten Autounfall gehandelt, durch den ein unbeteiligter Fußgänger zum Krüppel geworden war.

Ich habe noch immer im Ohr, wie du über meine Kindheit und Jugend gesprochen hast. Die Mutter früh gestorben, der Vater überfordert mit der Erziehung des einzigen Kindes, das durch Aufsässigkeit und zunehmende Gewalttätigkeit zum Schrecken seines Umfelds geworden war. Schulabbruch, Erziehungsheim, Abbruch diverser Lehren und dann im Alter von vierundzwanzig Jahren der Beginn einer Karriere als Wilderer, die mir bis zu meiner Verhaftung zwei Jahre später ein lukratives Einkommen gesichert hätte. Ich sehe noch dein Gesicht vor mir, den Ekel, mit dem du mich betrachtet hast.

Ich wusste, dass der Jäger mich schon länger auf dem Kieker hatte, aber zu seinem großen Pech hatte er mir nie etwas nachweisen können. So waren auch mehrere Anzeigen ins Leere gelaufen. Aber dann war der Typ doch tatsächlich eines Abends auf dem Waldweg aufgetaucht und vor meinen Wagen gesprungen. Ganz grober Fehler. Logisch, dass ich den Kerl über den Haufen gefahren habe, schließlich hatte sich wieder reiche Beute im Kofferraum befunden, für die es schon einen Abnehmer gab.

Die Anklage hatte auf Mord zur Vertuschung einer Straftat gelautet. Der Jäger war noch am Unfallort gestorben; sein Pech, warum hatte er mir auch wieder hinterherspioniert?

An manchen Tagen hat mich mein Hass zu ersticken gedroht. Du hast mir alles genommen, Thies Jansen. Meine Freundin wollte nichts mehr von mir wissen, Wohnung und Auto waren weg, von der Kohle ganz zu schweigen. Nach der Haftentlassung bin ich zuerst in einem Männerwohnheim untergekommen, bis mich mein Cousin in einem Zimmer seines Bauernhauses in Westerdeichstrich untergebracht hat. Diese Bude ist das größte Drecksloch, das ich jemals gesehen habe, und ich würde sie am liebsten abfackeln. Wenigstens hält Olaf immer noch treu zu mir, dieser Vollidiot, der noch nie etwas begriffen hat. Und jetzt bin ich hier und habe das Ziel, dem ich alles untergeordnet habe, endlich vor Augen.

Du hast mir alles genommen, Thies Jansen, und dafür wirst du bezahlen!

Olaf schnappte nach Luft. War das Maltes Meinung von ihm? Er hatte ihm helfen wollen, trotz seines mulmigen Gefühls, mit einem Mörder unter einem Dach zu leben. Er hatte seine Befürchtungen zurückgestellt, weil ihm Familie wichtig war, zumal er kaum noch welche hatte und die nichts von ihm wissen wollte. Und als Dank musste er sich als Vollidiot und sein Haus als Drecksloch beschimpfen lassen? Es stimmte, der Hof war kein First-Class-Hotel, aber verdammt noch mal, was sollte er denn machen bei seinem mickrigen Gehalt?

Olaf war so wütend, dass er die restliche Aussage des Briefes für einen Moment aus den Augen verlor, aber dann packte sie ihn mit Wucht.

Dieser Brief war eindeutig ein Drohbrief! Aber warum hatte Malte ihn nicht abgeschickt? Oder hatte er bloß seinem Hass freien Lauf gelassen und sich nur abreagiert, ohne tatsächlich etwas zu planen?

Aber Henriette Jansen war umgebracht worden und mit ihr eine weitere Person …

Olaf wurde klar, dass er den Brief nicht an sich nehmen konnte. Aber er würde seine Lebensversicherung sein, falls Malte ihm gegenüber auf dumme Gedanken kommen sollte.

Er zog sein Handy heraus und fotografierte den Brief ab. Jetzt hatte er etwas in der Hand, was er im Fall der Fälle der Polizei geben konnte.

28

Lena war bereits um sieben Uhr aufgewacht und hatte sich sofort auf den Weg in die Dienststelle gemacht, von wo sie als Erstes im Westküstenklinikum angerufen hatte, wohin Berger in der Nacht gebracht worden war. Da sie keine Angehörige war, hatte man ihr zuerst keine Auskunft über deren Zustand erteilen wollen, dies war erst nach Lenas energischem Hinweis erfolgt, dass sie Verwandte benachrichtigen und außerdem wissen müsse, ob Berger heute zum Dienst erscheinen würde. Wie genau es Berger denn nun ging, hatte sie trotzdem nicht erfahren, nur, dass diese noch mindestens einen Tag zur Beobachtung im Krankenhaus bleiben müsse.

Nach Beendigung des Telefonats hatte sich Lena mit Bergers alter Dienststelle in Lübeck in Verbindung gesetzt, um in Erfahrung zu bringen, wen sie benachrichtigen sollte. Über die Hintergründe der Einlieferung hatte sie kein Wort verloren, nur darauf hingewiesen, dass sie Angehörige informieren müsse. Nach einigem Hin und Her erhielt sie endlich die Telefonnummer von Bergers Ehemann. Das Gespräch war kurz und unerfreulich. Er sagte Lena in aller Deutlichkeit, dass ihn der Zustand seiner demnächst Ex-Frau nicht interessiere und er sie dorthin wünsche, wo der Pfeffer wuchs.

»Hast du schon wieder den Dienst von der Berger übernommen?«

Sönkes Stimme schreckte Lena aus ihren Grübeleien, in die sie nach dem Gespräch mit Bergers Noch-Ehemann versunken war. Ihr Kollege betrat das Büro und begrüßte Fini, die voller Begeisterung auf ihn zugelaufen kam und an ihm hochzuspringen versuchte. Da Berger heute aller Voraussicht nach nicht anwesend sein würde, hatte Lena die Lütte wieder mit ins Büro genommen und so ihren Vater entlastet.

Lena hatte sich bereits eine Antwort überlegt, da ihr ja klar gewesen war, dass diese Frage gestellt werden würde, und sie Berger nicht in die Pfanne hauen wollte. »Ja, sie hat an diesem Wochenende einiges zu erledigen.«

»Hmmm ...«, brummte Sönke. »Die Dame führt sich ja gut ein. Kaum hier, schon geht das mit dem Dienst Tauschen los.« Er griff nach ihrer Uniformjacke, die sie über die Rückenlehne ihres Bürostuhls gehängt hatte, und reichte sie ihr. »Wollen wir jetzt zu den Fedders fahren?«

Lena nickte, fuhr ihren Computer herunter und brachte Fini zu einem Kollegen, der ebenfalls ein großer Fan der Lütten war und bereits angekündigt hatte, immer gerne auf sie aufzupassen. Dann folgte sie Sönke zum Streifenwagen.

»Wir müssen bei Elke Fedders jetzt die Samthandschuhe ausziehen«, sagte Sönke während der Fahrt.

»Genau das habe ich vor.« Lena hoffte, dass sie die beiden Frauen antrafen und keine Fahndung ausgelöst werden musste.

»Was wollen Sie denn schon wieder?«, fuhr Tina Fedders sie an, nachdem sie die Tür geöffnet hatte. »Mein Vater ist tot, können Sie uns nicht endlich in Ruhe lassen?«

»Das würden wir gerne, Frau Fedders, aber Ihnen muss doch auch daran gelegen sein, dass der Mord an Ihrem Vater aufgeklärt wird«, sagte Lena bestimmt. »Und da wir neue Erkenntnisse haben, müssen wir noch einmal mit Ihrer Mutter und mit Ihnen sprechen.«

Mit sichtlichem Widerwillen führte Tina sie ins Wohnzimmer, wo Elke Fedders an demselben Platz wie am Vortag saß und wieder zum Fenster hinausstarrte, sodass Lena für einen Moment das Gefühl eines Déjà-vus hatte. Als sie die Frau begrüßte, erfolgte auch heute keine Reaktion. Also kam sie umgehend auf den Grund ihres Besuches zu sprechen.

»Frau Fedders, Ihr Lieferwagen hat am Donnerstagmorgen in der Zeit zwischen sieben Uhr dreißig und acht Uhr im Parkverbot vor dem Hochhaus gestanden, in dem Ihr Mann ermordet wurde. Da Sie kurz zuvor Ihren Verkaufsstand am Fischerkai verlassen haben und Zeugen zufolge mit dem Wagen davongefahren sind, gehen wir davon aus, dass Sie ihn dort geparkt haben.«

Lena registrierte, dass ein kurzes Zucken durch Elke Fedders' vorher so regungsloses Gesicht ging.

»Was wollten Sie im Hochhaus, Frau Fedders? Nachschauen, ob sich Ihr Mann dort mit einer anderen Frau trifft?«

Tina schnappte nach Luft, aber Lena gebot ihr mit einer energischen Handbewegung zu schweigen.

»Sagen Sie uns, was passiert ist, Frau Fedders. Es ist doch unübersehbar, dass Sie eine schwere Last mit sich herumschleppen. Haben Sie Ihren Mann und Frau Jansen in der Nacht getötet und sind am Morgen noch einmal zurückgekommen?«

»Nein!«

Der Schrei kam so unerwartet, dass alle im Raum zusammenzuckten. Elke Fedders hatte sich zu ihnen umgedreht, ihr Gesicht war hochrot geworden, Tränen strömten aus ihren Augen. »Nein«, wiederholte sie, dieses Mal fast flüsternd. »Ich habe sie nicht getötet.«

Es dauerte fast eine Stunde, bis Elke Fedders ihre Aussage zu Ende gebracht hatte. Sie gab zu, dass sie ihren Mann der Untreue verdächtigt hätte und vermutet hatte, dass er sich mit einer Frau in ihrer Ferienwohnung traf.

»Heiko hat die Wohnung in diesem Sommer aus der Vermietung genommen, weil er sie renovieren wollte. Es hätte Beschwerden auf mehreren Internetportalen gegeben, hat er gesagt. Aber die Wohnung war tipptopp, und ich habe auch nirgendwo Beschwerden entdeckt. Da bin ich misstrauisch geworden. Weil Heiko in der letzten Zeit auch plötzlich auf sein Äußeres geachtet hat. Das war ihm sonst nie so wichtig.«

An dem bewussten Morgen hätte sie dann endlich den Mut aufgebracht, zur Wohnung zu fahren und nachzusehen, ob sie irgendeinen Hinweis fand, der auf eine Beziehung hindeutete. Oder dort vielleicht auf ihren Mann und seine Affäre traf. Und dann hätte sie die beiden dort liegen sehen …

»Ich hab versucht, die Bilder der beiden zu verdrängen. Ich hab weitergemacht wie ferngesteuert, erst als eine Kollegin von Ihnen mir die Nachricht vom Tod meines Mannes überbracht hatte, bin ich zusammengeklappt.«

Tina Fedders saß mit schreckgeweiteten Augen neben ihrer Mutter. Ihr Entsetzen schien echt, und auf Nachfrage gab sie an, nichts davon gewusst zu haben.

»Ich wollte dich nicht damit belasten«, sagte Elke Fedders und drückte die Hand ihrer Tochter. »Mir fehlten einfach die Worte.«

Sie nahmen Elke Fedders mit zur Dienststelle, wo ihre Aussage zu Protokoll genommen wurde. Tina Fedders wich die ganze Zeit über nicht von der Seite ihrer Mutter, der es sichtlich besser ging, jetzt, wo sie sich alles von der Seele geredet hatte.

Nachdem die beiden Frauen wieder gegangen waren, informierte Lena Kristian Gehrkens per Mail über den neuen Sachstand. Sie schenkte Elke Fedders' Aussage Glauben, was ebenso für Sönke galt, aber die Mordkommission würde sich die Frau mit Sicherheit auch noch einmal vornehmen.

Als ein akustisches Signal den Eingang einer Mail verkündete, warf sie einen Blick in den Computer. »Das gibt's doch nicht!«

»Was ist?«, wollte Sönke wissen, der Fini geholt hatte und gerade mit einigen Leckerlis verwöhnte.

»Du erinnerst dich an die Sexpuppe, die in Freyas Institut aufgefunden wurde?«

Sönke lachte laut auf. »Oh ja, das war wirklich ein Spaß.« Als er ihren Gesichtsausdruck gewahrte, wurde er wieder ernst. »Wieso, was ist denn damit?«

»Die Rechtsmedizin hat gerade eine Nachricht geschickt. Das Blut an der Puppe stammt von Ortwin Krepper.«

Jetzt guckte Sönke verdutzt. »Wieso das denn? Hat der Typ in der Zwischenzeit etwa das Zeitliche gesegnet? Also, nicht dass mich das bei diesem Idioten stören würde …«

Lena war für einen Moment vollkommen irritiert. Ihr Vater hatte doch erst gestern mit Krepper gesprochen, wie kam dessen Blut an die Sexpuppe? Sie rief Kreppers Adresse auf und gab Sönke die Anschrift. »Das kommt mir ziemlich merkwürdig vor. Fahr bitte mal bei ihm vorbei und schau nach dem Rechten.«

»Okay, Chefin!« Sönke salutierte und ließ Fini wieder zu Boden. Nachdem er gegangen war, rief Lena ihren Vater an.

29

Carsten hatte mit Hinnerk vereinbart, dass er ihn wieder beim Edeka abholen würde.

Hinnerk hatte heute keinen Bereitschaftsdienst im Institut, brauchte aber eine Erklärung für Mina, warum er an einem Sonntagmorgen schon so zeitig das Haus verließ, wo er an diesem Tag doch normalerweise nichts von irgendwelchen Aktivitäten hielt. Sag doch einfach, dass du mir beim Bau eines neuen Gartenschuppens helfen musst, hatte Carsten vorgeschlagen, und genau das hatte Hinnerk dann auch getan, obwohl die neuen Umstände, über die er Carsten jetzt gleich aufklären musste, seine Begleitung zum Reiterhof gar nicht mehr erforderlich machten. Aber bei Carsten wusste man ja nie, was ihm noch so einfiel, und Vorsicht war nun mal die Mutter der Porzellankiste.

Mina hatte seine Erklärung mit einem schnippischen »dann mach doch« kommentiert und sich wieder wortlos ihrem Frühstück zugewandt.

Als Hinnerk jetzt die Beifahrertür öffnete und sich ins Wageninnere beugte, blickte er in Carstens verblüfftes Gesicht. »Wieso bist du allein? Wo sind die Mädchen?«

Hinnerk zuckte die Schultern. »Die nehmen seit einer Woche Reitunterricht bei sich in Meldorf. Sie dibbern ja schon lange rum, und jetzt haben sich ihre Eltern endlich erweichen lassen.«

»Du willst kneifen.« Carsten blickte ihn vorwurfsvoll an. »Das stimmt doch hinten und vorne nicht.«

»Doch«, protestierte Hinnerk. »Das stimmt wirklich, ich kann doch auch nichts dafür.«

In Carstens Blick lag immer noch Zweifel. »Das hast du doch bestimmt schon gestern gewusst! Warum hast du mir denn nicht Bescheid gegeben?«

»Nee, das hab ich erst vorhin erfahren«, rechtfertigte Hinnerk sich. »Die waren gestern alle auf 'ner Feier, deshalb hab ich sie nicht erreicht.«

Carsten brummte etwas Unverständliches und deutete ungeduldig auf den Beifahrersitz. »Nun steig schon ein.«

»Wieso das denn? Ich kann da doch nicht ohne die Mädchen auftauchen.« Hinnerk schüttelte den Kopf. »Nee, nee, mein Lieber, das musst du jetzt allein durchziehen.«

»Ich denk überhaupt nicht dran!« Carsten wedelte erneut mit der Hand. »Wir werden das auch so hinkriegen. Lass uns das mal auf dem Weg beschnacken.«

Teufel noch mal, er hatte es doch geahnt, dass Carsten ihn nicht von der Leine lassen würde. Dabei war die Geschichte mit den Mädchen wirklich nicht geflunkert, auch wenn sie natürlich so klang. Aber Hinnerk hatte sich insgeheim schon eingestehen müssen, dass ihn die Nachricht ziemlich erleichtert hatte, da beim Aufwachen sofort wieder die Angst vor einer erneuten Begegnung mit Pferden aufgekeimt war.

Carsten blickte ihn genervt an. »Na, was ist, nun mach schon!«

»Aber was soll ich denn da?«

Carsten wiegte den Kopf und sah auf einmal sehr zufrieden aus. »Mir ist da gerade was eingefallen.«

Hinnerk wurde klar, dass er keine Chance hatte. Also ließ er sich mit einem ergebenen Seufzer auf den Beifahrersitz plumpsen. »Da bin ich ja mal gespannt.«

Während Carsten den Motor startete, begann er zu erklären: »Die Evers hat doch gestern erwähnt, dass sie dringend einen Klempner braucht. Und sie dürfte ja wohl kaum bis heute jemanden gefunden haben. Da könntest du ihr doch ein bisschen unter die Arme greifen, schließlich hast du den Beruf ja mal erlernt. Und bei der Gelegenheit kannst du dann sehen, ob du mit irgendwelchen Angestellten ins Gespräch kommst.«

Na, dachte Hinnerk erbost, das hat sich Carsten aber fein ausgedacht. Er hat das Vergnügen und ich die Arbeit. »Ja, gelernt, aber nie ausgeübt«, protestierte er deshalb und schickte Carsten einen vernichtenden Blick. »Und komm mir jetzt nicht wieder mit dem Spruch, das verlernt man nicht.«

»Ist ja schon gut.«

»Außerdem braucht man dazu ja wohl Werkzeug. Oder wie hast du dir das vorgestellt?«

»Ach, da wird sich schon was finden.«

Gab es eigentlich irgendetwas, auf das Carsten keine Antwort hatte? »Und wie soll ich das mit meinen Enkeln erklären?«, wollte Hinnerk nach einem Augenblick wissen. »Also, dass die nicht mitgekommen sind?«

Carsten setzte den Blinker und bog auf den Reiterhof ab. »Sag, dass die Eltern sich anders entschieden und einen Reiterhof in ihrer Nähe gewählt haben – ist immerhin die Wahrheit, und da kannst du ja nun auch nichts dafür.« Carsten parkte den Wagen wieder neben dem Wirtschaftsgebäude und schaltete den

Motor aus. »Du bist aber trotzdem mitgekommen, um nach den Toiletten zu sehen. Weil du ein schlechtes Gewissen wegen der Mädchen hast und davon ausgegangen bist, dass sie noch keinen Klempner gefunden hat.« Carsten schwang sich mit einigem Elan aus dem Wagen. Mann, dachte Hinnerk, der blüht ja richtig auf bei dem Gedanken, hier den Privatermittler zu geben. Leise grummelte er seinen Protest vor sich hin, stieg dann aber doch aus, als er Marie Evers aus der Reithalle kommen sah.

»Guten Morgen.« Marie Evers blickte auf ihre Armbanduhr, als sie vor ihnen stehen blieb. »Sie sind ja überpünktlich.«

»Alte Schule«, erwiderte Carsten lächelnd und deutete eine kleine Verbeugung an. Na, ob er damit bei der Dame Eindruck schinden konnte …

Anscheinend nicht, denn sie ließ einen missbilligenden Blick an Carsten hinuntergleiten. »Wollen Sie so reiten?«

Das hatte sich Hinnerk auch schon gefragt. In Jeans, kariertem Hemd und Sneakers sah Carsten zwar ziemlich flott für einen Mann seines Alters aus, die ideale Reitkleidung dürfte das allerdings nicht sein. Aber Hinnerk ging davon aus, dass Carsten nach all den Jahren keine Reitklamotten mehr besaß. Was dieser in seiner Antwort bestätigte.

»Tut mir leid, aber mir fehlt es noch an der passenden Ausstattung.«

»Falls Sie dranbleiben wollen, werden Sie sich da aber wieder etwas zulegen müssen.« Marie Evers warf einen Blick auf Hinnerk. »Wollten Sie nicht Ihre Enkelinnen mitbringen?« Ihrem Tonfall nach zu urteilen, stand es mit ihrer Laune heute nicht zum Besten.

Hinnerk wurde heiß. »Ja … ich …« Er räusperte sich und trug die von Carsten vorgeschlagene Entschuldigung vor.

»Aber Sie sind trotzdem hergekommen«, stellte Marie Evers fest und schien zu überlegen, was sie davon halten sollte.

»Das war meine Idee«, kam Carsten ihm zu Hilfe. »Sie hatten doch gestern erwähnt, dass Sie dringend einen Klempner brauchen. Nun, Herr Koch ist Klempner. Falls Sie also noch niemanden gefunden haben, würde er Ihnen gerne helfen.«

Jetzt guckte Marie Evers schon wesentlich erfreuter aus der Wäsche und wandte sich mit einem Lächeln wieder an Hinnerk. »Das wäre natürlich fantastisch, denn ich habe mir vorhin gerade die nächste Absage geholt. Vielen Dank, Herr Koch!« Sie deutete in Richtung des Hoteltrakts. »Wollen wir gleich rübergehen, dann kann Ihnen meine Putzfee alles zeigen?«

Hinnerk fügte sich in sein Schicksal, nickte ergeben und trottete Marie Evers hinterher.

Die Putzfee hieß Saskia Behrens, hatte einen festen Händedruck und unbestreitbare weibliche Reize, welche durch die enge Jeans und das kunstvoll durchlöcherte T-Shirt aufs Vorteilhafteste betont wurden. Hinnerk schätzte sie auf fünfzig plus/minus und war von der ersten Sekunde an schwer angetan. Das war mal ein anderer Schnack als der Drachen zu Hause.

»Dann zeige ich Ihnen mal die Toiletten«, sagte sie. »Wäre toll, wenn Sie uns helfen könnten.« Ihr Lächeln war zum Dahinschmelzen.

Das Innere des Hotels hatte Hinnerk am Vortag ja schon gut gefallen, da hatten er und Carsten die Bäder allerdings nicht zu Gesicht bekommen, weil die Türen abgeschlossen gewesen waren. Mittlerweile war ihnen der Grund bekannt, und als Hinnerk jetzt von Zimmer zu Zimmer geführt wurde, dachte er nur: Oh, oh, das sieht aber gar nicht gut aus. Das Wasser stand in allen Toiletten fast bis unter den Rand, bei einigen sei es bereits übergelaufen, wie Saskia ihm erzählt hatte.

»Irgendeine Ahnung, woran das liegen könnte?«, fragte Saskia und wirkte ziemlich verzweifelt.

Hinnerk guckte sich die Bescherung an und schüttelte ratlos den Kopf. »Nee, im Moment, ehrlich gesagt, noch nicht. Ich muss mir das mal genauer ansehen.« Wie er das machen sollte, war ihm allerdings schleierhaft. Er konnte ja schlecht die Wände aufstemmen und gucken, was dahinter los war.

Saskia wandte sich zum Gehen. »Na gut, dann lasse ich Sie jetzt mal allein, ich muss nämlich weiter.« In der Tür drehte sie sich noch einmal um. »Was halten Sie von einem zweiten Frühstück um elf? Wir hatten gestern für einen Journalisten aufgetafelt, der hat aber kaum was gegessen.«

Hinnerk war hocherfreut. »Sehr viel.« Das häusliche Frühstück war nämlich karg ausgefallen, weil er sich so beeilt hatte.

»Okay, dann treffen wir uns im Restaurant. Es liegt gegenüber.«

Als sich Hinnerk um kurz vor elf zum Restaurant aufmachte, war er der Ursache der verstopften Toiletten natürlich nicht auf die Schliche gekommen. Das konnte alles Mögliche sein, da aber bis auf Weiteres kein Fachmann ranzukriegen war, hatte er sich überlegt, es einmal mit den guten alten Hausmitteln zu versuchen. Essig oder Natron mit Backpulver vermischt zum Beispiel oder der Einsatz des guten alten Pömpels, den er immer zu Hause benutzte, wenn Mina es mal wieder mit dem Klopapier-Einsatz übertrieben hatte. Keine Ahnung, ob das hier auch funktionieren würde, einen Versuch war es aber allemal wert. »Habt ihr hier Backpulver und Essig?«, wollte er von Saskia wissen, während er mit großer Freude auf den üppig gedeckten Frühstückstisch blickte, an dem sie gerade letzte Hand anlegte. »Oder Natron?«

Saskia blickte ihn erstaunt an. »Ich habe vorsichtshalber schon mal eine Reihe haltbarer Dinge angeschafft, obwohl die Eröffnung ja noch nicht feststeht.« Sie ging zum Tresen, hinter dem es in die Küche zu gehen schien. Hinnerk folgte ihr und beobachtete, wie sie die Tür zu einem Raum öffnete, der offensichtlich der Vorratsraum war.

»Wollen Sie etwa versuchen, die Verstopfung mit Hausmitteln zu beseitigen?«, hörte er sie mit einem zweifelnden Unterton fragen.

»Die wären im Moment tatsächlich meine erste Wahl«, verteidigte er sein Vorhaben. »So von außen kann man nicht erkennen, was die Verstopfung ausgelöst hat. Vielleicht hat die Klempnerfirma gepfuscht und das Malheur befindet sich irgendwo hinter der Wand oder in den Rohren. Dann müsste hier aber einiges aufgestemmt werden, und das muss ja nicht sein, wenn es unter Umständen eine andere Lösung gibt.«

Der Vorratsraum war tatsächlich gut bestückt, und nach kurzem Suchen stand Saskia mit den gewünschten Zutaten wieder vor ihm. Hinnerk nahm sie in Empfang. »Ich brauche dann auch noch ein paar Liter heißes Wasser.«

»Mach ich Ihnen fertig.« Sie füllte zwei Wasserkocher. »Auf Hausmittel hätten wir ja eigentlich auch kommen können«, meinte sie, während sie darauf warteten, dass das Wasser zu kochen begann. »Aber manchmal ist die vielleicht naheliegendste Lösung am weitesten entfernt.«

Ihr Lächeln machte Hinnerk ganz wuschig. »Wenn wir Glück haben, funktioniert es. Drücken Sie mal die Daumen.

Das Ganze muss aber über Nacht einwirken. Ich komme morgen wieder vorbei und dann sehen wir, ob wir erfolgreich waren.«

Es fühlte sich irgendwie an wie Pfeifen im dunklen Wald, da er nicht an einen Erfolg glaubte, aber zumindest munterte ihn der Gedanke, seine Helferin am nächsten Tag wiederzusehen, ganz ungemein auf.

Er erledigte die Arbeit mit Saskias tatkräftiger Unterstützung, danach gingen sie ins Restaurant zurück und setzten sich an den Frühstückstisch, wo Hinnerk sich nicht zweimal bitten ließ und ordentlich zulangte. Jetzt war auch eine gute Möglichkeit, endlich den Auftrag in Angriff zu nehmen, der ihn heute tatsächlich hierhergeführt hatte.

»Das ist wirklich eine schöne Anlage«, begann er und belegte die obere Hälfte eines Körnerbrötchens mit einer Scheibe Salami. Beim Brötchenessen hatte er eine feste Reihenfolge. Erst war die obere Hälfte dran, dann die untere. »Arbeiten Sie schon lange hier?«

»Seit sechs Jahren«, antwortete Saskia, die sich an einem Obstsalat gütlich tat. Wieder mal so typisch Frau, dachte Hinnerk mit einem Anflug von schlechtem Gewissen. Immer auf die Gesundheit und die Kalorien achten, während wir Kerle uns den Wanst mit lauter ungesunden Dingen vollschlagen.

»Da gab es das Hotel doch noch gar nicht«, wunderte er sich.

»Nein, aber das Gutshaus ist nicht gerade klein, da hat Frau Evers schon ein bisschen Unterstützung gebraucht.« Saskia leerte den Inhalt eines Joghurtbechers über ihrem Obstsalat aus, fügte noch einige Nüsse hinzu und rührte dann alles um. »Als das Hotel gebaut wurde, hat sie noch eine zweite Reinigungskraft angestellt, die kam aber bisher nur sporadisch.

Wenn das Hotel eröffnet ist, brauchen wir natürlich noch ein paar Leute mehr.«

Hinnerk nickte. »Frau Evers hat erwähnt, dass es schwer ist, Fachpersonal zu finden.«

»Das war noch nie einfach, aber seit Corona hat sich die Lage verschärft. Da sind viele in andere Berufe abgewandert, und die kommen nicht mehr zurück.« Saskia trank einen Schluck Kaffee und widmete sich dann wieder ihrem Obstsalat. »Hinzu kommt, dass in den angesagten Küstenorten bezahlbarer Wohnraum für diese Menschen fehlt. Es gibt eben einfach zu viele Ferienwohnungen, da bleibt für diejenigen, die hier leben oder arbeiten wollen, nicht mehr viel übrig.«

»Anfangs war ich davon ausgegangen, dass es sich hier um ein Familienunternehmen handelt, bei dem jeder mit anpackt, aber Frau Evers sagte, sie mache alles allein.« Hinnerk wusste noch immer nicht, wie er das Gespräch auf die zerbrochene Beziehung zwischen Marie Evers und Henny Jansen bringen sollte. »Hat Frau Evers keine Geschwister, die mit anpacken können? Und sie ist doch sicherlich auch verheiratet.« War das jetzt zu dilettantisch gewesen? Okay, dass eine Frau im Alter der Evers verheiratet war, war ja wahrscheinlich. Aber die Nummer mit den Geschwistern? Als wenn jeder Mensch welche hätte. Also, was das Aushorchen anbelangte, war bei ihm definitiv noch Luft nach oben.

Saskia schüttelte den Kopf und schenkte sich Kaffee nach. »Geschwister gibt es meines Wissens keine und einen Ehemann ebenso wenig.« Sie schob die mittlerweile geleerte Schale zur Seite und blickte sich nach allen Seiten hin um, bevor sie sich ein Stück zu ihm vorbeugte. »Frau Evers steht nämlich nicht auf Männer.«

»Ach …«, sagte Hinnerk gedehnt und blickte Saskia neugierig an. Wenn er Pech hatte, machte sie jetzt dicht, weil es zu privat wurde, aber er hatte den Eindruck gewonnen, dass sie ganz gerne mal einen Klönschnack hielt.

Er sollte recht behalten.

»Als ich seinerzeit hier anfing, habe ich mitbekommen, dass gerade eine Beziehung zu Ende gegangen war«, sagte Saskia mit nun deutlich gesenkter Stimme. »Damals habe ich ja noch gedacht, dass sie mit einem Mann zusammen gewesen wäre. Bis mir dann eine Pferdewirtin gesteckt hat, dass Frau Evers auf Frauen steht. Nach einem Jahr tauchte dann eine neue Frau auf, die auch ziemlich schnell hier eingezogen ist. Das ging letztes Jahr aber ebenfalls in die Brüche.«

»Woran lag's?«, fragte Hinnerk. Jetzt wurde es interessant.

»Ich hab das ja immer nur so am Rand mitbekommen. Aber ich habe den Eindruck gewonnen, dass Frau Evers extrem zu klammern scheint. Ich hab da mal einen Streit mit ihrer vorletzten Partnerin mit angehört«, sie hob die Hände in einer entschuldigenden Geste, als wolle sie sagen, da konnte ich ja nun nichts für, »die warf ihr vor, dass sie keinen Schritt mehr ohne sie gehen könne. Das hat dann wohl auch zum Ende der Beziehung geführt.«

Jetzt war die Gelegenheit zum Einhaken gekommen. »Sie sagten vorletzte Partnerin. Dann gibt es jetzt also wieder jemanden?« Er hatte sich unwillkürlich Saskias Flüsterton angepasst.

Saskia schüttelte den Kopf. »Es gab jemanden. Und diese Frau muss die große Liebe gewesen sein, denn ich habe Frau Evers noch nie so glücklich gesehen wie in dieser Zeit.«

»Und trotzdem hat auch das nicht gehalten?«, hakte Hinnerk nach. »Wenn Sie sagen, dass es jemanden *gab*.«

Saskia griff nach einem Croissant und dippte die Spitze in das kleine Marmeladenschälchen, das sie vor sich stehen hatte. Rhabarber-Vanille, hatte sie Hinnerk vorgeschwärmt. Selbst gemacht, müssen Sie unbedingt probieren. »Ja, das ist auch schon wieder vorbei. Da gab es zum Schluss nur noch Hauen und Stechen. Seit der Trennung ist Frau Evers nicht mehr die Alte.«

»Wie äußert sich das?«, wollte Hinnerk wissen.

»Sie war immer schon ein bisschen launisch, aber jetzt ist es extrem geworden. Man kann ihr nichts mehr recht machen, sie geht sofort auf die Palme.« Saskia tunkte ihr Croissant noch einmal ein und aß es mit sichtlichem Genuss. »Ich hab schon manchmal überlegt zu kündigen, weil mich das ziemlich nervt. Und einen Putzjob finde ich überall.«

»Kannten Sie die letzte Partnerin von Frau Evers?«, wagte sich Hinnerk vor.

»Sie hieß Henny und wohnt in Büsum, soweit ich weiß.«

»Dann muss es ja wirklich eine sehr enge Beziehung gewesen sein, wenn Frau Evers jetzt so leidet.«

»Das hatte zumindest den Anschein, ich vermute mal, dass sie diese Henny auch mit ihren Besitzansprüchen in die Flucht getrieben hat. Und jetzt wird sie nicht fertig damit.«

Hinnerk hätte Carsten ja zu gerne noch hoch zu Ross erlebt, aber nachdem er sich von Saskia verabschiedet hatte und sich auf den Weg zur Reithalle machte, kam ihm sein Freund bereits entgegen. Von Marie Evers war weit und breit nichts zu sehen.

Carsten hatte einen extrem aufrechten Gang, als hätte er einen Stock verschluckt. Hinnerk konnte sich ein Grinsen nicht verkneifen und wollte gerade zu einem Kommentar ansetzen, als Carsten nur kurz angebunden »Sag nichts« von sich gab und ihn in Richtung Wagen drängte. Dort angekommen, konnte Hinnerk dann aber doch nicht mehr an sich halten.

»Sieht aus, als wäre deine Reitstunde nicht ganz so optimal verlaufen.«

Carsten keuchte und stützte sich mit beiden Händen auf dem Wagendach ab. Auf seinem Gesicht lag ein gequälter Ausdruck. »Deine blöden Sprüche kannst du dir sparen. Sag mir lieber, ob du etwas von der Putzfee erfahren hast.«

Hinnerk lachte und erstattete Bericht.

»Na, da hast ja wenigstens du einen kleinen Erfolg erzielt.« Das klang jetzt aber ziemlich angefressen.

»Was heißt hier kleiner Erfolg?«, beschwerte sich Hinnerk. »Immerhin wissen wir jetzt, dass die Trennung von Henny der Evers mächtig zusetzt.«

»Was ein gutes Mordmotiv wäre«, gab Carsten zu, während er sich zu dehnen versuchte, was ein leises Stöhnen zur Folge hatte. »Die Frage ist nur, ob sie von Hennys neuer Beziehung mit Heiko Fedders wusste.«

»Wie ist es denn bei dir gelaufen?«, wollte Hinnerk nach einem Augenblick wissen, in dem er belustigt Carstens diverse Streckübungen verfolgt hatte, die offensichtlich irgendwelche Schmerzen lindern sollten. Carstens Gesichtsausdruck nach zu urteilen, schien allerdings das Gegenteil der Fall zu sein. »Bist du bei der Evers vorangekommen?«

Carsten schüttelte den Kopf und blickte ihn missmutig an. »Nicht so, wie ich es mir vorgestellt habe. Sie war dann doch sehr zurückhaltend und ließ nichts raus, was uns weiterhelfen würde. Da hast du eindeutig das bessere Ergebnis erzielt. Vielleicht erfährst du morgen ja noch mehr.« Er hob den rechten Zeigefinger, als wolle er diese Aussage unterstreichen, ließ Hand und Arm aber augenblicklich wieder fallen, als gehörten sie nicht mehr zu ihm. »Du musst schließlich kontrollieren, ob deine Hausfrauentipps von Erfolg gekrönt waren.« Carsten entriegelte die Türen seines Wagens und ließ sich mit einem Ächzen auf den Fahrersitz plumpsen.

»Oh, oh, das hört sich aber gar nicht gut an«, kommentierte Hinnerk feixend, als er den schmerzverzerrten Gesichtsausdruck seines Freundes sah. Nein, er wollte Carsten wirklich nichts Böses, aber wie hieß es so schön? Rache ist Blutwurst. »War nach all der Zeit wohl doch nicht so einfach, wie du es dir vorgestellt hast. Seid ihr ausgeritten oder in diesem Paddock geblieben?«

»Wir waren natürlich im Paddock«, stieß Carsten zwischen zusammengebissenen Zähnen hervor.

»Also wenn du jetzt schon so leidest, möchte ich nicht wissen, was morgen ist«, lästerte Hinnerk. »Dann kommst du ja gar nicht mehr aus dem Bett.« Er begann zu kichern. »Wenn du heute Abend überhaupt reinkommst.«

»Sehr witzig!« Carsten startete den Motor, und Hinnerk fragte sich, ob er überhaupt in der Lage war, Auto zu fahren.

»Soll ich nicht besser fahren?«

»Nein!«

Hinnerk breitete ergeben die Arme aus. »Dann nicht. Ich wollte dir ja bloß helfen.« Als der Wagen langsam anfuhr, fragte er: »Was willst du denn Lena sagen, dass du so lädiert daherkommst? Denn das kannst du ja schlecht vor ihr verbergen.«

»Lena weiß Bescheid, dass ich mich hier umsehe«, knurrte Carsten.

»Ach? Und sie hat nichts dagegen?«, wunderte sich Hinnerk.

»Doch, natürlich hat sie das! Ich habe ihr aber klargemacht, dass sie mir nicht verbieten kann, einem Freund zu helfen.«

30

Nach seiner Rückkehr ging Carsten als Erstes unter die Dusche in der Hoffnung, dass heißes Wasser seine malträtierten Knochen und Muskeln besänftigen würde. Tat es aber nicht, beim Abtrocknen und anschließenden Anziehen kam er sich zum ersten Mal in seinem Leben vor wie ein alter Mann. Im Stehen ging nichts mehr, alles musste im Sitzen erledigt werden, und auch das war noch immer eine einzige Qual.

Wie hatte Joachim »Blacky« Fuchsberger einmal so treffend gesagt und geschrieben? *Altwerden ist nichts für Feiglinge.*

Fluchend machte sich Carsten auf den Weg in die Küche, wo er sich ein großes Glas Wasser einschenkte, ein Wurstbrot schmierte und beides mit auf die Terrasse hinausnahm. Er ließ die Markise herunter und streckte sich unter Mühen auf einer Rattanliege aus.

Der Blick in den prachtvoll blühenden Garten glättete heute allerdings nicht seine Nerven, weil ihm die Stunde im Sattel deutlich vor Augen geführt hatte, dass er dringend sein tägliches Fitnessprogramm wiederaufnehmen musste, das er seit dem Eintritt in den Ruhestand ziemlich vernachlässigt hatte. Aber mindestens ebenso beschämend wie seine körperlichen Unzulänglichkeiten war der Umstand, dass er, der gewiefte Ermittler, nichts aus Marie Evers herausbekommen hatte, wo er doch bisher ziemlich gut darin gewesen war, Menschen auf den Zahn zu fühlen.

Heute Morgen hatte jedoch keine seiner Taktiken gefruchtet, obwohl er am Vortag das Gefühl gehabt hatte, Marie Evers sympathisch zu sein.

Anfangs war ihre Stimmung noch gut gewesen, sie hatten gescherzt und bei seinem Versuch, sich in den Sattel zu schwingen, noch gemeinsam gelästert, ob er nicht besser eine Aufsteighilfe benützen sollte. Aber dann hatte sie einen Anruf erhalten, und schon während des Gesprächs war deutlich zu merken gewesen, dass sich ihre Laune in Richtung Gefrierpunkt bewegte. Ihr Blick auf das Display des Smartphones war anfangs erwartungsvoll gewesen, hatte sich aber schon nach wenigen Sekunden verdüstert, während sie dem Anrufer lauschte. War also offensichtlich nichts Erfreuliches, was ihr mitgeteilt wurde. Das Gespräch war nur kurz, und Carsten hatte den Eindruck, dass es vom Anrufer beendet wurde. Er hätte natürlich zu gerne gewusst, worum es in dem Telefonat gegangen war, erntete auf seine vorsichtige Nachfrage *Ärger?* aber nur einen bösen Blick und keinen Kommentar.

Während der dann folgenden Reitstunde ergab sich kein Gespräch, es folgten nur Kommandos, die Ross und Reiter von Marie Evers erhielten. Carsten versuchte mehrere Male, eine Unterhaltung auf privater Ebene in Gang zu bringen, konnte allerdings nicht den geringsten Erfolg verbuchen. Schließlich hatte er es aufgegeben. Eine weitere Terminvereinbarung hatte Marie Evers mit dem knappen Hinweis, dass sie in den nächsten Tagen keine Zeit hätte, abgelehnt.

Nun war guter Rat teuer, deshalb setzte Carsten alle Hoffnung in Hinnerk und dessen nächsten Besuch. Dass sein

Freund von dieser Saskia ziemlich angetan war, war nicht zu übersehen gewesen. Vielleicht kamen sie bei ihr ja weiter.

Was ihn aber so richtig aus der Fassung gebracht hatte, war die Nachricht von Lena gewesen. Wie konnte es sein, dass das Blut an der Sexpuppe von Krepper stammte?

Bei dem gestrigen Gespräch hatte er keine Verletzung an Krepper wahrgenommen. Okay, er hatte auch nicht weiter darauf geachtet, aber trotzdem rückte das den Vorfall in ein neues Licht. Was war der Hintergrund dieser Aktion? Unwillkürlich kam ihm die Option eines rachsüchtigen Ex-Geliebten wieder in den Sinn. Aber Freya und dieser Krepper? Carsten schüttelte unwillkürlich den Kopf. Ja, der Mann war attraktiv, aber dass da etwas zwischen den beiden gelaufen war, konnte er sich nun wirklich nicht vorstellen. Oder besser gesagt, er wollte es nicht.

31

»Sag mal, irgendwas ist doch mit dir.« Sanne Kröger blickte ihre Schwester forschend an. »Hat es immer noch mit der Kollegin zu tun, die sie dir vor die Nase gesetzt haben?«

Lena lehnte sich mit einem Seufzer im Strandkorb zurück, streckte die Beine aus und wackelte mit den Zehen. »Na ja …«, meinte sie vielsagend und ließ ihren Blick über den prachtvollen Garten und die dahinterliegende Weide schweifen, auf der die Alpakas herumtollten. Die Tiere waren am Vortag geschoren worden, und obwohl sich diese Prozedur jedes Jahr wiederholte, war es immer ein ungewohnter Anblick, sie plötzlich ohne das dicke Winterfell zu sehen. Aber das Scheren war wichtig, weil man die Tiere im Sommer so vor Überhitzung schützte. »Ich hab sie letzte Nacht nach dem Konzert besoffen auf einer Parkbank gefunden und ins Krankenhaus einliefern lassen.«

»Ach, du liebe Güte.«

»Ich hab ihren Mann informiert, mit dem sie in Trennung lebt. Den hat das Ganze allerdings nicht die Bohne interessiert, und mir gibt man im Krankenhaus keine Auskunft, wie es ihr geht. Wenn sie sich bis morgen nicht gemeldet hat, werde ich hinfahren und sehen, was mit ihr los ist.«

»Na, da habt ihr euch ja was Tolles eingefangen.«

»Sieht ganz danach aus« Lena seufzte. »Das ist im Moment allerdings nicht meine einzige Baustelle. Ich mache mir nämlich Sorgen um Papa.«

»Wieso, was ist mit ihm?« Sanne setzte sich aufrecht hin und stellte den leeren Kuchenteller auf dem Tisch zwischen ihnen ab. Besorgt blickte sie Lena an. »Ist er krank?«

»Nein«, beruhigte Lena sie, »jedenfalls nicht, dass ich wüsste. Du kennst ihn ja, zum Arzt geht er nicht mal mit dem Kopp unterm Arm.« Sie kraulte Fini, die es sich auf ihrem Schoß gemütlich gemacht hatte. »Papa ermittelt in unserem aktuellen Fall undercover.« Sie hatte ihrer Schwester einige Eckdaten des Falls genannt, darunter auch die Namen der Getöteten, die abgekürzt eh schon in der Zeitung gestanden hatten. »Ich hatte ihn gebeten, sich rauszuhalten, aber nicht geglaubt, dass er sich daran halten wird. Sein Freund ist verhaftet worden, da bleibt er natürlich nicht ruhig in der Ecke sitzen. Denn er ist überzeugt davon, dass Thies nichts mit den beiden Tötungsdelikten zu tun hat.«

»Kann man das denn mit Sicherheit sagen? Du hast doch mal erwähnt, dass in solchen Fällen häufig die Partner die Täter sind. Auch wenn ich mir das bei Thies schwer vorstellen kann, aber so genau kennen wir ihn ja nicht, auch wenn er schon seit Ewigkeiten Papas Freund ist.«

Lena zuckte die Schultern. »Es gibt natürlich einen Grund, warum Thies verhaftet wurde, aber da kann ich mit dir nun wirklich nicht drüber reden, sorry.«

Sanne verdrehte die Augen. »Jaja, ich weiß, aus ermittlungstaktischen Gründen. Dabei finde ich das doch alles so spannend. Also rück schon raus.«

Lena schüttelte den Kopf. »Keine Chance.«

Sanne zog eine Schnute und blickte sie fragend an. »Und

was willst du jetzt mit Papa machen? Ihr bekommt doch einen Heidenärger, wenn das rauskommt.«

»Tja …« Lena nahm sich noch ein Stück von der Erdbeertorte, die ihr Schwager gebacken hatte. Ihre Schwester hatte bereits drei Stück verputzt. Im Krögerschen Haushalt gab es eine klare Teilung, was Backen und Kochen anbelangte. Bjarne, der einmal Konditor gelernt hatte, war für die süßen Sachen verantwortlich, Sanne für den herzhaften Bereich. »Wir müssen eben aufpassen, dass es nicht rauskommt. Das Ganze ist natürlich nicht in Ordnung, aber ich kann Papa auch verstehen. Und wenn ich ehrlich bin, könnte uns seine Unterstützung sogar helfen, da er als Privatperson unter Umständen mehr aus den Leuten rausbekommt als wir. Du weißt ja, wie charmant und einfühlsam er sein kann.«

Sanne lachte. »Oh ja, die Damenwelt hat ihn immer ziemlich angeschmachtet. Ist aber auch kein Wunder bei seinem guten Aussehen.«

»Ich habe allerdings den Verdacht, dass Papa einiges vor mir zurückhält. Bei Thies Jansen dürfte es während seiner Laufbahn als Oberstaatsanwalt doch eine Reihe von Personen gegeben haben, die noch eine Rechnung mit ihm offen haben. Papa war bei Thies, als er verhaftet wurde. Was, wenn Thies ihm Namen genannt hat und Papa diesen Personen jetzt auf den Zahn fühlen will? Dann begibt er sich unter Umständen in Gefahr.« Dieser Gedanke trieb sie in den letzten Tagen immer stärker um und machte ihr Angst.

»Nun mal man nicht den Teufel an die Wand, Lena. Papa ist ein erfahrener Polizist, der weiß so ein Risiko schon einzuschätzen«, meinte Sanne und strich über ihren kugelrunden Bauch. »Ich find's jedenfalls gut, wenn er Thies zu helfen versucht.«

32

»Das ist ja ein niederträchtiger Kerl«, entrüstete sich Saskia Behrens. »Erst große Versprechen machen und dann den Schwanz einziehen. Da müssen Sie doch gegen angehen!«

Marie Evers zuckte die Schultern. Die Wut über den Anruf des Journalisten hatte sich in eine tiefe Resignation verwandelt, die ihren ganzen Körper zu lähmen schien. »Was soll ich denn machen?«

»Er hat versprochen, den Artikel nicht nur im Lokalblatt, sondern zeitnah auch in mehreren Hochglanzgazetten unterzubringen. Zeitnah und nicht erst in einigen Monaten!«

Marie Evers hatte Saskia bereits mittags mitgeteilt, dass sie während der Reitstunde einen Anruf des Journalisten erhalten hatte, in dem er ihr mitgeteilt hatte, dass das Interview von den bewussten Magazinen erst einmal zurückgestellt worden sei. Ohne Angabe von Gründen, hatte er gesagt, so etwas käme vor, dagegen könne er leider nichts tun. Zuerst war sie irritiert ob seiner Gleichgültigkeit gewesen, die bei dem Telefonat durchgeklungen war, bis ihr aufging, dass er sein Honorar trotzdem eingestrichen haben dürfte. Und damit war die Angelegenheit für ihn erledigt gewesen.

Dabei hatten Saskia und sie sich große Mühe gegeben, ihm seinen Aufenthalt so angenehm wie möglich zu gestalten. Aber der Mann war von der ersten Minute an kurz angebunden gewesen. Hatte sich das Zimmer zeigen lassen, in dem Saskia bis zur letzten Minute das Wasser aus der Toilette abgeschöpft hatte, in die er allerdings keinen einzigen Blick geworfen hatte. Er hatte einige Fotos des Zimmers geschossen und weitere im Außenbereich und war ihnen dann ins Restaurant gefolgt, wo er von dem liebevoll zubereiteten Frühstück nur ein paar Bissen zu sich genommen hatte und dann wieder aufgebrochen war.

»Frau Evers! Sie müssen etwas unternehmen«, insistierte Saskia. »Wir brauchen die Veröffentlichungen, sonst rückt die Eröffnung des Hotels in weite Ferne.«

Als wenn sie das nicht selbst wüsste. Marie Evers erhob sich mit schweren Gliedern vom Küchenstuhl, auf dem sie vor fünf Minuten Platz genommen hatte. Saskia Behrens hatte sie genötigt, wenigstens jetzt etwas zu essen, nachdem Marie bereits mittags nichts heruntergebracht hatte. Aber Marie hatte ein weiteres Mal abgelehnt. »Machen Sie Feierabend, Saskia.«

Ihre Putzfee blickte sie mit besorgter Miene an. »Kann ich denn gar nichts mehr für Sie tun?«

Marie schüttelte den Kopf. »Nein. Bis morgen.«

Bei ihren Pferden fühlte Marie sich wie immer geborgen. Sie waren die einzigen Lebewesen, die sie noch niemals in ihrem Leben enttäuscht hatten.

Der abendliche Kontrollgang durch den Stall war ihre letzte Tagesroutine. Die Pferde waren versorgt, die Angestellten in den Feierabend gegangen, im Stall war Ruhe eingekehrt.

Marie setzte sich auf einen Heuballen und blickte zu Bronco hinüber, der in seiner Box vor sich hin döste. Sie hatte in der vergangenen Woche ein sehr gutes Angebot für ihn erhalten und könnte sich mit dem Geld wieder für einige Zeit über Wasser halten. Aber sie brachte es nicht übers Herz, ihren Liebling zu verkaufen.

Die Reitstunde vom Vormittag kam ihr in den Sinn. Das diffuse Unbehagen, das sie ziemlich schnell im Gespräch mit diesem Herrn Schmidt überkommen hatte. Er war sehr interessiert an ihrer Arbeit gewesen, an dem Reiterhof und dem Hotel, aber als er die Unterhaltung auf die private Schiene zu bringen versuchte, hatte sie den Eindruck gewonnen, dass hier jemand versuchte, sie auszuhorchen.

Ein Gedanke bahnte sich seinen Weg, so unvermittelt und heftig, dass sie nach Luft schnappte …

33

»Na, Sherlock, wo hast du denn Watson gelassen?«

Carsten war so in seine Gedanken versunken, dass er keine Augen für sein Umfeld gehabt hatte und zusammenzuckte, als er plötzlich Freyas Stimme neben sich vernahm.

»Ich ... äh ...« Jetzt hatte er die ganze Zeit darüber nachgedacht, ob er sämtliche Vorschriften ignorieren und ihr den neuesten Stand in Sachen Sexpuppe mitteilen sollte, und dann stand sie plötzlich vor dem Strandkorb, in dem er sich niedergelassen hatte. Auf den Stufen der Watt-Tribüne oder dem Rasen zwischen den Strandkörben Platz zu nehmen, hätte er mit seinen lahmen Knochen heute nicht mehr geschafft, und so war er froh gewesen, als ihm ein hilfsbereites Paar, das noch einen Spaziergang machen wollte, seinen Korb angeboten hatte.

»Was, ich, äh?« Freya raffte den Rock ihres langen, bunt gemusterten Sommerkleides zusammen und ließ sich mit einem »rück mal ein Stück« neben ihm nieder. »Bist du etwa nicht auf Ermittlungstour, sondern willst einfach nur den Sonnenuntergang genießen?« Sie zwinkerte ihm zu und stieß behutsam ihren Ellenbogen in seine Seite. So viel Intimität war neu für ihn und brachte sein Herz ganz schön zum Flattern.

Ja, er hatte sich aus dieser Poleposition am Deich den Sonnenuntergang ansehen wollen, der auch heute wieder prächtig zu werden versprach. Aber der Anblick konnte ihn an diesem Abend nicht so recht erfreuen, weil ihm einfach zu viele Gedanken durch den Kopf gingen. Er gab sich einen Ruck. Freya musste es erfahren, und er brauchte Gewissheit, was zwischen ihr und diesem Krepper gelaufen war. »Es gibt ein Ergebnis, was das Blut an der Sexpuppe betrifft.«

Freyas Augen wurden groß. »Und? Es stammt doch hoffentlich von einem Tier, oder?«

Carsten schüttelte den Kopf und mied ihren Blick. »Nein, es stammt von einem Menschen.«

Freya stieß einen erschrockenen Laut aus. »Oh, mein Gott!«

»Die Techniker haben die Person ermitteln können, weil sie bereits in der Datenbank gelistet ist.« Er holte tief Luft und blickte Freya wieder an. »Kennst du einen Ortwin Krepper?«

Über Freyas Gesicht flogen die unterschiedlichsten Emotionen. »Ja«, sagte sie nach einer gefühlten Ewigkeit. »Sag jetzt nicht, dass das Blut von ihm stammt.«

»Doch, das tut es.«

»Dann ist er tot?«

»Nein, er ist ausgesprochen lebendig, ich habe gestern noch mit ihm gesprochen.«

»Aber wie …?« Freya blickte ihn fassungslos an. »Das verstehe ich nicht. Wie kommt dann sein Blut auf die Sexpuppe?«

»Das ist die Frage.« Carsten hielt ihren Blick fest. »Wie gut kennst du diesen Mann? Ist irgendwas zwischen euch vorgefallen, dass er sich mit dieser makabren Sache an dir rächen will?«

Freya schlang die Arme um ihren Oberkörper und blickte auf das Watt, das in der untergehenden Sonne schimmerte. Eine Möwe hüpfte vor ihnen herum und betrachtete sie mit aufmerksamem Blick, zwischen den Strandkörben tobten Kinder, von irgendwoher erklang Gelächter.

Freya räusperte sich, bevor sie wieder zu sprechen begann. »Ich habe ihn vor einem Monat über eine Singlebörse im Internet kennengelernt.«

Carsten glaubte, sich verhört zu haben. »Du datest Männer, die du im Internet kennenlernst?«

»Ja, jetzt guck nicht so entsetzt«, fuhr sie ihn an. »Ich bin mittlerweile in einem Alter, in dem ich gerne eine längerfristige Beziehung eingehen möchte.« Sie machte eine weit ausholende Bewegung. »Aber schau dich hier doch mal um. Nur Touris und Einheimische, die man kennt. Wo soll man denn da jemanden finden?«

Die Worte trafen Carsten mitten ins Herz. Er hatte einige Male das Gefühl gehabt, dass Freya auch etwas an ihm lag, aber da war wohl der Wunsch der Vater des Gedankens gewesen. Er versuchte, seine Bestürzung zu verbergen. »Ich habe nicht entsetzt geguckt, das ist schließlich ein verständlicher Wunsch.«

Freya erwiderte nichts.

»Ich gehe davon aus, dass ihr euch getroffen habt.« Als noch immer keine Antwort erfolgte: »Freya, bitte, jetzt lass dir doch nicht jedes Wort aus der Nase ziehen. Die Sache muss schließlich aufgeklärt werden. Oder willst du, dass Krepper einfach so davonkommt? Was, wenn er weitere Aktionen plant?«

»Ja, wir haben uns getroffen«, gab sie schließlich zögernd zu. »Aber nicht hier, sondern in einem Restaurant in Meldorf.« Sie strich über ihre Stirn und sah peinlich berührt aus. »Es war schrecklich, Krepper hat nur von sich gesprochen, und als er sich dann mit den Aktionen gegen unsere Krabbenfischer brüstete, ist mir aufgegangen, mit wem ich da ein Date hatte. In den

Artikeln über diese Aktionen war ja sein Name nicht erwähnt worden, und sein Foto war auch nirgendwo abgedruckt. Ich habe ihm gesagt, dass ich seine Aktionen das Letzte finde, und dann bin ich aufgestanden und gegangen. Er hat geschimpft, was ich mir einbilde, und mir noch einige Schimpfworte hinterhergerufen. Es war schrecklich, ich wäre am liebsten im Erdboden versunken, weil sich natürlich alle Blicke auf uns gerichtet haben.«

»Und wie ging es dann weiter?«, wollte Carsten wissen, nachdem Freya wieder schwieg.

»Ich hatte im Internet nur wenig von mir preisgegeben. Krepper wusste weder, wo ich wohne, noch, was ich beruflich mache. Außerdem hatte ich nicht meinen richtigen Nachnamen genannt, sondern den Mädchennamen meiner Mutter. Damit hatte ich mich auf der sicheren Seite gewähnt, falls unser Treffen unangenehm verlaufen sollte. Umgekehrt wusste ich auch nicht viel von ihm, er hat aber erwähnt, dass er in Büsum lebt. Allerdings erst bei unserem Treffen. Das fand ich natürlich überhaupt nicht witzig, denn jetzt musste ich ja damit rechnen, dass wir uns hier über den Weg laufen.« Freya stieß ein resigniertes Lachen aus. »Und das ist dann auch vor einer Woche passiert.« Ein tiefes Ein- und Ausatmen folgte, es war unübersehbar, wie sehr ihr die Angelegenheit zusetzte. »Du kannst dir sicher vorstellen, wie entsetzt ich war. Ich hab so getan, als wenn ich ihn nicht gesehen hätte, und gemacht, dass ich wegkam. Er muss mir gefolgt sein, auch wenn ich auf Umwegen ins Institut zurückgegangen bin.«

»Hat er denn nach eurem Treffen wieder Kontakt zu dir gesucht?«

Freya schüttelte den Kopf. »Nein, das hatte mich natürlich

sehr erleichtert. Aber jetzt das …« Sie legte Carsten eine Hand auf den Arm. »Ich habe Angst, Carsten. Die Aktion mit der Sexpuppe lässt doch vermuten, dass er wütend über meine Abfuhr ist, oder? Was, wenn er noch etwas Schlimmeres plant? Du hast ja eben auch schon angedeutet, dass es so sein könnte. Der Mann ist doch nicht ganz richtig im Kopf.«

Carsten erwiderte den Druck ihrer Hand, aber mit einer beruhigenden Antwort tat er sich schwer, weil er nicht einschätzen konnte, wie Krepper tickte. Wenn es nach ihm, Carsten, ginge, hätte er sich als Wachhund vor Freyas Tür gelegt, aber das konnte er ihr ja schlecht sagen. So murmelte er nur: »Ich werde ein Auge auf ihn haben, das verspreche ich dir«, und fühlte sich so unzulänglich wie schon lange nicht mehr.

*

»Ich hatte Sönke zu Krepper geschickt, der hat ihn aber nicht angetroffen«, sagte Lena, nachdem ihr Carsten eine Stunde später während des Abendessens von dem Zusammentreffen mit Freya erzählt hatte. »Morgen versuchen wir es noch mal.« Sie blickte ihren Vater fragend an. »Hast du während deines Besuchs denn irgendeine Verletzung an ihm wahrgenommen?«

Carsten schüttelte den Kopf.

»Mir ist nichts aufgefallen. Weder ein Verband noch eine Wunde. Er trug allerdings ein Hemd mit heruntergekrempelten Ärmeln, da habe ich die bloßen Arme natürlich nicht gesehen.« Er überlegte. »Ich würde vermuten, dass er sich eine Schnittwunde zugefügt und das Blut dann aufgefangen haben muss. Die Puppe war ja nur an zwei Stellen beschmiert worden, dafür hat er keine allzu große Menge gebraucht.«

»Das Verhalten von zurückgewiesenen Männern wird wirklich immer kranker«, meinte Lena nachdenklich. »Er weiß doch, dass seine DNA aufgrund eines Vorfalls in Berlin gespeichert ist und wir ihm so auf die Schliche kommen müssen.«

»Sollte man meinen, aber was wissen wir denn, wie der Mann tickt.«

»Wie geht Freya mit der Sache um?«

»Sie hat natürlich Angst, dass es Krepper nicht bei dieser einmaligen Aktion bewenden lässt. Ich hätte ihr gerne Hilfe angeboten, aber wir sind ja machtlos in solchen Situationen.«

Ja, das war immer das große Problem. Lena empfand es im Moment doppelt belastend, weil sie Krepper nicht zu Hause angetroffen hatten. Hatte er sich abgesetzt oder war er untergetaucht, weil er eine weitere Aktion plante? Oder hatte seine Abwesenheit einen harmlosen Hintergrund? »Ich werde Freyas Haus und ihr Institut in unsere täglichen Streifenfahrten mit aufnehmen. Mehr können wir im Moment nicht tun, aber das weißt du ja selbst.« Sie blickte Carsten aufmerksam an. »Und wie geht es dir mit der ganzen Angelegenheit?«

»Was meinst du?« Carstens Blick verriet, dass er den Hintergrund ihrer Frage sehr wohl verstanden hatte.

»Wie du ja neulich sagtest, ist Freya dir nicht ganz unsympathisch.« Lena bemühte sich um einen lockeren Ton, da sich Carsten mit Äußerungen zu seinem Gefühlsleben immer etwas schwertat und sie ihm generell peinlich waren. »Und jetzt erfährst du, dass sie auf einmal auf der Suche nach einer festen Beziehung ist und dafür das Internet bemüht, anstatt mal hier vor Ort auf die Suche zu gehen.«

Carsten zuckte mit den Schultern und gab sich teilnahmslos. »Man kann Gefühle nun mal nicht erzwingen.«

Lena forschte in seinem Gesicht, aber er schien nicht die Absicht zu haben, dem noch etwas hinzuzufügen. Also wechselte sie das Thema. »Ist bei deinem heutigen Besuch auf dem Reiterhof denn noch etwas außer lädierten Muskeln rausgekommen?« Sie lachte, als sie seinen konsternierten Gesichtsausdruck sah. »Ja, sorry, aber es ist nicht zu übersehen, dass die erste Reitstunde nach Jahren dir ziemlich zugesetzt hat.«

»Vielen Dank, Hinnerk hat auch schon gelästert«, sagte Carsten grantig.

»Wieso Hinnerk? War der etwa dabei?«

»Ja.«

»Gestern auch schon?«

»Ja, gestern auch schon«, gab Carsten zu. Er verlagerte seine Sitzposition, weil der Rücken zwickte. »Ich bin heute überhaupt nicht weitergekommen, aber Hinnerk konnte einen Erfolg verbuchen. Er hat sich nämlich um die verstopften Toiletten in der neuen Hotelanlage gekümmert und wurde zum Dank von einer Angestellten zum Frühstück eingeladen.«

»Na, dann erzähl doch mal, was er erfahren hat.« Sie hörte aufmerksam zu. »Marie Evers ist auf jeden Fall eine Verdächtige«, sagte sie, nachdem Carsten geendet hatte. »Ich werde sie mir morgen vorknöpfen.«

34

»Es ist mir egal, was Sie davon halten! Geben Sie mir den Wisch, den ich unterschreiben muss, damit ich endlich hier rauskomme!« Berger war auf hundertachtzig und funkelte den Arzt, der sie mit eindringlichen Worten von ihrem Vorhaben abzubringen versuchte, wütend an. »Sie können mich hier nicht festhalten, ich kenne meine Rechte!« Sie war bereits fertig angezogen, nur die Schuhe fehlten noch. Aufgebracht schleuderte sie die Pantoffeln, die sie bis jetzt getragen hatte, in die Ecke und schlüpfte in ihre Sneakers.

»Frau Berger, wir haben Sie untersucht und möchten aufgrund eines unklaren Befunds noch weitere Untersuchungen vornehmen. Deshalb ist es unverantwortlich, wenn Sie sich jetzt selbst entlassen.« Der Arzt blinzelte, als die Morgensonne, die hinter ihr durchs Fenster fiel, sein Gesicht traf.

Berger trat ganz nah an den Mann heran und bemerkte mit Genugtuung, dass er zusammenzuckte und sich nur mit Mühe daran hindern konnte, einen Schritt zurückzuweichen. »Ich bin gesund und werde dieses Krankenhaus jetzt verlassen!«

»Frau Berger!«

Sie fixierte ihn so lange, bis er endlich nachgab und das Formular holte. Nachdem sie es unterschrieben hatte, feuerte sie es aufs Bett und stürmte aus dem Zimmer Richtung Fahrstuhl, während sie ihr Smartphone aus der Hosentasche zog. Im Lift hatte sie keinen Empfang, also rief sie auf dem Weg zum Ausgang ein Taxi, und als es kurze Zeit später vor der Tür hielt, ließ sie sich mit einem tiefen Seufzer auf die Rückbank sinken.

»Nach Büsum. Polizeistation.« Sie nannte dem Fahrer die Adresse und überließ sich dann ihren peinigenden Gedanken, die sich einfach nicht bändigen ließen, seitdem sie nach ihrem Alkoholexzess wieder klar hatte denken können.

Fakt war, dass sie einen kompletten Filmriss hatte. Sie erinnerte noch, dass sie in einem Rettungswagen gelegen hatte, das Nächste war dann der Anblick einer allzu munteren Krankenschwester am gestrigen Morgen gewesen und im Anschluss daran der Besuch eines Arztes, der ihr mitteilte, dass man ihr den Magen ausgepumpt und sie an einen Tropf angeschlossen hatte. Alkoholvergiftung, 2,5 Promille.

Sie musste die Zeitspanne bis zum Abtransport mit dem Rettungswagen rekonstruieren, die mit unscharfen Bildern in einem diffusen Nebel vor sich hin waberte. Sie war in Lübeck gewesen, hatte ihre Sachen abgeholt und eine unerfreuliche Begegnung mit Felix gehabt. Dann war da diese Blondine aufgetaucht … Zurück in der Büsumer Dienststelle, hatte Lena Matthiessen sie kräftig auf den Pott gesetzt und darauf hingewiesen, dass sie nicht mal eben freimachen könne, wie es ihr in den Sinn käme. Diese Ansage und das Erlebte in Lübeck hatten ihr offensichtlich mehr zugesetzt, als sie es sich hatte eingestehen wollen, da sie sich nach Dienstschluss mit einigen Flaschen Wein und zwei Flaschen Wodka in einem Discounter versorgt hatte. Sie hasste Wodka wie die Pest, aber er würde ihr schneller als Wein helfen, diesen elenden Tag zu vergessen.

Dass man sie auf einer Parkbank in Büsum aufgefunden

hatte, hatte sie von der Krankenschwester erfahren. Wie sie dorthin gekommen war, daran erinnerte Berger sich nicht. Sie hatte sich in ihrer Wohnung eine Weinflasche an den Mund gesetzt, war dann auf Wodka umgestiegen und hatte damit weitergemacht, bis ihr übel geworden war.

Wieso hatte sie die Wohnung verlassen? Sie hatte nicht den leisesten Schimmer.

Aber etwas anderes fiel ihr plötzlich ein, und die Scham, die sie bei dieser Erkenntnis empfand, war heiß und brannte in ihrem ganzen Körper wie gestern der Wodka in ihren Eingeweiden.

Lena Matthiessen hatte plötzlich neben der Parkbank gestanden und sie angesprochen. Berger hatte versucht, sie wegzuscheuchen, aber es war ihr nicht gelungen.

Hatte ihre Stellvertreterin den RTW gerufen? Es konnte nur so sein.

Berger schlug die Hände vors Gesicht, und als sie mit einem Schluchzen wieder aufblickte, begegnete sie dem Blick des Taxifahrers im Rückspiegel.

»Alles in Ordnung?« Er wirkte nicht neugierig, und die Anteilnahme in seinem Blick hätte Balsam sein können, war in diesem Moment aber zu viel für Berger.

»Ja, verdammt! Was geht Sie das an?«

Der Mann zuckte zusammen und seine Augen verdunkelten sich, aber sie schickte kein »Tut mir leid« hinterher, sondern wandte ihren Blick zum Fenster, hinter dem eine Landschaft vorbeiflog, die sie nicht wahrnahm.

Lena Matthiessen hatte sie sturzbesoffen erlebt, und wahrscheinlich hatte die Angelegenheit auf der Dienststelle längst die Runde gemacht. Vielleicht war sie sogar schon bis zur obersten Stelle gedrungen, denn dass die Matthiessen scharf darauf gewesen war, die Nachfolge ihres Vaters anzutreten, war für Berger so sicher wie das Amen in der Kirche. Warum sollte sie sie also schonen, wenn Berger ihr mit ihrem Verhalten eine solch einmalige Möglichkeit geboten hatte, sie so schnell wie möglich wieder loszuwerden?

Als sie die Polizeistation betrat, schien ihr die Stimmung jedoch unverdächtig, und auch in ihrem Büro hatte sich ihre Stellvertreterin bisher nicht breitgemacht, was Berger befürchtet hatte.

Trotzdem loderte eine unheilvolle Wut in ihr, auch wenn sich Berger in einer hintersten Ecke ihres Denkens bewusst war, dass diese Wut nur ihr selbst und ihrem unmöglichen Verhalten galt. Aber wie konnte sie sich das eingestehen und hinterher noch in den Spiegel schauen?

»Sie sind zurück?«

Lena Matthiessen stand in der Tür, Berger hatte sie nicht kommen hören.

»Wie geht es Ihnen?«

Auch in Matthiessens Blick stand Anteilnahme und, schlimmer noch, Mitleid.

»Gut! Falls Sie also gehofft haben, dass ich diesen Platz frei mache, muss ich Sie enttäuschen.«

Lena Matthiessen zuckte mit keiner Miene. Sie hatte sich erstaunlich gut im Griff, und Berger wünschte, sie selbst würde nur die Hälfte dieses Beherrschungsvermögens aufbringen.

Sönke Gellert erschien neben der Kollegin und nickte ihr kurz zu. »Lena, Telefon!«

Gellerts Blick war ausdruckslos gewesen, und nachdem er und die Matthiessen gegangen waren, stand Berger auf, um die

Bürotür zu schließen. Jeder Schritt war ein Kraftakt, und als sie zum Schreibtisch zurückkehrte, ließ sie sich erschöpft auf ihren Stuhl sinken.

Waren sie einfach alle gute Schauspieler oder wusste hier wirklich niemand, wo sie gewesen war und warum?

35

»Wie hast du davon erfahren?«

»Durch einen befreundeten Kollegen aus Lübeck, mit dem ich mich gestern Abend getroffen hatte. Er war derjenige, mit dem du telefoniert hast. Und da du ihm nicht gesagt hattest, warum Berger ins Krankenhaus eingeliefert worden war, hat er sich Sorgen gemacht und ihren Mann angerufen. Von dem hat er dann erfahren, was passiert ist.«

Es tat gut, Kristians Stimme zu hören, auch wenn Lena sich gegen das warme Gefühl in ihrem Inneren wehrte. Sie kannten sich seit Lenas Ausbildung, Kristian war einer ihrer Lehrer gewesen. Es war eine tiefe Freundschaft zwischen ihnen entstanden, und irgendwann war es wie in dem Lied von Klaus Lage gekommen. Tausendmal berührt … und irgendwann hatte es tatsächlich Zoom gemacht. Allerdings hatte keiner von ihnen der Erkenntnis nachgegeben, dass plötzlich mehr zwischen ihnen war, und sie hatten es auch nicht offen ausgesprochen. Aus Furcht, damit ihre Freundschaft zu zerstören, aber in erster Linie, weil sie beide wussten, dass Kristian seine Frau, die seit Jahren unter schweren Depressionen litt, niemals im Stich lassen würde.

»Bist du noch dran, Lena?«

»Ja … natürlich …« Sie musste die Vorstellung zurückdrängen, was hätte sein können. »Berger ist übrigens gerade zurückgekommen.« Sie konnte offen reden, da Sönke das Gespräch in ein leer stehendes Einzelbüro gelegt hatte. Der Ausrutscher der neuen Dienststellenleiterin musste nicht breitgetreten werden, weil Lena immer noch das Gefühl hatte, die Frau verteidigen zu müssen. Obwohl sie sie gerade eben so angegangen war. »Ich denke, dass es ein einmaliger Ausrutscher war. Ich kenne Frau Berger ja erst seit einigen Tagen und habe durch das Telefonat mit Lübeck nur erfahren, dass sie in Trennung lebt. Vielleicht war das der Grund, warum sie sich betrunken hat.«

»Ist dir bekannt, warum sie Lübeck verlassen musste?«

»Nein, keine Ahnung.«

»Sie hatte eine Affäre mit einem Anwärter. Ich muss dir nicht erklären, was das bedeutet. Das dürfte sie dann auch ihre Ehe gekostet haben. Und dich die Nachfolge deines Vaters, weil man sie in Lübeck loswerden wollte.«

Lena sog scharf die Luft ein.

»Berger hat immer sehr gute Beurteilungen erhalten«, fuhr Kristian fort, »aber im Moment scheint sie ein bisschen neben der Spur zu laufen. Deshalb möchte ich dich bitten, ein Auge auf sie zu haben. Ich möchte sie nicht kaltstellen und ihr mitteilen, dass du bei den Ermittlungen der beiden Tötungsdelikte jetzt den Hut in eurer Dienststelle aufhast. Zum einen hat sie eh gerade genug an der Backe, und zum anderen würde das so aussehen, als wenn du sie in die Pfanne gehauen hast, was ich um jeden Preis vermeiden will. Aber wir müssen auch verhindern, dass sie Fehler macht und sich endgültig ruiniert, bloß weil sie gerade eine große private Baustelle hat und auch mit ihrer zwangsweisen Versetzung nicht klarkommt. Denn das tut sie nicht. Aber sie ist eine gute Kollegin, und ich glaube, dass ihr gut zusammenarbeiten könntet, wenn ihr euch darauf einlasst.«

Das hatte sie an Kristian immer bewundert. Sein Verständnis für menschliche Schwächen und ein immerwährendes Abwägen und Ausloten der jeweiligen Situation.

»Wie geht es dir?«, hörte sie ihn unvermittelt fragen. »Wir haben ja länger nichts voneinander gehört.«

Nein, das hatten sie nicht. Ihr gegenseitiger Rückzug war schleichend erfolgt, bis der Kontakt nur noch über das Telefon bestanden hatte. Das letzte Telefonat lag mittlerweile aber auch schon mehr als drei Monate zurück.

»Es geht mir gut, danke.« Was sollte sie auch sonst sagen? Ich sehne mich nach dir, erst recht, nachdem ich jetzt endlich wieder deine Stimme höre.

»Es tut mir leid, dass dir die Dienststellenleitung in Büsum nicht übertragen wurde. Wie gehst du damit um?«

»Ich habe es akzeptiert. Was bleibt mir übrig?« Lena schluckte, die Worte waren eindeutig zu patzig herausgekommen. Aber der besorgte Ton in Kristians Stimme war plötzlich mehr, als sie ertragen konnte. Es wäre nur höflich gewesen, jetzt umgekehrt zu fragen, wie es ihm ging, aber sie brachte die Frage nicht über die Lippen aus Angst, dass sie womöglich private Dinge erfahren würde, die sie nicht hören wollte. Weil sie dieses letzte Stück Hoffnung, das sich tief in ihr eingenistet hatte, endgültig zerstören würden.

Kristian schien ihre Stimmung zu erspüren, denn er hakte nicht weiter nach, sondern wechselte das Thema. »Ich bin übrigens gestern noch mit einem Kollegen bei diesem Malte Lohberg gewesen, ihr braucht euch also erst mal nicht um den Mann zu kümmern.«

»Und wie ist es gelaufen?«

»Sein Cousin hat ihm ein Alibi gegeben, das wir im Augenblick nicht widerlegen können. Ich glaube allerdings nicht, dass es stimmt. Lohberg hat sich nicht die geringste Mühe gegeben, seine Genugtuung über Henriette Jansens Tod zu verbergen. Ein ekelhafter Typ.«

Es war ungewöhnlich, dass sich Kristian abfällig über eine verdächtige Person oder einen Täter äußerte, aber bevor sie ihn darauf ansprechen konnte, sprach er schon weiter. »Wir sind ja bisher noch nicht zu unseren morgendlichen Zoom-Meetings gekommen, weil immer irgendwas dazwischenkam. Lass uns die ab morgen aber in Angriff nehmen. Acht Uhr, ist das okay? Ich informiere Berger dann auch noch per Mail.«

»Okay!« Lena schwankte zwischen Freude und Angst bei dem Gedanken, Kristian morgen wiederzusehen. Auch wenn es nur eine Begegnung am Bildschirm war.

Nach Beendigung des Telefonats machte sie sich, wie geplant, mit Sönke auf den Weg zu Ortwin Krepper, den sie allerdings wieder nicht antrafen.

»Was meinst du«, fragte Sönke mit misstrauischem Blick, nachdem er nicht nur mehrere Male geklingelt, sondern zusätzlich noch kräftig gegen die Haustür geklopft hatte. »Ob er da ist und nur nicht aufmacht?«

»Schwer zu sagen. Lass uns mal einen Rundgang ums Haus machen«, schlug Lena vor.

Sie stapften durch den Garten, in dem das Unkraut kniehoch wucherte, aber der Blick durch die Fenster blieb ihnen verwehrt, da die Jalousien an allen geschlossen waren.

»Und nun?«, fragte Sönke, nachdem sie wieder vor der Haustür angelangt waren.

»Muss ich mal überlegen.« Lena setzte sich in Richtung Gartenpforte in Bewegung. »Lass uns erst mal zu Frau Evers fahren.«

»Wie gehen wir das Gespräch mit der Evers denn jetzt an?«, wollte Sönke wissen. »Es besteht ja die Möglichkeit, dass sie noch überhaupt nichts von Henriette Jansens Tod weiß. Es sei denn, sie ist die Täterin.«

»Ich denke, dass sie es weiß. Selbst wenn sie nicht die Zeitung gelesen hat.«

»Wieso kommen Sie damit zu mir?« Marie Evers zeigte sich teilnahmslos, nachdem sie die Nachricht vom Tod Henriette Jansens vernommen hatte.

»Weil wir wissen, dass Sie und Frau Jansen in einer Beziehung waren.« Sie standen noch immer in der Diele, ein Raum oder besser gesagt fast schon ein Saal, den Lena aufgrund seiner Düsternis als ausgesprochen unbehaglich empfand. Dunkle Wände mit kapitalen Hirschgeweihen, weiterhin eine Anzahl schwarzweißer Grafiken, auf denen Pferdeporträts abgebildet waren.

»Wer sagt das?« Marie Evers hatte zuerst den Eindruck erweckt, dass sie sie vor der Tür stehen lassen wollte, nachdem sie sich ausgewiesen hatten. Aber schließlich war sie doch beiseitegetreten und hatte sie in die Diele gelassen. Zu weiteren Zugeständnissen schien sie allerdings nicht bereit.

Lena blieb ihr die Antwort schuldig und blickte sie unverwandt an. Mit Schweigen kam man häufig weiter, weil das Gegenüber dann unweigerlich das Bedürfnis überkam, die Stille zu durchbrechen.

»Ja, wir hatten eine Beziehung«, gab Marie Evers schließlich zu und ließ sich auf einen Stuhl unter einer der Grafiken fallen. Für einen Moment wirkte sie zu Tode erschöpft, dann hatte sie sich wieder im Griff, und der aufmüpfige Blick, den sie bisher an den Tag gelegt hatte, kehrte zurück. »Aber wir haben uns vor einiger Zeit getrennt.«

»Was heißt vor einiger Zeit?«, hakte Sönke nach.

Marie Evers stieß einen ungeduldigen Seufzer aus. »Vor einigen Wochen, so genau weiß ich das nicht mehr.«

Oh doch, dachte Lena, das weißt du ganz genau, denn es geht dir immer noch verdammt nah.

»Von wem ist die Trennung ausgegangen?«

Ein gereizter Ausdruck erschien auf Marie Evers' Gesicht, als sie Sönke anblickte. »Ich wüsste nicht, was Sie das angeht!«

»War Ihnen bereits bekannt, dass Frau Jansen einem Gewaltverbrechen zum Opfer gefallen ist? Und mit ihr ein Mann, mit dem sie allem Anschein nach eine sexuelle Beziehung geführt hat?«, fragte Lena.

»Es stand etwas von einer Henriette J. und einem Heiko F. in der Zeitung. Da habe ich zwei und zwei zusammengezählt.«

»Wann haben Sie Frau Jansen das letzte Mal gesehen?«, wollte Lena wissen.

»Als sie hier ausgezogen ist.«

»Danach nicht mehr?«

»Nein! Wieso hätten wir uns dann noch mal sehen sollen?« Marie Evers funkelte Lena an. »Wieso wollen Sie das alles überhaupt wissen? Was habe ich mit dem Tod von Henny …«, sie räusperte sich, »von Frau Jansen zu tun? Wir haben uns getrennt, die Frau interessiert mich nicht mehr.«

»Ist Ihnen Heiko Fedders bekannt?«, fragte Sönke.

»Nein!«

»Der Mann ist ein bekannter Krabbenfischer aus Büsum.«

»Ja, und? Was geht mich ein Krabbenfischer an? Ich mag keine Krabben!« Marie Evers' Haltung war zunehmend aggressiver geworden.

»Wo waren Sie in der Nacht vom 30. auf den 31. Mai? Also die Nacht von Mittwoch auf Donnerstag in der vergangenen Woche?«

Lenas Frage brachte das Fass bei Marie Evers zum Überlaufen. »Wollen Sie mir etwa unterstellen, dass ich die beiden getötet habe?«

»Wir unterstellen Ihnen überhaupt nichts, Frau Evers«, entgegnete Lena. »Ich habe Ihnen eine Frage gestellt und erwarte eine Antwort.«

»Doch, natürlich tun Sie das!« Marie Evers war aufgesprungen. »Sie glauben, dass ich die beiden getötet habe, weil ich nicht damit fertiggeworden bin, dass Henny mich für einen Mann verlassen hat.«

»Also war Heiko Fedders der Trennungsgrund«, stellte Sönke fest. »Das muss Sie doch schwer getroffen haben, oder? Ausgerechnet ein Mann, also quasi ein doppelter Schlag.«

Sönke provozierte gerne einmal, wenn es ihm während einer Befragung oder Vernehmung angebracht erschien.

Marie Evers' Augen flackerten, sie schnappte hörbar nach Luft.

»Also noch mal, Frau Evers. Wo waren Sie in dem eben genannten Zeitraum?«, setzte Lena nach.

»Ich war hier!«, spie Marie Evers heraus. »Und zwar allein, denn das wäre doch Ihre nächste Frage gewesen, oder?«

»Es gibt niemanden, der Ihre Anwesenheit hier bezeugen kann?«, hakte Sönke nach. »Nicht einmal Ihre Angestellten?«

»Nein, verdammt noch mal, das habe ich doch gerade gesagt! Und jetzt reicht es mir!« Marie Evers sprang auf und eilte zur Eingangstür, die sie mit Schwung aufriss. »Raus aus meinem Haus! Diese ungeheuerlichen Anschuldigungen muss ich mir nicht länger anhören!«

Lena und Sönke ließen sich nicht beeindrucken. »Sind Sie bereit, eine DNA-Probe abzugeben?«, fragte Sönke. »Außerdem würden wir gerne noch Ihre Fingerabdrücke nehmen.« Er hielt das Gerät bereits griffbereit.

»Vergessen Sie's!«, fauchte Marie Evers ihn an.

Lena trat an sie heran. »Ich denke, dass wir uns wiedersehen, Frau Evers.«

Marie Evers hob die rechte Hand, als wolle sie Lena schlagen, ließ sie dann aber wieder sinken.

»Weitere Gespräche wird es nur noch in Anwesenheit meines Anwalts geben. Und jetzt verschwinden Sie!«

»Puh, was für eine Furie«, meinte Sönke auf der Rückfahrt. »Also, wenn die nichts mit den beiden Tötungsdelikten zu tun hat, fress ich 'nen Besen. Sie scheint ja ziemlich unbeherrscht zu sein.«

Lena überlegte. Vielleicht würde ihr Vater bei Marie Evers doch weiterkommen, als es ihnen auf dem offiziellen Weg möglich war. Der zweite Besuch von ihm und Hinnerk war zwar zumindest von seiner Seite nicht vielversprechend verlaufen, aber man sollte die Flinte ja nicht zu früh ins Korn werfen. Marie Evers hatte Carsten gegenüber zwar angegeben, dass sie in den nächsten Tagen keine Zeit für weitere Reitstunden hätte, aber vielleicht konnte er sie ja weichklopfen. Sie würde ihn jetzt sofort anrufen, möglicherweise hatte er noch eine zündende Idee, wie man die Frau triggern konnte. Sönke konnte das Gespräch ruhig mitbekommen, er wusste über Carstens Undercover-Aktivitäten ja mittlerweile Bescheid.

Carsten nahm sofort ab und hörte sich an, was Lena zu sagen hatte. »Ich kann's versuchen, aber viel Hoffnung habe ich nicht«, meinte er.

»Ja, bitte versuch es und setz deinen ganzen Charme ein«, bat Lena.

»Die Frau steht nicht auf Männer, hast du das vergessen?«

»Sei so lieb, bitte!«

Carstens Rückruf erreichte sie noch vor der Ankunft in der Dienststelle. Lena schaltete die Freisprechanlage ein.

»Und?«, fragte sie gespannt.

»Keine Chance, sie muss für ein paar Tage verreisen.«

»Wer's glaubt«, ärgerte sich Lena.

»Also, ich tu's nicht«, sagte Carsten. »Aber ich kann ihr ja nicht das Gegenteil beweisen.«

Lena beschloss, mit Kristian zu sprechen. Er musste sich bei der Staatsanwaltschaft starkmachen, dass sie die Fingerabdrücke von Marie Evers erhielten sowie eine DNA-Probe der Frau.

36

Thies Jansen sah noch schlechter aus als bei ihrer letzten Begegnung. Außerdem schien er weiter abgenommen zu haben.

»Wie geht es dir?«, fragte Carsten. Er hatte die Besuchsgenehmigung bereits am Tag von Thies' Inhaftierung beantragt und war froh, dass es heute nun endlich geklappt hatte. Thies sollte wissen, dass er nicht allein war und Unterstützung erhielt.

»Geht so.« Thies hatte dunkle Ringe unter den Augen, er schien nicht viel geschlafen zu haben. Kein Wunder.

Die Atmosphäre im Besucherraum der JVA setzte Carsten zu, auch wenn er solche Räumlichkeiten aus seiner Dienstzeit kannte. Aber einen alten Freund hier zu sehen, war etwas ganz anderes.

»Hast du eine Ahnung, wieso Henny deine Armbanduhr in der Hand gehabt haben könnte?« Diese Frage trieb Carsten schon die ganze Zeit um, schließlich hatte das Auffinden dieser Uhr in der Hand der Toten zu Thies' Verhaftung geführt.

»Ich kann es mir nur so erklären, dass sie die Uhr mitgenommen hat. Ich habe sie nicht mehr getragen, weil ich eine Nickelallergie entwickelt habe, und Henny hat sie immer gemocht, weil sie auf Herrenarmbanduhren stand. Die Mitarbeiter der Mordkommission haben diese Erklärung aber bezweifelt, als ich sie darauf hinwies.«

»Hat die Kripo denn noch mehr gegen dich in der Hand als die Uhr?«

»Mir ist nichts bekannt. Sie haben mich bis jetzt zweimal zur Vernehmung geholt, und da haben sie nichts erwähnt.«

Einen Augenblick herrschte Stille, dann rückte Carsten noch näher an den Tisch heran. »Hinnerk und ich haben uns übrigens ein bisschen umgetan«, sagte er leise, damit der Wachhabende, der auf einem Stuhl neben der Tür saß, nichts verstehen konnte.

»Wieso Hinnerk?«, fragte Thies irritiert.

»Weil er ebenso dein Freund ist. Glaubst du, wir lassen dich im Stich?«

Thies schluckte.

Carsten erzählte von ihren beiden Besuchen bei Marie Evers. »Die Frau leidet offensichtlich sehr unter der Trennung von Henny. Es ist allerdings schwer an sie ranzukommen, sie ist extrem verschlossen. Hinnerk hatte da etwas mehr Glück bei einer Reinigungskraft, die war auskunftsfreudiger. Wir bleiben da jetzt dran.«

»Übertreib es aber bitte nicht mit den Reitstunden.«

»Wieso, ich bin fit wie ein Turnschuh!«

Ein schwaches Lächeln erschien auf Thies' Gesicht. »Das sieht man.«

»Dann habe ich mich im Hafen bei den Kollegen von Heiko Fedders umgehört«, fuhr Carsten fort, bevor Thies das Thema Reitstunden und deren Folgen vertiefen konnte. »Die haben mir von einem Mann namens Ortwin Krepper erzählt, der seit einiger Zeit in Büsum wohnt und sich immer wieder mit ihnen anlegt. Er geht gegen die Krabbenfischer vor und macht einen auf Umweltaktivist. Heiko Fedders hatte er besonders auf dem Kieker, umgekehrt allerdings ebenso.« Den Vorfall in Freyas Bestattungsinstitut verschwieg er vorerst.

Thies furchte die Stirn. »Stand von diesen Aktionen nicht mal was in der Zeitung? Das kommt mir bekannt vor.«

Carsten nickte. »Ja. Es gab einige Anzeigen gegen Krepper, das war allerdings nach meiner aktiven Zeit. Deshalb kannte ich zunächst auch nur die Zeitungsartikel. Mittlerweile habe ich den Mann aber kennengelernt. Ein unangenehmer Typ.« Carsten erzählte, wie er es geschafft hatte, dass Krepper mit ihm redete. »Ich will versuchen, ihm noch mal auf den Zahn zu fühlen. Allerdings hab ich ihn noch nicht wieder erreicht, aber ich bleibe dran.«

»Weiß deine Tochter eigentlich von deinen Aktivitäten?«

»Ja. Es hätte nichts gebracht, es vor ihr geheim zu halten, sehr wahrscheinlich hätte ich das auch gar nicht geschafft. Sie toleriert es zähneknirschend, wir müssen uns bloß absprechen, damit wir nicht zur selben Zeit irgendwo auftauchen.« Er lachte und empfand eine große Dankbarkeit, dass es mit Lena nun doch so unkompliziert ablief.

»Wenn das rauskommt, dürfte sie eine Menge Ärger kriegen.«

»Lena ist tough, die passt schon auf«, sagte Carsten in dem Versuch, sich mit dieser Bemerkung auch selbst zu beruhigen. Er befand sich in einem Zwiespalt, denn natürlich hatte Thies recht, Lena würde mächtigen Ärger bekommen, wenn einer ihrer Vorgesetzten erfuhr, dass sie ihn nicht gestoppt hatte.

»Ich will mich als Nächstes um diesen Malte Lohberg kümmern und herausfinden, ob er bei seinem Cousin untergekommen ist, wie du vermutet hast«, fuhr Carsten fort. Er hatte Lena zwar versprochen, die Finger von dem Mann zu lassen, aber er konnte nun mal nicht aus seiner Haut. »Allerdings muss ich erst mal in Erfahrung bringen, ob der offiziell schon befragt wurde. Und dann interessiert mich noch, ob dir weitere Personen eingefallen sind, die es auf dich abgesehen haben könnten.«

Thies seufzte und strich mit beiden Händen über sein ausgelaugtes Gesicht. »Die Frage stelle ich mir auch schon die ganze Zeit. Aber aktuell fällt mir da keiner ein, weil nur Lohberg in der letzten Zeit entlassen wurde.« Er schwieg einen Augenblick und fuhr dann fort: »Die Frage ist ja auch nach wie vor, ob es wirklich darum ging, mir mit dem Anschlag etwas heimzuzahlen, indem meine Frau getötet wurde, oder ob nicht dieser Krabbenfischer das eigentliche Ziel war und Henny nur ein zufälliges Opfer.«

Diese Überlegung trieb Carsten und Lena natürlich auch um, was die Ermittlung ja so schwierig machte.

»Du hast doch früher öfter mal Akten mit nach Hause genommen«, sagte Carsten. »Ich brauche nämlich noch ein Foto von Lohberg. Hast du da noch was?«

»Eine Kopie der Lohberg-Akte hab ich tatsächlich noch zu Hause. Da ist auch ein Bild von ihm drin. Aber da kommst du nicht ran, denn mein Haus dürfte versiegelt sein.«

Carsten ignorierte diesen Hinweis. »Und was ist mit den Unterlagen anderer Fälle? Liegen da auch noch welche bei dir rum?«

Thies blickte ihn irritiert an. »Keine Originale, nur ein paar Kopien, die ich häufiger mal gemacht habe. Die haben die Beamten der MK aber sicherlich mitgenommen.«

Carsten senkte die Stimme noch ein bisschen mehr. »Dann brauche ich deinen Schlüssel.«

»Auf gar keinen Fall! Wenn du das Siegel brichst und das

bekannt wird, kommst du in Teufels Küche – und Lena erst recht.« Thies blickte ihn bestürzt an.

»Das lass mal meine Sorge sein. Außerdem wollte ich gar nicht vorne reingehen, sondern den Weg über den Keller nehmen. Mit Chance haben sie die hintere Tür nämlich nicht entdeckt.« Der Eingang zum Keller befand sich an der rückwärtigen Seite des Hauses und war mittlerweile vollständig von Büschen zugewuchert.

»Und wenn doch? Die sind doch nicht blöd.«

»Na, bei diesem Ebert bin ich mir da nicht so sicher«, grinste Carsten, um der Situation die Schwere zu nehmen.

Aber sein Vorhaben funktionierte nicht.

»Carsten, ich will das nicht!«

Die Worte waren so laut herausgekommen, dass der Wachmann kurz hochschaute, zum Glück aber keine Anstalten machte, zu ihnen herüberzukommen, sondern sich wieder seinem Smartphone zuwandte.

Carsten erwiderte nichts, sondern blickte Thies nur unverwandt an, bis dieser schließlich aufgab. »Ein Ersatzschlüssel liegt unter der rechten Blumenschale am Eingang.«

Carsten hätte beinahe die Augen verdreht. Der Klassiker. Bei einem Oberstaatsanwalt hätte er ein etwas subtileres Versteck vermutet.

»Carsten, bitte, tu das nicht!«, bat Thies noch einmal. »Ich möchte nicht dafür verantwortlich sein, dass du womöglich auch noch hier landest.«

»Keine Sorge, das werde ich nicht. Und wenn, mischen wir diese JVA mal kräftig auf.« Der Scherz kam nicht an, und Carsten sprach hastig weiter. »Gibt es sonst noch etwas, das ich für dich tun kann?«

Thies sah ihn eine Zeit lang schweigend an und schüttelte dann den Kopf. »Du tust schon so viel.« Er machte eine abwehrende Handbewegung, als Carsten protestieren wollte. »Aber nein, danke.«

Eine Frage lag Carsten noch auf der Seele. »Was Hennys Beisetzung anbelangt …«, begann er und stockte dann einen Moment, bevor er fortfuhr. »Wenn es dir recht ist, würde ich mich darum kümmern. Du dürftest zwar schnell wieder draußen sein, aber …« Es gelang ihm einfach nicht, seine Befürchtung auszusprechen.

»Aber wir wissen ja nicht, ob das auch wirklich der Fall sein wird«, vollendete Thies den Satz für ihn.

Carsten holte tief Luft. »Wäre das in Ordnung für dich? Ihr habt doch sonst keine Verwandten.«

Thies blickte ihn lange schweigend an, und Carsten sah, welche Mühe es ihn kostete, nicht in Tränen auszubrechen. »Ich weiß gar nicht, wie ich dir das jemals danken soll.«

»Jetzt hör aber auf!«, sagte Carsten energischer als geplant, weil auch er Tränen in sich aufsteigen fühlte. »Wir sind befreundet, da rechnet man doch nichts gegeneinander auf. Das wäre ja noch schöner!«, fügte er bekräftigend hinzu, in der Hoffnung, ihrer beider Rührung so ersticken zu können.

Auf Thies' Gesicht breitete sich ein kleines, trauriges Lächeln aus. »Aber du hast all die Jahre immer so viel mehr gegeben als ich.«

»Tünkram!«, sagte Carsten nachdrücklich und dachte, wenn das so weiterging, würden sie beiden alten Kerle sich gleich die Seele aus dem Leib flennen.

»Ich wäre dir sehr dankbar, wenn du dich um Hennys Beisetzung kümmern würdest«, sagte Thies schließlich leise.

»Lass Freya Gerdes das übernehmen, bei ihr ist Henny in guten Händen.«

Carsten nickte. »Ich regel das. Lena wird mir sagen können, wann die Rechtsmedizin Hennys Leiche freigibt. Gibt es irgendwelche besonderen Wünsche, die ich berücksichtigen muss?« Thies schüttelte den Kopf, woraufhin Carsten wieder etwas näher an ihn heranrückte. »Hast du eigentlich einen Verteidiger?«

Thies nickte. »Die Kripo hat mir einen Pflichtverteidiger besorgt, obwohl ich es abgelehnt habe. Als Staatsanwalt kann ich mich schließlich selbst verteidigen.«

»So ist aber nun mal das Gesetz, und ich halte das für die richtige Entscheidung. Du bist doch emotional viel zu sehr beteiligt.«

»Trotzdem«, beharrte Thies, und bei diesem Wort schimmerte wieder etwas von seiner alten Sturheit durch. »Aber ich habe mich gefügt. Mal sehen, wo das hinführt.«

37

Da Carsten endlich die Genehmigung für einen Besuch bei Thies erhalten hatte, hatte sich Hinnerk an diesem Morgen allein auf den Weg zum Reiterhof gemacht.

Nachdem Freya ihn bei seinem Anruf mit den Worten, welche Ausrede er denn heute habe, um nicht im Institut zu erscheinen, empfangen hatte, war ihm klar geworden, dass er ihr reinen Wein einschenken musste. Zu Hinnerks großer Erleichterung hatte sie seine Beichte erstaunlich gelassen aufgenommen, aber darauf bestanden, dass er am Nachmittag wieder erschien, da sich Tina Fedders angekündigt hatte, um die Beisetzung ihres Vaters zu besprechen. Hinnerk hatte versprochen, sich zu beeilen.

Auf dem Reiterhof wurde er von einer bedrückt aussehenden Saskia Behrens empfangen, die ihn in eines der Hotelzimmer führte. »Ihre Methode hat leider nicht funktioniert.«

Die Nachricht überraschte Hinnerk nicht. Als Carsten ihn am Vortag mit dieser Toilettenaktion überrumpelt hatte, war er komplett überfordert gewesen, weil er seinen Lehrberuf schließlich nie ausgeübt hatte und ihm sämtliche Anwendungen in einem solchen Fall komplett entfallen waren. War ja schließlich auch schon verdammt lange her mit der Ausbildung.

»Meine Chefin möchte sich trotzdem für Ihren Einsatz erkenntlich zeigen«, fuhr Saskia fort. »Es geht ihr heute allerdings nicht so gut, deshalb wird sie diesbezüglich noch einmal auf Sie zukommen.« Sie hakte ihn unter, jetzt mit einem Lächeln im Gesicht. »Ich entlasse Sie aber nicht ohne ein Frühstück.«

Im Restaurant wartete wieder ein prachtvoll gedeckter Tisch auf Hinnerk. So ließ er sich den Tagesbeginn gefallen, auch wenn er ein mächtig schlechtes Gewissen hatte, dass er so überhaupt nicht hatte helfen können.

»Tut mir leid, dass es Frau Evers nicht gut geht«, sagte er, während ihm Saskia einen Kaffee einschenkte und er sein erstes Brötchen beschmierte. Heute waren zwei lecker aussehende Fischsalate mit Garnelen und Räucherlachs dran. »Ich hoffe, es ist nichts Schlimmes.«

Saskia seufzte und nahm Platz, nachdem sie einen Teebeutel in ihren Becher gehängt und kochendes Wasser darüber gegossen hatte. »Na ja, wie man's nimmt. Vorhin waren zwei Polizisten hier, die sie zum Tod ihrer ehemaligen Lebensgefährtin befragt haben. Ich hab das zufällig mitbekommen, weil ich in der Küche war und die Tür zur Diele offen stand, wo sie sich unterhalten haben.« Auf ihrem Gesicht erschien ein peinlich berührter Ausdruck. »Ich habe nicht gelauscht, es war aber nicht zu überhören, was nebenan gesprochen wurde.«

Hinnerk schöpfte Hoffnung, dass er heute etwas mehr erfahren würde. »Das war sicher ein Schock für Frau Evers.«

Saskia nickte. »Henny ist ermordet worden. Zusammen mit einem Mann im Hochhaus in Büsum. Das hatte ich in der Zeitung gelesen, aber ich hatte keine Verbindung hergestellt, weil die Namen nicht ausgeschrieben waren.«

»Ermordet?«, echote Hinnerk und riss die Augen auf. »Das ist ja furchtbar! Weiß die Polizei denn schon, wer es war?«

»Das glaube ich nicht, sonst hätten sie Frau Evers bestimmt nicht so in die Zange genommen. Sie haben ihr ja quasi unterstellt, dass sie die Tat begangen hätte.« Saskia war immer leiser geworden, als hätte sie Angst, dass jetzt umgekehrt ihre Arbeitgeberin sie belauschen würde.

Hinnerk mimte den Erschrockenen weiterhin mit voller Kraft. »Aber warum hätte sie das tun sollen?«

»Weil sie verlassen wurde«, sagte Saskia trocken. »Und dann auch noch für einen Mann. Diese Tatsache dürfte für Frau Evers mit am schwersten gewesen sein.«

»Hmmm ...« Hinnerk blickte Saskia tief in die Augen. »Sie sind doch gut bekannt mit Frau Evers. Trauen Sie ihr denn so etwas zu?«

»Nein.« Das Wort kam etwas zögerlich heraus, wurde dann aber energischer wiederholt. »Nein, natürlich nicht! Frau Evers ist zwar manchmal sehr impulsiv und kann auch ziemlich wütend werden ... aber nein, jemanden zu töten, selbst wenn man eine gewaltige Wut auf ihn hat, dazu gehört doch mehr, oder?« Sie blickte ihn um Bestätigung heischend an.

»Na ja ...«, sagte Hinnerk gedehnt, »das ist nicht gesagt. Im Affekt kann ja so manches passieren.«

38

Nach ihrem Ausbruch gegenüber Lena Matthiessen hatte Berger ihre Bürotür geschlossen und dumpf vor sich hin gebrütet. Immer in der Angst, dass das Telefon klingeln, eine Mail eingehen oder jemand ihr Büro betreten würde, um ihr mitzuteilen, dass sie aufgrund ihres Alkoholexzesses beurlaubt worden sei.

Aber nichts dergleichen geschah. Sie erhielt nur eine Mail von Kristian Gehrkens, dass sie ab dem kommenden Tag nun endlich das morgendliche Zoom-Meeting durchführen würden, zu dem es bisher noch nicht gekommen war. Beginn acht Uhr.

Berger starrte auf den Bildschirm und dann aus dem Fenster auf den Parkplatz hinaus, und langsam sickerte die Erkenntnis zu ihr durch.

Lena Matthiessen hatte sie nicht angeschwärzt.

Berger stöhnte auf und barg den Kopf in ihren Händen. Und sie hatte ihre Stellvertreterin beschimpft und eine Verdächtigung ausgesprochen, die vielleicht überhaupt nicht der Wahrheit entsprach.

Die Scham war für einen Moment so überwältigend, dass Berger der Atem stockte. Es brauchte einige Zeit, bis sie wieder klar denken konnte. Dann griff sie zum Telefon, tippte die Durchwahl ihrer Stellvertreterin ein und bat Matthiessen in ihr Büro.

»Meine Unterstellung tut mir leid, Frau Matthiessen. Ebenso die Art und Weise, wie ich sie rübergebracht habe.« Berger hatte sich schon häufiger in ihrem Leben entschuldigen müssen, das war aber in der Regel privat gewesen, da sie ihrem Beruf stets mit äußerster Korrektheit nachgegangen war. Aber die Affäre mit Thorsten und alles, was darauf folgte, hatte sie komplett aus ihrer Umlaufbahn geworfen. Sie wollte mit ihrer Entschuldigung fortfahren, aber Lena Matthiessen kam ihr zuvor.

»Wir sollten mit offenen Karten spielen, Frau Berger. Mir war die Nachfolge meines Vaters zugesagt worden, und ich will überhaupt nicht verhehlen, dass ich sehr verletzt war, als diese Zusage ohne Angabe von Gründen zurückgezogen wurde.«

Berger beneidete die Kollegin um ihre Haltung, darum, dass sie ihre Gefühle so problemlos in Worte fassen konnte. Ihr wurde klar, dass jetzt auch sie Farbe bekennen musste.

»Ich kann Ihnen den Grund nennen, Frau Matthiessen. Man wollte mich in Lübeck loswerden, weil ich eine Affäre mit einem Polizeianwärter hatte, der daraus seinen persönlichen Nutzen gezogen hat«, sagte Berger tonlos. »Mich allerdings hat das meine Ehe, meinen Job in Lübeck und Sie den erhofften neuen Posten gekostet.« Ein Blick in Matthiessens Gesicht legte die Vermutung nahe, dass ihrer Stellvertreterin diese Tatsache bekannt war, trotzdem erwiderte sie nichts. »Ich war bisher der Meinung, dass diese Nachricht längst die Runde gemacht haben muss und schon lange bis hierher gedrungen wäre. Aber jetzt bekomme ich allmählich den Eindruck, dass dem nicht so ist.«

»Ihr Eindruck trügt Sie nicht. Wir wussten es nicht, und ich habe es erst heute erfahren.« Matthiessen schien nicht gewillt, diesem Satz noch etwas hinzuzufügen. Berger hätte natürlich interessiert, von wem ihre Kollegin die Nachricht hatte, aber sie verkniff sich eine Nachfrage und fuhr stattdessen mit ihrer Beichte fort. »Ich war am Sonnabend in Lübeck, weil mich mein Mann aufgefordert hatte, meine Sachen aus unserer gemeinsamen Wohnung zu holen. Seiner Wohnung, wie er nicht versäumt hatte zu betonen.« Sie lachte auf und hörte selbst, wie bitter es klang. »Womit er recht hatte, schließlich hatte er sie seinerzeit bezahlt. Bei der Gelegenheit ist mir dann meine Nachfolgerin über den Weg gelaufen.« Sie holte tief Luft. »Ich war tatsächlich der Meinung, dass ich diesen ganzen Scheiß problemlos wegstecken könnte, aber da habe ich mich geirrt. Dass Sie mir mit Ihrem absolut berechtigten Einlauf dann auch noch gezeigt haben, wie sehr ich den Start hier gegen die Wand gefahren habe, hat das Fass zum Überlaufen gebracht. Mein Alkoholexzess war dann die Folge. Gehe ich richtig in der Annahme, dass ich es Ihnen zu verdanken habe, dass ich ärztlich versorgt wurde?«

»Ja, das ist richtig. Ich habe Sie gefunden, und Sie sind vor meinen Augen in Ohnmacht gefallen. Ich habe niemandem hier auf der Dienststelle von dem Vorfall erzählt. Trotzdem muss ich Ihnen leider sagen, dass er inzwischen einigen Personen bekannt ist«, klärte Lena sie auf. »Ich hatte in Ihrer ehemaligen Dienststelle angerufen, weil ich wissen wollte, ob jemand benachrichtigt werden muss, dass Sie sich im Krankenhaus befinden. Den Hintergrund Ihrer Einlieferung hatte ich nicht genannt. Ich habe dann Ihren Mann kontaktiert, dem ich allerdings reinen Wein einschenken musste. Im Nachhinein habe ich erfahren, dass sich Ihr Lübecker Kollege nach meinem Anruf Sorgen gemacht hatte und deshalb ebenfalls Ihren

Mann angerufen hat. Und dieser Kollege hat zumindest Kristian Gehrkens darüber in Kenntnis gesetzt, was aber bei einem privaten Treffen geschah. Kollege Gehrkens und ich werden Stillschweigen bewahren«, fuhr Lena fort. »Wir wissen aber natürlich nicht, wie das in Ihrer alten Dienststelle aussieht und ob der bewusste Kollege noch anderen erzählt hat oder erzählen wird, was passiert ist.«

Berger nickte. Erstaunlicherweise stand der Gedanke, dass ihr Alkoholausrutscher in Lübeck die Runde machen könnte, im Augenblick überhaupt nicht im Vordergrund. Nein, was sie gerade in die Nähe eines Weinkrampfes brachte, war die Loyalität, die sie von Lena Matthiessen und dem Leiter der Itzehoer Mordkommission erfahren durfte.

»Danke«, brachte sie schließlich heraus. »Auch dafür, dass Sie für meine Einlieferung ins Krankenhaus gesorgt haben.«

»Sie brauchen mir nicht zu danken. Das hätte ich für jeden getan.« Lena Matthiessen setzte sich etwas aufrechter hin. »Und jetzt sollten wir zur Tagesordnung übergehen.«

Matthiessen brachte sie auf den neuesten Ermittlungsstand, auch was den ominösen Fall der Sexpuppe anbelangte. »Ich habe übrigens vorhin mit dem Kollegen Gellert Marie Evers aufgesucht.«

»Und?«, fragte Berger, dankbar dafür, dass ihre Stellvertreterin nicht weiter auf ihre Beichte eingegangen war.

»Na ja … sie hat kein Alibi für die Tatzeit. Ihre Frustrationsschwelle scheint sehr niedrig zu sein. Unsere Fragen haben sie so aufgebracht, dass sie uns zum Schluss vor die Tür gesetzt hat. Wir müssen sie auf jeden Fall im Auge behalten. Ich habe Kristian Gehrkens gebeten, einmal bei der Staatsanwaltschaft vorzufühlen, was einen Beschluss zu einem DNA-Test und der

Abnahme von Fingerabdrücken angeht. Die hat sie nämlich verweigert.« Lena Matthiessen erhob sich. »Ich will mit Sönke jetzt noch mal bei diesem Krepper vorbeifahren, bisher haben wir ihn nämlich nicht angetroffen.«

Berger nickte und blickte Lena hinterher, als diese den Raum verließ.

39

Auch zwei Tage später war Olaf Westrup noch immer vollkommen durch den Wind, wenn er an Maltes Tobsuchtsanfall dachte.

Malte war in den frühen Morgenstunden zurückgekommen. Olaf hatte sich nach der Lektüre des Briefes wieder in sein Bett gelegt, aber an Schlaf war nicht mehr zu denken gewesen.

So hatte er mitbekommen, wie sein Cousin in den frühen Morgenstunden ins Haus gepoltert war, sich irgendwo gestoßen haben musste, da ein lautes Fluchen erklungen war, dann aber nicht, wie erwartet, in seinem Zimmer verschwunden war, sondern plötzlich die Tür zu Olafs Zimmer aufgerissen hatte.

»Na, du Dreckssack.«

Die Alkoholfahne, die Malte vor sich hergetragen hatte, hatte Olaf fast erschlagen. Er selbst trank täglich seine zwei, drei Bierchen, aber auf harte Sachen stand er überhaupt nicht. Malte hingegen war schon häufiger voll wie eine Haubitze gewesen, und die Aggressivität, die er dann an den Tag legte, ängstigte Olaf. Er hatte sich im Bett aufgerichtet.

»Was willst du?«

Malte war schwankend näher getreten. »Nur mal gucken, was du so treibst.«

»Wieso, was soll ich treiben?« Olaf hatte einen schnellen Blick zum Wecker auf dem Nachttisch geworfen. »Es ist drei Uhr morgens, da schlafe ich.«

»Jetzt aber nicht.« In Maltes Augen hatte ein lauernder Ausdruck gelegen. »Jetzt bist du wach.«

»Bei dem Lärm, den du hier gerade veranstaltest, kann man ja auch nicht schlafen.«

Malte war ganz nah herangekommen, zu nah, und Olaf hatte sich bemüht, seine Angst nicht zu zeigen. Was wollte sein Cousin von ihm?

Als sich Malte unversehens aufs Bett hatte fallen lassen, war Olaf zusammengezuckt und instinktiv ein Stück zur Seite gerückt.

»Hey, was soll das, Alter, ich hab nicht die Pest!«

»Nein, natürlich nicht. Ich hab mich nur erschrocken.«

»Vor mir?« Maltes Augen hatten gefunkelt. »Aber das musst du doch nicht, mein lieber Cousin. Vor mir muss sich doch niemand erschrecken.« Ein dreckiges Lachen war gefolgt.

Unübersehbar hatte Malte sich hochgeschaukelt. Olaf hatte noch immer keine Ahnung, wo er gewesen war, aber entweder war ihm dort etwas oder jemand über die Leber gelaufen, oder Malte war einfach nur auf Streit aus gewesen.

Olaf hatte sich aber auf kein Streitgespräch einlassen wollen, weil er doch nur den Kürzeren gezogen hätte.

»Geh bitte in dein Zimmer, Malte. Ich muss morgen früh raus und brauche noch ein bisschen Schlaf.«

Sein Cousin hatte nicht daran gedacht, sich vom Bett zu erheben.

»Ach, der Herr braucht Schlaf. Stimmt, das hatte ich ganz vergessen. Der Herr ist ja ein wertvolles Mitglied der Gesellschaft, das tagtäglich seiner Arbeit nachgeht. Ganz im Gegensatz zu mir, ich bin ja nur ein wertloses Stück Dreck.«

»Was redest du da für einen Unsinn? Wer hat das denn behauptet?« Es war also wieder die Selbstmitleidsnummer angesagt gewesen, die hatte Olaf schon häufiger erlebt. Aber beschwichtigen hatte dieses Mal nicht geholfen.

»Es ist doch genau das, was du denkst!« Malte hatte aufstehen wollen, war dabei aber ins Taumeln geraten und der Länge nach auf den Boden gefallen. Was ihn aber nicht hatte stoppen können. Mit einem wüsten Fluch hatte er sich wieder hochgerappelt und breitbeinig vor Olaf hingestellt, der mittlerweile aus dem Bett gestiegen war. »Los, sag's. Du bist ein wertloses Stück Dreck.«

»Malte, bitte ...« Weiter war er nicht gekommen, da sein Cousin ihm die Faust in den Magen gerammt hatte.

»Los, sag's. ›Du bist ein wertloses Stück Dreck.‹«

Olaf hatte zu wimmern begonnen und die Hände abwehrend vor den Körper gehalten, aber Malte hatte sie fortgerissen und auf einmal mit einer Pistole vor seinem Gesicht herumgefuchtelt.

»Sag es, verdammt noch mal!«, hatte er noch einmal gebrüllt.

Olaf riss sich aus der Erinnerung und schüttelte die Gedanken an diese Nacht ab. Es musste etwas geschehen, darüber war er sich mittlerweile im Klaren. Malte hatte ihn in der bewussten Nacht zwar nicht mehr geschlagen, aber immer wieder die Pistole auf ihn gerichtet und irgendwann tatsächlich abgedrückt. Diesen Moment würde Olaf in seinem ganzen Leben nicht mehr vergessen, ebenso wenig wie das wiehernde Lachen, das dem Klicken gefolgt war.

Die Waffe war nicht geladen gewesen.

Danach hatte Malte die Lust daran verloren, seinen Cousin weiter zu triezen, und sich in sein Zimmer getrollt.

Olaf hatte am Vortag in der Werkstatt Überstunden geschoben und war auch heute wieder weit vor Dienstbeginn dort gewesen, aber trotzdem war ihm sein Cousin zweimal im Haus über den Weg gelaufen. Malte hatte nur gegrinst und mit dem Zeigefinger eine imaginäre Waffe auf ihn gerichtet, Worte hatten sie keine gewechselt.

Er muss weg, hatte Olaf verzweifelt gedacht, ich will ihn keine Sekunde länger in meinem Haus haben. Aber er hatte nicht gewusst, wie er das anstellen sollte, aus lauter Angst, dass Malte ihn dann wirklich töten würde.

Nachdem er sich heute bei der Inspektion eines Wagens einen groben Fehler geleistet hatte, war ihm klar geworden, dass er so nicht weitermachen konnte. Er musste zur Polizei gehen und das Alibi, dass er Malte für die betreffende Nacht gegeben hatte, zurückziehen. Er hatte die Falschaussage aus Angst gemacht, aber seine Feigheit musste jetzt ein Ende haben. Wenn er den Bullen das Foto des Briefes zeigte, hatten sie eine Möglichkeit, Malte aus dem Verkehr zu ziehen. Und dann würde er endlich wieder zur Ruhe kommen.

»Ich verstehe noch nicht so ganz, was Sie wollen«, sagte die Polizistin, die sich als Hanna Berger vorgestellt hatte, nun schon zum zweiten Mal, und Olaf wurde klar, dass er hier gerade ziemlich wirres Zeugs geredet hatte, weil er so schrecklich durch den Wind war. Er zog sein Smartphone aus der Hosentasche und rief das Foto mit dem Drohbrief an Thies Jansen auf.

»Diesen Brief hat mein Cousin Malte Lohberg geschrieben. Jansen ist Oberstaatsanwalt und hat vor über zehn Jahren dafür gesorgt, dass Malte einfahren musste. Mein Cousin hat immer davon gesprochen, dass er sich an Jansen rächen will, wenn er wieder draußen ist. Und dieser Brief ist der Beweis dafür. Malte muss Jansens Frau ermordet haben. Und auch den Mann, der mit ihr gefunden wurde.«

»Sie haben Ihrem Cousin aber ein Alibi für den Tatzeitraum gegeben«, wandte die Polizistin mit misstrauischem Blick ein.

»Das ziehe ich zurück«, sagte Olaf hastig. »Ich habe gelogen, weil Malte doch Familie ist und ich ihn schützen wollte.«

*

Berger hatte Lena, die vor einer halben Stunde unverrichteter Dinge von Krepper zurückgekehrt war, zur Befragung von Olaf Westrup dazugeholt. Sie zeigte ihr das Foto und sprach davon, dass Lohberg seinen Cousin mit einer Waffe bedroht hatte. Während ein Kollege bei Westrup blieb, zogen sie sich in einen Nebenraum zurück.

»Ich rufe Gehrkens an«, sagte Berger und griff zum Telefonhörer. »Der muss sich sofort diesen Lohberg vornehmen. Thies Jansen hatte ja angegeben, dass er ihm einen Racheakt zutraut, und dieser Brief stützt diese Behauptung.«

»Wenn Lohberg ihn abgeschickt hätte, wäre Thies gewarnt gewesen und hätte uns benachrichtigt«, sagte Lena nachdenklich. »Indem Lohberg ihn aber behielt, konnte er sich das ersehnte Ziel immer wieder vor Augen rufen und schließlich ausführen. Ich bin keine Psychologin, aber das würde aus meiner Sicht Sinn ergeben.« Sie überlegte kurz. »Allerdings wurden von Lohberg keine Spuren in der Ferienwohnung sichergestellt.«

»Ihm dürfte bekannt sein, wie man vorgehen muss, um das zu verhindern.« Berger hatte mittlerweile Kristian am Telefon, schilderte ihm den Sachverhalt und schickte das Foto. Dann stellte sie auf laut, weil er eine Frage hatte.

»Wir dürfen aber nicht vergessen, dass Olaf Westrup seinem Cousin ein Alibi gegeben hat. Was hat er denn dazu gesagt?«

»Er hat es zurückgenommen, mit dem Hinweis, dass er seinen Cousin mit seiner ersten Aussage schützen wollte.«

»Hmmm …«, hörten sie Kristian sagen. »Lohberg hat seinen Cousin so in Angst und Schrecken versetzt, dass dieser ihn jetzt aus seinem Haus haben will. Da würde er notfalls auch zu einer Lüge greifen, das dürfen wir nicht außer Acht lassen. Auch wenn der Brief dafür spricht, dass sich Lohberg an Thies Jansen rächen wollte.«

»Vielleicht ist das Alibi aber auch noch aus der Angst entstanden, seinem Cousin ausgeliefert zu sein, wenn er nicht nach seiner Pfeife tanzt«, sagte Lena. »Wir werden Westrup jetzt noch mal gemeinsam in die Zange nehmen. Der Mann scheint mir nicht die hellste Kerze zu sein, mal sehen, ob er sich in Widersprüche verstrickt.«

Aber Olaf Westrup wiederholte das, was er ihnen bereits gesagt hatte. Sein Cousin wäre im Tatzeitraum nicht zu Hause gewesen. Westrup war mittlerweile zu einem schlotternden Häufchen Elend geschrumpft, das um Polizeischutz bat, den sie ihm natürlich nicht geben konnten. Lena konnte ihn allerdings kurzfristig in der Ferienwohnung einer Bekannten unterbringen, dann informierte sie Kristian Gehrkens über die zweite Befragung von Westrup.

»Okay«, sagte Gehrkens. »Dann besorge ich jetzt einen Durchsuchungsbeschluss für Westrups Haus, damit wir Lohbergs Brief sicherstellen können. Wenn wir den haben, können wir Lohberg in U-Haft nehmen.«

40

Nach dem Besuch in der JVA hatte sich Carsten umgehend auf den Weg zu Freya gemacht, um mit ihr die Einzelheiten bezüglich Hennys Beisetzung zu besprechen. Kurz vor seiner Ankunft hatte ihn ein Anruf von Freyas Konkurrent Sebastian Grönert erreicht, der wissen wollte, ob Carsten sich denn schon Gedanken über einen Vorsorgevertrag gemacht hätte. Carsten hatte ihn abgewimmelt, er brauche noch etwas Zeit und würde sich dann wieder melden. Nicht zu fassen, dass der Mann hinter ihm her telefonierte. Glaubte er etwa, dass er mit Druck schneller zu einem Abschluss kam?

Carstens Aussage hatte in einem Punkt allerdings nicht der Wahrheit entsprochen. Denn er hatte sich durchaus Gedanken gemacht. Auch darüber wollte er mit Freya reden.

Vorher galt es allerdings Hinnerk zu befragen, der wieder hinter dem Empfangstresen thronte. Von Richard Wagner war heute nichts zu hören, vielleicht war er ja auf der Suche nach dem Rheingold. Ja, in der Beziehung war er ein absoluter Banause, gestand Carsten sich ein. Die Dramatik der Wagner-Opern war definitiv nichts für sein heiteres Gemüt.

»Und?«, wollte er wissen. »Wie war's auf dem Reiterhof?«

Hinnerks Gesicht verdüsterte sich.

»Hast du etwa nichts mehr über Marie Evers rausbekommen?«

Hinnerk schnaubte. »Himmel, ich hab die Toiletten gemeint. Mein Hausmittel war der totale Misserfolg.«

Carsten blickte ihn entnervt an. »Mensch, was interessieren mich die Toiletten.«

»Dich vielleicht nicht, mich aber schon«, begehrte Hinnerk auf. »Schließlich ging es hier ja um meine Handwerkerehre. Und die ist jetzt vollends im Eimer.«

»Du wirst es verkraften«, meinte Carsten emotionslos. »Gib mir lieber eine Antwort auf meine Frage.«

Hinnerks Worte befriedigten Carsten nicht, weil er nichts Neues zu hören bekam. Also machte er sich auf in Freyas Büro.

»Habt ihr Krepper angetroffen?«, war ihre erste Frage, kaum dass er Platz genommen hatte.

»Bis jetzt noch nicht. Lena und ich haben es unabhängig voneinander versucht, leider ohne Erfolg. Wir bleiben aber dran, der Typ kann ja nicht vom Erdboden verschwunden sein.« Er blickte sie fragend an. »Willst du Anzeige erstatten?«

Freya zögerte. »Ich bin mir nicht sicher. Zuerst war ich fest dazu entschlossen, aber jetzt habe ich Angst. Wer weiß, was er sich dann noch alles einfallen lässt.«

Carsten hatte Freya immer für extrem furchtlos gehalten. Aber er konnte ihre Angst nachvollziehen, die Aktion von Krepper hatte schließlich etwas Unheimliches gehabt, und sie hatte recht, wer wusste, was dieser unberechenbare Typ sonst noch plante. Denn wenn sie ihn zu fassen bekämen, würde keine Verhaftung erfolgen, dafür war die Sache nicht groß genug. Aber egal, ob Anzeige oder nicht, bestand immer die Gefahr, dass er mit Freya noch nicht fertig war. Trotzdem riet

Carsten ihr zu einer Anzeige. »Du solltest ihm zeigen, dass du keine Angst hast. Das ist auch wichtig für dich, weil du dich sonst unweigerlich in der Opferrolle wiederfindest. Aber du bist kein Opfer, Freya. Du bist eine starke Frau.«

Das Kompliment schien ihr peinlich zu sein, auf einmal mied sie seinen Blick.

»Ich bin aber noch aus einem anderen Grund hier«, sagte Carsten. »Ich habe nämlich heute Morgen Thies Jansen in der JVA besucht, und er hat darum gebeten, dass du dich um Hennys Beisetzung kümmerst.« Carsten trank einen Schluck Kaffee, den Freya ihm in der Zwischenzeit eingeschenkt hatte, ganz old fashioned hergestellt, mit einer normalen Kaffeemaschine, wie er sie auch zu Hause hatte, mit richtiger Milch und nicht irgendwelchem Hafergedöns. Hmmm, lecker, das war noch echter Genuss.

Freya nickte. »Das mache ich natürlich gerne. Ist ihre Leiche denn schon freigegeben?«

»Ich werde Lena bitten, in der Rechtsmedizin nachzufragen.«

»Hat Thies denn schon Vorstellungen? Also, was für ein Sarg es zum Beispiel sein soll? Und in Bezug auf die Predigt?« Freya blickte ihn fragend an. »War seine Frau überhaupt in der Kirche? Ich kannte sie ja nicht näher, was auch für Thies gilt. Falls das nicht der Fall war, müsste ich mich um einen freien Redner kümmern.«

»Das werde ich alles bei Thies erfragen. Von dir brauche ich aber erst mal eine Übersicht über die Sargtypen, damit er sich einen aussuchen kann. Du hast doch sicher eine Mappe mit Fotos, oder?« So eine hatte er nämlich bei der Konkurrenz durchgeblättert, deshalb vermutete er, dass Freya auch so etwas vorweisen konnte.

Freya erhob sich und ging zu dem Eichenregal hinter ihrem Schreibtisch, aus dem sie einen Ordner zog. Carsten schaute sich währenddessen genauer im Raum um, schließlich war er bisher nur wenige Male hier gewesen.

Er musste sich eingestehen, dass Freyas Institut nicht mit der Konkurrenz mithalten konnte, zumindest nicht, was das Interieur betraf. Bei Henningsen war quasi alles auf Hochglanz poliert, hier sprang einen der Muff aus jeder Ecke an. Aber wie er ja von Hinnerk gehört hatte, hatte Freya kein Geld für eine Renovierung. Carsten hoffte, dass ihr das nicht das Genick brechen würde. Er überlegte, ob er sie darauf ansprechen sollte, entschied sich aber dagegen. Denn was hätte es außer einer schlechten Stimmung zwischen ihnen gebracht? Er konnte kein Geld herbeizaubern, auch wenn er sie liebend gerne unterstützt hätte. Außerdem war ihm klar, dass sie sich niemals darauf einlassen würde.

Freya hatte den Ordner vor ihm auf den Tisch gelegt und aufgeschlagen. »Da sind alle Modelle drin, die ich hier habe beziehungsweise bestellen kann. Letzteres würde je nach Modell aber einige Zeit dauern. Dann müsste Thies sich natürlich auch noch dazu äußern, wie die Beisetzung ablaufen soll. Und welche Musik gespielt werden soll.« Sie stand erneut auf und holte ein Formular aus ihrem Schreibtisch. »Das kann er alles hier eintragen. Haben sie bereits eine Grabstelle?«

Carsten schaute sich die Liste an. Ja, alle diese Punkte hatte er bereits bei der Konkurrenz gesehen. »Ich sehe zu, dass ich Thies noch mal besuchen kann, dann gehe ich das alles mit ihm durch.« Er lehnte sich im Stuhl zurück. »Da ist aber noch etwas, was ich auf dem Herzen habe.«

Freya blickte ihn interessiert an.

»Ich trage mich nämlich mit dem Gedanken, einen Vorsorgevertrag abzuschließen.«

Freya wirkte überrascht und zögerte einen Augenblick mit ihrer Antwort. »Das ist eine gute Idee«, brachte sie schließlich heraus.

»Du scheinst davon nicht so überzeugt zu sein.«

»Doch, das bin ich generell immer, ich halte es bloß in deinem Fall nicht für nötig, da du ja zwei Töchter hast, die sich kümmern können.« Ihr Blick war besorgt geworden. »Entschuldige, wenn ich das frage, aber … ich hoffe doch, dass keine Erkrankung hinter deiner Überlegung steckt.« Im nächsten Moment hob sie die Hand. »Tut mir leid, Carsten, aber das war zu persönlich. Vergiss meine Bemerkung.«

Freyas offensichtliche Sorge tat Carsten gut und legte sich wie Balsam auf sein Gemüt, das immer noch mit ihrem Geständnis zu kämpfen hatte, dass sie Männer im Internet daten müsse, weil sie hier vor Ort ja nicht fündig würde.

»Mir geht es gut«, versicherte er. »Ich fände es Lena und Sanne gegenüber bloß fair, wenn ich schon alles im Vorweg regele und auch bezahle, damit sie sich nicht damit abgeben müssen.«

Freya blickte ihn an, und Carsten meinte, so etwas wie Hochachtung in ihrem Blick zu entdecken. »Ich bewundere dich, dass du es fertigbringst, dich damit zu beschäftigen. Ich könnte das nicht. Meine eigene Beerdigung planen.« Sie schüttelte abwehrend den Kopf.

Das verwunderte Carsten nun doch sehr. »Du führst ein Bestattungsinstitut, Freya, die tägliche Beschäftigung mit dem Tod ist dein Job.«

»Ja, aber doch nicht die mit meinem eigenen Tod«, gab sie

heftig zurück und schluckte, »auch wenn ich mir über den in letzter Zeit immer häufiger Gedanken mache. Schließlich bin ich nicht mehr die Jüngste.«

Er wollte Einspruch erheben, aber sie schnitt ihm mit einer energischen Geste das Wort ab.

»Ich gehe stramm auf die sechzig zu, Carsten, der Lack ist ab. Hast du eine Ahnung, wie viele Zipperlein mich mittlerweile plagen? Es gibt doch diesen Spruch, wenn du morgens aufwachst und nichts tut mehr weh, bist du tot. Mir tut so einiges weh, worüber ich mich ja freuen müsste, weil es mir zeigt, dass ich noch am Leben bin, aber es fällt mir so verdammt schwer, mich mit diesen ganzen Plagen des zunehmenden Alters abzufinden.«

So offen hatte sie noch nie mit ihm gesprochen. Bisher war es bei ihren Begegnungen immer bei Small Talk geblieben, und Carsten wusste im ersten Moment nicht so recht, wie er jetzt damit umgehen sollte. Aber dann entschloss er sich, ebenso offen zu sein. »Mit diesen Gefühlen bist du nicht allein, Freya. Zu meiner Berufszeit kannte ich sie noch nicht, obwohl diese ja erst ein halbes Jahr zurückliegt. Aber seitdem hat sich irgendetwas verändert.«

Sie blickte ihn lange Sekunden an, bevor sie zu einer Erwiderung ansetzte. »Du bist jetzt im Ruhestand, Carsten. Und so wie ich dich bisher kennengelernt habe, würde ich sagen, dass dir eine sinnvolle Beschäftigung fehlt. Du hast zu viel Zeit, um über alles Mögliche nachzudenken. Und plötzlich stellt man irgendwelche Gebrechen fest, die vorher vielleicht auch schon da waren, die man aber nicht registriert oder zur Seite geschoben hat, weil wichtigere Dinge anstanden und man keine Zeit hatte, sich ständig auf sich selbst zu konzentrieren.«

Da hatte Freya etwas Wahres ausgesprochen. War dies der Hintergrund, dass er sich in die Ermittlungen der beiden Tötungsdelikte und die Sache mit der Sexpuppe eingemischt hatte? Weil er nicht wusste, wohin mit sich? Nein, sagte er sich dann. Er hatte es getan, weil er Thies und Freya helfen wollte. Einen anderen Hintergrund gab es nicht.

Freya beugte sich unvermittelt zu ihm hinüber, um ihre Hand auf die seine zu legen, die auf dem Ordner ruhte. »Wir kennen uns jetzt seit bald zehn Jahren, warum führen wir solche Gespräche erst heute?«

Ja, warum? Weil er sich nach seiner Scheidung erst hatte sortieren müssen und nicht auf der Suche nach einer neuen Beziehung gewesen war. Und als er sich dann irgendwann über seine Gefühle für Freya klar geworden war, hatte er nie den Eindruck gehabt, dass sie sein Interesse erwiderte.

War das jetzt plötzlich anders? Und falls ja, hing es damit zusammen, dass sie aufgrund der aktuellen Situation jemanden zum Festhalten brauchte, oder waren auf einmal auch bei ihr Gefühle im Spiel?

Mit diesen Überlegungen machte sich Carsten auf den Weg zu Thies' Haus, wo seine Gedanken allerdings sehr schnell von anderen Dingen in Anspruch genommen wurden.

Ihm war natürlich bewusst, dass er bei dem, was er jetzt plante, Vorsicht walten lassen musste. Es war noch hell und nicht auszuschließen, dass Nachbarn oder Fußgänger mitbekamen, wie er das Grundstück betrat. Bei Thies' Verhaftung hatte er niemanden auf der Straße gesehen, aber das musste nichts heißen. Ebert hatte Thies Handfesseln angelegt, und falls das jemand der Nachbarn mitbekommen haben sollte, würde er sich unter Umständen wundern, wenn sich jetzt eine ihm unbekannte Person auf dem Grundstück herumtrieb. Also sollte er nach Möglichkeit niemandem auffallen.

Da Carsten auf ein Siegel an der Haustür aufmerksam wurde, huschte er schnell zur Rückseite des Hauses, nachdem er den Türschlüssel unter dem Blumentopf hervorgeholt hatte. Die Kellertür lag hinter einem Gold-Geißblatt versteckt, das mittlerweile gewaltige Ausmaße angenommen hatte und bis zur Dachrinne empor gewuchert war. Wenn man hier nicht gezielt suchte, fiel einem die Kellertür nicht ins Auge.

»Hab ich's doch gewusst!«, triumphierte Carsten, nachdem er sich durch das Buschwerk gearbeitet hatte und sah, dass diese Tür nicht versiegelt war. Hätte ihn auch gewundert, wenn Ebert und dieser Banker sie entdeckt hätten.

Der Schlüssel ließ sich mit einiger Mühe drehen, aber schließlich hatte Carsten es geschafft. Er drückte die Tür auf, deren Scharniere protestierend quietschten, und betrat den schmalen Kellergang, von dem zwei Türen auf der rechten Seite zum Wasch- und Trockenraum und einer Vorratskammer führten und an dessen Ende eine Treppe ins Erdgeschoss hinaufführte.

Thies' Arbeitszimmer befand sich im ersten Stock. Carsten war schon häufiger hier gewesen und hatte die penible Ordnung, die in dem Raum herrschte, immer bewundert. In diesem Zimmer hatte alles seinen festen Platz, hier stand oder lag nichts herum.

Carsten warf als Erstes einen Blick in die beiden Aktenschränke an der rechten Wand. Der erste Schrank enthielt eine Vielzahl von Ordnern, die allesamt fein säuberlich beschriftete Rückenschilder hatten. Die Ordner enthielten die üblichen

Dinge, die man in einem Haushalt fand. Rechnungen, Steuer- und Versicherungsunterlagen, Briefwechsel aller Art.

Im zweiten Schrank entdeckte Carsten jede Menge juristischer Bücher und Zeitschriften und weitere Ordner, die das enthalten mussten, nach dem er gesucht hatte. Sie waren mit Aktenzeichen versehen, unter denen jeweils ein Name stand. Malte Lohberg war einer davon, und als Carsten den Ordner herausnahm und zu blättern anfing, stieß er schnell auf eine Klarsichthülle, in der sich ein Foto von Lohberg befand.

Ein hageres Gesicht mit hohen Wangenknochen, schütteren Haaren und tiefliegenden, stechenden Augen. Verbrechervisage hätte Hinnerk gesagt. In der Akte war auch die Adresse von Lohbergs Cousin Olaf Westrup vermerkt, bei dem Lohberg jetzt wohl wohnte.

Carsten nahm weitere Akten aus dem Schrank und setzte sich damit an Thies' Schreibtisch. Die Fälle behandelten unterschiedliche Delikte, von Totschlag, Entführung bis zu einem brutalen Raubüberfall mit Todesfolge war alles dabei. Bei allen waren langjährige Freiheitsstrafen verhängt worden, die Täter hatten größtenteils ihre Haftstrafen abgesessen und waren wieder in Freiheit.

Nach zwei Stunden hatte Carsten alle Akten durchgearbeitet, aber zu seinem großen Verdruss in keiner von ihnen einen Hinweis gefunden, dass Drohungen seitens der Täter gegen Thies erfolgt waren. Was nicht bedeuten musste, dass keine Rachegedanken gehegt worden waren. Hier hatte die Mordkommission sicherlich Klärungsbedarf, die Frage war allerdings, ob sie genügend Mitarbeiter hatten, um hier zahlreiche Befragungen durchzuführen.

41

Lena wusste nicht, was sie geweckt hatte, denn als sie hochschreckte und in die Dunkelheit lauschte, hörte sie nur das leise Schnarchen von Fini, die in ihrem Körbchen neben dem Bett lag.

Der verschlafene Blick auf den Digitalwecker zeigte null Uhr vierunddreißig. Lena stöhnte. Wenn sie Pech hatte, lag sie jetzt wieder für ein paar Stunden wach. Das war in der letzten Zeit leider häufiger der Fall gewesen.

Sie tastete auf dem alten Überseekoffer herum, der ihr als Nachttisch diente, aber wie es aussah, hatte sie vergessen, ein Glas Wasser mit in ihr altes Kinderzimmer zu nehmen, in dem sie jetzt wieder wohnte. Übergangsweise, wie sie Carsten und sich gegenüber stets betonte, auch wenn sie sich eingestehen musste, dass sie die Zeit mit ihrem Vater genoss. Sie hatten sich schon immer gut verstanden, nicht einmal in der Pubertät hatte es größere Probleme zwischen ihnen gegeben. Ganz im Gegensatz zu Sanne, die viele Jahre die aufmüpfige gewesen und erst mit ihrer Heirat zur Ruhe gekommen war. Was nach Lenas und auch Carstens Meinung damit zusammengehangen haben dürfte, dass Lena schon in jungen Jahren gewusst hatte, dass sie wie ihr Vater zur Polizei gehen wollte, und sie dieses Ziel unbeirrt verfolgt hatte. Während Sanne sich hatte treiben lassen, mal an diesem, mal an jenem Interesse gezeigt hatte, aber zumindest beruflich nirgendwo so richtig angekommen war.

Lena knipste die Nachttischlampe an und schwang die Beine aus dem Bett, wobei sie hoffte, das Fini nicht aufwachte. Die Lütte hatte sich am Abend im Garten ausgetobt und war anschließend wie ein nasser Sack in ihr Körbchen gefallen, also bestand Hoffnung, dass sie weiterschlief. Falls nicht, würde sie nämlich umgehend wieder Lenas Aufmerksamkeit einfordern und sie vom Schlafen abhalten. Lena hatte sich entschlossen, mit Fini eine Hundeschule aufzusuchen, da sie beide in ihrem Miteinander noch eine Menge zu lernen hatten.

Da, jetzt war doch etwas zu hören. Lena spitzte die Ohren. Das waren doch Martinshörner, und genau die dürften sie auch geweckt haben. Sie suchte ihr Handy, und erinnerte sich dann, dass sie es auf der Couch im Wohnzimmer liegen gelassen hatte. Hastig lief sie ins Erdgeschoss, und nachdem sie das Handy aktiviert hatte, sah sie es.

Sechs entgangene Anrufe.

Eilends hörte sie die Mitteilungen ab, die von Sönke und Berger eingegangen waren. Es war ein Brand im Rosengrund gemeldet worden, ihre Anwesenheit sei dringend erforderlich.

»Ach, du Scheiße!«, fluchte Lena, nachdem sie gelesen hatte, um welches Haus es sich handelte. Sie hetzte ins Schlafzimmer zurück, wo Fini mittlerweile aufgewacht war und auf sie zugelaufen kam. Lena beachtete sie nicht und schlüpfte in ihre Klamotten, bevor sie die Schlafzimmertür hinter sich schloss, ins Erdgeschoss zurückrannte und an Carstens Schlafzimmertür hämmerte. »Papa, wach auf! Freyas Haus brennt!«

Das Feuer hatte sich schon großflächig ausgebreitet, als Lena den Wagen mit quietschenden Reifen vor dem Absperrband zum Stehen brachte. Sie hatte Mühe gehabt, ihren Vater zu beruhigen, der erst wieder zu sich zu kommen schien, als sie Freya auf der gegenüberliegenden Straßenseite stehen sahen. Carsten sprang aus dem Wagen und lief auf sie zu.

»Bist du okay?«, hörte Lena ihn rufen, als sie ihm folgte.

»Ja«, versicherte Freya, der der Schock über das Geschehen ins Gesicht geschrieben stand. Sie trug nur einen Bademantel über einem Pyjama und klammerte sich an Carsten, während sie immer wieder zum Haus hinüberblickte, aus dem die Flammen in den Nachthimmel loderten.

»Geht es dir wirklich gut?«, fragte Carsten trotzdem ein weiteres Mal, und Lena konnte sich nicht erinnern, ihren Vater jemals so aufgeregt gesehen zu haben.

»Ja, Lieber«, wiederholte Freya und drückte seine Hand.

Lieber?

Lena blickte erstaunt zwischen Freya und Carsten hin und her. Lief da etwas zwischen den beiden, von dem sie nichts mitbekommen hatte? Sie würde es ihrem Vater so sehr wünschen.

Sie ließ die beiden zurück, um das Geschehen in Augenschein zu nehmen. Mehrere Wehren waren angerückt, und so wie Lena es mit ihrem laienhaften Wissen einschätzte, würde das Haus nicht mehr zu retten sein. Es dürfte an die siebzig Jahre auf dem Buckel haben, Freya war nach dem Tod ihrer Eltern dort eingezogen. Einstöckig, solider Backstein, aber mit einem stark sanierungsbedürftigen Dach, das jetzt lichterloh brannte, und Fenstern, die immer noch ihre hölzernen Rahmen besaßen und hier, auf der Vorderseite, allesamt geborsten waren.

Lena wandte sich an den Einsatzleiter der freiwilligen Feuerwehr. »Moin, Hannes, wie sieht's aus?«

Hannes Behnke schnaufte. Der zurückliegende Tag hatte wieder Temperaturen um die dreißig Grad gehabt, und auch heute Nacht waren die Temperaturen nicht unter zwanzig Grad gesunken. Selbst hier an der Nordsee nahmen diese sogenannten tropischen Nächte in den letzten Jahren immer mehr zu. Da musste die Arbeit in voller Montur mit Helm eine einzige Qual sein.

»Schlecht, Lena. So schnell, wie sich das Feuer ausgebreitet hat, dürfte Brandbeschleuniger im Spiel gewesen sein. Zum Glück stehen die umgebenden Häuser weit genug entfernt, und es besteht keine Gefahr, dass der Brand auf sie übergreift.«

Lena blickte fassungslos auf das Inferno vor ihren Augen und versuchte, sich zu sammeln.

Hatte hier womöglich Ortwin Krepper seine Hand im Spiel gehabt? Sie schaute sich nach ihren Kollegen um und sah Sönke Gellert auf sich zukommen, der ein Tablet in der Hand hielt. Wo war Berger? Lena konnte sie nirgends entdecken.

»Berger und ich haben uns die Nachbarn vorgenommen«, klärte Sönke sie auf. »Und wie es aussieht, haben wir Glück. Einer der beiden direkten Nachbarn hat nämlich jemanden beobachtet und aufgenommen. Der Mann ist ambitionierter Hobbyfotograf und arbeitet gerade an einer Serie mit Mondaufnahmen. Ihm ist ein Mann auf der gegenüberliegenden Straßenseite aufgefallen, der das Haus von Frau Gerdes zu beobachten schien. Als der Mann auf den Nachbarn aufmerksam wurde, ist er in der Dunkelheit verschwunden. Dem Nachbarn kam das zwar komisch vor, er ist dann aber wieder ins Haus gegangen, nachdem er seine Fotos geschossen hatte. Circa fünf

Minuten später hat er einen dumpfen Knall gehört und nachgesehen, da schlugen bereits die ersten Flammen aus einem der Fenster.« Sönke wischte auf dem Tablet herum und hielt es Lena vor die Nase, nachdem er das Gesuchte gefunden hatte. »Das ist der Mann. Der Nachbar hat ihn vorsichtshalber aufgenommen, man wisse ja nie, hat er gemeint.«

Lena war nicht allzu überrascht, als sie das Gesicht des Mannes erblickte, das Sönke herangezoomt hatte. Die Aufnahme war zwar in der Dunkelheit entstanden, aber von guter Qualität.

»Ortwin Krepper.«

»Jo«, bestätigte Sönke. »Spricht also viel dafür, dass er das Feuer gelegt hat.«

Lena blickte zu ihrem Vater und Freya auf der gegenüberliegenden Straßenseite hinüber, die immer noch auf das Feuer starrten. Es wäre das Vernünftigste, wenn Carsten Freya zu ihnen nach Hause brachte, hier konnten sie schließlich nichts ausrichten, und es wäre Freyas Seelenheil sicherlich nicht förderlich, wenn sie dabei zusehen musste, wie ihr Haus bis auf die Grundmauern niederbrannte. Da Carsten aber bisher keine Anstalten gemacht hatte, Freya wegzubringen, musste sie jetzt wohl eingreifen.

Lena war gerade dabei, die Straße zu überqueren, als ein lauter Knall zu hören war, dem nur Sekunden später ein zweiter folgte.

Im ersten Moment dachte sie, dass es weitere Explosionen am Brandherd gegeben hatte, bis ihr klar wurde, dass es sich um Schüsse gehandelt haben musste.

Instinktiv duckte sie sich, wobei ihr Blick zu Carsten und Freya flog und sie mit lähmendem Entsetzen zusehen musste, wie ihr Vater zu Boden sank.

»Carsten!«

Freyas Schrei gellte durch die Nacht und schreckte Lena aus ihrer Starre. Sie hastete zu ihrem Vater hinüber und fiel neben ihm auf die Knie. »Papa!« Er rührte sich nicht, seine Augen waren geschlossen. Im ersten Moment konnte sie keine Verletzung an ihm entdecken, aber als sie ihn vorsichtig ein Stück zur Seite drehte, sah sie das Blut, das sich unter ihm auszubreiten begann, und die beiden Einschusslöcher auf der Rückseite seines weißen Polohemds. Sie legte zwei Finger an seine Halsschlagader und spürte zu ihrer großen Erleichterung einen Pulsschlag.

»Ein RTW ist auf dem Weg, Verstärkung und ein Hubschrauber sowie Kollegen von der Bereitschaftspolizei und ein Mantrailer sind angefordert. Eine Ringfahndung ist eingeleitet, unsere Kollegen suchen im Moment die Gegend ab«, hörte sie Sönkes Stimme neben sich. Nüchtern und professionell, aber als sie hochschaute, nahm sie das Entsetzen in seinem Blick wahr. Auch er kniete sich jetzt hin und drückte kurz ihre Hand. »Lass mich Carsten untersuchen.« Als sie keine Anstalten machte aufzustehen, griff er hart nach ihrem Arm. »Lena, bitte, steh auf!«

Alles in ihr sträubte sich gegen seine Aufforderung. Sie strich über Carstens Gesicht, immer wieder, spürte seine Haut, die noch voller Wärme war. »Verlass mich nicht! Papa, hörst du, du musst bei mir bleiben! Ich brauche dich doch!«

»Ist er …?« Freyas Stimme brach, sie schluchzte laut auf.

»Er lebt«, sagte Lena tonlos.

Sönke schob sie beiseite, energischer jetzt, und endlich erhob sie sich. Ihr Kollege war ausgebildeter Rettungssanitäter, sie durfte ihm nicht im Weg sein.

Inzwischen war auch Berger dazugekommen. Sie drückte kurz Lenas Arm und wandte sich dann an Freya. »Was ist genau passiert?«

Lena war erleichtert über Bergers Gegenwart, da ihre Gedanken gerade wild durcheinanderwirbelten.

Hielt Krepper sich noch in der Nähe auf? Waren die Schüsse von ihm gekommen? Dann mussten sie Freya gegolten haben.

»Ich weiß es nicht«, schluchzte Freya. »Wir standen hier und haben auf das Haus geschaut. Dann waren diese lauten Knallgeräusche zu hören. Ich habe zuerst gedacht, dass sie durch das Feuer verursacht worden wären und irgendwas im Haus in die Luft geflogen ist. Aber dann sackte Carsten zu Boden.«

Lena überlegte fieberhaft. Ihr Vater und Freya hatten nebeneinandergestanden, mit vielleicht einem Meter Abstand zwischen ihnen.

Ein entsetzlicher Gedanke begann sich in ihrem Kopf zu formen.

Was, wenn gar nicht Freya, sondern Carsten das Ziel gewesen war? Der Schütze musste hinter den Bäumen gestanden haben, die sich zwischen dem Fußweg und dem Stadion Rosengrund befanden. Von dort hatte er gute Sicht gehabt, zumal die Szenerie durch den Brand taghell erleuchtet war.

Man musste schon ein sehr schlechter Schütze sein, um unter diesen Bedingungen danebenzuschießen …

Von Weitem erklangen näher kommende Martinshörner, und wenige Augenblicke später stoppten ein Rettungswagen und ein Notarztwagen neben ihnen. Benommen beobachtete Lena, wie Notarzt und Sanitäter zu Carsten eilten und sich von Sönke Bericht erstatten ließen. Nachdem sie Carstens weitere

Erstversorgung übernommen hatten, trat Sönke zu ihr und Freya. Sein Gesicht war ernst, und für einen Moment verließ Lena aller Mut, ja sie war nicht einmal imstande, Sönke zu fragen, wie es um ihren Vater stand.

»Was ist mit Carsten?«, hörte sie Freyas Stimme. Lena blickte zu ihr und sah, dass sie sich wieder ein wenig gefangen zu haben schien.

Sönke sah mitgenommen aus. »Carsten hat viel Blut verloren. Die Kugeln stecken noch in seinem Körper, es gibt keine Austrittswunden.«

Es dauerte eine gefühlte Ewigkeit, bis die Sanitäter Carsten in den RTW schoben. Der Notarzt fertigte Lena kurz ab, Näheres zum Zustand ihres Vaters könne man erst nach einer genauen Untersuchung im Krankenhaus sagen. Berger organisierte ein Taxi, damit sie und Freya ebenfalls ins Krankenhaus fahren konnten. Bevor sie sich auf den Weg machten, nickte sie Lena aufmunternd zu.

»Wir finden heraus, wer das war.«

Am frühen Morgen kehrten Lena und Freya nach Büsum zurück. Die Ärzte hatten die beiden Kugeln in einer Not-OP aus Carstens Körper entfernt und ihn in ein künstliches Koma versetzt. Lena und Freya wären am liebsten an seiner Seite geblieben, hatten sich aber schließlich überzeugen lassen, dass sie hier im Augenblick nichts weiter ausrichten konnten.

»Du kommst jetzt erst mal mit zu uns«, sagte Lena auf der Rückfahrt.

»Nein«, wehrte Freya ab. »Ich gehe in ein Hotel.«

»Kommt überhaupt nicht infrage!«

»Bitte, Lena, ich will euch nicht zur Last fallen.«

»Tust du nicht. Du kannst in unserem Gästezimmer schlafen. Das Bett ist frisch bezogen, und ich finde bestimmt auch noch etwas zum Anziehen für dich.«

Zu Hause brachte Lena Freya in das Gästezimmer im ersten Stock. »Das Bad ist gleich nebenan, du möchtest doch bestimmt eine Dusche nehmen.«

Freya blickte an sich herunter. Bademantel und Pyjama waren rußverschmiert, und der Brandgeruch, den sie mitgebracht hatte, hatte sich sofort im Zimmer ausgebreitet.

»Ich suche dir was zum Anziehen raus«, sagte Lena. »Morgen gehen wir los und kaufen etwas Neues.« Sie war froh, dass sie sich um Freya kümmern konnte. Beschäftigung hatte ihr in Notsituationen schon immer am besten geholfen.

Eine halbe Stunde später kam Freya in die Küche hinunter. Lena hatte ihr eine Jeans und ein kariertes Hemd herausgeholt und Unterwäsche dazugelegt, von der sie hoffte, dass sie Freya passen würde.

»Soll ich uns etwas zu essen machen?« Sie mussten bei Kräften bleiben.

»Nichts zu essen, danke. Aber wenn du ein Bier hättest.« Ein flüchtiges Lächeln streifte Freyas Gesicht, als ihr Blick auf Fini fiel, die Lena nach ihrer Rückkehr aus ihrem Schlafzimmer befreit hatte. »Ich wusste gar nicht, dass ihr einen Hund habt.«

»Ich hab Fini vor einiger Zeit an einer Raststätte aufgelesen, wo sie offensichtlich ausgesetzt worden war.«

»Fini …« Freya beugte sich zu der Lütten hinunter, die voller Begeisterung ihre Hände abzuschlecken begann. »Ein süßer Name.«

Lena holte zwei Flaschen Bier aus dem Kühlschrank und schenkte Freya ein. »Jetzt setz dich doch.«

Freya ließ sich am Küchentisch nieder und hob Fini auf ihren Schoss, Lena nahm auf der Eckbank Platz und goss sich ebenfalls ein Bier ein.

Sie hatte während Freyas Abwesenheit einen Anruf von Berger erhalten, die ihr mitteilte, dass die Absuche vor Ort nichts erbracht hatte, was auch für die Fahndung nach Krepper galt. Sie mussten davon ausgehen, dass er zumindest für den Brand verantwortlich war.

Was die Schüsse anbelangte, war sich Berger ebenso unsicher wie Lena und stimmte ihr zu, dass sie auch Carsten gegolten haben konnten. Die Kugeln, die aus Carstens Körper entfernt worden waren, hatte ein Kollege der SpuSi aus dem Krankenhaus abgeholt, Lena hoffte, dass sie schnellstmöglich einen Hinweis auf die Waffe erhalten würden.

Sie musste Freya befragen. »Wir müssen davon ausgehen, dass Krepper das Feuer gelegt hat und Brandbeschleuniger im Spiel war. Hast du irgendetwas mitbekommen?«

Freya drückte Fini an sich, die Gegenwart des Hundes schien ihr gutzutun. Lena sehnte sich plötzlich voller Verzweiflung nach Kristian, wollte von ihm in den Arm genommen werden und seine Stimme hören, die ihr sagte, dass alles gut werden würde.

»Ich hatte die Spülmaschine ausgeräumt und wollte nach oben in mein Schlafzimmer gehen«, sagte Freya. »Auf der Treppe habe ich ein Geräusch gehört, das von draußen zu kommen schien, und mir fiel ein, dass ich das Fenster im Gästeklo nicht geschlossen hatte. Wenn ich zu Hause bin, lasse ich es immer gekippt, aber nachts schließe ich es lieber, weil man da doch leicht einsteigen kann. Ich habe kurz rausgesehen, mir ist aber nichts aufgefallen.« Freya griff nach dem Bierglas und trank einen großen Schluck. »Ich bin dann hoch in mein Schlafzimmer und habe mich ins Bett gelegt. Als ich gerade am Wegdusseln war, habe ich einen lauten Knall gehört. Ich bin sofort aus dem Bett gesprungen, um nachzusehen, was los ist, und dann ist mir der Brandgeruch aufgefallen. Als ich im Erdgeschoss ankam, sah ich, dass ein Fenster in der Küche zersprungen war und die Gardinen brannten. Ich habe keinen Feuerlöscher im Haus und deshalb versucht, den Brand mit Wasser zu löschen. Aber das ging viel zu langsam, das Feuer breitete sich rasend schnell aus. Dann bin ich nach draußen gelaufen und hab gesehen, dass auch das Dach in Flammen stand.«

Dicke Tränen liefen jetzt über Freyas Wangen. Lena griff über den Tisch nach ihrer Hand in dem hilflosen Versuch, ihr Trost zu spenden. Dabei hätte sie ihn ebenso dringend benötigt.

42

Berger kam erst im Morgengrauen in ihre Wohnung und fiel wie ein Stein aufs Sofa. Sie war todmüde, aber viel zu aufgedreht, um schlafen zu können. So döste sie nur eine Stunde vor sich hin und erhob sich dann, um Kaffee aufzusetzen, mit dessen Hilfe sie den Tag zu überstehen hoffte.

Sie hatte Lena Matthiessen in dem nächtlichen Telefonat erst einmal freigestellt, da sie aufgrund der Schüsse auf ihren Vater persönlich betroffen war. Allerdings ging sie davon aus, dass ihre Stellvertreterin sich nicht an diese Anweisung halten würde, und wenn Berger ehrlich zu sich war, konnte sie das verstehen. Carsten Matthiessen war angeschossen worden, natürlich würde seine Tochter herauszufinden versuchen, wer dafür verantwortlich war.

Und wie erwartet tauchte Lena dann auch um acht Uhr in der Dienststelle auf und beharrte darauf, an dem Zoom-Meeting mit Kristian Gehrkens teilzunehmen. Eine Situation, die Berger zusetzte. Weil sie einerseits auf der Suspendierung bestehen müsste, andererseits aber nicht auf Lenas Mitarbeit verzichten konnte. Sie beschloss, nach dem Zoom-Meeting eine Entscheidung zu treffen.

Zu dem es allerdings nicht kam, da Gehrkens wenige Minuten nach acht in ihrer Tür stand. Berger hatte ihn in der Nacht informiert, nachdem Lena und Freya Gerdes ins Krankenhaus gefahren waren, und er war sofort mit der SpuSi angerückt, die zurzeit noch immer vor Ort war.

»Moin.« Gehrkens sah übernächtigt aus und wandte sich zuerst an Lena. Berger hatte den Eindruck, dass er sie am liebsten in den Arm genommen hätte. »Wie geht es deinem Vater?«

Lena kämpfte mit den Tränen. »Die Ärzte haben ihn in ein künstliches Koma versetzt. Wir müssen abwarten.« Ihre Stimme brach.

»Fahr zu ihm, Lena.«

»Sanne ist jetzt bei ihm.«

»Lena, du bist persönlich betroffen und kannst in diesem Fall nicht ermitteln.«

»Oh doch, das kann ich!«, fuhr Lena ihn an. Berger legte ihr beruhigend eine Hand auf den Arm, aber Lena schüttelte sie ab. »Und niemand wird mich daran hindern!«

Eine unbestimmte Ahnung überkam Berger, als sie Lena und Gehrkens betrachtete. Lena bemühte sich um größtmöglichen Abstand zu ihm, als hätte sie Angst, dass er sie berühren könnte. War da etwas zwischen den beiden? Hatten sie eine gemeinsame Geschichte? Für Berger hatte es den Anschein.

Gehrkens hob beschwichtigend die Hand.

»Das klären wir später.« Er wandte sich an Berger. »Wo können wir uns besprechen?«

Sie führte ihn in den dafür vorgesehenen Raum, wohin ihnen der Rest der mittlerweile vollständig anwesenden Kollegen folgte. Auch hier nahm Lena so weit entfernt wie möglich von Gehrkens Platz.

Berger ließ die große Thermoskanne mit dem frisch gebrühten Kaffee herumgehen, und nachdem sich alle bedient hatten, begann Gehrkens mit seinen Ausführungen.

»Der Brand an Freya Gerdes' Haus wurde gelegt, ihr habt ja bereits von der Feuerwehr erfahren, dass alles auf Brandbeschleuniger hindeutete. Das hat sich nun endgültig bestätigt. Es wurde ein Molotowcocktail in die Küche geschleudert und mehrere auf das Dach. Die darin enthaltenen größeren Mengen Brandbeschleuniger haben dafür gesorgt, dass das Feuer schnell außer Kontrolle geriet. Da ein Nachbar Ortwin Krepper, kurz bevor der Brand entdeckt wurde, auf der Straße fotografiert hat, müssen wir nach jetzigem Stand der Dinge davon ausgehen, dass er den Brand gelegt hat.« Gehrkens trank einen großen Schluck Kaffee und wischte sich über die Augen. Trotz seiner offensichtlichen Müdigkeit sah er immer noch verdammt attraktiv aus, was den beiden Kolleginnen im Team nicht entgangen zu sein schien, da sie an seinen Lippen hingen.

»Eine andere Sache sind allerdings die beiden Schüsse auf Carsten Matthiessen. Ich habe mir das Ganze von einem Kollegen schildern lassen, der Carsten und Frau Gerdes direkt gegenüberstand. Seiner Meinung nach haben die Schüsse nicht Frau Gerdes, sondern Carsten gegolten.«

Lena entfuhr ein erstickter Laut.

»Ich hatte denselben Gedanken. Es war doch taghell am Tatort, und Freya und mein Vater standen nicht so nah zusammen, da hätte selbst ein schlechter Schütze nicht so weit danebenschießen können.«

Gehrkens nickte. »Die KT ist noch dabei, den genauen Schusswinkel zu bestimmen, kommt aber nach einer ersten Einschätzung zum selben Ergebnis.«

Nach diesen Worten wurde es für einen Moment still im Raum, und alle Blicke richteten sich auf Lena. Sie schluckte und bemühte sich krampfhaft um Fassung.

»Gibt es irgendjemanden, der eine offene Rechnung mit deinem Vater hat?«, fragte Gehrkens mit mitfühlendem Blick. »Ist irgendetwas in letzter Zeit passiert, was ihn zur Zielscheibe gemacht haben könnte?«

Es war unübersehbar, wie Lena mit sich rang, und Berger fragte sich, ob sie Gehrkens Frage beantworten würde.

*

Es ging nicht anders, sie musste Farbe bekennen. Auch wenn es sie ihren Job kosten würde.

»Papa hat teilweise parallel mit uns ermittelt. Ich wusste von Anfang an Bescheid und habe ihn nicht daran gehindert. Thies Jansen ist sein Freund, und es war für Papa selbstverständlich, ihm zu helfen. Dasselbe galt für die Sache mit der Sexpuppe. Als von uns am Tag des Auffindens keiner Zeit hatte, hat Papa sich gekümmert.«

Die Empörung im Kollegenkreis blieb aus, im Gegenteil, Lena sah Daumen hochgehen und vernahm offen geäußerte Zustimmung. Dass ihr Vater bei seinen Kollegen beliebt war, hatte sie immer gewusst, und deren jetzige Reaktion trieb ihr Tränen in die Augen. Wie gerne würde sie Carsten davon erzählen.

Kristians Blick war ernst geworden. »Mit wem hat Carsten gesprochen?«

Sie war dankbar, dass auch Kristian ihr vor den Kollegen keine Standpauke hielt, und nannte die Namen der Personen, die Carsten in beiden Fällen aufgesucht hatte. Kristian notierte sie.

»Ich hab immer gewusst, dass er ein Teufelskerl ist. Und das werde ich ihm auch sagen, wenn er wieder auf den Beinen ist.« Sönke nickte ihr aufmunternd zu.

»Wir werden uns die Personen ansehen«, sagte Kristian und wandte sich an Berger. »Und dabei erbitte ich wieder Ihre Unterstützung.«

»Natürlich.«

»Deine nicht, Lena! Carsten ist zwar mittlerweile pensioniert, aber die Dienstvorschriften gelten auch in diesem Fall. Du wirst jetzt nicht weiterhin gegen sie verstoßen und die Füße gefälligst stillhalten! Das ist eine dienstliche Anweisung!«

»Du bist nicht mein Vorgesetzter!«, fauchte sie ihn an, erbost darüber, dass er sich jetzt doch aufspielte und glaubte, sie maßregeln zu können.

»Das ist richtig«, sagte er ruhig. »Ich gehe aber davon aus, dass die Kollegin Berger mir zustimmen wird und das Ihre tut oder bereits getan hat.«

In der nächsten halben Stunde teilten sie die anstehenden Aufgaben auf. Lena blieb sitzen. Nein, sie würde sich hier nicht so einfach vertreiben lassen. Schließlich stand Kristian auf und blickte Berger an.

»Wo kann ich mich ungestört mit Frau Matthiessen unterhalten?«

»Sie können in mein Büro gehen«, bot Berger ihm an, und Kristian forderte Lena mit einem unerbittlichen Blick auf, ihm zu folgen. Kaum hatte er die Bürotür hinter ihnen geschlossen, trat er einen Schritt auf sie zu.

»Was habt ihr euch bloß dabei gedacht? Beziehungsweise was hast du dir gedacht? Dass Carsten gerne mal eigene Wege geht, war mir ja nicht ganz unbekannt, aber wieso ist dein rationales Denken denn plötzlich auf der Strecke geblieben?«

Lena sah, dass es Kristian Mühe kostete, ruhig zu bleiben.

»Ich habe ja gesagt, dass er helfen wollte.«

»Aber dabei kann er doch nicht alles über den Haufen werfen, wofür er einmal angetreten ist. Sämtliche Regeln missachten. Mensch, Lena, dein Vater war ein großartiger Dienststellenleiter, der hohes Ansehen genoss. Und das macht er jetzt mit solchen irrationalen Aktionen zunichte? Wieso hast du ihn nicht gestoppt?«

»Er genießt dieses Ansehen immer noch, falls dir das gerade entgangen sein sollte«, schnappte sie.

Kristian schloss für einen Moment die Augen.

»Nein, das ist mir nicht entgangen. Es fehlte nur noch der Applaus.« Er vergrub die Hände in den Hosentaschen und ging zum Fenster, vor dem gerade ein Regenschauer herunterging. Der erste seit Wochen. »Es ist ja nicht so, dass ich Carsten nicht verstehen könnte. Aber wir sind Polizisten, Lena! Wir vertreten das Gesetz! Und wenn wir uns nicht an die Vorschriften halten, wer dann?« Er drehte sich wieder zu ihr herum. »Hast du wirklich von Carstens Aktionen gewusst oder willst du ihn jetzt nur decken? Dann sag es mir bitte, damit wenigstens du entlastet bist. Du weißt doch, dass wir das nicht einfach so durchgehen lassen können.« In seinem Blick lag etwas Flehendes, aber sie ließ das Gefühl, dass hier ein Mensch vor ihr stand, dem etwas an ihr lag und der ihr helfen wollte, nicht an sich heran. Denn hier ging es um ihren Vater.

»Ich habe von Papas Aktivitäten gewusst. Und ich habe keine Sekunde versucht, sie ihm auszureden!«

Eine lange Minute verstrich, in der niemand von ihnen etwas sagte. Lena verzweifelte fast an ihren Empfindungen, die zwischen *nimm mich doch endlich in den Arm* und *lass mich in Ruhe* hin und her taumelten. Als Letzteres eintrat, fühlte sie sich wie ein Kind zurückgestoßen.

»Ich denke, dass ich jetzt besser gehe.« Kristians Blick war ausdruckslos. »Alles Gute für dich und Carsten.«

43

Lena Matthiessens Geständnis hatte Berger in einen Gewissenskonflikt gestürzt, da sie ihre Suspendierung aufgrund der neuen Umstände jetzt erst recht nicht mehr rückgängig machen durfte. Allerdings hatte die Kollegin ihr beigestanden, und so fühlte Berger die Verpflichtung, dies auch umgekehrt zu tun. Also schnappte sie sich Lena, nachdem Gehrkens gegangen war, und nahm sie erneut mit in ihr Büro.

»Sie haben sich da einiges eingebrockt, aber ich kann Ihre Beweggründe verstehen. Deshalb werde ich Ihre Suspendierung fürs Erste aufheben, was auch damit zusammenhängt, dass ich Sie hier dringend brauche.« Sie blickte Lena mit einem strengen Blick an. »Sie werden also ab sofort nicht mehr den Kollegen Gellert als Streifenpartner haben, sondern mich. Dann kann ich verhindern, dass Sie Alleingänge unternehmen.«

Lenas Blick flackerte. »Mit dieser Entscheidung werden Sie sich Ärger einhandeln.«

»Das ist mir bewusst. Ich hatte in der letzten Zeit allerdings schon einigen davon, da kommt es auf diesen auch nicht mehr an. Sie sind eine gute Polizistin, und ich brauche Ihre Erfahrung und Ihr Gespür.« Berger lächelte und sah, wie sich Lenas Gesicht zu entspannen begann.

»Danke!«

Berger nickte, froh darüber, dass es bei diesem einen Wort blieb und große Gefühlsausbrüche auch bei Lena nicht an der Tagesordnung zu sein schienen. Nur vorhin, bei dem Meeting mit Gehrkens, hatte sie sich für einen Moment verletzlich gezeigt, wobei Berger hier aber den Eindruck gehabt hatte, dass dies mit der vermuteten persönlichen Situation zwischen den beiden zusammengehangen hatte.

Es klopfte an der Tür, und bevor Berger *Herein* sagen konnte, betrat Sönke Gellert den Raum. Er war nicht allein, andere Kollegen folgten ihm. Berger hatte eine Ahnung, was sie umtrieb, die sich in der nächsten Sekunde bestätigen sollte.

»Sie dürfen Lena nicht suspendieren«, kam Gellert ohne Umschweife zur Sache, und die anderen Kollegen stimmten ihm zu. »Sie ist unersetzlich für unsere Dienststelle und die Ermittlungen.«

Berger hob die Hand, bevor er fortfahren konnte. »Ich habe die Suspendierung gerade aufgehoben und mich der Kollegin Matthiessen für die Zeit der Ermittlungen als neue Streifenpartnerin zugeteilt.«

Sie blickte in erstaunte Gesichter, denn natürlich hatte niemand mit dieser Entscheidung gerechnet. Als die Kollegen zu klatschen begannen, hatte sie zum ersten Mal den Eindruck, dass sie in dieser Dienststelle angekommen war. Und das fühlte sich gerade verdammt gut an, was sie noch mehr überraschte.

*

»Sagen Sie mal, was ist denn hier los?« Das ältere Paar blickte Lena aufgeregt an, als sie am zurzeit verwaisten Empfangstresen vorbeikam. »Der ganze Ort wimmelt ja vor Polizisten, so was hat es noch nie gegeben. Müssen wir uns Sorgen machen?«

Lena blickte die beiden irritiert an, da sie mit ihren Gedanken gerade ganz woanders gewesen war.

»Nein, das müssen Sie nicht«, hörte sie da zu ihrer großen Erleichterung die Stimme des wachhabenden Kollegen, der aus Richtung der Toiletten kam. »In Büsum findet zurzeit eine Großübung statt, also kein Grund zur Beunruhigung.«

»Das ist ja spannend«, sagte der Mann aufgeregt. »Da üben Sie bestimmt eine Amoklage, so etwas liest man ja häufiger.« Er signalisierte Anerkennung mit dem Heben des rechten Daumens. Der Kollege nickte zustimmend, äußerte sich aber nicht weiter.

»Na, dann viel Erfolg«, wünschte der Mann und hakte seine Begleitung unter. »Komm, Thea, das ist doch ein gutes Gefühl, wenn man sieht, wie sich unsere Polizei um unsere Sicherheit kümmert.«

Lena nickte dem Kollegen zu, nachdem die beiden gegangen waren.

»Danke. Ich hätte jetzt keine Antwort parat gehabt.«

»Das war mit Berger so abgesprochen. Sie hatte sich schon gedacht, dass hier bestimmt Leute auftauchen und Fragen stellen«, grinste er, dann wurde er wieder ernst. »Wie geht es Carsten?«

»Er liegt noch im Koma, meine Schwester ist im Moment bei ihm. Sie will sich melden, wenn irgendwelche Veränderungen eintreten, aber bis jetzt habe ich noch nichts von ihr gehört.« Lena hatte sich zwingen müssen, nicht alle fünf Minuten im Krankenhaus anzurufen. Sie wusste ja, dass man sie umgehend benachrichtigen würde, aber es fiel ihr so unendlich schwer, Geduld zu bewahren.

»Keine Nachrichten sind gute Nachrichten, Lena!« Der Kollege blickte sie aufmunternd an.

Sie nickte, aber der Versuch eines Lächelns misslang. Sie verließ das Gebäude und fiel in einen schnellen Schritt, ohne ein Ziel vor Augen zu haben. Ich brauche Bewegung, war ihr einziger Gedanke, sonst drehe ich durch.

Ihr Vater war Opfer eines Anschlags geworden. Das war jetzt so gut wie sicher. Aber wer steckte dahinter? Je länger sie darüber nachdachte, desto überzeugter war sie, dass nur jemand dafür verantwortlich sein konnte, der etwas mit dem Doppelmord im Hochhaus zu tun hatte. Denn dass es sich um Personen handelte, mit denen Carsten in der Vergangenheit zu tun gehabt hatte, konnte sie sich nicht vorstellen.

Lena war unendlich dankbar, dass Berger zu ihr stand und sie weiterhin an den Ermittlungen teilhaben ließ. Die Chuzpe, mit der Berger einem garantierten Ärger entgegensah, imponierte ihr. Aber vielleicht würde es gar nicht dazu kommen. Die Kollegen der Dienststelle würden dichthalten und nichts von Carstens und Lenas Verfehlungen an die Öffentlichkeit bringen, davon war Lena nach der letzten Stunde mehr denn je überzeugt. Auch davon, dass sie Berger nicht in die Pfanne hauen würden, die sich mit der Entscheidung für sie, Lena, einen Stein im Brett erobert hatte.

Aber was war mit Kristian?

Er war nicht ihr Vorgesetzter und konnte, streng genommen, nichts dagegen unternehmen, wenn Berger sie weiterarbeiten ließ. Da sie der Mordkommission aber auch weiterhin unter die Arme greifen würden, dürfte er es zwangsläufig mitbekommen.

Sie sträubte sich gegen den Gedanken, dass er sie anschwärzen würde. Aber vielleicht war sie ihm mittlerweile gleichgültig geworden, denn sein letzter Satz hatte wie ein endgültiger Abschied geklungen.

Schluss jetzt!, rief sie sich zur Ordnung. Dein Vater ist angeschossen worden, und du musst zusammen mit den Kollegen alles daransetzen, den Täter so schnell wie möglich zu finden. Da ist Kristian Gehrkens wirklich der Letzte, an den du denken solltest!

Auf dem Rückweg zur Dienststelle begann ihr Handy zu klingeln.

Hinnerk!

Sie hatte bereits am frühen Morgen versucht, ihn zu erreichen, zum einen, weil sie ihm mitteilen wollte, was passiert war, aber auch weil sie nicht genau wusste, bei welchen Aktionen von Carsten er mit von der Partie gewesen war. Denn es war nicht gänzlich auszuschließen, dass auch er durch seine Ermittlungen in den Fokus der Person geraten war, die auf Carsten geschossen hatte.

Hinnerk war zutiefst erschüttert und wollte sich sofort auf den Weg ins Krankenhaus machen, aber Lena konnte ihn davon abbringen. Auch die Tatsache, dass Freyas Haus abgebrannt war, machte ihn fertig. Lena ließ ihn reden, bevor sie ihre Fragen stellte.

»Carsten hat erzählt, dass du zusammen mit ihm auf dem Reiterhof von Marie Evers warst. Ist das richtig?«

»Ja, das stimmt. Ich war zweimal mit ihm da und bin dann noch ein drittes Mal allein hin, während Carsten Thies im Gefängnis besucht hat.«

»Wie sind diese Besuche abgelaufen?« Carsten hatte ihr zwar einiges erzählt, aber vielleicht erfuhr sie jetzt noch mehr. »Und warum warst du ein drittes Mal allein dort?«

Es folgte eine etwas langatmige Geschichte über Pferde, Reitstunden, nicht existierende Enkelinnen und verstopfte Toiletten, bei der Hinnerk seine Begeisterung für eine gewisse Saskia nicht verbergen konnte, von der er einiges über Marie Evers erfahren hatte.

»Die Evers scheint einen ziemlichen Hass auf ihre ehemalige Lebensgefährtin zu haben, wohl auch, weil die sie für einen Mann verlassen hat.«

Das hatte Carsten ihr auch erzählt, und was sie sonst noch von Hinnerk erfuhr, hörte sich jetzt alles nicht so an, als wenn Carstens und Hinnerks Verhalten auf dem Hof die beiden in eine Gefahrenzone gebracht hatte. Lena beschloss trotzdem, ihn im Auge zu behalten, soweit ihr dies möglich war.

44

Hinnerk Petersen dachte überhaupt nicht daran, sich an Lenas Bitte zu halten. Carsten war angeschossen worden, natürlich würde er seinen Freund im Krankenhaus besuchen. Dass sich Sanne dort aufhielt, hatte Lena ihm erzählt, der Anblick von Freya, die neben Lenas Zwillingsschwester auf einem Stuhl im Wartezimmer der Intensivstation saß, überraschte ihn aber doch. Obwohl … laut Lena war Freya ja dabei gewesen, als auf Carsten geschossen worden war. Also hatte ihre Anwesenheit wohl nichts damit zu tun, dass Carsten bei ihr endlich zu Potte gekommen war.

»Wie geht es Carsten?«, fragte er vorsichtig.

Die Frauen blickten ihn an, beide blass und übernächtigt. Sannes Hände lagen auf ihrem Leib, als wolle sie das Ungeborene vor der brutalen Wirklichkeit schützen. Bei dem Gedanken, dass Carsten sein erstes Enkelkind vielleicht niemals kennenlernen würde, wurden Hinnerks Augen feucht.

»Er hat viel Blut verloren, aber er konnte in einer Not-OP stabilisiert werden. Die Ärzte behalten ihn dennoch im künstlichen Koma«, sagte Freya mit tonloser Stimme und drückte Sannes Hand.

»Was kann ich tun?« So hilflos hatte sich Hinnerk noch nie gefühlt.

»Wenn du im Institut die Stellung halten würdest, wäre mir sehr geholfen. Carsten …«, Freya schluckte, »Carsten war gestern wegen der Beisetzung von Henriette Jansen da. Thies Jansen hatte ihn darum gebeten. Da sind aber noch einige Fragen zu klären, ich hatte Carsten das entsprechende Formular mitgegeben.«

»Ich kümmer mich«, versprach Hinnerk.

Freya reichte ihm einen Schlüssel. »Kannst du bitte auch nach Fini sehen? Wir mussten sie ja zurücklassen und haben ihr etwas zum Fressen und Wasser hingestellt. Aber Lena sagte, dass der Hund es nicht gewohnt ist, allein zu sein.«

Hinnerk nickte. »Ich nehme die Lütte zu uns.« Er deutete auf die Tür des Krankenzimmers. »Kann ich denn mal zu Carsten rein?«

»Im Moment ist gerade Visite, deshalb hat man uns rausgeschickt. Aber danach darf ich wieder zu ihm«, sagte Sanne.

»Freya nicht?«, fragte Hinnerk verwundert.

»Nein«, erwiderte Sanne. »Papa wird bewacht, zurzeit dürfen nur Verwandte zu ihm.«

Oh, Mann, dachte Hinnerk, in was war Carsten da bloß geraten? So was sah man doch sonst nur im Krimi.

Er warf Sanne einen aufmunternden Blick zu, aber sie hatte sich schon wieder abgewandt und starrte aus dem Fenster. Hoffentlich nahm das Ungeborene durch den Stress, dem Sanne jetzt ausgesetzt war, keinen Schaden.

Hinnerk hatte das Gefühl, noch mehr tun zu müssen. Unterstützung anzubieten.

»Soll ich euch Kaffee holen und vielleicht auch was zu essen? Ihr seid doch bestimmt schon eine ganze Weile hier.«

Freya blickte ihn dankbar an. »Das wäre sehr nett, Hinnerk.

Wir wollen hier im Moment nicht weg, und der Kaffee aus dem Automaten um die Ecke schmeckt scheußlich.«

»Gut, dann gehe ich mal los. Willst du auch einen Kaffee, Sanne?«

Sie schaute ihn wieder an, ihr hoffnungsloser Blick schmerzte. »Gerne.«

»Ich bring euch auch Kuchen mit, den wird es in der Cafeteria ja wohl geben. Ein bisschen Nervennahrung kann jetzt nicht schaden.«

Freya nickte. »Danke.«

Aber vorher musste er eine schmöken, ein Priem half jetzt nämlich nicht mehr. Hinnerk fuhr mit dem Fahrstuhl ins Erdgeschoss, ging schnurstracks zum Zigarettenautomaten und trat dann durch den Haupteingang ins Freie hinaus. In der Raucherecke saßen zwei Männer älteren Jahrgangs in Bademänteln und Schlappen herum, die ihn mit leeren Blicken anschauten, als er an ihnen vorüberging.

Er brauchte jetzt einen Moment für sich, nachdem er Sanne und Freya gesprochen hatte. Ihre Verzweiflung war ihm nahe gegangen, seine Hilflosigkeit und sein Unvermögen, die richtigen Worte zu finden für das, was geschehen war. Weil es keine gab.

Ächzend ließ er sich auf einer kleinen Bank unter einer mächtigen Kastanie nieder, deren üppige Krone sich schattenspendend über ihm ausbreitete. Es kündigte sich erneut ein heißer Sommer an, in dem Mensch und Natur wieder eine Leidensphase bevorstand.

Hinnerk paffte gedankenverloren vor sich hin und verspürte nichts von dem Genuss, den er sonst dabei empfand. Schließlich nahm er einen letzten Zug und ließ dann die Zigarette auf den Boden vor seinen Füßen fallen, wo er sie austrat. Er erhob sich, um in die Cafeteria zu gehen, als ihn seine innere Stimme zur Ordnung rief.

Keine Kippen in die Natur werfen! Schon gar nicht bei diesem trockenen Wetter.

Seufzend bückte er sich und wurde im nächsten Moment fast zu Boden geschleudert, als irgendetwas an ihm vorbeizischte und er einen lauten Knall vernahm.

Was war das denn gewesen?

Instinktiv ließ er sich fallen und rollte zur Seite, den Kopf schützend zwischen den Händen geborgen, als ein zweiter Knall zu vernehmen war und er hörte, wie etwas in das Holz der Bank einschlug.

Hatte hier etwa jemand auf ihn geschossen? Nein, das mussten irgendwelche Kinder oder Jugendlichen gewesen sein, die Knallkörper geschmissen hatten.

Um diese Jahreszeit?

Nein, das konnte nicht sein!

Hinnerk rappelte sich hoch und rannte in gebückter Haltung zum Haupteingang zurück, wo er sich im Inneren der Eingangshalle zu Boden fallen ließ. Er brauchte einige Minuten, um wieder zu Atem kommen, scheuchte den Rezeptionisten und einige Passanten weg, die sich besorgt über ihn beugten, und zog sein Handy aus der Hosentasche.

Es fühlte sich wie eine Ewigkeit an, bis die Person am anderen Ende endlich abnahm.

»Lena! Ich glaube, dass gerade auf mich geschossen wurde!«

45

Lena hatte sich gerade auf den Weg ins Krankenhaus machen wollen, als sie der Anruf von Hinnerk erreichte. Nach den ersten Schocksekunden lief sie zurück in Bergers Büro. »Auf Hinnerk Petersen ist geschossen worden.«

Berger starrte sie entgeistert an. »Was? Ist ihm etwas passiert?«

Lena atmete tief durch. »Zum Glück nicht.«

»Wo war das?«, wollte Berger wissen. »Hier in Büsum?«

Lena schüttelte den Kopf und verstaute ihr Handy wieder in der Hosentasche. »Nein, in Heide vor dem Westküstenklinikum. Hinnerk wollte meinen Vater besuchen.«

Sie lief in ihr Büro, während Berger die Leitstelle anrief und den Vorfall meldete. Hinnerk würde vorerst im Krankenhaus bleiben, Lena hatte ihm das Versprechen abgenommen, sich nicht vom Fleck zu rühren, bis die zuständigen Kollegen vom Polizeirevier Heide eingetroffen waren. Sie alarmierte Kristian Gehrkens, der sich sofort zusammen mit der Spurensicherung auf den Weg machen wollte. Wieder würde eine Ringfahndung eingeleitet werden, ein Hubschrauber und Suchhunde zum Einsatz kommen.

Lena konnte es noch immer nicht begreifen. Allem Anschein nach hatte sich ihre Anfangsbefürchtung, dass auch Hinnerk bei dem Undercover-Einsatz mit Carsten in Gefahr geraten war, doch bestätigt.

»Ihr Vater und Herr Petersen müssen bei ihren Undercover-Aktivitäten irgendjemandem auf die Füße getreten sein«, sagte dann auch Berger, als Lena in ihr Büro zurückgekommen war. »Wen haben die beiden denn gemeinsam aufgesucht?«

Lena sank auf den Stuhl vor Bergers Schreibtisch. »Nur Marie Evers, die ehemalige Lebensgefährtin von Henriette Jansen.« Sie schüttelte verständnislos den Kopf und erzählte Berger, was sie von Carsten und Hinnerk über deren dortige Besuche erfahren hatte.

»Gesetzt den Fall, dass Frau Evers für den Tod von Henriette Jansen und Heiko Fedders verantwortlich ist, könnte sie auch auf Ihren Vater und Hinnerk Petersen geschossen haben. Weil sie etwas an deren Verhalten misstrauisch gemacht hat und sie Angst hatte, dass man ihr auf die Spur gekommen ist.«

»Mein Vater und Hinnerk haben natürlich versucht, Frau Evers und diese Angestellte auszuhorchen«, gab Lena zu. »Aber Papa ist sein Leben lang Polizist gewesen, der weiß doch, wie man so etwas macht, ohne aufzufallen.«

»Herr Petersen aber eher nicht«, gab Berger zu bedenken.

Lena hielt es nicht mehr auf dem Stuhl, sie sprang auf. »Wir müssen nach Heide.«

Berger zögerte. »Ich kann hier im Augenblick nicht weg.« Sie fixierte Lena mit einem eindringlichen Blick. »Fahren Sie allein. Aber keine weiteren Extratouren, verstanden?«

»Verstanden.« Lena war schon an der Tür.

»Moment!«, rief Berger ihr hinterher. »Was ist mit Ihrem Hund? Passt jemand auf ihn auf?«

Mein Gott, Fini. Lena schloss für einen kurzen Moment die Augen. Freya hatte ihr eine Nachricht geschickt, dass Hinnerk sie holen und mit zu sich nehmen wollte, aber daraus würde jetzt ja nichts werden.

»Wenn Sie mir Ihren Schlüssel geben, hole ich Fini her«, bot Berger an. »Hier ist ja immer jemand, der auf sie aufpassen kann.«

Das hatte Lena nicht erwartet, aber Berger hatte sie in den letzten Stunden ja schon mehrmals überrascht. Dankbar blickte sie ihre Vorgesetzte an und zog den Haustürschlüssel aus ihrer Hosentasche. »Danke!«

»Keine Ursache.« Berger nahm den Schlüssel in Empfang und nickte ihr aufmunternd zu.

Beim Westküstenklinikum hatte sich ein großes Polizeiaufgebot eingefunden, der Haupteingang wurde bewacht. Als Lena die Eingangshalle betrat, entdeckte sie Kristian Gehrkens am Rezeptionstresen, wo er mit dem dahinterstehenden Mann sprach. Auch wenn ihre Gedanken gerade mit ganz anderen Dingen beschäftigt waren, begann ihr Herz bei seinem Anblick schneller zu schlagen, obwohl sie sich vor ein paar Stunden noch über ihn geärgert hatte. Er wandte ihr das Profil zu, aber sie konnte den angespannten Ausdruck in seinem Gesicht erkennen. Plötzlich drehte er sich herum und blickte sie an. Sie wollte zu ihm gehen, konnte sich aber nicht vom Fleck rühren, sondern nur beobachten, wie er sich von dem Rezeptionisten verabschiedete und dann schnellen Schrittes auf sie zukam.

»Lena.«

Sie schluckte. »Hallo, Kristian. So schnell sieht man sich wieder.«

Er machte eine Geste, als ob er sie in den Arm nehmen wollte, trat dann aber einen Schritt zurück.

»Ich wollte gerade herkommen, um nach meinem Vater zu sehen, als mich Hinnerks Anruf erreichte.« Lena blickte sich suchend um. »Weißt du, wo er steckt?«

»Ein Arzt untersucht ihn gerade, Herr Petersen war doch ein bisschen durch den Wind. Aber nichts Schlimmes, sein Kreislauf hat nur verrückt gespielt.«

»Ist denn wirklich auf ihn geschossen worden?«

»Ja, komm mit, ich zeig es dir.« Kristian führte sie durch den Haupteingang wieder nach draußen bis zu einer Absperrung, hinter der ein kleiner Park lag, in dem die Kollegen der SpuSi ihre Arbeit taten. Er deutete auf eine Bank unter einer großen Kastanie, an der sich einer der Kollegen zu schaffen machte. »Sie haben ein Projektil aus der Bank geholt, das schon auf dem Weg zur Untersuchung ist. Herr Petersen hat davon gesprochen, dass es zweimal geknallt hat, also müsste ein weiteres Projektil noch irgendwo zu finden sein.«

»Unfassbar«, murmelte Lena erschüttert.

»Herr Petersen hat unheimliches Glück gehabt. Die beiden Schüsse haben ihn nur verfehlt, weil er sich gerade nach seiner ausgetretenen Zigarettenkippe gebückt hat.«

Kristians Handy klingelte, er trat einige Schritte zur Seite. Ein ungläubiger Ausdruck erschien auf seinem Gesicht während er dem Anrufer lauschte, dann beendete er das Gespräch und kam zu ihr zurück.

»Was ist?«, fragte sie beunruhigt.

»Das waren die Kollegen von der Ballistik. Dein Vater wurde mit derselben Waffe niedergeschossen, mit der Henriette Jansen und Heiko Fedders ermordet wurden.«

»Was?« Es dauerte einen Augenblick, bis Lena ihre Sprache wiederfand. »Wie sicher ist das?«

»Hundert Prozent. Die KT arbeitet seit letzter Nacht mit einer Doppelschicht, deshalb haben wir schon ein Ergebnis.«

Und was kam als Nächstes? Dass damit auch auf Hinnerk geschossen worden war?

»Das ist nicht auszuschließen«, sagte Kristian, und ihr wurde klar, dass sie ihren Gedanken laut ausgesprochen hatte.

»Ich muss mit Hinnerk sprechen!« Sie blickte Kristian aufgewühlt an. »Und du wirst mich nicht daran hindern! Ich werde mich von niemandem suspendieren lassen.«

Kristian legte eine Hand auf ihren Arm. »Ich werde dich nicht abhalten, Lena, dazu bin ich gar nicht befugt. Es ist mir nur wichtig, dass du keinen Ärger bekommst. Ich will dir helfen.« Er stockte und blickte kurz zur Seite, bevor er sie wieder ansah. »Weil du mir wichtig bist.«

Wie sehr hatte sie sich gewünscht, diesen Satz einmal aus seinem Mund zu hören. Aber jetzt war nicht der richtige Zeitpunkt, um in Erfahrung zu bringen, was Kristian zu diesem Geständnis bewogen hatte. Sie wandte sich ab.

»Ich gehe zu Hinnerk.«

Es dauerte einige Zeit, bis sie endlich herausgefunden hatte, wo sich Hinnerk gerade aufhielt. Als sie das Zimmer erreichte, das man ihr schließlich genannt hatte, fand sie einen ihr unbekannten Kollegen auf einem Stuhl vor der Tür sitzen. Es erleichterte sie sehr, dass Hinnerk schon Polizeischutz erhalten hatte. Sie wies sich aus und betrat das Zimmer.

»Mensch, Hinnerk!« Für mehr fehlten ihr im Augenblick die Worte.

»Ja, mien Deern, scheun Schiet, was? Da erleb ich auf meine alten Tage noch Wildwest in unserem schönen Dithmarschen.«

Sie trat ans Bett, auf dem er in einem Krankenhaushemd saß, und umarmte ihn. »Wie geht es dir?«

»Noch'n büschen maddelig, aber das wird schon. Hab mich doch ziemlich erschreckt. Sie wollen mich vorsichtshalber noch einen Tag hierbehalten, ich hab Mina Bescheid gesagt, sie ist schon auf dem Weg und bringt mir neue Klamotten. Meine hat ja eure Kriminaltechnik eingesackt.« Er suchte ihren Blick. »Die kriege ich doch hoffentlich wieder, oder?«

»Natürlich«, versicherte Lena ihm. »Sie werden im Moment bloß für einige Untersuchungen gebraucht.«

»Kannst du mir einen Gefallen tun?«

»Ja, sicher.«

»Ich hatte Kaffee für Sanne und Freya holen wollen, die oben bei deinem Vater sind. Die werden sich sicher schon wundern, wo ich bleibe. Jemand muss ihnen Bescheid geben.«

»Das mach ich«, versprach Lena. »Vorher muss ich dich aber noch was fragen.«

Hinnerk nickte. »Nur zu.«

Sie überlegte, wie viel sie ihm erzählen konnte. Die Sache mit der Waffe jedenfalls nicht. Noch nicht.

»Es besteht die Möglichkeit, dass die Anschläge auf Papa und dich zusammenhängen und etwas mit eurer Herumschnüffelei zu tun haben. Ihr habt nur Marie Evers gemeinsam aufgesucht, und ich hatte dich ja schon gefragt, ob dort irgendetwas Außergewöhnliches vorgefallen war. Ist dir in der Zwischenzeit noch was eingefallen?«

Hinnerk krauste die Stirn in angestrengtem Nachdenken und schüttelte dann den Kopf.

»Nein, tut mir leid. Ich wüsste nicht, womit wir uns verdächtig gemacht haben könnten.«

»Diese Hausangestellte hat dir doch erzählt, dass der Trennung von Frau Evers und Henny häufiger Streit vorausgegangen war. Habt ihr da nicht vielleicht doch ein bisschen zu intensiv nachgebohrt?«

»Also ich nicht, aber Saskia ist auch eine sehr redselige Frau, da muss man nicht groß nachhelfen, wenn man etwas erfahren will. Wie das bei Carsten und Frau Evers war …«, er zuckte die Schultern, »… keine Ahnung.«

Vielleicht hat Papa unbewusst seine polizeiliche Vernehmungstechnik angewandt, dachte Lena, und Marie Evers hat Lunte gerochen. Es hieß ja häufig, dass Außenstehende einen Polizisten erkennen konnten, unter Umständen war das hier so gewesen. Wenn sie die beiden Tötungsdelikte begangen hatte, wäre sie in einem solchen Fall möglicherweise in Panik geraten. Und wer bereits zwei Menschen umgebracht hatte, schreckte sicherlich auch vor weiteren Morden nicht zurück.

»Lena, alles in Ordnung?«

Mühsam tauchte sie aus ihren Gedanken auf. »Ja, klar.« Sie tätschelte Hinnerks Arm. »Kann ich noch irgendwas für dich tun?«

»Ich hatte Freya versprochen, Fini fürs Erste zu uns zu nehmen.«

Lena blickte ihn dankbar an. »Danke, Hinnerk! Mach dir keinen Kopp, meine Vorgesetzte kümmert sich um die Lütte.«

»Das ist gut.« Hinnerk streckte sich auf dem Bett aus und sah auf einmal sehr erschöpft aus. »Ich ruhe mich jetzt ein bisschen aus. Geh du mal zu Carsten.«

Sanne und Freya blickten sie voller Entsetzen an, als Lena ihnen von dem Anschlag auf Hinnerk erzählte. »Was ist denn hier bloß los?«, stammelte Freya. »Ist dafür auch dieser Krepper verantwortlich?«

»Wir wissen im Moment noch überhaupt nichts«, entgegnete Lena. Sie ging mittlerweile nicht mehr davon aus, dass Krepper etwas mit den beiden Anschlägen zu tun hatte. Er hatte sich an Freya rächen wollen und deshalb den Brand an ihrem Haus gelegt, aber für mehr dürfte er nicht verantwortlich sein. Zumal er mit Hinnerk ja überhaupt keinen Kontakt gehabt hatte. Mit Marie Evers sah das allerdings anders aus, sie war für Lena jetzt die Hauptverdächtige. Sie deutete auf die Tür zu Carstens Zimmer. »Kann ich rein zu Papa?«

»Ja«, sagte Freya, »dann gehe ich jetzt zu Hinnerk.« Sie erhob sich, und Lena fiel auf, wie hinfällig sie seit dem Vortag geworden war. Die Sorge um Carsten setzte auch ihr zu, offensichtlich waren ihr die Gefühle für ihn erst jetzt so richtig bewusst geworden.

»Kommst du mit rein?«, fragte Lena ihre Zwillingsschwester.

Sanne schüttelte den Kopf. »Ich war gerade drin.«

Lena blickte sie besorgt an. Sanne sah angegriffen aus, und Lena überfiel die Angst, dass die Aufregung dem Ungeborenen schaden könnte. Aber Sanne konnte sie beruhigen.

»Mich hat vorhin vorsichtshalber ein Arzt untersucht.« Sie strich über ihren Bauch, und der Hauch eines Lächelns erschien auf ihrem Gesicht. »Mit dem Kleinen ist alles in Ordnung.«

Lena seufzte erleichtert auf. Wenigstens eine Sorge weniger.

46

Berger blickte auf die beiden Personen, die sich in ihrem Büro zur Besprechung zusammengefunden hatten.

Jetzt also auch noch ein Anschlag auf Hinnerk Petersen.

Und bei den Schüssen auf Carsten Matthiessen war die Waffe zum Einsatz gekommen, die Henriette Jansen und Heiko Fedders getötet hatte.

»Ich glaube nicht, dass Ortwin Krepper etwas mit dem Anschlag auf meinen Vater und Hinnerk zu tun hat«, sagte Lena. Sie war vor zehn Minuten aus Heide zurückgekommen, und gerade eben war auch Kristian Gehrkens eingetroffen, der auf dem zweiten Besucherstuhl Platz genommen hatte. Lenas Hündin hatte sich nach der üblichen begeisterten Begrüßung ihres Frauchens zufrieden zu deren Füßen zusammengerollt. »Krepper wollte sich an Freya Gerdes für ihre Zurückweisung rächen, für den Anschlag auf meinen Vater und Hinnerk hatte er keinen Grund. Hinnerk kannte er ja nicht einmal.«

»Und was ist mit den beiden Tötungsdelikten? Krepper ist mehrfach mit Heiko Fedders aneinandergeraten«, erinnerte Berger sie.

Lena schüttelte den Kopf. »Ich glaube nicht, dass Krepper sie begangen hat.«

Berger sah sie nachdenklich an. »Und wer ist Ihrer Meinung nach dann dafür verantwortlich?«

»Jemand, dem mein Vater und Hinnerk bei ihren Undercover-Aktionen auf die Füße getreten sein müssen. Und das kann nur Marie Evers sein, da sie nur bei ihr zu zweit aufgetaucht sind.« Lena erläuterte ihre Überlegung, und Berger musste zugeben, dass sie nicht von der Hand zu weisen war. Auch Gehrkens schien sie einzuleuchten.

Somit hatten sie jetzt zwei Baustellen zu bearbeiten.

Die Suche nach Ortwin Krepper, der in dringendem Tatverdacht stand, das Feuer am Haus von Freya Gerdes gelegt zu haben. Außerdem die Vernehmung von Marie Evers zu den Tötungsdelikten Henriette Jansen und Heiko Fedders. Und zu dem Anschlag auf Carsten Matthiessen. Was die Schüsse auf Hinnerk Petersen anbelangte, stand das Ergebnis noch aus, wurde aber spätestens im Laufe des kommenden Tages erwartet.

Da die Tötungsdelikte und der Anschlag auf Matthiessen mit derselben Waffe verübt worden waren und somit von ein und demselben Täter ausgegangen werden konnte, schied Malte Lohberg aus, da er seit dem Vortag – also auch zum Zeitpunkt der Schüsse auf Carsten Matthiessen – in U-Haft gesessen hatte.

Was die Fahndung nach Ortwin Krepper anbelangte, konnten sie noch am selben Tag einen Erfolg verbuchen, da ihnen der Mann in der näheren Umgebung ins Netz gegangen war. Krepper hatte sich widerstandslos festnehmen lassen und dabei laut der beteiligten Kollegen einen äußerst zufriedenen Eindruck gemacht. Mittlerweile war er auf dem Weg nach Itzehoe, wo er von Kristian Gehrkens und seinen Mitarbeitern vernommen werden würde. Gehrkens hatte Berger dazugebeten, und als sie jetzt in den Räumen der Mordkommission eintraf, besprachen sie sich kurz.

»Ist Krepper schon hier?«, wollte Berger wissen, nachdem sie Gehrkens in sein Büro gefolgt war und auf dem Stuhl vor seinem Schreibtisch Platz genommen hatte.

Gehrkens nickte. »Er ist gerade eingetroffen. Möchten Sie einen Kaffee vor der Vernehmung? Ich habe gerade frischen gemacht.«

»Sehr gerne.« Berger hatte an diesem Tag zwar schon Unmengen in sich hineingeschüttet, aber ohne Kaffee würde sie die nächsten Stunden nicht mehr überstehen. Sie blickte sich im Büro um, während Gehrkens in die Küche ging. An den Wänden zeugten zwei großformatige Schwarz-Weiß-Fotos von einer offensichtlichen Begeisterung für Touring-Motorräder. Der Schreibtisch wies eine gewisse Unordnung auf, persönliche Dinge fehlten.

Als Gehrkens zurückkehrte, hielt er eine Warmhaltekanne und einen Becher in den Händen, den er vor ihr abstellte. »Milch und Zucker?«

»Nein, danke, ich trinke ihn schwarz.« Berger sah zu, wie Gehrkens ihren Becher und anschließend seinen füllte, der auf einer Schreibunterlage stand.

»Gibt es etwas Neues von Carsten Matthiessen?«, wollte Gehrkens wissen, nachdem er Platz genommen hatte.

Berger schüttelte den Kopf. »Bis jetzt noch nicht.« Sie blickte ihn fragend an. »Hat sich Krepper schon zu irgendwas geäußert?«

Gehrkens trank einen Schluck Kaffee und zog die Augenbrauen hoch. »Kaum. Er ist, wie gesagt, eben erst angekommen, und ich wollte mit der Vernehmung auf Sie warten. Der Typ tickt irgendwie nicht richtig, der scheint nämlich richtig glücklich über seine Festnahme zu sein. Vorhin hat er einem Kollegen gesagt, dass er sich gestellt hätte, wenn wir ihm nicht zuvorgekommen wären.«

Berger runzelte die Stirn, aber dann kam ihr ein Gedanke. »Er ist auf Aufmerksamkeit aus und hofft nach der Verhaftung auf einen großen Medienrummel, bei dem er seine kruden aktivistischen Ideen einer breiten Masse kundtun kann.«

Gehrkens nickte. »Das denke ich auch. Aber den Gefallen werden wir ihm nicht tun.«

47

Lena und Freya waren gegen zweiundzwanzig Uhr nach Büsum zurückgekehrt, wo Freya sofort ins Gästezimmer gegangen war und sich hingelegt hatte. Lena war zwar ebenfalls todmüde, aber gleichzeitig hellwach, und sie wusste, dass es bei ihr so schnell nichts mit Schlafen werden würde.

Wenigstens musste sie sich im Moment nicht um Fini kümmern, die mittlerweile in die Obhut von Sönke gewechselt war. Sosehr sie die Lütte liebte, so sehr hatte es sie erleichtert, dass sie die Verantwortung für sie im Augenblick hatte abgeben können.

Freya stand am kommenden Tag eine Reihe von Behördengängen bevor, da ihre sämtlichen Dokumente dem Brand zum Opfer gefallen waren. Das Institut würde sie bis zu Hinnerks Rückkehr gemeinsam mit ihrer zweiten Mitarbeiterin führen.

Lena hatte auf dem Rückweg noch fünfhundert Euro abgehoben, damit Freya sich neue Kleidung kaufen konnte. Zwar tat diese sich schwer damit, ihre Unterstützung anzunehmen, auch wenn ihr bewusst war, dass sie im Moment keine andere Möglichkeit hatte, da sie ohne Familie dastand, die ihr in dieser Notsituation unter die Arme greifen könnte.

Freyas Haus war bis auf die Grundmauern niedergebrannt, sie würde sich in nächster Zeit um eine Reihe von Versicherungsdingen kümmern müssen. Lena hatte darauf bestanden, dass sie erst einmal bei ihnen wohnen blieb, auch darauf hatte sich Freya schließlich eingelassen.

Nach dem ersten Glas Wein kamen endlich die Tränen. Lena drückte sich in die Sofaecke und umklammerte ein großes Kissen, als gäbe es ihr Halt. Sie hatte den Gedanken, dass ihr Vater den Anschlag nicht überleben könnte, bisher nicht an sich herangelassen, wobei ihr auch die Arbeit geholfen hatte. Aber jetzt, in der Stille des Wohnzimmers, wurde sie von ihren Gefühlen übermannt.

Ein Leben ohne ihren Vater war für sie unvorstellbar. Er war Zeit seines Lebens für sie da gewesen, hatte sie als Kind getröstet, wenn sie vom Rad gefallen war und sich die Knie aufgeschürft hatte. Hatte ihr über den ersten Liebeskummer hinweggeholfen und sie von Anfang an unterstützt, nachdem sie ihm mitgeteilt hatte, dass auch sie zur Polizei gehen wolle. Vor allen Dingen gegen ihre Mutter, die sich mit Händen und Füßen dagegen gewehrt hatte, auch ihre Tochter an diesen furchtbaren Beruf zu verlieren, wie sie es genannt hatte. Schon damals war die Ehe ihrer Eltern zerrüttet gewesen, aber bis zur Scheidung hatte es trotzdem noch eine Reihe weiterer Jahre gedauert.

Lena hatte sich häufig gefragt, warum das Verhältnis zu ihrer Mutter immer so kompliziert gewesen war. Sie war immer das Papa-Kind, Sanne das Mama-Kind gewesen. So hatte ihre Zwillingsschwester auch wesentlich mehr unter der Scheidung gelitten als Lena, die einfach nur glücklich gewesen war, als sie gesehen hatte, wie ihr Vater danach aufgeblüht war, während Sanne nichts anderes zu tun gehabt hatte, als ihm Vorwürfe zu machen.

Lena war so in ihren Kummer vertieft, dass sie das Klingeln an der Haustür zuerst nicht hörte. Als es schließlich zu ihr durchdrang, warf sie einen Blick auf die Uhr.

Schon nach dreiundzwanzig Uhr.

Mit einem mulmigen Gefühl machte sie sich zur Haustür auf und schaute durch den Spion. Verblüfft trat sie einen Schritt zurück und öffnete die Tür.

»Frau Berger?«

Ihre Vorgesetzte wirkte verlegen. »Tut mir leid, dass ich so spät noch störe, aber ich wollte hören, wie es Ihrem Vater geht. Und fragen, ob Sie Hilfe benötigen.«

Lena wischte sich die Tränen aus dem Gesicht. »Papas Zustand ist unverändert.« Sie gab die Tür frei. »Kommen Sie doch rein.«

Berger trat in den Flur, und Lena führte sie ins Wohnzimmer, nachdem sie die Haustür geschlossen hatte. »Möchten Sie etwas trinken?«

»Ein Glas Wasser wäre schön.« Berger nahm auf einem der Sessel Platz. »Ich komme gerade aus Itzehoe und bin ziemlich ausgedörrt.«

Lena hatte bereits von Berger erfahren, dass Krepper verhaftet worden war und in der BKI vernommen werden sollte.

»Was hat er ausgesagt?«, fragte sie, nachdem sie mit einer Flasche Wasser aus der Küche zurückgekommen war und ihre Gläser gefüllt hatte. »Hat er zugegeben, dass er den Brand gelegt hat?«

Berger seufzte und trank das Glas mit einem Schluck leer. »Oh ja, und ebenso die Sache mit der Sexpuppe. *Die Schlampe hat es nicht anders verdient*, waren seine Worte. *Erst die Männer scharf machen und einen dann nicht ranlassen.*« Berger deutete auf die Wasserflasche. »Darf ich?«

»Natürlich.«

Berger schenkte ihr Glas voll, trank einen weiteren großen Schluck und fuhr dann fort. »Krepper hat zugegeben, dass er Frau Gerdes fertigmachen wollte. Er wusste ja, dass seine DNA gespeichert ist und wir ihn darüber ausfindig machen würden, aber das hat er ganz bewusst einkalkuliert. Die Idee zu dieser Aktion kam ihm, als er sich bei Gartenarbeiten einen tiefen Riss zugezogen hatte, der stark blutete.«

»Er hat das Blut aufgefangen?«

»Genau.«

Lena schüttelte den Kopf.

»Das ist so was von krank.«

»Der Hinweis an die Lokalzeitung kam übrigens auch von ihm«, fügte Berger hinzu. »Er hat ausgesagt, dass er ein bisschen Unruhe stiften wollte.« Sie setzte ihre Ausführungen fort, und Lena blieb zum Schluss einigermaßen fassungslos zurück. »Er riskiert bewusst eine Verurteilung, in der Hoffnung, dass sie ihn bekannt machen wird?« Nicht, dass so etwas ungewöhnlich war, es kam allerdings auch nicht alle Tage vor. Narzisstische Personen wollten auf sich und ihr Tun aufmerksam machen und nutzten dazu die unterschiedlichsten Möglichkeiten. Selbst eine Inhaftierung konnte sie nicht abschrecken, weil sie davon ausgingen, dass diese ihren Ruhm noch steigern würde.

»Die Tötungsdelikte an Henriette Jansen und Heiko Fedders bestreitet Krepper allerdings nach wie vor«, sagte Berger. »Was auch für die Schüsse auf Ihren Vater und Hinnerk Petersen gilt.« Berger strich über die müden Augen. »Kann ich noch irgendetwas für Sie tun. Sie halten sich tapfer, aber ich weiß, so etwas ist schwer.«

Lena schüttelte den Kopf. »Danke, dass Sie mir Bescheid gegeben haben. Das ist schon viel mehr, als ich heute noch erwartet habe, und es hilft mir, meine Gedanken ein wenig zur Ruhe zu bringen und vielleicht sogar etwas Schlaf zu finden.«

Berger erhob sich. »Ein gutes Stichwort. Ich muss ins Bett, ich bin hundemüde.«

Lena stand ebenfalls auf, begleitete ihre Vorgesetzte hinaus und drückte ihr noch einmal fest die Hand, bevor sie die Tür hinter ihr ins Schloss drückte.

Dann machte sich auch Lena auf den Weg ins Bett. Es war wichtig, dass sie ebenfalls ein paar Stunden schlief, weil sonst ziemlich schnell der Punkt kommen würde, an dem ihr alles endgültig über den Kopf wuchs.

48

Der kommende Tag verging mit weiteren Vernehmungen von Ortwin Krepper und Malte Lohberg durch die Mitarbeiter der Mordkommission. Krepper brüstete sich seiner Tat, Lohberg verweigerte die Aussage.

Am frühen Morgen waren Lena und Freya wieder ins Krankenhaus gefahren und hatten dort erfahren, dass die Ärzte versuchen wollten, bei Carsten im Laufe des Tages die Aufwachphase einzuleiten, wenn sich sein Zustand weiterhin als stabil erweisen sollte.

Endlich eine gute Nachricht!

Es bringt nichts, wenn Sie hier warten, hatte es von den Ärzten geheißen, und schließlich hatten sich Lena und Freya überzeugen lassen, dass es vernünftiger sei, nach Büsum zurückzufahren. Hinnerk hatte sich ihnen angeschlossen, er hatte eine halbe Stunde zuvor seine Entlassungspapiere erhalten.

Lena setzte die beiden vor dem Bestattungsinstitut ab und wollte sich gerade auf den Weg in die Dienststelle machen, als sie ein Anruf von Berger erreichte.

Geiselnahme auf dem Reiterhof von Marie Evers.

Lena brauchte einige Sekunden, um die Nachricht zu begreifen, dann startete sie den Motor und raste los.

Der Rest der Büsumer Mannschaft traf fast zeitgleich mit ihr auf dem Reiterhof ein. Die Sondersignale, die den Kollegen ein schnelles Durchkommen verschafft hatten, waren bei allen Wagen vor dem Eintreffen auf dem Hof deaktiviert worden, damit sich ihre Ankunft nicht zu früh ankündigte und niemanden nervös machte.

Berger informierte Lena, dass der Anruf von einer Frau namens Saskia Behrens gekommen war.

»Das SEK ist verständigt«, erklärte sie nun ihrem Team.

Die Anlage schien verwaist, aber im nächsten Moment trat eine Frau aus dem Restaurant und eilte ihnen entgegen. Aus dem Gutshaus waren auf einmal laute Geräusche zu hören, die klangen, als würde jemand Möbel zertrümmern.

»Sind Sie Frau Behrens?«, wollte Berger wissen.

Die Frau nickte bestätigend, auf ihrem Gesicht und dem Hals hatten sich hektische rote Flecken gebildet. »Ja, Frau Evers hat Johanna als Geisel genommen. Das ist eine unserer Pferdewirtinnen.«

Saskia Behrens machte den Eindruck, als wenn sie im nächsten Moment hyperventilieren würde. Berger lief zum Streifenwagen und kehrte Augenblicke später mit einer Beweismitteltüte zurück, die sie ihr vor den Mund hielt.

»Atmen Sie in die Tüte, Frau Behrens. So ruhig und langsam wie möglich.«

Saskia Behrens umklammerte die Tüte mit beiden Händen und folgte Bergers Anweisung, und nach einigen Augenblicken normalisierte sich ihre Atmung wieder.

»Was ist denn eigentlich passiert?«, wollte Lena wissen. Immer wieder blickte sie zum Gutshaus hinüber, in dem es wieder ruhig geworden war. Das SEK kam aus Kiel und würde mindestens anderthalb Stunden brauchen, eher mehr. Aber so viel Zeit hatten sie vielleicht nicht mehr. Doch zuerst mussten sie wissen, was vorgefallen war.

»Also ...«, setzte Saskia Behrens erneut an. »Es ging Frau Evers bei Ihrem Besuch ja schon nicht so gut, und als ich an dem Tag Feierabend machen und noch mal nach ihr sehen wollte, hat sie mich ganz kurz abgefertigt. Ich weiß auch nicht ...« Ihre Hand fuhr über die verschwitzte Stirn. »Ich hatte das Gefühl, dass sie mich so schnell wie möglich loswerden will. Na ja ... ich bin dann gegangen, und als ich gestern Morgen wiederkam und Frühstück gemacht habe, kam sie nicht wie sonst in die Küche hinunter. Ich bin dann hoch in ihr Schlafzimmer, weil ich mir Sorgen gemacht habe, aber das Bett war leer. Ich dachte, dass sie vielleicht im Stall ist, aber dort hatte sie niemand gesehen. Also habe ich sie auf dem ganzen Gelände gesucht, konnte sie aber nicht finden. Erst im Laufe des Nachmittags ist sie wieder aufgetaucht.« Sie blickte Lena und Berger verzweifelt an. »Seitdem erkenne ich sie nicht wieder. Sie schreit nur noch herum, und ich hatte einmal sogar das Gefühl, dass sie mich am liebsten geschlagen hätte. Heute Morgen war es zunächst ruhig, und deshalb ist Johanna auch ins Gutshaus gegangen, weil sie etwas Dringendes mit Frau Evers besprechen musste. Ich hatte Frau Evers bis dahin noch nicht gesehen und bin sie auch nicht suchen gegangen, weil ich keine Lust mehr auf dieses Theater hatte. Johanna hatte ein bisschen Schiss, zu ihr zu gehen, aber die Sache ließ sich nicht mehr aufschieben.« Saskia schniefte. »Kurze Zeit nachdem Johanna im Haus verschwunden war, hörte es sich plötzlich an, als wenn im Gutshaus jemand Kleinholz aus den Möbeln machen würde. Dann hat jemand geschrien, deshalb bin ich zur Tür gelaufen, aber die war abgeschlossen. Und dann habe ich die Polizei gerufen.« Saskia schluchzte auf. »Wir müssen doch verhindern, dass Frau Evers Johanna etwas antut. Oder womöglich sich selbst, so verzweifelt, wie sie nach der Trennung von ihrer Lebensgefährtin noch immer ist.«

»Können Sie uns kurz das Innere des Hauses beschreiben«, bat Berger. »Also wie viele Zimmer es in den Stockwerken gibt.«

Saskia Behrens atmete tief durch. »Im Erdgeschoss gibt es außer der Diele ein Wohnzimmer …« Sie zeigte auf zwei große Fenster, die auf den Hof hinausgingen. »… ein Arbeitszimmer, die Küche und eine Toilette. Im ersten Stock hat Frau Evers ihr Schlafzimmer, außerdem gibt es dort zwei Gästezimmer …« Diesmal ließ sie ihren ausgestreckten Finger über die obere Fensterreihe schweifen. »… und ein Bad mit Toilette. Das Dachgeschoss ist nicht ausgebaut, dort lagern ausrangierte Möbel.«

Berger bedankte sich, trat ein paar Schritte zur Seite und winkte die Kollegen zwecks einer Absprache zu sich. Bevor sie zu Wort kam, war aus dem Gutshaus ein Schuss zu hören.

Für einige Sekunden standen alle wie erstarrt, dann riss Sönke seine Pistole aus dem Holster.

»Wir müssen da rein!« Er rannte los.

»Gellert, warten Sie!«

Aber Bergers Ruf konnte ihn nicht stoppen.

»Wir können nicht auf das SEK warten«, drängte Lena und machte Anstalten, ihrem Kollegen zu folgen. »Wir müssen versuchen, ins Haus zu kommen.«

Berger zögerte kurz, aber dann nickte sie und gab den Kollegen das Zeichen, zum Gutshaus vorzurücken.

Die Eingangstür war noch immer verschlossen. Sie verteilten sich um das Gebäude, in der Hoffnung, eine offen stehende Tür oder ein Fenster zu entdecken. Und sie hatten tatsächlich Glück, als Sönke auf eine nur angelehnte Terrassentür auf der Rückseite des Gutshauses aufmerksam wurde.

Sie waren zu sechst und jeder von ihnen hatte Erfahrung, wie in einer Situation wie dieser vorzugehen war. Eine kurze Absprache erfolgte, dann betraten sie mit gezogenen Waffen einen Raum, der das erwähnte Arbeitszimmer zu sein schien. Wuchtige Aktenschränke an einer der Wände, ein großer anthrazitfarbener Metallschreibtisch mit einem Doppelbildschirmarbeitsplatz in der Mitte des Zimmers.

Eine unheimliche Stille herrschte jetzt im Haus. Von welcher Etage der Lärm und der Schuss gekommen waren, hatten sie von draußen nicht ausmachen können.

Vorsichtig und so geräuschlos wie möglich begannen sie, sich durch die weiteren Räume des Erdgeschosses zu bewegen. Als sie niemanden antrafen, stiegen sie die geschwungene Treppe zur Empore im ersten Stock hinauf, von der die einzelnen Zimmer abgingen. Oben angelangt, blieben sie stehen und lauschten angespannt. Die Zimmertüren waren geschlossen, und als sie sich in Richtung des ersten Raumes in Bewegung setzten, erklang hinter der zweiten Tür auf einmal lautes Weinen. Im nächsten Moment sprang die Tür auf, und Marie Evers wankte heraus.

Ihre Wangen waren nass vor Tränen, und als sie ihrer ansichtig wurde, stieß sie einen lauten Schrei aus und wollte ins Zimmer zurücklaufen, aber Sönke war bereits neben ihr. Sie wehrte sich mit Händen und Füßen, Lena kam Sönke zu Hilfe. Mit vereinten Kräften gelang es ihnen, Marie Evers zu Boden zu bringen und ihr Handfesseln anzulegen. Die Frau wirkte jetzt völlig apathisch und starrte mit leerem Blick vor sich hin, als sie von Sönke und einem weiteren Kollegen abgeführt wurde.

Berger war in der Zwischenzeit in das Zimmer gelaufen, und Lena folgte ihr jetzt.

Eine junge Frau saß zusammengekauert in der Ecke und starrte sie mit schreckgeweiteten Augen an. Berger kniete neben ihr und sprach beruhigend auf sie ein. Die Frau schien dem äußeren Anschein nach unverletzt, und als Berger sie fragte, was passiert sei, antwortete sie mit stockender Stimme: »Diese Verrückte! Sie … sie hat auf die Wand geschossen, nicht auf mich. Hat … immer wieder auf die Möbel eingeschlagen, aber mich hat sie nicht angefasst.«

Lenas Funkgerät knackte. »Der RTW ist eingetroffen.« Sie trat zum Fenster, das auf den Innenhof führte, und warf einen Blick hinaus. Die Kollegen waren mit Marie Evers auf dem Weg zum Streifenwagen, neben dem jetzt der Krankenwagen hielt.

»Wir brauchen einen zweiten, kümmert euch bitte darum«, gab sie zur Antwort und blickte sich dann im Zimmer um.

Es musste sich um das Schlafzimmer von Marie Evers handeln, das im Moment allerdings mehr etwas von einem Schlachtfeld hatte. Der Spiegel des Schminktisches war zertrümmert worden, zwei Stühle lagen auf dem Boden, Bettzeug und Überdecke des breiten Doppelbettes waren mit einer großen Schere zerfetzt worden, die Lena auf dem Boden entdeckte.

Auch vor den Wänden hatte Marie Evers nicht haltgemacht. Sie waren eine einzige Bildergalerie, und auf den Fotos waren immer dieselben beiden Personen zu sehen.

Henriette Jansen und Marie Evers.

Hoch zu Ross, am Strand, im Garten des Anwesens, Fotos, die zu den unterschiedlichsten Tages- und Nachtzeiten aufgenommen worden waren. Bei allen Bilderrahmen war das Glas zerstört worden, viele hingen schief, einige lagen auf dem Boden. Marie Evers musste wie ein Berserker auf sie eingeschlagen haben. Einige Bilder waren zerrissen und die Fetzen wie Konfetti über den ganzen Boden verteilt worden

Berger nötigte die junge Frau, die auf Rückfrage bestätigt hatte, dass sie Johanna sei, zum Aufstehen. Gemeinsam führten sie sie ins Erdgeschoss und dann nach draußen, wo bereits der zweite Rettungswagen eingetroffen war und sich Sanitäter und Notarzt ihrer annahmen. Es dauerte nicht lange, bis sich beide Fahrzeuge in Bewegung setzten und auf den Weg ins Krankenhaus machten.

»Marie Evers ist vollkommen ausgerastet«, informierte Lena die Kollegen, die sich mittlerweile wieder zusammengefunden hatten. »Sie hat ihr Schlafzimmer demoliert, der jungen Frau, die wir dort gefunden haben, aber zum Glück nichts angetan.«

»Und der Schuss?«, fragte ein Kollege.

»Sie hat in die Wand geschossen.«

»Du meine Güte.« Er schüttelte den Kopf.

Über den Hof kam Saskia Behrens auf sie zugeeilt. Lena hatte sie gebeten, im Restaurant zu bleiben, bis die Lage geklärt war.

»Was ist mit Johanna?«, fragte sie aufgeregt.

»Alles in Ordnung«, beruhigte Sönke sie. »Sie hat einen Schock erlitten, ist aber körperlich unverletzt. Sie wird jetzt zur Vorsicht ins Krankenhaus gebracht und dort in Ruhe durchgecheckt.«

»Und Frau Evers?«, fragte Saskia zaghaft.

»Die ist ebenfalls auf dem Weg ins Krankenhaus«, sagte Lena. »Sie hat einen extremen Tobsuchtsanfall gehabt, aber was da nun genau hintersteckt, müssen die Ärzte klären.«

Berger griff zum Handy, um einen Durchsuchungsbeschluss für das Gutshaus und die gesamte Anlage zu beantragen. Nach dem Gespräch mit der Staatsanwaltschaft kam ein Anruf herein.

»Sagen Sie das noch mal!«

Ungläubig schüttelte sie den Kopf, während sie dem Anrufer lauschte.

»Das war die KT«, teilte sie ihren Kollegen nach Beendigung des Telefonats mit. »Der Anschlag auf Hinnerk Petersen wurde mit derselben Waffe verübt, mit der auf Carsten Matthiessen geschossen wurde und mit der Henriette Jansen und Heiko Fedders getötet wurden.«

Die Ausstellung des Durchsuchungsbeschlusses war aufgrund der neuen Erkenntnisse eine reine Formsache, also rückten eine Stunde später bereits die Kollegen der Kriminaltechnischen Untersuchung an. Berger fuhr mit ihrem Team zurück in die Dienststelle, während Lena noch eine Zeit lang vor Ort blieb, den Einsatz unterstützte und Fragen beantwortete, bevor auch sie sich auf den Rückweg machte. Die Arbeit der Kollegen würde noch bis zum nächsten Morgen andauern, und sie selbst konnte hier nichts mehr ausrichten.

49

Am Abend erhielt Lena die Benachrichtigung, dass die Ärzte Carsten aus dem künstlichen Koma geholt hatten und sie ihn besuchen könnten.

»Fahrt allein«, sagte Freya, als Lena sie am Telefon benachrichtigte. »Ich besuche Carsten morgen.«

»Warum willst du denn nicht mitkommen?«, fragte Lena erstaunt. »Du hast doch genauso wie wir um Papa gebangt.«

»Ihr seid Familie, Lena. Ich fahre morgen zu Carsten. Und du erzählst mir dann bei deiner Rückkehr, wie es ihm geht.«

Bevor Lena etwas erwidern konnte, hörte sie, dass Freya das Gespräch beendet hatte. Im ersten Moment war sie irritiert über Freyas Entscheidung, als sie aber darüber nachdachte, dämmerte ihr ein möglicher Grund, weil sie sich ebenso verhalten hätte, wenn Kristian betroffen gewesen wäre. Sehr wahrscheinlich waren auch zwischen Freya und Carsten die Dinge noch unausgesprochen, und in so einem Fall wollte man alles vermeiden, was nach Aufdringlichkeit aussah, erst recht, wenn die andere Seite Familie besaß.

Und so fuhr Lena allein mit Sanne nach Heide. Sie hatten erfahren, dass Carsten zur Sicherheit noch bis morgen auf der Intensivstation bleiben und dann auf eine normale Station verlegt werden würde.

Er lag immer noch in einem Einzelzimmer, die Bewachung war allerdings abgezogen worden.

Marie Evers hatte mittlerweile gestanden, Henriette Jansen und Heiko Fedders getötet zu haben und auch für die Anschläge auf Carsten und Hinnerk verantwortlich zu sein. Die Frau saß seit ihrer Festnahme in Untersuchungshaft.

»Meine Mädels.« Carsten war blass und sah hinfällig aus, aber auf seinem Gesicht erschien ein Lächeln, als sie an sein Bett traten.

Lena schluckte und sah, dass auch Sanne mit den Tränen kämpfte. Ihr Vater war immer stolz auf seine robuste Gesundheit gewesen, ihn hier so liegen zu sehen, tat weh.

»Hallo, Papa.« Es kam fast einstimmig heraus. Sie zogen zwei Stühle ans Bett und setzten sich.

»Wie geht es dir?«, fragte Lena und griff nach seiner Hand, deren Haut fast durchscheinend wirkte.

»Noch ein bisschen maddelig, aber das wird.« Er versuchte ein aufmunterndes Lächeln. »In ein paar Tagen bin ich wieder hier raus.«

Da schimmerte wieder der alte Carsten Matthiessen durch. Sich gehen lassen war nicht sein Ding. Allerdings würde er dieses Mal Geduld aufbringen müssen – sie alle.

Lena und Sanne hatten nach ihrer Ankunft als Erstes mit Carstens behandelndem Arzt gesprochen. Ihr Vater hatte das Gröbste überstanden und befand sich nun auf dem Weg der Besserung.

»Der wird allerdings etwas länger sein, schließlich ist Ihr Vater nicht mehr der Jüngste«, hatte der Arzt ihre Euphorie sogleich ein wenig dämpfen müssen und noch hinzugefügt: »Ich rate Herrn Matthiessen nach seiner Entlassung zu einer Reha, so muss er den Prozess nicht allein gehen und bekommt alle nötige Unterstützung.« Dann hatte er sich erkundigt, wie es mit Unterstützung aussah, wenn ihr Vater wieder zu Hause war. Dafür ist gesorgt, hatte Lena versichert, und auf ihre momentane Wohnsituation hingewiesen.

Der Makler, auf dessen Liste sie sich nach der Kündigung wegen Eigenbedarfs hatte setzen lassen, hatte ihr zwar am Vortag eine Wohnung angeboten, die schon sehr nah an dem dran war, was sie sich vorstellte, aber sie hatte das Angebot abgelehnt. Zum jetzigen Zeitpunkt wäre ihr ein Auszug wie ein Verrat an ihrem Vater vorgekommen. Sie hatte Sanne noch nichts davon erzählt, weil ihr klar war, dass ihre Schwester den Verzicht nicht verstehen und sie wieder einmal darauf hinweisen würde, dass Kinder nicht grundsätzlich dazu verpflichtet waren, sich um ihre Eltern zu kümmern, wenn es diesen gesundheitlich schlecht ging. Zu diesem Thema hatte es in der Vergangenheit einige Auseinandersetzungen zwischen ihnen gegeben, weil Lena hier gegenteiliger Meinung war.

»Nun mal langsam mit den jungen Pferden«, sagte Sanne nun zu Carsten.

»Ist mit dem Kleinen alles in Ordnung?«, fragte der mit einem besorgten Blick auf Sannes runden Bauch.

»Ja, mach dir keine Sorgen. Ich bin hier durchgecheckt worden.«

Carsten sank im Bett zurück und seufzte erleichtert. »Na, Gott sei Dank!« Dann versuchte er ein weiteres Mal, sich aufzurichten. »Und was ist mit Freya?«

»Bleib liegen, Papa«, mahnte Lena und drückte ihn sanft zurück. »Freya wohnt zurzeit in unserem Gästezimmer. Ihr

Haus ist bis auf die Grundmauern niedergebrannt, da war nichts mehr zu retten.«

Carsten blickte sie betroffen an. »Das tut mir so leid. Aber gut, dass sie jetzt erst mal bei uns ist.«

»Freya wuppt das, Papa. Sie ist stark, genauso wie du.« Lena drückte einen Kuss auf seine Wange und gab Sanne ein Zeichen, dass es Zeit war zu gehen. Der Arzt hatte sie darum gebeten, ihren Besuch kurz zu halten, um seinen Patienten nicht zu überanstrengen. Und sie sah ja selbst, dass ihre Gegenwart und das Gespräch ihn angestrengt hatten. »Ruh dich jetzt aus, wir kommen morgen wieder.«

»Nun wartet doch mal!«, rief er ihnen hinterher. »Ich muss doch noch den Ermittlungsstand wissen.«

Das hätte sie sich ja denken können, dass er nicht lockerlassen würde. Sie zögerte einen Augenblick, entschloss sich dann aber, Carsten von der Festnahme von Marie Evers und Ortwin Krepper zu erzählen, damit er in dieser Hinsicht schon einmal beruhigt sein konnte. Alles andere konnte bis nach seiner Entlassung warten.

50

Nach einer Woche konnte Carsten endlich das Krankenhaus verlassen. Sanne hatte am Vortag einen gesunden Jungen zur Welt gebracht, und da sie im selben Krankenhaus lag, hatte er seinen ersten Enkel sogar noch vor Lena zu Gesicht bekommen.

»Was hat Marie Evers ausgesagt?«, fragte er nun, kaum dass sie in Lenas Wagen Platz genommen hatten, um nach Büsum zurückzufahren.

»Ich spiele dir ihre Aussage zu Hause vor.«

»Wie, du hast eine Datei erhalten?«, fragte Carsten erstaunt und schnallte sich an.

Lena startete den Motor. »Ja, Kristian hat sie mir geschickt. Ausnahmsweise, wohlgemerkt, das muss unter uns bleiben. Ihm war klar, dass du endlich Klarheit brauchst.«

Kristian Gehrkens war wirklich ein Guter. Diese Empathie rechnete Carsten ihm hoch an. Und er bedauerte einmal mehr, dass seine Tochter und dieser Mann aufgrund der Umstände nicht zusammenfanden.

Carsten seufzte und lehnte sich im Sitz zurück. Er würde die ersten Tage zu Hause bleiben und dann eine Reha im Harz antreten. Die Aussicht, so weit entfernt von seiner geliebten Nordsee zu sein, gefiel ihm kein bisschen, und überhaupt, was sollte er zwischen lauter kranken Leuten? Nur unter Protest hatte er dem Vorhaben zugestimmt, aber schon angekündigt, die Reha umgehend abzubrechen, falls es ihm in der Kurklinik nicht gefallen sollte.

»Ich sag jetzt auch nichts mehr gegen deine Schreibambitionen, Papa«, meinte Lena, nachdem sie zu Hause angekommen waren und er sich auf dem Sofa niedergelassen hatte. »Dann bleibst du wenigstens zu Hause und gerätst in keine gefährlichen Situationen mehr.«

Als sie eine Decke über ihn breiten wollte, fuhr er gereizt hoch.

»Jetzt ist aber gut, Tochter! Ich bin doch kein Greis, den du hier betüddeln musst!« Er wollte aufstehen, sank aber ziemlich schnell wieder zurück. Mann, da spielte sein Kreislauf aber mal wieder verrückt. Das kannte er nicht von früher, das war erst seit seiner Verwundung der Fall.

Lena blickte ihn vorwurfsvoll an. »Nein, kein Greis, aber noch nicht wieder auf dem Posten. Also spiel hier jetzt bitte nicht den starken Mann.«

Carsten entfuhr ein Seufzer. »Ich hab Hunger«, wechselte er rasch das Thema. »Und dann will ich endlich die Aussage von Marie Evers hören.«

»Eins nach dem anderen, Papa.«

»Jaja«, grummelte er.

»Ich könnte Pizza bestellen oder etwas vom Griechen«, schlug Lena vor.

»Du könntest endlich mal kochen lernen, Tochter!«

»Da gebe ich dir recht, das wird heute Abend aber nichts mehr.«

Sie blickten sich an und brachen in Gelächter aus. »Pizza«, prustete Carsten schließlich. »Und während wir warten, spielst du mir die Aufnahme vor. Ich muss jetzt endlich wissen, warum die Evers Henny und Heiko erschossen hat und was es mit diesem Gewaltausbruch gegen Hinnerk und mich auf sich hatte.«

»Okay.« Lena griff zum Handy und orderte zwei Pizzen, dann rief sie eine Datei auf ihrem Notebook auf. Kurz darauf erklang die Stimme von Marie Evers aus dem Lautsprecher.

»Ich hatte mit Henny endlich meine große Liebe gefunden. Wir waren so glücklich, aber irgendwann merkte ich, dass sie sich zu verändern begann. Sie entzog sich mir, wehrte meine Zärtlichkeiten immer häufiger ab. Ich wollte wissen, was los war, habe aber nie eine zufriedenstellende Antwort erhalten. Außerdem war Henny abends immer wieder weg, angeblich zu einem Volkshochschulkurs, um ihr Englisch aufzufrischen. Aber solche Kurse finden doch normalerweise einmal in der Woche statt und nicht jeden zweiten Tag. Henny hat gesagt, dass es ein Intensivkursus sei, aber auf der Homepage der VHS habe ich nichts gefunden. Mir wurde klar, dass sie mich anlog und es jemand anderen gab. Deshalb bin ich ihr an einem Abend gefolgt. Sie ist nach Büsum gefahren, zum Hochhaus, in dem sie dann verschwand. Es hat Stunden gedauert, bis sie wieder herauskam. Sie war nicht allein, sondern hatte sich bei einem Mann untergehakt. Die beiden blieben immer wieder stehen und küssten sich. Sie konnten einfach nicht die Finger voneinander lassen, aber schließlich gingen sie zu einem Auto und fuhren weg. Ich war geschockt. Natürlich hatte ich bereits geahnt, dass sie mir nicht treu war. Aber ich hatte nicht damit gerechnet, dass sie mich mit einem Mann betrügen würde.«

Nach diesen Worten war ein lautes Geräusch zu vernehmen, als wenn eine Faust mit voller Wucht auf einen Tisch schlug.

»Wären Sie weniger wütend gewesen, wenn es sich um eine Frau gehandelt hätte?« Das war Kristians Stimme.

Ein gereiztes Schnauben folgte. *»Henny hat gesagt, dass die Männer in ihrem Leben sie nie wirklich befriedigen konnten. Das wäre erst bei mir der Fall gewesen. Und dann haut sie ab und lässt sich doch wieder mit einem Kerl ein.«* Für einen Augenblick herrschte Schweigen, dann fuhr Marie Evers fort: *»Die beiden hatten es nicht anders verdient!«*

»Wie sind Sie in die Wohnung gekommen?«

»Die Tür war nicht abgeschlossen, und ich hatte ein Lockpicking-Set dabei.«

»Aber warum die Anschläge auf Carsten Matthiessen und Hinnerk Petersen?«

Das folgende Lachen bescherte Carsten eine Gänsehaut. *»Ach ja, der Herr Schmidt und der Herr Koch. Die haben tatsächlich gedacht, dass sie mich für blöd verkaufen können. Aber nicht mit mir, ich habe ziemlich schnell Lunte gerochen, dass die beiden nicht echt waren.«*

»Wie sind Sie ihnen auf die Schliche gekommen?«

»Ich hatte während der Reitstunde mit diesem angeblichen Herrn Schmidt einige Fotos gemacht, um ihn hinterher auf eventuelle Fehler aufmerksam machen zu können. Das mache ich immer bei meinen Schülern. Als er im Gespräch immer mehr versuchte, etwas über mein Privatleben zu erfahren, bin ich misstrauisch geworden und habe mich gefragt, wen ich da eigentlich vor mir habe. Mit meinen Fotos konnte ich ihn als Carsten Matthiessen identifizieren, den ehemaligen Leiter der Polizeistation in Büsum. Umgekehrte Bildersuche, da haben

Sie doch bestimmt schon mal was von gehört. Sein Freund erschien mir etwas zu tumb für einen Polizisten.« Ein befriedigendes Lachen erklang und ein Geräusch, als hätte jemand in die Hände geklatscht.

Lena stoppte die Aufnahme. »Da du im Telefonbuch stehst, war es für Frau Evers natürlich nicht schwierig, deine Adresse herauszufinden. Du solltest den Eintrag jetzt wirklich mal entfernen lassen, das habe ich dir ja schon häufiger gesagt«, fügte sie mit einem leichten Vorwurf in der Stimme hinzu. »Frau Evers hat sich an dem Abend des Brandes vor deinem Haus auf die Lauer gelegt, in der Hoffnung, dass du irgendwann rauskommst. Das war zwar nicht der Fall, sie hat aber ausgeharrt und uns dann verfolgt, als wir zu Freya gefahren sind. Frau Evers war wild entschlossen, dich zu beseitigen und sich dann Hinnerk vorzunehmen, obwohl sie ihn noch nicht hatte identifizieren können. Bei Freyas Haus hat sie sich zwischen den Bäumen versteckt, die den Sportplatz begrenzen, und ist nach dem Schuss über den Platz abgehauen.«

Lena holte tief Luft. »Auf ihrer Flucht hat sie gesehen, wie der Rettungswagen davonfuhr, und da sie nicht wusste, ob du noch lebst, ist sie am nächsten Tag ins Westküstenklinikum gefahren, um das in Erfahrung zu bringen. Sie wollte sich als Verwandte ausgeben und hatte ihre Waffe mitgenommen, um dich zu töten, falls du noch am Leben sein solltest. Bevor sie das Krankenhaus betreten konnte, ist sie allerdings draußen auf Hinnerk aufmerksam geworden. Sie habe ihr Glück kaum fassen können, hat sie ausgesagt.« Lena schwieg einen Augenblick und fuhr dann fort: »Wir haben ja schon vor Ort vermutet, dass die Schüsse dir und nicht Freya gegolten haben. Diese

Vermutung wurde dann von den Ergebnissen der KTU gestützt, und außerdem hat die Mordkommission in Erfahrung bringen können, dass Frau Evers Sportschützin ist. So jemand zielt nicht aus Versehen daneben. Die Kollegen haben mehrere Waffen bei ihr sichergestellt, darunter auch die Tatwaffe.«

»Ist die Frau psychisch krank oder war sie einfach so tief verletzt, dass sich ihr rationales Beurteilungsvermögen verabschiedet hat?«

Lena zuckte die Schultern. »Das müssen jetzt die Ärzte und Psychologen herausfinden. Marie Evers hat nach ihrer Verhaftung jedenfalls nicht unter Drogen gestanden und auch keinen Alkohol im Blut gehabt. Ihr Verhalten sah mir nach einem psychotischen Schub aus, war vielleicht aber auch nur der Situation geschuldet. Die Frau hat ihre Lebensgefährtin verloren, die offensichtlich die große Liebe ihres Lebens war, was sie emotional zutiefst getroffen hat und in eine psychische Störung gemündet sein könnte.«

Ja, dachte Carsten, die Frage war jetzt, wie die Experten das beurteilen würden, was auch für das Strafmaß entscheidend war. Bescheinigte man ihr volle Schuldfähigkeit, würde das eine lebenslange Haftstrafe nach sich ziehen, mit der Möglichkeit einer Entlassung nach fünfzehn Jahren. War sie zum Tatzeitpunkt allerdings schuldunfähig, würde das die Unterbringung in einer psychiatrischen Einrichtung bedeuten. Hier würde der Weg in die Freiheit von der Sozialprognose der behandelnden Experten abhängen. Die Verantwortung, die damit auf den Schultern der Mediziner lag, war enorm. Denn immer wieder kam es auch zu Fehleinschätzungen, die dann weitere Opfer forderten. Carsten würde nicht mit ihnen tauschen wollen.

Es klingelte an der Tür, und Lena sprang sofort auf. »Das werden unsere Pizzen sein.«

Während seine Tochter auf den Flur ging, blickte Carsten sich im Wohnzimmer um. Er war unendlich dankbar, dass er wieder in seiner gewohnten Umgebung sein konnte. Die Aussage von Marie Evers hatte ihn erschüttert, die Emotionslosigkeit in ihren Worten. Die Frau würde wegen des Mordes an Henny und Heiko angeklagt werden und wegen Mordversuchs an ihm und an Hinnerk. Das alles musste Carsten jetzt erst einmal verdauen.

Ortwin Krepper erwartete eine Anklage wegen des Brandanschlags auf Freyas Haus. Es war gut möglich, dass die Tat als versuchtes Tötungsdelikt eingestuft werden würde, da Krepper die möglicherweise tödliche Folge zumindest billigend in Kauf genommen hatte.

Und Malte Lohberg war tatsächlich unschuldig, auch wenn sein Brief auf das Gegenteil hingedeutet hatte.

Auf die Frage, ob er das Geschriebene in die Tat hatte umsetzen wollen, hatte er natürlich keine Antwort gegeben. Er würde aber trotzdem angeklagt werden, da in der Garage seines Cousins und in Lohbergs Wagen Hinweise auf seine Wilderei gefunden worden waren und die Mordkommission auch schon einige seiner Abnehmer ausfindig gemacht hatte. Und es war davon auszugehen, dass er aufgrund seiner Vorgeschichte wieder für länger im Gefängnis landen würde und somit erst einmal keine Gefahr mehr für Thies darstellte.

Thies war natürlich umgehend aus der Untersuchungshaft entlassen worden. Lena hatte mit ihm telefoniert, und Thies hatte seinen Besuch für morgen angekündigt. Hinnerk scharrte auch schon mit den Füßen und würde morgen mit Sicherheit ebenfalls auftauchen. Lena hatte die beiden gebeten, ihn nicht zu überfordern, weil er sich noch schonen müsse, aber zumindest kurze Besuche gestattet.

Das ist ja schlimmer als im Krankenhaus, hatte Carsten zuerst erbost gedacht, dann aber eingesehen, dass Lena recht hatte. Er war nämlich tatsächlich noch ziemlich schwach, auch wenn er hier den starken Max zu spielen versuchte.

Lena kam mit den Pizzen zurück und brachte sie in die Küche.

»Ich möchte ein Bier dazu«, rief Carsten ihr hinterher. Er hörte sie in der Küche werkeln und ließ sich mit einem Seufzer in die Kissen zurücksinken.

»Wo ist denn eigentlich Freya?«, wollte er wissen, als Lena mit den Pizzen und Getränken zurückkam.

»Die ist noch im Institut und kommt später.«

»Sie wohnt aber doch noch in unserem Gästezimmer?«, fragte Carsten, plötzlich erschrocken, dass dem nicht mehr so sein könnte.

»Ja, sicher, und das wird wohl auch noch etwas länger so bleiben.« Lena grinste und schob sich das erste Stück Pizza in den Mund.

Carsten gestand sich ein, dass er enttäuscht gewesen war, Freya bei seiner Ankunft nicht zu sehen. Nachdem er das Bewusstsein wiedererlangt hatte, hatte sie ihn nur einmal im Krankenhaus besucht, und das auch nur kurz. Eine Begegnung, die von gegenseitiger Verlegenheit dominiert gewesen war. Dabei hatte er von Lena erfahren, dass Freya in großer Sorge um ihn gewesen war und jeden Tag ins Krankenhaus gekommen war, als er noch im Koma gelegen hatte.

Nach dem Essen machte sich Lena ins Büro auf. Laut ihrer Aussage hatte sich das Verhältnis zu ihrer neuen Vorgesetzten zum Besseren gewendet. Lenas Loyalität ihr gegenüber, die gute Teamarbeit in der kritischen Phase des Falls und Bergers Unterstützung in diesen harten Tagen hatten eine Wende herbeigeführt. Carsten freute sich für die beiden Frauen, aber vor allen Dingen für Lena, dass sich Berger als eine Person erwiesen hatte, auf die man sich verlassen und mit der man auf Augenhöhe zusammenarbeiten konnte.

Als es am späten Nachmittag an der Haustür klingelte, erhob sich Carsten, um zu öffnen. Er brauchte für den kurzen Weg länger als erhofft und war erstaunt, als er Freya mit einem Koffer vor sich stehen sah.

»Warum klingelst du?«, fragte er. »Lena hat dir doch einen Schlüssel gegeben.«

Freya wirkte ebenso verlegen wie im Krankenhaus. »Ich kann hier doch nicht so einfach reinschneien.«

»Doch, natürlich kannst du das. Du wohnst doch hier.« Er deutete auf den Koffer. »Oder …« Er mochte seine Befürchtung nicht aussprechen und gab die Tür frei. »Komm rein.«

Freya packte den Griff des Koffers und trat in den Flur. Sie hatte Mühe, ihm in die Augen zu sehen. »Schön, dass du wieder zu Hause bist. Wie geht es dir?«

»So weit gut.« Er durfte sie nicht gehen lassen und deutete voller Unruhe auf den Koffer. »Was willst du damit?«

»Ich habe mir ein Hotelzimmer genommen und bin nur hier, um meine Sachen zu packen.«

Seine Befürchtung bestätigte sich also. »Aber wieso denn, Freya? Du kannst so lange bei uns wohnen, bis du etwas Neues hast.«

Sie schüttelte den Kopf. »Nein, das kann ich nicht.«

»Doch, das kannst du. Ich bestehe darauf!«

Sie begegnete seinem Blick, und er entdeckte in ihren Augen einen Hoffnungsschimmer. »Aber warum …?«

Jetzt endlich gelang es ihm, es auszusprechen. »Weil ich dich liebe, Freya, und möchte, dass du bei mir bleibst.«

Danksagung

Ein herzliches Dankeschön geht an Amelie Kersten von Alpakamar (www.alpakamar.de) in Büsumer Deichhausen, die mir eine Menge über Alpakas beigebracht hat. Ein Besuch bei ihr und ihren Jungs ist nicht nur ein großer Spaß für Jung und Alt, sondern auch sehr lehrreich.

Ganz lieben Dank auch an meine treue Leserin Erika Uster, die mir wertvolle Informationen zum Hochhaus in Büsum geben konnte, in dem sie lange Jahre gelebt hat.

Mein letzter Dank gilt natürlich auch dieses Mal wieder meinem tollen Verlag HarperCollins. Danke für die großartige Unterstützung, die ich von allen Seiten erfahren darf, ich freue mich auf unsere weiteren Projekte. Lieben Dank auch an meine ehemalige Lektorin Pascalina Murrone, an Charlotte Körber, die mir jetzt tatkräftig zur Seite steht und an meine neue Lektorin Christiane Branscheid, bei der ich mich sehr gut aufgehoben fühle.

Svea Jensen im Oktober 2023